독도
왜란

독도왜란 2

ⓒ김경진2008

초판 1쇄 발행일 2008년 9월 22일
초판 6쇄 발행일 2012년 9월 3일

지 은 이 김경진 · 윤민혁
펴 낸 이 이정원

출판책임 박성규
편집책임 선우미정
편 집 김상진 · 이은 · 한진우 · 조아라
디 자 인 김지연
마 케 팅 석철호 · 나다연 · 도한나
경영지원 김은주 · 김은지
관 리 구법모 · 엄철용
제 작 송승욱

펴 낸 곳 도서출판 들녘
등록일자 1987년 12월 12일
등록번호 10-156
주   소 경기도 파주시 교하읍 문발리 출판문화정보산업단지 513-9
전   화 마케팅 031-955-7374 편집 031-955-7381
팩시밀리 031-955-7393
홈페이지 www.ddd21.co.kr

I S B N 978-89-7527-818-1(04810)
        978-89-7527-816-7(전2권)

독도
왜란

2

김경진 · 윤민혁 지음

차례

7. 디스 이스 대한민국!

8월 16일 02:25 독도

"작전 실시! 각 조별로 위성통신기를 장악하고 전원을 끊어! 유선 인터넷 차단하고 무선 인터넷 못하도록 감시해!"

조병민 경위의 지휘 하에 상황실에 들이닥친 독도경비대원들이 신속하게 움직였다. 그 동안 상황실을 독차지한 기자들과 엔지니어들은 불만 어린 항의를 하면서도 어쩔 수 없이 받아들이는 분위기였다. 그러나 취재진의 촬영은 계속됐다. 중요한 '작전'이 시작되는 순간이었다.

한국 3개 방송국과 일본 2개 방송국 중에서 지금 이 시간에 독도 실황방송을 하는 방송사는 없었다. 방송국들은 뉴스시간마다 5분에서 10분 정도씩 독도 실황방송에 시간을 할당했고, 프로그램 중에 자막 속보를 내보내기도 했으나 저녁 이후 달라진 것은 거의 없었다. 녹화방송일 경우 독도경비대 상황실에서 기자들이 뉴스 전에 20분 정도 여유를 두고 자료를 방송국에 보내고 있었다. 독도경비대장은 기자들의 움직임을 파악하고 해경 및 경북지방경찰청과 협의한 다음 이 시간을 선택했다. 물론 상부에서 지시한 작전이었다.

"기자 여러분! 잠시 양해 부탁드립니다. 녹화는 가능하되 전파 송출은 작전이 끝나는 앞으로 한 시간 동안 금지합니다. 휴대전화 사용도 금합니다! 유무선으로 화상을 전송하거나 휴대전화를 사용해 이곳 상황을 알릴 경우 공무집행방해죄로 기소될 수 있음을 경고합니다!"

강한 카메라 조명을 받으면서도 독도경비대장의 눈빛은 매서웠다. 박대인 상경이 일본어로 통역했다. '젠장! 기자들이 휴대폰으로 방송국과 통화하지 않을 것을 믿느니 차라리 민족 전통종교인 삽신교를 믿겠다.'는 독도경비대장의 말은 통역하지 않았다.

기자들로부터 휴대전화기를 압수하지 못한 것은 언론과의 마찰을 꺼린 상부의 지시 때문이었다. 휴대전화 전원을 끄라고 강요하지도 못했다. 한국과 일본 보도진의 범죄혐의를 당장 입증하지도 못하고, 불법 입국 및 입도를 범죄로 간주한다 하더라도 휴대전화는 이 범죄행위와 직접적인 관계가 없으므로 압수, 수색할 명분도 없었다. 독도경비대는 다만 보도진이 호송작전이 시작됐다고 방송국에 알려 작전을 방해할 우려가 있을 때만 전화통화를 제지하고, 기자가 통화를 계속 시도할 우려가 있을 때 휴대전화 압수가 가능할 뿐이다. 이는 독도경비대가 군부대라도 마찬가지다.

그 대신 기자들이 휴대전화를 사용하지 못하도록 독도경비대원들이 기자들에게 따라붙어 감시했다. 그러나 한국과 일본 보도진이 합해서 스무 명이 넘으니 겨우 1개 소대에 불과한 독도경비대 입장에서는 현실적으로 불가능한 작전이었다.

　잠시 후 막사에서 독도경비대원들이 일본인 행동대원들을 데리고 나왔다. 독도경비대는 할복에 실패해 지금은 들것에 누운 청년까지 포함해 행동대원으로 파악된 네 명만 독도경비대원이 호송하려고 했다. 일본인 기자들은 여전히 남아 촬영에 임했다.
　"이것 보세요! 언론의 자유를 탄압할 건가요?"
　김미겸 기자가 앙칼진 목소리로 독도경비대장에게 항의했다. 접안시설이 있는 남쪽이 아니라 북쪽으로 향하는 경비대원들을 지켜보던 독도경비대장이 어처구니없다는 표정을 지었다. 천장굴을 통해 울리는 무지막지한 소음에 뒤지지 않는 큰소리를 질렀다.
　"그럼 실황중계를 하겠다고요? 생방송이 나가면 일본 순시선이 당장 실탄을 쏘며 달려들 텐데, 사람들이 숱하게 죽어나가도 상관없이 방송만 하면 된다는 뜻입니까? 아까 봤죠? 해경 구난함들이 순시선에게 일방적으로 얻어맞는 것을. 그 꼴을 또 보고 싶어요? 후! 이번에는 더 화끈한 영상을 방송할 수 있으니 기쁘겠군요?"
　"그건 아니지만, 그래도 당신은 대한민국 헌법이 보장한 신성한 언론의 자유를 탄압하고 국민의 알권리를 침해하고 있어요! 무조건 감추기만 한다고 능사는 아니에요. 국민에게 제대로 알림으로써 국민의 지지를 얻어 더 강력한 대응을……."
　"아니긴 뭐가 아녀요? 니들은 죽어라, 나는 찍겠다 이건데. 일본 수상과 해상보안청 장관, 8관구 보안본부장, 독도 해역에 집결한 순시선 선장들에게 앞으로 한 시간 동안 사격하지 않겠다는 각서를 받아오세요. 그럼 생방송할 수 있게 해 드리죠."
　현실적으로 불가능한 요구였다. 김미겸 기자가 씩씩거리는 사이 조병민 경위가 추가했다.

"오해하시는데, 헌법에 보장된 언론의 자유는 취재활동의 자유가 아닙니다. 국민이 정치적 의사표현을 할 자유입니다. 김용선! 뭘 구경하나? 빨리 호송해!"

독도경비대원들이 일본인 청년 네 명을 이끌고 독도경비대 막사 북쪽 길로 올라섰다. 취재진 일부가 행렬을 따르고 엔지니어들이 케이블에 연결된 조명기구를 들고 뒤따랐다. 젊은 순경이 일본 순시선에 노출될 우려가 있으니 북쪽 길로 들어설 때까지 조명을 자제해달라고 요청했지만, 취재진은 가뿐히 무시해버렸다.

"언론사의 취재활동은 법이 허용하는 한도에서 보장해드리겠습니다. 녹화는 가능하지만, 전파송출은 작전이 끝나고 난 뒤에 하십시오. 작전에 방해되면 안 됩니다! 알고도 그러는 건지 진짜 모르는 건지."

독도경비대장과 김미겸 기자의 논쟁을 촬영하는 일본 기자들을 위해 박대인 상경이 일본어로 통역해주었다. 조병민 경위가 획 돌아서서 호송 행렬을 따라갔다.

"언론이 탄압받고 있는데 선배는 분하지도 않으세요?"

김미겸 기자가 씩씩거리며 이상철 기자에게 대들었다. 그러나 이상철 기자는 얄미운 소리만 늘어놓았다.

"저 경찰 간부 말이 맞는데 뭘. 김 기자가 잘못 알고 있어."

"선배는 누구 편이에요? 언론의 자유가 취재활동이나 보도의 자유가 아니라 국민의 정치적 의사표현의 자유라니! 나는 그런 말을 들은 적이 없어요. 궤변이에요!"

"어처구니가 없네. 이봐! 언론학 관련 과목 수강한 적 없지? 방금 김 기자가 대한민국 헌법이 보장하는 언론의 자유 운운했는데, 그건 헌법은 물론 법학개론 한 페이지도 안 읽었다는 소리밖에 안 돼. 기자라면 기본적으로 알고 있어야지. 언론 자유에 대한 개념은 신입기자 연수할 때 배우지 않았어? 그리고 자꾸 선배, 선배 하지 말라니까?"

"직위 다음에는 님 같은 존칭을 안 붙이는 법이라구요!"

"풋! 국장님한테 국장이라고 불러봐. 그럼 선배라고 부르는 걸 인정해줄게. 어이쿠! 눈빛으로 사람 잡겠네."

서로 노려보는 김미겸과 이상철 기자의 어깨를 누군가 툭 쳤다. 능글거리며 웃는 강수선 책임PD였다.

"어이! 카메라 여러 대가 녹화 중이야. 이쪽 싸움이 더 재미있는데 나도 여기서 찍을까?"

어쩐지 환하다 했더니 카메라 세 대가 이쪽을 촬영하고 있었다. 니혼TV 기자들은 전투경찰이 해주는 통역을 전해 듣고 킥킥거리다가 김미겸 기자가 쏘아보자 얼른 웃음을 멈췄다.

"강수선 시피님은 뭐가 재미있다고 웃고 계세요? 다른 언론사 기자들이 우스꽝스럽게 보이지 않도록 적절히 편집하자는 방송국간 신사협정을 무시할 건가요?"

"이봐! 김미겸 기자. 언론사끼리 서로 비판해야지. 안 그러면 끼리끼리 숨겨가며 해먹는 시궁창 된다구."

동종업체끼리 경쟁하면서도 서로 치부를 가려주기도 하는데, 이것은 일반 기업의 상도덕에 불과하다. 감싸주기도 지나치면 담합에 해당한다. '서로 같은 밥 먹는 식구끼리 뭘' 하며 경쟁사의 치부를 감싸주는 언론사 간부도 있지만, 언론사끼리는 정치인들처럼 서로 비판하며 치열하게 경쟁하는 것이 시청자, 독자의 이익에 부합한다. 여당과 좋은 관계를 유지하는 야당이 필요 없듯이, 서로 감싸주는 언론사라면 여러 개가 있을 필요가 없다.

"강 시피님은 안 따라가고 여기서 뭐하세요?"

"후후! 이상철 기자, 뜨겠어. 아! 우리는 2번 카메라가 따라가고 있어. 어두워서 제대로 나올지 원."

"저도 따라 가보겠습니다. 어이! 조명 케이블 밟지 마세요! 이거, 멀어서 배터리를 준비해야 되겠는데."

행동대원들과 독도경비대원들을 한국과 일본 취재팀 수십 명이 뒤따랐다. 독도 동도의 북쪽에는 양쪽으로 깎아지른 듯한 절벽 위로 위태로운 길이 나 있다. 동도의 남북 지름의 거의 절반이나 되는 길을 수평으로 지나면 북동쪽 방향으로 해수면까지 내려가는 꼬불꼬불한 길로 이어진다. 해식동굴이 뚫려있는 독립문바위 옆 간이선착장으로 내려가는 가파른 길이다.

어둠 속에서 수십 명이 이 험한 길을 난간 줄을 잡고 내려가고 있었다. 비는 그치고 바람도 약해졌지만 안쪽으로 움푹 들어온 지형 때문에 절벽 아래에서 올라오는 바람은 평시에도 강했다. 이곳으로 들어간 바람이 천장굴을 지나 올라가면서 날카로운 소리를 내뿜었다.

8월 16일 02:35 독도 남동쪽 15km 순시선 다이센

"다케시마 정상 등대 밑에서 움직이던 강한 조명들이 사라졌습니다."

8관구 해상보안본부 차장이 보고하자 본부장이 쌍안경을 들어 확인했다. 등대 불빛 외에 눈에 띄는 것은 없었다. 몇 군데에서 강한 빛이 하늘을 가르던 조금 전과 차이가 컸다. 산만하던 분위기가 일시에 침묵 속으로 빠진 느낌이었다.

"기자들이 더 높은 곳에 카메라를 설치한 건가? 설마 북쪽으로 난 길로 일본인들을 빼돌리는 것은 아니겠지?"

"북쪽에 초소로 통하는 작은 길이 있긴 한데, 좌우가 모두 절벽이라서 오늘처럼 바람이 강하고 지면이 축축하면 위험합니다. 한국 경찰이 민간인들을 그런 위험한 길로 인도하지 않을 겁니다."

경비구난부장이 인공위성으로 측량해서 만든 독도 입체 지도를 확인하며 보고했다.

"양쪽이 정말 깎아지른 듯한 절벽이네. 경비초소가 한참 안쪽에 있을 정도야. 바람 없는 날 대낮에도 다니기 힘들겠어. 순시선을 다케시마 북쪽으로 보내 굳이 확인할 필요는 없겠지?"

본부장을 포함한 8관구 간부들이 지도를 보면서 동의했다. 이렇게 바람이 강하고 어두운데 이런 험한 절벽길로 간다면 정상인이라고 하기 어려웠다.

"본부장! 새로 도착한 500톤급 한국 순시선이 다케시마 쪽으로 향합니다!"

"또 선착장에서 일본인들을 호송하려는 건가? 선착장 주변을 잘 살펴봐!"

"503함이 남쪽 선착장으로 접근합니다!"

"에잇! 모든 순시선, 선착장 방향으로 회두! 저지해!"

일본 순시선들이 남쪽 선착장으로 향했다. 당연히 한국 구난함들이 순시선들을 가로막으며 방해했다.

"흥! 강력하게 밀어붙이는군."

그러나 8관장은 말과는 달리 느긋한 표정이었다. 독도의 동도 남쪽 선착장만 감시하고 있으면 한국 해경도 방법이 없기 때문이었다.

일본인들을 호송하려는 기도가 보이면 경고사격 몇 발 해주면 그만이었다. 지금은 한국 구난함이 수적으로 압도하고 있지만 한국 해경도 인명피해가 나길 원하지 않았다.

그런데 다이센의 선장이 경악에 찬 비명을 질렀다.

"관장! TV를 보십시오!"

"근무 중에 TV라니! 아니, TV를 주시하라고 내가 명령했었지. 그래, 어떤 내용인가?"

"한국 해경이 단정을 동원해 다케시마 동도 북동쪽에서 일본인들을 호송하고 있다고 합니다! 남쪽 선착장이 아닙니다. 북동쪽에 있는 간이선착장입니다!"

"그쪽에도 선착장이 있나? 그냥 평평한 바위 아냐?"

본부장이 TV로 달려갔다. 화면에는 긴급뉴스 속보라는 타이틀 아래 독도 사진만 뜬 채로 바람소리 섞인 음성이 흘러나오고 있었다. 일본인 기자가 휴대전화 국제로밍 서비스를 통해 독도 현지에서 음성 중계하는 것이 아니라, 한국 방송을 따와서 일본어 번역을 자막으로 처리한 방송이었다. 소곤대는 저 소리는 분명 한국어였고, 자막은 계속 흘러갔다.

기자: 도쿠도(다케시마) 북쪽에도 이렇게 길이 있는 줄 몰랐습니다. 절벽에서 올라오는 바람소리가 엄청나게 울려서 시청자 여러분께 제 목소리가 제대로 들리는지 모르겠습니다.

한국 방송사 데스크: 잘 들립니다. 바쿠슨규 기자, 계속 중계해주세요. 일본인들은 잘 따라가고 있나요?

기자: 예. 아직까지 아무런 일도 발생하지 않았습니다. 자해하려던 일본인 청년은 들것에 고정된 채 전투경관들에 의해 실려 가고 있습니다. 다른 일본인 행동대원들도 수갑을 차거나 포승줄에 묶이지 않았는데도 순순히 따라가고 있습니다.

데스크: 다행입니다. 이번 일은 이렇게 끝나겠군요.

기자: 엇차! 경사가 꽤 심합니다. 밑을 내려다보면 아찔할 정도입니다. 아! 저 밑에 해경 특공대인지, 고무보트가 대기하고 있습니다. RIB보트 또는 고속단정이라고 부릅니다. 단정이 간이 선착장인 평평한 바위에 접안해서 조명을 밝히고 있습니다. 5001-1이라는 숫자가 보입니다. 5천 톤급 경비용 순시선 삼봉호 소속 대형 단정이라는 뜻입니다. 말씀하신 대로 이번 일은 곧 끝날 것 같습니다.

경관: 그쪽 기자님! 왜 혼자서 (의미불명) 중얼거리세요?

기자: 아니! 그냥 녹화방송용 멘트야. 다른 기자들도 다들 하고 있잖아. (속삭임) 시청자 여러분. 전투경관(일본의 기동대)이 종이를 만들려고 기자에게 다가오고 있습니다. 하지만 저희 방송국은 어떠한 압력에도 굴하지 않고 국민의 계란 권리를 위해 끝까지 중계해드릴 것을 약속드립니다.

경관: 설마 방송국과 통화하는 건 아니시죠?

NHK: '종이를 만들려고'는 제지하려고, 계란 권리는 알 권리로 수정합니다.

기자: 아! 물론 아니지. 이렇게 마이크 잡고 있잖아. 휴대폰으로 음성 중계하는 건 절대 아냐. 그리고 자꾸 말 걸지 마! 지금 이 부분 편집해서 잘라내야 하잖아.

경관: 예. 죄송합니다. 조금만 더 참으세요. 이 일이 지금 일본에 알려지면 큰 일 납니다. 잠깐을 못 참아서 방송했다가 만약 일본과 해전이 벌어지면 그 기자와 방송국은 국가반역자 되는 거고, 도쿠도(다케시마)를 빼앗기게 된다면 민족반역자 되는 겁니다.

기자: 서, 설마 그렇게까지. 곧 상황이 종료되겠지. 하하! 그런데 왜 행렬이 멈춘 거야? 다들 서 있네.

경관: 글쎄요. 소대장님이 상부와 통화하시는 것 같은데요.

간부: 아! 시바 (여왕) 남자 성기 섬! 바쿠슨규 기자가 누구요? 당장 전화 끊어요!

경관: 쳇! 결국 사고 쳤군. 휴대폰 압수하지 못하게 막았다는 윗선은 도대체 누구야?

간부: 전 대원 주목! 방금 '설마 방송국과 통화하는 건 아니시죠?'라고 말한 대원? 그 말이 생방송을 탔어!

경관: 에엑! 수교온(의미불명) 키무욘센! 아! 이 아저씨 정말! 빨리 끊어요! 어서요!

간부: 그렇게 경고했는데도 지라리아(의미불명). 키무욘센! 내가 책임진다. 당

장 바다에 처넣어! 어서!

　경관: 에잇! 디스 이스 테이하밍크(大韓民國)!

　기자: 안 돼! 으아아아아!(비명)

　- 뚜우우!

　데스크: 바쿠슨규 기자! 바쿠슨규 기자? 오! 세상에!

"이것은!"

8관구 해상보안본부장이 경악했다.

"확실합니다, 관장!"

"기자를 발로 차 절벽에서 떨어뜨린 건가? 영화처럼? 경관이 같은 나라 국민을?"

8관구본부장이 땀을 삐질삐질 흘렸다. 8관장이 간부들과 눈을 마주치자 간부들은 당황한 와중에 고개를 끄덕였다.

"본부장! 지금 그것이 문제가 아니지 않습니까! 한국 해양경찰이 일본 영토인 다케시마에서 일본인들을 불법 납치하고 있습니다! 남쪽 선착장에 접근했던 503함은 양동작전이었고, 그 전에 5001함에서 단정을 내려 북쪽으로 돌아간 것이 틀림없습니다!"

8관구 해상보안본부 차장이 마이크를 본부장에게 넘겼다. 잠시 얼이 빠져 있던 본부장이 머리를 한번 흔든 뒤 마이크를 붙잡았다.

"전 순시선, 북쪽으로 회두하라! 이것은 일본 영토에서 한국 범죄자들에게 납치당하는 선량한 일본 민간인을 구출하는 작전이다! 우리가 정의다! 북조선 공작원에게 납치당한 일본인과 그 가족들의 눈물을 상기하라!"

순시선들이 일제히 북쪽으로 침로를 잡았다. 그러나 미리 예상하고 준비한 한국 해경 구난함들이 즉시 움직이며 순시선들이 독도에 접근하지 못하도록 가로막았다. 순시선들은 구난함들과 뒤섞여 혼란에 빠졌고, 가볍게 충돌한 경우까지 생겼다.

"한국 순시선들을 밀어붙여! 단정이 못 떠나게 차단해!"

구난함들이 이룬 대열을 뚫으려고 순시선 여섯 척이 파고들었다. 그러나 한국 구난함 10여 척이 필사적으로 막는 바람에 순시선들은 독도에 접근하지 못했다. 그리고 시간이 지날수록 한국 구난함 숫자가 늘어났다.

현재 독도 근해에는 처음 도착한 동해지방해양경찰청 소속 일곱 척에 오후 늦게 도착한 500톤급 두 척, 남해지방해양경찰청 산하 부산해양경찰서와 제주해양경찰서, 그리고 서해지방해양경찰청 산하 목포해양경찰서에서 지원한 구난함까지 총 22척이었다. 여기에 더해 군산해양경찰서와 태안해양경찰서, 본청 직할 인천해양경찰서 소속 대형 구난함들까지 모두 독도로 달려오고 있었다. 해상보안청 8관구본부를 지원해주기로 했던 7관구와 9관구 소속 대형 순시선은 아직 도착하지도 않았지만, 이들이 오더라도 수적인 우세는 여전히 한국 해양경찰이 쥐게 되었다.

"관장! 단정이 움직입니다. 간이선착장을 떠납니다!"

"본부장! TV 속보입니다. 한국 해경이 일본인 네 명을 단정에 태웠다고 합니다! 늦었습니다. 차단하는 것은 무리입니다!"

간부들이 잇따라 보고하자 8관구 해상보안본부장이 함교 밖을 살폈다. 유일하게 순시선 다이센만이 한국 구난함들 사이를 뚫고 독도 북동쪽 간이선착장을 떠나는 단정을 시야에 포착할 수 있었다. 그런데 저 앞에서 군함을 닮은 구난함이 단정과 다이센 사이를 선체로 가로막으려 움직이고 있었다. 한국 구난함에서 쏘아 보낸 강렬한 탐조등 불빛이 다이센의 함교를 회색으로 물들였다.

"단정에 경고 사격! 아니, 엔진 부위에 실사격해! 선장! 어서!"

"20밀리 발사 준비! 그런데 관장! 괜찮겠습니까?"

"한국 해경 애들은 쏠 수 없어! 아까도 그냥 두들겨 맞았잖아! 해경이 한국 정부로부터 강력한 주문을 받은 것 같아. 마음 놓고 공격해!"

"하지만 인명피해가 난다면 달라질 수도 있습니다. 아니, 그게 아니고! 관장! 재고해주십시오! 단정에 탄 일본인이 맞을 수도 있습니다! 단정은 워낙 작아서 엔진을 조준해 쏜다 해도 인명피해가 날 우려가 있습니다!"

군함처럼 생긴 구난함이 단정을 가로막기 직전이었다. 잠시 후면 다이센에서 단정을 쏠 기회 자체가 사라진다.

"쏴! 쏘란 말이야! 시간이 없어! 행동대원들은 신경 꺼! 그들은 국가를 위해 희생할 각오로 간 거야!"

조금 전에 정의로운 민간인 구출작전 운운한 것을 8관구 해상보안본부장은 벌써 까먹어버렸다. 선장과 20밀리 포 사통사의 눈길이 마주쳤다. 잠시 침묵이 이어지더니 선장이 눈을 질끈 감고 발사 명령을 내렸다.

- 따다당!

시뻘건 빛줄기가 어둠 속으로 쭉 뻗어나갔다. 단 다섯 발을 쐈고 파도 때문에 명중한 것은 겨우 세 발인데도 꽤 큰 주황색 단정의 뒷부분이 산산조각 났다. 그리고 당장 뒤쪽부터 침몰하기 시작했다. 단정의 파편과 함께 사람들이 덩어리로 뭉쳐 물로 빠져 들어갔다. 어두운 와중이라 잘 보이지는 않지만, 물에 뜬 사람들이 뭐라 손짓하다가 물속으로 잠기는 것으로 미루어 희생자가 나온 것 같았다.

- 따다다다다!
- 퍼벙! 펑!

"으악! 저쪽에서 쏜다!"

"한국 순시선이 반격합니다! 경고사격이나 위협사격이 아닌 실사격입니다! 이럴 수는 없습니다!"

8관장과 간부들이 엎드린 채 비명을 질러댔다. 8관구 차장이 말로 설명할 필요도 없었다. 함교창을 깨뜨리며 들어온 기관포탄이 함교 벽에 퍽퍽 박히고 76밀리 포탄 세 발이 함교 주위에 연속 작렬했다. 높은 파도 때문에 빗맞기에는 너무 가까웠고, 한강5호의 사격통제 레이더는 군용답게 정밀도가 높았다. 1005함에서 기관포를 연사하며 다이센으로 달려들었고, 5001함에서도 20밀리 기관포를 발사했다.

"이익! 뭐하나? 응사해!"

엎드린 채 머리를 감싸 쥔 8관구 본부장이 고함을 질렀다. 그러나 8관장이 명령을 내리기도 전에 순시선 키소에서 먼저 1005함에 발포했다. 그 사이 다른 한국 해경 구난함들은 발포하지 않았다. 어찌된 셈인지 5001함과 1005함에서도 잠시 사격을 멈추자 8관장이 슬며시 고개를 들었다.

1005함이 함수를 돌리고 있었다. 다이센과 키소의 사격으로부터 한강5호가 도망치는 것이 분명했다. 8관장이 벌떡 일어났다.

"거 봐! 한국 놈들은 우리를 쏘지 못한다고 했지? 방금 저 놈이 쏜 것은 놀라서 엉겁결에 쏜 거야. 명령 위반이지. 쏴! 때려 부셔!"

"관장! 이 정도에서 우리도 자제하는 편이……."

"무슨 소리야? 우리가 먼저 공격 받았어. 이 기회에 혼쭐을 내주는 거야! 계속 쏴!"

8관장은 순시선 다이센에서 한국 해경 단정을 향해 쏜 것은 공격으로 치지 않았다. 그 사이 다이센과 키소에 이어서 오키, 이와미, 미우라, 와카사도 사격에 참가했다. 공격은 순시선들 바로 앞에 버티고 서 있는 커다란 5001함에 집중됐다. 순시선들이 일방적으로 5001함을 두들기는 양상이었다.

"우하하! 자위권 발동도 못하는 머저리들!"

어느새 공포를 잊은 8관장이 깨진 함교창으로 고개를 내밀었다. 한국 구난함들은 20밀리와 35밀리, 혹은 40밀리 탄에 맞아 엉망이 되면서 회피기동하느라 바빴다. 물러서는 구난함들을 순시선들이 기세등등하게 뒤쫓았다.

순시선 키소가 40밀리 함포를 연사하자 그 사이 사격을 멈춘 5001함의 함수 20밀리 유인 기관포가 박살났다. 시뻘건 덩어리가 부서진 기관포좌에서 굴러 떨어졌다. 기관포 사수가 사망한 것이 틀림없었다. 8관장의 웃음소리가 기관포 발사음에 지지 않을 정도로 크게 울렸다.

"본부장! 한국 해경 5001함에 인명피해가 발생한 것 같습니다. 사격을 멈추는 편이 좋을 것 같습니다."

"무슨 소리야, 선장? 계속 쏴! 다 죽여 버려!"

8관구 차장이 선장을 윽박질렀다. 피를 본 다음부터 8관구의 고위 간부들도 8관구 본부장처럼 광기에 물들어갔다. 한국 정부로부터 어떤 명령을 받았는지 한국 구난함들은 아직도 응사하지 않았다. 이렇듯 안전하게 적을 격파할 수 있는 절호의 기회를 놓치고 싶은 간부는 다이센의 선장 말고는 이 자리에 없었다.

- 콰앙!

다이센의 함교 내부를 거대한 진동이 덮치더니 순간적으로 화염과 폭풍이 휘몰아쳤다. 잠시 후 모든 조명이 꺼져 암흑천지가 된 함교 안에 가느다란 신음과 비명소리가 울려 퍼졌다. 아수라장이 된 함교에 포격이 연달아 두 번 더 이어지더니 끊겼다.

- 8관장! 어떻게 된 거야! 8관장! 젠장!

스피커에서 본청 경비구난감의 목소리가 잡음과 함께 흘러 나왔다. 8관장이 팔과 어깨, 다리에서 느껴지는 고통을 참으며 간신히 기어가 마이크를 붙잡았다. 8관구본부 간부들과 해상보안관들이 쓰러진 바닥에는 피가 흘렀고, 함교 여기저기에 불길이 치솟았다. 한국 구난함들과 순시선들이 전투 중인지 바깥에서 포성이 요란하게 울려댔다.

"으으! 구난감! 한국 해군으로부터 공격을 받았습니다. 비겁한 놈들! 다이센은 굉침 중인 것 같습니다. 부디! 부디 복수를 부탁합니다!"

- 해군이 아니라 해경이야! 그리고 다이센은 도망치고 있잖아!

"그럴 리가……."

경비구난감은 TV를 통해 현장 상황을 정확히 파악하며 힐난했다. 8관장의 비장미 넘치는 유언이 졸지에 코미디로 전락해버렸다.

- 이런! 나머지도 도망치기 시작했어! 이 바보들, 먼저 공격하더니 바로 신나게 깨지면서 도망가는 거야? 8관장! 제발 어떻게든 해봐! 다케시마에서 한국 해경 놈들을 몰아내라구!

8관장이 무거운 눈을 간신히 뜨고 조타석을 바라보았다. 제복이 온통 붉게 물든 선장이 꼿꼿이 선 채 키를 돌리고 있었다. 예순 다 된 노인이 생명이 위협받는 전쟁터에서도 당당하게 직무를 수행하는 모습은 아름다웠다.

8관구 본부장이 옆으로 고개를 돌렸다. 피에 젖은 바닥에 누운 8관구 차장은 두 눈을 뜨고 입을 쩍 벌린 채 누워있었다. 경비구난부장은 무릎을 꿇은 채 피를 토해냈다. 경비과장과 형사과장은 콘솔 의자 밑에 숨어 부들부들 떨고, 구난과장은 비명을 지르며 함교 안을 정신없이 뛰어다녔다. 간부들이 저 지경인데 다른 젊은 승조원들은 말할 것도 없었다.

"죽었어. 다 죽었어! 흑흑!"

- 8관장! 정신 차려! 퇴각하는 배들을 되돌려 응전시켜! 오늘 다케시마를 탈환해야 해! 설마 헌법 9조에 연연하는 멍청이 해자에게 맡길 셈이야?

"구난감! 한국 해경에게 화력에서 밀리지는 않지만 배 척수와 배수량에서 크게 밀렸습니다. 원통합니다, 구난감! 부디 복수를…… 크윽!"

피를 토하는 듯한, 꽤나 비장한 목소리였다. 한국 해경에 비해 일본 순시선이 적고 작다니, 다른 나라 사람이 들으면 일본이 약소국이고 한국이 해양강대국이라고 오해할만한 발언이었다. 그러나 경비구난감이 시큰둥하게 대꾸했다.

- 발포한 한국 구난함은 처음부터 지금까지 달랑 두 척이거든? 지금은 1005함 단 한 척이 사격하는데, 그 한 척을 못 당해서 여섯 척이 쫓기냐? TV 실황중계를 듣자니 내가 민망할 정도다. 키소는 신형 고속 순시선이고 무장도 훌륭한데 왜 쫓기는 거야?

결국 또 다시 코미디로 전락했다. 8관장은 만사가 귀찮아졌다. 고통이 사라진 대신 졸음이 쏟아졌다. 마이크가 손에서 떨어지고, 턱이 바닥을 찧었다. 구호반원들이 함교로 들이닥쳤다.

순시선 키소는 불심선 사건과 동지나해 북한 공작선 사건의 교훈으로 인해 새로 건조된 2천 톤급 고속 고기능 순시선으로 히다, 아카이시에 이어 동형 세 번째이다. 무장은 40밀리 보포스 기관포, 사격 정밀도를 향상시킨 20밀리 고속 기관포로서 기존 순시선에 비해 무장이 충실하다. 40밀리 함포를 채택한 이유는 북한 공작선을 상대로 해상자위대 함정의 76밀리 함포는 너무 강하고 기존 해상보안청 순시선의 20밀리는 너무 약하다고 판단했기 때문이다. 북한이 마약 밀수를 하다가 들키는 바람에 한국 해경은 독도 해역에서 예전에 비해 고속이며 무장이 훨씬 강력한 순시선들을 상대하게 됐고, 이에 따라 새로 건조하는 한국 구난함의 무장도 강화됐다.

- 응? 76밀리 함포에 맞아 순시선들 무장이 모두 깨졌다고? 비열한 한국 놈들! 이럴 때를 대비해서 그 낡은 배를 퇴역시키지 않은 거야! 말로는 신형 구난함에 설치한 가스터빈 적응 훈련을 위해서라고 했지만 역시 거짓말이었어! 이건 반칙이야. 해보 싸움에 해군이 끼어든 거나 마찬가지야! 1005함! 잊지 않겠다!

본청 경비구난감이 관방에게 보고를 받고 불 같이 화를 냈다. 구난감은 선제공격을 받아 인명피해가 났는데도 불구하고 냉정을 유지한 한국 해경이 순시선들을 무척이나 많이 봐줬다는 사실을 인정하지 않았다. 한국 구난함 22척이 모든 화력을 동원해 제대로 응전하면 일본 순시선은 단 한 척도 살아 돌아가기 어렵다.

남해지방해양경찰청 부산해양경찰서 소속 1005함은 해군의 포항급 초계함에서 무장을 조금 줄인 함정이다. 1005함은 대간첩작전에 참가해 간첩선을 때려잡는 배이고, 경비구난 임무보다는 전투에 더 적합한 함정이다. 한국 해경의 임무가 전환기에 접어들 무렵에 취역한 함정이라고 할 수 있다. 동해해양경찰서 소속 1003함은 포항급과 비슷한 동해급 초계함과 같은 함체이긴 하나 무장은 일반 구난함과 동일하다.

76밀리 함포는 미국 해군과 일본 해상자위대가 주력으로 사용하던 강력한 함포다. 지금은 해군 함정이 대형화되고 함포의 지상 지원 능력이 중시되면서 5인치나 127밀리 함포가 주로 사용되지만, 얼마 전까지는 76밀리 함포가 표준이었다.

1005함처럼 해경 함정에 76밀리 함포를 달아 유사시 해군의 보조 전력으로 사용하자는 의견도 나올 법한데, 전혀 비효율적이다. 76밀리 같은 본격적인 함포를 사용하기 위해서는 자이로실과 연동된 정밀한 안정화시스템이 필요하고, 선체 아래 자동화된 급탄 시스템을 갖춰야 한다. 또한 사격통제 장비와 각종 보조 장비를 갖추고 제대로 활용하려면 값비싼 전투정보 시스템과 많은 인원이 필요하다. 비용은 기하급수적으로 올라가고 해경 본연의 임무에 필요한 장비를 적재할 공간은 반대로 줄어든다. 구난전차에 포탑과 주포를 달면 유사시에 전투에 동원할 수 있고, 정찰기에 미사일을 달면 요격임무나 지상공격 임무에 투입할 수도 있다. 그러나 그렇게 하지 않는 것은 공간과 비용의 문제 외에도 본연의 임무에 충실한 편이 보다 효율적이기 때문이다.

8월 16일 02:45 독도 동도

바다는 모든 생명의 고향이야. 물이 이렇게 포근한 것을 미처 몰랐지. 나는 고해苦海를 떠나 포근한 고향으로 돌아가.

마지막 거품이 입을 떠나 위로 솟구쳐. 검은 바다 속을 가로지르는 몇 줄기 황금빛 조명은 부질없어. 나를 영원히 안식케 할 흑암이 등 뒤에서 나를 따스하게 안기에. 죽는 것은 잠드는 것. 하! 그리고 꿈도 꾸겠지. 햄릿! 햄릿! 죽느냐, 사느냐. 나는 이렇게 죽어. 살아날 가능성은 없어.

내가 손발을 휘젓는 것은 살려고 발버둥치는 것이 아냐. 단지 동물로서 역겨운 본능일 뿐이지. 모든 것이 비현실적으로 느껴져. 팔다리에 감각이 없어. 입에, 목에, 폐에 물이 들어차.

파국의 순간에 나를 몸으로 감싸던 한국 경관이 붉은 피를 내뿜으며 천천히 가라앉고 있어. 직무에 충실한 그 경관의 마음에 고마움을, 사과를, 애도를. 그러나 조명을 받으며 바닷물에 일렁이는 진한 핏물은 너무 아름다워.

생각해보면 내 잘못이 컸지. 소학교 때, 친구들과 함께 괜히 못 살게 굴었던 그 뚱뚱한 아이가 언덕에서 뛰어내릴 줄은 정말 몰랐어. 내게 허망한 미소를 던지며 추락하던 그 소녀 얼굴이 이제야 확실히 기억나. 내 동정을 앗아간 그 불량소녀하고 어쩐지 닮았어. 그렇게 쉽게 사람이 죽을 줄 몰랐어. 그래서 나는 무서워. 내게는 장난이었지만 그건 확실히 폭력이었어. 폭력은 살인이야. 폭언도 살인이야. 인간이 인간을 인간답게 대하지 못했어. 내 잘못이야.

그래서 똑같은 벌을 받았잖아. 그렇다고 죽을 일은 아니었다고, 그 애가 미쳤다고 변명했지만 결국은 나를 혐오할 수밖에 없었어. 생각할수록 괴로워서 돼지처럼 먹어댔어. 괴로울 때까지 먹어댔어. 결국 나도 뚱뚱보 돼지가 됐어. 악몽에서 깨고 나서 거울을 보면 마음이 놓였어. 부족하더라도 내 나름의 속죄였으니까.

인생은 슬픈 거야. 살아가는 동안 슬픔을 먹고 사는 거야. 그래서 나는 자신이 없어졌어.

시커먼 그림자 둘, 빛을 가리지 마. 내가 보는 마지막 빛이거든. 이제 내 마음보다 어두운 심연 속으로 들어가면 다시 빛을 보지 못해. 붉은 피를 흘리는 경관을 데리고 위로 솟구치는군. 다행이야. 그 경관은 나를 구하려다 대신 맞았거든. 잘하면 살 수 있을지도 몰라. 온몸에서 핏기가 빠져 나가면서도 나를 들것에서 풀어준 사람이야.

왜 그렇게 죽어가면서까지 나를 살리려고 했을까. 지금 나는 이렇게 속절없이 죽어 가는데.

예전에, 전철 선로에 떨어진 사람을 구하다 죽은 한국 청년 말이야. 그건 일본에서 있을 수 없는 일이거든. 이해할 수 없었어. 비상벨을 눌러 직원을 호출하면 된다고 말은 했지만 선로에 떨어진 사람은 그 사이에 기차에 치여 죽겠지. 이제 조금 이해가 되는 것 같아. 그렇다고 한국인들이 부러운 건 아냐. 일본에도 훌륭한 소방관, 의사들이 많거든.

우린 인간이야. 서로 보듬고 살아야 할 인간이야. 나는 인간이고 싶었어. 세상에 엄마 같은 사람만 있다면 얼마나 좋을까? 알아. 엄마는 다른 사람들에게 잔혹했어. 그래서 세상은 고해야.

그림자들이 다시 빛을 가리는군. 어이! 한국 경관 나으리! 나를 다시 고해로 끌고 가려고? 별로 생각 없는데. 포기하는 게 어때? 나 때문에 당신 동료가 죽었어. 내가 밉지 않아?

응? 마지막 호나우도던가, 시커먼 녀석. 웃지 마! 천박한 주제에 잘난 척하는 귀국자녀 놈아! 그래서 네놈들이 이지메 당하는 거란 말이야! 화가 나니까 갑자기 숨이 막히며 괴로워지네. 칼로 찌른 배가 지독히 아파. 왜 마지막 순간에 깊숙이 찌르지 못한 걸까. 나는 할복도 못할 정도로 심약한 녀석일까? 하지만 너무 아파서 정신이 없었다구.

"쿨럭! 푸하아!"

숨을 쉴 수 있다는 게 이렇게 좋구나. 숨이 이렇게 가빠도, 허파가 기뻐서 경련을 일으키는 것 같아. 이제 와서 생각해보니, 바닷물은 너무 짜고 써. 흑암은 영혼까지 집어삼킬 것 같아 너무 무서워.

황금빛 하나는 탐조등이 아니라 달빛이었구나. 맑은 하늘에 빛나는 달이 이렇게 아름다운 줄 몰랐어. 기쁘다. 다시 볼 수 있어서. 그런데 나는 살아있는 걸까?

"아미고! 다행이야, 친구."

나를 눕혀서 어디로 헤엄쳐 가는 거야? 그 바위섬으로? 이젠 지겨워. 마지막 녀석 숨을 제대로 못 쉬는군. 뚱뚱해서 미안해. 힘이 하나도 없어. 배가 아파. 바닷물에 닿은 상처가 쓰라려. 이렇게 아픈 걸 보니, 난 아직 살아있구나. 인간들이 서로 상처를 입히며 살아가는 고통의 바다보다는 생명의 고향인 바다가 나을지도.

죽고 싶었어. 하지만 죽음 직전에 처해보니 알 수 있어. 나는 살고 싶어.

8월 16일 02:50 독도 동도

"드디어 일본 순시선들이 물러납니다! 일본 순시선들은 침몰은 간신히 면했지만 너덜너덜해진 채 도주했습니다. 해경 경비정들은 추격하지 않습니다. 길쭉하게 생긴 배의 화력은 정말 무시무시했습니다. 아! 1005함, 한강5호라고 합니다."

한국 해양경찰 구난함들과 일본 순시선들의 대결이 끝났다. 기자들은 카메라로 녹화하는 동시에 휴대전화로 음성중계를 하고 있었다. 김용선 수경이 휴대전화를 빼앗아 바다에 던져버린 박승규 기자까지 음성으로 중계방송하느라 여념이 없었다. 기자들은 휴대전화를 두 대씩 갖고 다니는 경우가 많다.

"해경과 해상보안청 순시선들의 우발적인 교전은 지금 막 끝났습니다. 더 이상의 희생을 막기 위한 한국과 일본 정부의 교섭이 필요한 시점입니다."

카메라 앞에서 멘트를 하는 기자들의 표정에 활기가 없었다. 화면으로 생방송했다면 큰 상을 노려볼만한 특종인데 겨우 음성 중계에 화면은 녹화방송이라 맥이 빠졌다.

"말 지독히 안 듣네."

땅바닥에 주저앉은 독도경비대장이 웅얼거렸다. 휴대전화 벨소리가 요란하게 울려댔지만 조병민 경위는 멍하니 바다만 바라보았다. 구난함에서 내린 단정 한 척이 선착장으로 접근하고 있었다.

지호영 일경이 조 경위에게 다가왔다. 피범벅이 된 손을 수건으로 닦으며 머뭇거리는 지 일경에게 조병민 경위가 고개를 들어 보고할 것을 종용했다. 내용을 듣지 않아도 알만했다.

"피격 당한 해경 특공대원이 결국 운명, 순직했습니다. 죄송합니다."

"뭐, 20밀리 탄을 배에 맞고도 살면 사람이 아니지. 지 일경이 수고했어."

환자가 죽는 모습을 지켜보는 의료인의 마음은 그 어떤 말로 위로가 될까. 절벽길에서 전투경찰 한 명이 나는 듯이 뛰어 내려왔다.

"소대장님! 부장님이 보내서 왔습니다. 전화 안 받으십니까? 상황실에도 대장님을 찾는 전화가 폭주하고 있습니다."

"될 대로 되라지. 빌어먹을 윗사람들! 급하면 독도로 직접 오라고 해."

단정에서 내린 해양경찰 특공대원들이 순직한 특공대원과 일본인 환자, 극우단체원들을 후송해갔다. 기자들과 독도경비대원들이 그 과정을 지켜보았다. 단정을 내린 구난함은 평소 독도경비대에 보급품을 수송해주는 503함과 507함이었다.

503함은 나머지 해경 특공대원들도 탑승시킨 다음 단정 두 대를 모두 수용했다. 곧이어 5001-2 단정이 접근하자 503함에서 크레인을 이용해 들것을 끌어올렸다. 5001함에서 발생한 희생자들의 유해였다. 들것 세 개 외에도 부축을 받아 503함에 타는 사람이 몇 있었다. 5001함이 순시선들로부터 집중사격을 받아 20밀리 기관포 사수 외에도 함교에서 사상자가 속출했다.

함수를 서쪽으로 돌리는 503함을 향해 몇몇 경비대원들이 거수경례했다. 507함은 순시선의 사격에 의해 침몰한 삼봉호의 단정 5001-1의 잔해를 수거하느라 계속 남았다.

짧은 시간에 많은 일이 일어났지만 이제 사건이 종료된 듯했다. 더 이상은 큰일도, 희생도 없을 거라는 생각에 독도경비대원들이 가슴을 쓸어 내렸다. 물론 기자들이 기대한 바와 다르지만, 기자들을 만족시키기 위해 사건이 확대된다면 불행한 일이다.

기자들이 조병민 경위에게 몰려왔다. 일본 기자들도 많아서, 박대인 상경이 통역을 맡았다.

"어째서 한국 해경은 두 척만 반격한 겁니까? 경비대장님이 해경은 아니지만 경찰 간부로서 현재 상황을 설명주시기 바랍니다."

"조 경위님. 생방송 중입니다."

카메라맨이 속삭이자 그 동안 맥없이 앉아있던 조병민 경위가 얼떨결에 일어나서 대답했다.

"보셨다시피, 1005함이 처음 쏜 것은 단정에 대한 순시선의 추가적인 사격을 막으려는 의도였습니다. 법률용어로 긴급피난이라고 합니다. 이후 일본 순시선으로부터 계속 공격을 받은 1005함은 자연스럽게 반격한 것입니다. 사격에 참가한 또 한 척은 5001함인데, 침몰한 단정이 5001함 소속이니 5001함이 공격받은 것이나 마찬가지

이기 때문입니다. 정당방위입니다."

"순시선이 발포하더라도 직접 공격받은 함정 외에는 반격하지 말라는 한국 정부의 명령을 끝까지 지킨 셈이군요."

"그런 셈입니다. 그런데 정부 명령을 어떻게 알았어요? 나도 모르는데!"

"그, 그냥 예상한 겁니다. 다른 기자들도 다들 알잖아요?"

"그런데, 생방송이라고요? 누가 생방송하라고 장비를 내줬나요?"

아까 구난함과 순시선이 총격전하는 중에 장비를 들고 절벽길을 뛰어 내려온 기자, 엔지니어들이 있었다.

"수경 김용선! 제가 상황실과 통화했습니다. 총격전이 시작되자마자 소대장님이 생방송을 허가한다고 하지 않으셨습니까? 기자님들이 그렇게 말하고 상황실에서 위성통신 장비를 돌려받았다고 합니다. 아니, 미처 막을 틈도 없이 장비를 들고 뛰어 나갔답니다."

조병민 경위가 두 주먹을 불끈 움켜쥐었다. 일본 기자들이 화들짝 놀라 한 발짝 물러섰다.

"이것저것 모두 맘에 안 들어! 독도에 오지 못하도록 확 그냥 다 쏴 죽여 버렸어야 하는 건데!"

반드시 일본 극우단체원이나 순시선만을 뜻하는 말은 아니었다. 일본 기자들은 물론 한국 기자들도 움찔했다. 카메라는 계속 돌아갔다. 한국과 일본의 시청자들이, 어쩌면 전 세계 시청자들이 지켜보고 있을지도 몰랐다.

"아니, 아직 늦지 않았어. 후후! 가장 늦었다고 생각할 때가 사실은 가장 빠르지."

씩 웃으며 고개를 치켜든 조병민 경위가 기자들을 하나하나 바라보았다. 눈빛이 바뀌고 분위기가 변했다.

"기자 여러분! 한국과 일본 해양경찰이 교전하는 장면을 생방송 하지 못해 아쉬울 거라는 점을 저는 충분히 이해하고 있습니다. 하지만 기뻐하십시오. 오늘 여러분은 최고이자 최악의 특종을 생방송 하게 될 것입니다. 스너프 필름이라서 좀 아쉽습니다만."

"서, 설마! 진정하세요!"

기자들 안색이 하얗게 변하며 뒷걸음질 쳤다.

"후후! 역시 눈치가 빠르시군요. 주인공은 저와 기자 여러분 모두 입니다. 자! 시작할까요?"

조병민 경위가 권총을 빼들었다. 기자들이 사방으로 흩어져 달아나고, 주위에서 순경과 전투경찰들이 몰려와 조 경위를 말렸다. 이 와중에도 카메라맨들은 조 경위를 화면에 담았다. 조병민 경위가 절규했다.

"이거 놔! 다 죽여 버릴 거야!"

조병민 경위가 난동을 피우는 동안 간이 선착장에 중형 어선 한 척이 접근했다. 상황실에서 이미 어선과 교신을 마쳤지만 전화를 받지 않은 독도경비대장은 아직 모르는 사실이었다. 울릉도에서 출항한 어선에는 조병민 경위가 공산당과 국회의원만큼 싫어하는 기자들이 자그마치 스물여섯 명이나 타고 있었다.

8. 새벽의 50인

8월 16일 03:45 독도 남쪽 41km 상공

일렁이는 파도가 달빛을 받아 환상적인 쇼를 연출하는 바다 위로 헬기 여섯 대가 저공으로 비행했다. 일렬로 비행하는 헬기 대열에서 세 번째인 벨212 헬기 후방석에서는 해상보안청 특수경비대 대원 아홉 명이 강습 전 마지막 장비 점검을 하고 있었다.

기타무라 쇼이치 이등해상보안정이 팔목에 찬 전자시계의 발광 버튼을 눌렀다. 희미한 조명이 숫자판을 비췄다.

"흐음. 지금쯤 다케시마 해역은 해상자위대가 장악했을 테고."

"반장! 자위대 호위함들은 아직 도착하지 못했습니다."

특수경비대 1반장인 기타무라에게 1반 소속 대원 중 가장 신참인 나스 히데오가 대꾸했다. 나스는 지휘계통이나 통신과 전혀 관련 없는 말단 삼등해상보안사보에 불과했다.

일본 영토인 다케시마에서 한국 경찰에 의해 불법 납치된 일본인들을 구출한다는 이번 작전은 해상보안청이 단독으로 수립한 작전이었다. 해상자위대와 어떠한 사전 협의도 하지 않았음은 물론 아직 총리 관저에도 보고하지 않았다. SST라는 약칭으로 유명한 해상보안청 특수경비대가 이 시간에 출동한 것은 해상자위대 함선들이 마이즈루를 출항한 다음 항행에 소요되는 시간을 계산해 맞춘 것일 뿐이었다. 그러나 작전은 시작부터 어긋났다.

"흐음. 파도가 높아서 아직 해자가 도착 못했을지도. 그럼 아직도 해보와 해경의 싸움인가? 그렇다 해도 순시선들이 한국 구난함들을 밀어붙였겠지."

"순시선들은 한국 해경에 의해 다케시마 해역에서 쫓겨났다고 합니다."

이번에도 나스 삼등해상보안사보가 대꾸했다. 최고참 도쿠나가 히로유키 일등해상보안사를 비롯해 강하준비를 하던 1반 요원들이 두 사람의 대화를 지켜보았다.

"그게 말이 되나? 응? 그리고 나스 보안사보는 어떻게 알았나?"

"TV를 보고 있는 제 여자 친구가 아까 휴대전화 문자 메일을 보내왔습니다. 전투장면은 음성과 문자만으로 중계방송이 이뤄졌고, 현재는 영상도 생중계 중이랍니다. 이제는 전파 수신 불가 지역입니다만."

"오! 여자 친구가 있어? 역시 해보는 자위대와 달라서 여자 친구도 있어! 하하!"

도쿠나가 히로유키 일등해상보안사가 참다못해 끼어들었다.

"반장! 지금 그게 문제가 아니지 않습니까? 나스 삼보 말이 사실이라면 한국 구난함과 도쿠도 경비대의 대공사격을 맨몸으로 받으며 강습해야 합니다. 우리는 해보와 해자, 그 어느 쪽으로부터도 지원을 받을 수 없습니다."

"그래. 그게 문제일세. 도쿠나가 일사가 우려하는 것은 충분히 이해할 수 있어."

"반장! 더 중요한 문제가 있습니다."

발언할 기회를 노리던 나스 삼등보안사보가 끼어들었다. 작전 실행 직전에 상황이 변한 것도 짜증나는데 뭔가 더 있다는 말에 기타무라 반장이 화를 냈다.

"말해보게. 그런데 중요한 사실부터 먼저 보고하란 말이야!"

"그건 죄송합니다. 급한 문제부터 처리하는 편이 좋을 것 같아서 그랬습니다."

"변명은 됐고. 중요한 보고 내용이 뭔가?"

"한국 해경이 조금 전에 일본인 청년 네 명을 한국으로 빼돌렸다는 사실입니다. 다케시마에는 일본 청년들이 없습니다!"

"제기랄!"

작전목표가 사라졌다는 뜻이다. 관구별로 흩어진 헬기를 모으고 해상보안청 특수경비대가 미호에 집결해 기껏 여기까지 날아왔는데, 헛수고가 될 수밖에 없었다.

그렇다면 뒤따라오는 오사카 부경府警 특별급습팀도 필요가 없게 된다. 해상보안청 특수경비대 SST는 총인원 40명이고, 당장 동원할 수 있는 인원은 30명밖에 되지 않았다. 1개 소대라고 알려진 독도경비대를 상대하기에는 인원이 부족했다. 그렇다고 해상자위대 특별경비대 SGT에게 지원을 요청할 수는 없었다. 국가 공안기관인 해상보안청이나 경찰 단계에서 해결해야 하기 때문만이 아니라, 해상보안청이 해상자위대에 손을 벌릴 수 없다는 자존심 문제였다.

그래서 해상보안청 본청에서는 도쿄 경시청에 특별급습팀의 지원을 요청했다. 그러나 경시청에서는 총리에게서 작전승인을 먼저 받으라는 논리를 내세워 거부했고, 그 대신 오사카 부경에서 적극적으로 참가를 원했다. 특별급습팀 SAT는 항공기 납치사건이 발생할 경우 인질구출 작전을 위해 편성된 경찰 특수부대다. 특별급습팀이 인질구출 작전에서 우수한 능력을 발휘할 것으로 기대했는데, 인질이 없다니 이렇게 허탈할 데가 없었다.

"문제는 또 있습니다, 반장."

"나스 삼보! 한꺼번에 보고해!"

"죄송합니다. 마지막입니다. 다케시마 정상의 헬기 착륙장은 물론이고 선착장에도 한국 방송헬기들이 부서진 채 버려져 있다고 합니다. 헬기 착륙은 불가능합니다."

"끄응! 우리가 인질구출 작전을 할까봐 헬기 착륙이 가능한 곳을 미리 폐쇄한 건가? 뭐, 리펠(레펠)하면 되겠지."

"반장! 지금 이 시점에서 가장 이해하기 어려운 것은."

"말하게, 도쿠나가 일사."

"팀장이나, SAT에서도 현장 상황을 모르는 것 같다는 사실입니다. 상부에서는 알 텐데 어째서 작전취소나 변경을 지시하지 않는지요. 팀장께 그 사실을 확인해보는 게 좋을 것 같습니다."

도쿠나가 일등해상보안사가 반장에게 팀장과 통신할 것을 건의했다. 팀장이라고 부르지만 해상보안청 특수경비대라는 특수부대의 총지휘관이다. 특수경비대의 영문 명칭이 Special Security Team이기 때문에 지휘관 명칭이 팀장이 된 것이다. 그러나 기타무라 반장은 투덜거릴 뿐 팀장과 연락을 취하지 않았다.

"상황이 바뀌면 바로 연락해줘야 하는 것 아냐? 그건 그렇고, SAT

녀석들도 여자 친구가 없는 모양이군."

기타무라 반장이 헬기 기장에게 다가가 큰 소리로 몇 가지를 물었다. 그러나 기장은 고개를 젓기만 했다. 상부든 팀장이든 연락은 없었다고 했다. 예상했던 것과 전혀 다른 상황이 됐지만 이를 모르는 특수경비대와 특별급습팀 지휘부는 독도를 강습하는 작전을 그대로 강행하는 것 같았다.

도쿠나가 일등해상보안사가 단호하게 건의했다.

"일단은 돌아가야 합니다. 작전목표가 없어졌다면 계획을 다시 짜야 합니다."

"기자도 일본인이야! 극우단체 멍청이들이 없다면 기자들을 구출하면 되는 거야! 일본 영토에서 일본인들을 납치한 범죄자인 한국 경찰들을 체포하는 것도 우리 임무야. 상황변화를 통보해주지 않은 것은 상부에서도 작전 강행을 원한다는 뜻이겠지."

기타무라 반장은 인질구출 작전이 자의적으로 남은 일본인 기자들을 구출하는 것으로 변경됐다고 우겼다. 일본인 기자들이 독도에 남아있지 않더라도 핑계거리는 또 있었다. 납치범죄를 행한 한국 경찰들을 체포, 호송해 일본 법정에 세우겠다는 것이다. 표면적으로는 결코 다케시마 탈환이라는 명분을 내세우지 않고 다만 일상적인 경찰권의 집행으로 간주했다.

대원들은 어이가 없었지만 누구 하나 반대하지 않았다. 상부의 의도를 읽었기 때문이다. 그러나 다케시마에 헬기로 강습해 한국 경찰과 치열한 총격전을 벌인 다음 일본인 기자들을 구출했는데, 일본인 기자들은 본토로 돌아가길 거부하고 계속 다케시마에 남아 취재하겠다고 우긴다면, 그것은 코미디였다.

"최소한 다케시마 해역을 청소한 다음 공역에 진입해야 합니다.

먼저 작전 지휘관인 팀장과 통신 하시길 건의합니다."

"한국 구난함들 말일세. 대공사격이 가능할까? 이렇게 어두운데."

"한국의 신형 구난함은 사격통제 레이더를 갖추고 있습니다."

반장이 한참 동안 고민했다. 후방석이 침묵에 잠긴 동안 기장이 통신기를 들고 떠들어댔다. 방공식별구역, 상부 명령 운운하는 것으로 미루어 한국에서 한국 방공식별구역을 침범한 일본 해상보안청 소속 헬기에 경고하고, 기장은 상부 명령을 들어 거부하는 대화인 듯했다.

원래 타국의 방공식별구역 안으로 들어가려면 하루 전에 미리 신고해야 한다. 평소에도 한국은 일본 방공식별구역 내에서 비행하며 한국 방공식별구역 방향으로 접근만 해도 마구 경고를 발했다. 또한 방공식별구역 외곽 한계선 10마일까지 접근하면 한국 공군기가 출격해 요격에 나섰다. 그러나 오늘은 한국이 전투기를 띄울 수 없었다. 해상보안청은 미국이 제시한 조건을 최대한 이용한 셈이었다.

여기서 중요한 것은, 해상보안청 소속 헬기들의 움직임은 한국에 이미 파악되고 있다는 사실이었다. 한국에서 어떤 대응을 할지는 알 수 없었다. 기장이 하는 대화를 듣던 반장이 도쿠나가 일등해상보안 사에게 물었다.

"다케시마에 접근하는 일본 헬기를 공격하지 말라는 명령을 한국 정부로부터 받았다면?"

"요행을 바래서는 안 됩니다, 반장. 우리는 위험에 처해 있습니다!"

요리사가 주인공인 어떤 액션 영화에서, 테러범들에게 장악된 미국 전함으로 접근하던 헬리콥터가 미사일에 맞아 박살나는 장면이 있었다. 테러범을 제압하기 위해 파견된 특수부대원들이 현장에 내리지도 못하고 공중에서 산화하는 것은 충분히 있을만한 일이었다.

"해자대와 한국 해군이 싸우는 도중보다는 공역 진입이 수월할 거라고 생각하네. 수상 함정들은 항공기에 대해 극히 민감하게 반응하니까, 해자대 호위함이나 한국 구축함이 우릴 쏴버릴지도 몰라. 차라리 지금이 더 안전해."

"계획과 전혀 다른 상황입니다. 위험합니다!"

기타무라 반장이 다음 한 마디로 상황을 정리했다.

"전 대원, 강하 준비!"

- 뚜두두두둥!

굉음이 울리며 오렌지 빛이 헬기 옆으로 횡횡 지나갔다. 헬기가 급격히 고도를 낮추는 사이 기타무라 반장이 창밖으로 예광탄의 궤적을 살폈다. 몇 발씩 날아오는 예광탄은 헬기에서 한참 떨어진 곳을 지나갔다.

"다케시마로부터 위협사격인가. 대공미사일은 쏘지 않는 건가, 아예 없는 건가?"

"중기관총 때문에 정상 부근 레펠은 불가능하다! 착륙할 다른 곳이 있는가? 남쪽에 선착장이 있다고? 좋다. 선도기가 유도해 주는 대로 따라가겠다."

기장이 선도기 헬기 기장과 통신한 다음 실내 스피커를 켰다.

- 들었나? 선착장에 강하한다! 도어 개방!

헬기 승무원들이 후방석 양쪽 문을 열었다. 바닷바람이 거세게 쏟아져 들어왔다. 특수경비대 대원들이 장비를 갖추고 몸을 일으켰다. 시커먼 섬이 급속도로 다가왔다.

- 치익! 팀장이다!

"1반장입니다."

- 작전계획 F로 변경됐다. 선착장에 헬기 잔해가 착륙을 방해하므로 레펠을 실시한다!

기타무라 반장이 팀장과 무선 통신을 하면서 표정이 일그러졌다. 작전계획 F는 독도 정상 부근 강습이 어려울 경우 선택할 최악의 대안이었다. 그런데 그마저 위험한 레펠 강습을 해야 했다. 문제는 또 있었다.

"선착장 주변에 한국 구난함들이 잔뜩 있습니다."

- 저들이 위협적인 행동을 하더라도 실제 사격은 하지 않을 거라고 한다. 믿어라!

이미 사정거리 안에 들어왔지만 한국 해경 구난함들은 일본 헬기에 사격을 가하지 않았다. 대원들은 다케시마를 일본에 넘겨주기 위한 한국 정치지도자의 책략 덕택이라고 희망적으로 판단했다. 전투는 아예 없을지도 몰랐다. 최악의 경우라도 독도경비대만 상대하면 되니 대원들 입장에서는 다행이었다.

선도기가 특수경비대 대원들을 선착장에 내린 다음 남쪽으로 비행했다. 2번기에 이어 드디어 3번기 차례가 됐다. 양쪽 승강구에 선 헬기 승무원들이 육중한 로프 뭉치를 승강구 밖으로 밀었다. 로프는 선착장으로 떨어지며 길게 늘어뜨려졌다. 구속구를 로프에 연결한 특수경비대 대원들이 하나씩 어둠 속으로 뛰어들었다.

8월 16일 03:55 독도 동도 납쪽 2km

서태일 순경이 전시장치를 통해 독도 선착장에서 일어나는 일을 지켜보았다. EOTS 터미널을 맡은 서태일 순경 뒤에는 태평양 7호의

함장과 부장, 포술장이 서 있었다. 서태일 순경 옆자리, 40밀리 자동
함포 사수는 아예 자리를 비웠다. 사수가 일본 헬기를 공격할까 우
려한 함장의 명령 때문이었다.

일본 해상보안청 소속 헬기가 차례로 선착장에 접근했다가 특수
부대원들을 쏟아낸 다음 남동쪽으로 기수를 돌렸다. 선착장 주변에
는 한국 해경 경비구난함이 10여 척 넘게 있었지만 대응하는 배는
없었다.

"믿을 수가 없습니다. 일본 놈들이 독도를 빼앗는 것을 그저 지켜
봐야 하다니. 그 따위 명령을 수행해야 하다니!"

"일본과의 무력 충돌을 회피하려는 정치권의 노력이 오히려 일본
의 침략을 불러들이고 있습니다!"

"다른 생각이 있는지, 고도의 정치행위인지."

"영토를 침략자에게 넘겨주는 것은 정치행위가 아닙니다. 매국노
의 치졸한 변명일 뿐입니다."

간부들이 울분을 토해냈다. 함장마저 당혹감에 어쩔 줄 몰랐다.

"그럴 리가 없어. 설마 위에서도 뭔가 생각이 있겠지. 독도경비대
에게는 다른 명령이 내려왔을 거야."

"저들은 고도의 훈련을 받은 특수부대입니다. 수적으로 열세인
독도경비대가 저들을 물리칠 거라고 기대하기 어렵습니다."

동의하지만, 믿고 싶지 않았다. 그것뿐이었다. 함교에서 나간 부
장이 검은 하늘을 향해 울분을 쏟아냈다.

"도와줄 수 있는데도 도울 수 없다니! 이렇게 참담할 데가 없다!
독도경비대여! 미안하다! 미안해! 제발 죽지만 마라!"

분노하는 것은 부장뿐만이 아니었다. 나머지 간부들이 원망 어린
눈길로 함장에게 항의했다.

"저는 독도를 지키기 위해 해경이 됐고, 태평양 7호를 타고 독도를 지킬 수 있어서 행복했습니다. 그런데 지금 이게 뭡니까?"

"정부 명령 때문에 합법적인 임무를 수행할 수 없다니! 참담한 심경입니다!"

함장은 대꾸를 할 수 없었다. 사건은 급기야 클라이맥스로 치달았다. 독도경비대의 최후는 모든 한일전쟁 소설의 도입 부분이다.

8월 16일 04:05 독도 동도 선착장

나스 히데오 3등 해상보안사보는 선착장 진입로 주변 수색 임무에 투입됐다. 1반보다 앞서 강하한 2반과 3반은 독도 정상으로 이어지는 길을 장악하며 차근차근 위쪽을 향해 진격하고 있었다. 아직 독도경비대로부터 어떠한 반응도 없었다.

나스 삼보는 어둠 속에 잠긴 섬 정상을 보기가 두려웠다. 한 줄로 서서 계단을 오르거나 선착장에 산개한 시늉을 하는 대원들을 향해 언제 기관총이 불을 뿜을지 모르기 때문이다. 한국 경찰이 바위틈에 숨어 저격한다면 꼼짝없이 발이 묶인 채 하나씩 죽어갈 수도 있었다. 2반과 3반이 정상으로 이어지는 계단 길을 장악했다지만 근처 풀숲에 숨겨진 클레이모어 한두 방에 몰살을 당할 수도 있었다. 한국 경찰 한두 명이 절벽 위에 몸을 숨긴 채 수류탄을 하나씩 까 던진다면 대책이 없었다.

그런데 아직까지 아무런 반응이 없었다. 그렇다고 해도 한국 경찰이 준비가 부족한 것이 아니라는 사실을 나스 히데오는 알고 있었다. 한국은 교전을 회피하는 것이 분명했다. 일본 측에서 희생자가 나오는 것을 두려워하는 것일지도 몰랐다.

그러나 이대로 가면 해상보안청과 오사카 부경 소속 연합 특수부
대원들이 이 섬을 장악하게 된다. 한국은 결코 그렇게 되길 원하지
않을 것이다. 한국이 어느 순간부터 반응하게 될지 나스 히데오는
알 수 없었다.

나스 히데오는 도쿠나가 일등해상보안사를 따라 뾰족하게 솟은
바위 뒤쪽을 수색했다. 적외선 고글에 잡히는 물체들은 바위와 난간
등 자연물이나 진입로 난간 등 인공구조물에 불과했지만 어둠 속에
서 푸르스름하게 빛나 기괴한 분위기를 더했다.

나스 삼보가 고글을 살짝 들어올렸다. 달빛이 밝아 적외선 고글을
쓴 것보다 훨씬 잘 보였다. 그러나 이런 밤에는 어둠 속에 숨은 적을
찾을 수 없기에 나스 히데오는 다시 고글을 내렸다.

자세를 낮추고 조심스럽게 움직이던 도쿠나가 일사가 조용히 멈
추더니 손짓으로 반원들에게 지시했다. 수신호를 받은 고참 대원 두
명이 바위 뒤로 돌아가는 사이 나스 히데오는 어둠 속을 향해 자동
소총을 겨눴다.

고참 대원이 돌아와 얼굴 높이에서 손을 흔들었다. 바위 뒤에는
파도가 치는 얕은 바다가 있을 뿐이었다. 이로써 현지 지명으로 부
채바위라고 불리는, 계단 아래 선착장 북쪽 지역은 완전히 장악했
다. 인질구출 임무를 맡은 특수경비대와 특별급습팀의 후방을 안전
하게 확보한 셈이다.

담당한 섹터를 클리어했다고 대원들이 안도하는 사이 도쿠나가
일사가 바위에 가려진 어둠 속을 응시했다. 아주 컴컴한 바위틈으로
몇 걸음 들어간 도쿠나가 일사가 고개를 들었다. 나스 히데오가 총
구를 앞세우고 따라가서 보니, 바위틈 위로 계단이 만들어져 있었

다. 낡았지만 난간도 있었다. 선착장 쪽에서는 전혀 보이지 않았고, 특정한 각도에서만 드러나는 길이었다.

"이런 길은 브리핑 때 없었잖습니까? 2, 3반은 왼쪽 해안 길을 따라갔습니다."

"경사가 급한 곳에 만들어진 것을 보니 옛날에 사용하던 길인가 봐."

도쿠나가 일사를 따라 나스 히데오가 계단길을 올랐다. 워낙 가파른 길이라 훈련으로 다져진 나스 히데오도 숨이 차올랐다.

어느 순간 도쿠나가 일사가 움직임을 딱 멈췄다. 위쪽 계단에 시커먼 복장을 한 인원 다수가 도쿠나가 일사와 나스 히데오를 향해 총구를 겨누고 있었다. 검은 그림자들 쪽에서 딱딱하게 얼어붙은 목소리가 흘러 나왔다.

"사, 사, 살쾡이!"

"하코다테. 1반 도쿠나가 일사다. 길 두 개가 연결돼 있었군."

"휘유우! 쏠 뻔했습니다."

"테일건에게 추월당하지 않도록 어서 올라가게. 긴장 늦추지 말고."

"예! 기초적인 지리정보도 제대로 획득하지 않다니, 작전준비가 많이 부족했던 것 같습니다."

2, 3반 인원들이 길을 오르는 사이 나스 히데오는 해안 절벽 아래를 살폈다. 한국 경찰이 얕은 바닷물 속에 숨어 있다가 갑자기 튀어나와서 기습한다면 큰 피해를 당할 우려가 있었기 때문이다. 언뜻 닌자가 떠올랐다. 닌자놀이를 할 일도 없겠지만, 만약 한국 경찰이 작정하고 그런 짓을 한다면 미리 경계해도 꼼짝없이 당할 수밖에 없었다.

이 섬은 공격자 입장에서는 너무 불리한 지형이었다. 정상 부근에서 강습한다면 그리 어렵지 않지만, 선착장부터 올라가야 하는 상황에서는 최악이었다. 제대로 지리를 파악하지 못했다는 점도 치명적이었다. 조금 전에 해안으로 내려가는 절벽길이 또 발견돼 도쿠나가 일사가 수색을 하고 왔다.

특수경비대가 길이 꺾어지는 언덕까지 확보하자 선착장에서 대기하던 특별급습팀 3개 반 요원들이 진입로에 들어섰다. 복장은 검은색 일색에 헬멧과 니패드 등 장비도 특수경비대와 비슷하지만 특별히 저격반만은 온갖 장비를 주렁주렁 달고 다녔다. 바닷가에 어울리지 않게 치렁치렁한 길리 수트를 착용한 저격요원도 있었다. 1반 다른 대원들보다 빨리 언덕에 도착한 바람에 나스 히데오는 저격반의 장비를 살피는 여유를 부렸다.

나스 삼보는 계급이 낮아 어리버리 신참 대접을 받지만 해상보안청 특수경비대에 들어올 만큼 충분한 실력을 갖추고 있었다. 히데오라는 이름처럼, '히로'라는 별명처럼 기회만 된다면 영웅이 될 만한 기본 자질은 충분히 갖췄다고 자부했다. 그런 나스 히데오가 보기에 말로만 듣던 특별급습팀은 특수경비대와 비교해 그다지 특별할 게 없었다. 경시청 특별급습팀에 들어가면 기존 기록이 말소되고 온갖 비밀주의의 커튼 뒤쪽에 숨어 언뜻 외국 첩보영화를 연상케 하지만, 대원들은 그저 보통에 비해 조금 빠릿빠릿한 젊은 경찰에 불과했다.

- 치익! 언덕을 넘으면 인공 구조물이 보일 것이다. 1반은 그 오른쪽 길로 진입해 초소를 점령한다. 사주경계를 확실히 하고 점령작전에 대비하도록!

통신기에서 울린 반장의 목소리는 조금 떨린 듯했다. 나스 히데오도 대원들을 따라 오르막길을 걸었다. 계단 위쪽으로는 특수경비대

2반과 3반 요원들이 신중하게 움직이고 있었다. 사위는 고요했다. 마치 시골길을 산책하는 듯했다. 차라리 시골길은 새소리, 벌레소리, 개구리 우는 소리로 시끄럽기라도 하지, 이곳은 팽팽한 긴장감에 비해 너무 조용했다.

- 푸드드드득!

"히익!"

급히 자세를 낮춘 나스 히데오는 오른손 검지에 바깥 방향으로 힘을 주고 이를 악물었다. 방금 터져 나온 비명은 다른 고참 대원이 지른 것이었다. 나스는 경황 중에도 어둠 속을 날아가는 검은 바닷새 그림자를 볼 수 있었다. 새가 방향을 바꾸면서 달빛을 받아 흰색으로 변했다. 아니, 원래 흰 새였다.

- 빰, 빰, 빠밤, 빰! 빰, 빰, 빠밤, 빰!

갑자기 엄청나게 큰소리가 울려 퍼졌다. 대원들은 전원 자세를 낮추고 총구를 위쪽으로 겨눴다. 나스 히데오는 지금 섬 전체에 울려 퍼지는 장중한 음악을 애니메이션 '바람의 계곡 나우시카'의 주제가로 기억했다. 스피커를 통한 것은 분명한데, 그 스피커 위치를 정확히 파악할 수 없었다.

- 도쿠도에 오신 여러분을 환영합니다.

음악 사이로 일본어 환영 멘트가 흘러 나왔다. 하지만 한국 경찰인 독도경비대가 목소리 주인이라는 것을 알아채지 못할 대원은 아무도 없었다. 선두에 선 대원들이 엎드린 채 신중하게 주변을 주시했다.

- 먼저 공식 멘트부터. 일본 해상보안청과 오사카 부경 소속 공무원 여러분들은 즉각 대한민국 영토에서 물러나시기 바랍니다. 돌아갈 방법이 없다고요? 그럼 체포하겠습니다. 먼저 미란다 원칙을 고

지하겠습니다. 잘 들으세요. 여러분은 변호사를 선임할 수 있고, 또 뭣이냐. 아! 진술이 법정에서 불리하게 작용될 우려가 있으니…… 적당히 거짓말로 얼버무리시고.

방송으로 멘트를 하던 한국 경찰이 옆 사람과 뭐라고 한참을 떠들었다. 한국말이라서 알아듣지는 못했지만, 미란다 원칙에 대해 질문하는 모양이었다.

그 사이에 어린아이 목소리로 노래가 계속 흘러 나왔다. 가사는 하나도 없이 몇몇 관악기와 아이의 라라라가 전부인 노래였다. 그러나 이것은 레퀴엠, 가벼운 노래가 결코 아니라는 사실을 나스 히데오는 알고 있었다.

- 험! 험! 제가 미란다 원칙을 고지하는 것은 처음이라서. 그냥 넘어가겠습니다. 이해해주시기 바랍니다.

경찰이 피의자에게 미란다 원칙을 제대로 고지하지 않으면 체포 자체가 불법이 될 소지가 있다. 그러나 경찰이 제대로 고지하지 않는 경우도 흔하고, 언론보도에 따르면 간부급 경찰이면서도 가끔 정확한 내용을 기억하지 못하는 경우도 있다.

그런데 독도경비대 같으면 미란다 원칙을 고지할 일이 거의 없다. 하루 전에 일본 청년들이 독도에 상륙했을 때 미란다 원칙을 고지한 사람은 노련한 직업경찰관인 독도경비부대장이었다.

- 웬만하면 그냥 돌아가지? 안 돌아가면, 미워할 거야! 이잉!

어쭙잖은 멘트가 흘러나왔으나 웃는 대원은 아무도 없었다. 전원 몸을 낮추고 독도경비대의 공격에 대비했으나 한참 동안 아무런 움직임이 없었다. 음악은 어느새 칼레이도스코프로 바뀌었다.

- 거기! 두리번거리지 마세요 저희는 섬 꼭대기에 있습니다. 중간에 각종 함정과 어려움을 물리치고 정상까지 올라오세요 저는 최종

보스입니다. 카카!

"반장! 기습에 실패했으니 작전을 강행하는 것은 무리입니다."

도쿠나가 일등해상보안사가 1반장에게 다가가 말했다. 사상자가 대량 발생할 우려가 있고 작전 성공 가능성도 적으니 일단 퇴각하자는 건의였다.

"기다려. SAT 저격반원들이 출동했다."

기타무라 쇼이치 이등해상보안정이 길 아래쪽을 가리켰다. 길리 수트를 입은 특별급습팀 저격반원 네 명이 계단을 뛰어 오르고 있었다.

"스피커는 언덕 너머에 있는 것 같지?"

저격반원들은 하필 나스 히데오가 있는 곳에 자리 잡았다. 나스 삼보는 자리를 옮겨 비켜줄 수밖에 없었다.

"저들이 우리 움직임을 파악하고 있어. 경계로봇은 없으니, 틀림없이 근처에 숨어있는 인원이 있어."

저격반원 한 명이 야시경으로 주변을 살폈다. 잠시 바위 근처에 야시경을 고정한 대원이 손짓하자 다른 대원 두 명이 양각대가 달린 기다란 저격총으로 바위 밑을 겨눴다. 관측을 맡은 또 다른 대원이 거리측정 쌍안경을 들고 표적을 살폈다.

"사람 같기도 하고, 아닌 것 같기도 하고. 움직이는 것은 분명해. 거리 120."

인질과 테러범만 구별하면 되는 특별급습팀 입장에서는 난감한 상황이었다. 일단 어둠 속에 숨어 움직이는 물체는 무조건 한국 경찰로 간주하면 간단할 것 같지만, 평소 훈련에서 체득한 감각과 많이 달라 혼동을 더해주었다.

"응? 잠깐! 쏴도 되는 건가요?"

나스 히데오가 저격반원들에게 물었다. 지금 상황을 인질범에게 납치된 인질구출작전이라고 인정한다 해도, 경찰관직무집행법 제7조에 문제가 있어서 인질범을 사살하기에는 법적 근거가 부족했다. '우리 쪽에 부상자가 발생하지 않는 한 반격할 수 없어서 임무를 수행할 수 없습니다.'라는 말처럼 정당방위나 긴급피난이 적용될 소지가 적다. 한국 경찰이 저곳에 숨어있다고 해도 범죄 중이라거나 도주하고 있다고 판단될 근거가 되지는 못한다.

"이봐! 자네 신참 같은데 말이야. 우린 일반 경찰이나 해상보안청 소속이 아니라 특별급습팀이거든? 테러범을 사살해 납치된 인질을 구하는 것이 우리 임무야! 인사기록 자체가 말소됐는데 누가 우릴 법정에 세우겠나?"

관측을 맡은 대원은 나스 히데오와 경력 차이가 별로 날 것 같지도 않은데 고참 행세, 진짜 특수부대원 행세를 하며 으쓱거렸다. 해상보안청 상층부에서 굳이 특별급습팀에게 연합작전을 제의한 것은 바로 여기에 이유가 있었다. 즉 인명피해에 대한 책임은 특별급습팀에 떠넘기려는 의도였다.

"움직인다. 일단 쏴!"

- 쾅!

어둠을 순간적으로 멀리 몰아낸 선명한 섬광과 함께 꿍음이 울려 퍼졌다. 저격총이 향한 곳을 살피던 나스 히데오는 작고 하얀 것들이 나풀나풀 공중에 흩어지는 것을 볼 수 있었다. 나스 삼보는 그것이 깃털을 닮았다고 생각했고, 관측을 맡은 저격반원의 말로 확인할 수 있었다.

"젠장! 바닷새야. 갈매기 같은."

저격반원들이 투덜대는 사이 선두를 맡은 특수경비대 2반원들이 전진해 나아갔다.

- 쯧쯧! 자연을 보호합시다. 새 사냥하러 오셨수?

또 다시 방송이 흘러나왔다. 어떤 방법을 썼는지 모르겠지만 독도 경비대는 일본 특수부대원들의 움직임을 분명히 파악하고 있었다. 작전 브리핑 때 기관총으로 무장한 고정식 경계로봇이 이 섬에 배치됐다는 말을 들었기 때문에 대원들은 무엇보다 먼저 경계로봇을 찾기 위해 노력했다.

불안한 가운데 1반원들도 3반 대원들을 따라 계단을 올라섰다. 특별급습팀 저격반원 네 명도 1반원들과 함께 움직였다. 위치를 알 수 없는 스피커에서는 Una Furtiva Lagrima, 뉴트롤스의 카덴차 같은 장중한 노래가 연속 흘러나와 대원들은 불안감 속에서 감정이 무겁게 가라앉았다.

- 크르릉!

"으악! 살려줘! 아아악!"

"뭐, 뭐야? 쏴! 쏴버려!"

갑작스런 괴성과 함께 선두 행렬에서 큰 혼란이 일어났다. 나스 히데오는 갑자기 던전을 탐사하는 기분이 들었다. 지금쯤 등장하는 괴수라면 그리 강하지는 않더라도 기습을 통해 일행 한두 명을 부상시킬만한 몬스터일 것이다. 앞으로 어떤 괴물이 등장할지 몰랐다.

- 땅! 따다당!

총기 발사 섬광은 동시에 서너 군데에서 피어났다. 혼란은 종식됐지만 결과는 선두를 맡은 대원의 중상이었다.

"윽! 으으윽!"

억지로 참지만 확실히 고통스런 신음을 내지르는 대원은 응급처치를 받은 다음 다른 대원들에게 부축을 받으며 아래로 호송됐다. 중간에 나스 히데오는 부상당한 대원의 상태를 살필 수 있었다. 허

벅지 아래가 온통 피에 젖었다.

"맙소사! 도대체 방금 뭐였어?"

"그냥, 털복숭이 작은 개였습니다."

"작은 개가 사람 다리를 물어뜯나?"

도쿠나가 일등해상보안사가 묻자 부상자를 부축한 2반원이 대답했다. 그러나 의문은 여전히 많이 남았다.

"영화 마스크에 출연한 개는 아닐 테고. 그 개는 털이 짧지."

"설마 워울프는 아니겠지."

중얼거린 나스 히데오는 저격반원과 눈을 마주쳤다가 고개를 돌렸다. 잠시 현실도피를 했지만, 동료의 총격에 당한 부상이라는 것은 누구나 알 수 있었다.

- 하아아! 여러분은 독도경비대의 가족을 학살했습니다. 천연기념물인 삽살개에게 흉탄을 날리다니요! 1930년대에 군용 방한복을 만든다고 씨를 말리더니, 그 일에 불만 좀 표현한다 해서 또 죽여 버려요? 불법 침입에 항의하는 비무장 민간인, 아니 민간견을 학살한 당신들은 범죄자입니다. 당장 총기를 버리고 순순히 체포에 응하십시오. 불응하면 사살하겠습니다.

스피커를 통한 경고는 끝없이 이어졌다. 대원들은 이를 정신을 산만하게 만들려는 독도경비대의 시도로 판단하고 일절 대응하지 않았다. 대원들이 흥겨운 한국 노래가 흘러나오는 정상을 향해 다시 신중하게 전진했다.

어느 정도 길을 올라서자 섬 중간 높이에 지어진 콘크리트 구조물 몇 개가 눈에 들어왔다. 2반원 몇 명이 구조물 사이를 수색했으나 특별한 것은 없었다. 그 사이 1반 대원들이 진입로를 따라 절벽 위 초소로 접근했다. 독도 남쪽과 동쪽 바다를 감제하는 초소였다.

나스 히데오도 소총을 꽉 움켜쥔 채 조심스레 움직였다. 어디선가 적이 숨어서 총을 쏠 것 같은 느낌에 온몸이 떨렸다. 선두를 맡은 도쿠나가 일사를 엄호하며 나스 히데오가 몸을 낮춰 달렸다. 그러나 콘크리트로 만든 초소에는 아무도 없었다.

1반 반원들은 다시 중턱으로 내려왔다. 내려가는 길과 위로 정상까지 올라가는 길 갈림길에서 도쿠나가 일사가 여기서 대기하자고 했지만, 반장은 팀장의 명령에 따라야 한다면서 대원들을 이끌었다. 중턱까지 거리는 짧지만 완전히 개방된 지형이었다. 만약 독도경비대가 반격을 한다면 다시 이 길을 올라오기 어려울 것 같았다.

- 자! 자! 거기까지. 더 이상 올라오면 우리도 대응할 수밖에 없습니다. 가장 좋은 것은 여러분이 즉각 일본으로 돌아가는 것이고, 그 다음은 순순히 체포에 응하는 것입니다. 최악은 전투를 벌여 누가 센지 확인하는 건데, 한일 우호관계에 무척 부정적인 영향을 끼칠 것으로 사료됩니다.

대원들이 불안한 가운데서도 비웃음을 흘렸다. 징병제 국가인 한국에서 병역 대체복무로 근무하는 전투경찰인 독도경비대가, 일본의 직업경찰이며 최고 특수부대인 해상보안청 특수경비대와 오사카 부경 특별급습팀을 제대로 상대할 리가 없었다.

- 경고는 끝났습니다. 이제 마지막 경고입니다. 손들어! 움직이면 쏜다!

선무방송에서 나오는 목소리는 같았으나 갑자기 분위기가 변했다. 계속되는 경고방송에도 아무 일이 없자 조금 긴장이 풀렸던 대원들의 움직임이 조금은 신중해졌다. 배경 음악으로 리베르 탱고 같은 곡이 흘러나와 분위기를 바짝 긴장시켰다.

8월 16일 04:25 독도 동도

"김 형! 2번 조명 케이블이 짧아! 여분이 남았어요?"

"없어! 현장에서는 휴대용 조명만 쓰는 수밖에."

"이거, 원! 빠떼리가 버틸까."

"이제 곧 새벽인데요, 뭐. 유 기자! 아낌없이 씁시다."

독도경비대장은 턱을 팔에 괴고 웅성거리는 취재진을 지켜보았다. 전투현장에 민간인 취재진을 대동할 수 없다고 조병민 경위가 강하게 주장했으나 기자들의 취재욕구가 훨씬 더 강했다. 상부에서도 웬만하면 취재진에 협조하라는 명령이 내려왔다.

그래서 지금 이 모양이었다. 독도경비대원 2개 분대 병력이 막사 아래 계단 뒤에 매복했으나, 대원들 바로 뒤에 한국과 일본 취재진 50여 명이 우글거려서 매복한 의미가 전혀 없었다. 유탄에 맞을 우려가 있으니 뒤로 물러서거나 몸을 숨기라고 조병민 경위가 권해도 기자들은 전혀 말을 듣지 않았다. 특종을 촬영할 절호의 기회에 이만한 촬영장소도 없었기 때문이었다.

"경비대 막사 앞 공간에서 카메라만 내놓고 찍을 수 있잖습니까? 막사 옥상에서 촬영해도 뭐라 하지 않겠습니다. 등대 뒤에도 충분한 공간이 있고 시계는 더 좋습니다. 그쪽에서 촬영하시는 것을 추천합니다."

"됐어요, 대장님. 여기가 훨씬 화각이 좋거든요?"

조병민 경위를 상황실에서 쫓아낸 기자인가 PD인가 하는 여성이 단칼에 거절했다.

"에휴!"

조병민 경위가 야시경을 들고 아래쪽을 살폈다. 취재진이 조명을 키지 않아서 그나마 다행이었다. 그러나 전투가 시작되면 아무리 독도경비대원들이 제지해도 소용없을 것이 분명했다.

취재진들은 총을 쏘는 독도경비대원 뒤통수와 그 총에 맞아 쓰러지는 일본 특수부대원을 한 화면에 같이 담으면 최고의 영상이라고 떠들어댔다. 그리고 독도경비대원들을 향해, 총탄에 맞아 쓰러질 경우 할 대사를 미리 준비해놓으라고 주문했다. 기자들이 조금 얼빵해 보이는 김용선 수경을 붙잡고, 죽기 전에 반드시 카메라를 응시하며 애국적인 멘트를 해달라고 부탁하기도 했다. 아직 본격적인 총격전은 시작되지도 않았다.

기자들이야 당연히 독도경비대의 장엄한 최후를 기록하고 싶어했다. 한국과 일본의 전쟁을 다룬 그 어느 소설에서도 독도경비대가 살아남는 경우는 없었다. 매복작전 투입 전, 독도경비대원들 사이에서도 최후를 맞는다는 생각에 비장감이 감돌았다.

그러나 취재진이 이렇게 떠드는 바람에 긴박한 순간인데도 긴장감은 전혀 들지 않았다. 매복 중인 독도경비대원들이 이따금 취재진을 바라보고는 한숨을 내쉬었다. 지끈거리는 머리를 양손으로 꾹꾹 누른 조병민 경위가 통신기를 들어 상황실을 호출했다.

"현재 적 상황은?"

- 현재 30여 명. 적 병력 절반 이상이 발전기 건물을 지나쳤습니다. 경고방송을 아무리 해도 소용없을 것 같습니다.

"절호의 위치이긴 하지만, 아직 쏘지 마세요."

부장 김상수 경사가 상황실을 맡고 조병민 경위가 현장을 맡아 작전이 진행되고 있었다. 조병민 경위도 일본 특수부대원들의 움직임을 지켜보고 있지만, 각종 감시 카메라를 운용하는 상황실에서 훨씬 객관적으로 파악하고 있었다. 아직도 스피커에서 웅웅거리는 소리가 독도에 울려 퍼졌다. 의미는 별로 없었다.

"거기 일본 기자 아저씨! 총 맞기 싫으면 당장 담뱃불 끄세요! 박 기자! 저 사람한테 담배 피우지 말라고 일본어로 경고해줘. 아! 총알이 날아올지도 모르는데 개념이 있는 건가!"

취재기자단 쪽에서 웅성거리는 소리에 조병민 경위가 고개를 돌렸다. 한국과 일본 기자들이 담배를 끄네 마네 말다툼을 벌이고 있었다. 조병민 경위는 당장 담뱃불을 끄고 유탄에 맞지 않도록 몸을 숨기라고 다그치고 싶었지만, 포기했다. 조병민 경위 말을 들어줄 기자들이 아니었다. 일본 기자가 항의하는 한국 기자들을 향해 손을 들고는 마지막으로 깊게 담배를 빨아들이는 순간이었다.

- 콰앙! 쾅!

조병민 경위가 재빨리 엎드렸다. 7.62밀리 저격총의 발사음이 분명했다. 총성이 두 발 연달아 울린 것은 저격수와 관측수로 각각 이뤄진 두 팀이 약간 다른 각도에 배치돼 사격했다는 뜻이었다.

다른 독도경비대원들도 몸을 납작 엎드렸다. 조병민 경위가 방탄모를 슬쩍 들어 올려 총탄이 날아온 계단 아래쪽을 살폈다.

팀 단위로 움직이는 일본 경찰 특수부대에는 저격수가 1개 분대나 있었다. 공항 건물 옥상에서 저 멀리 활주로에 선 항공기 출입문에서 고개를 내미는 테러범을 일격에 사살할 수 있는 능력을 갖춘, 제대로 된 저격요원이었다.

그 실력은 바로 이곳 독도에서 증명됐다. 그러나 저격수들이 쏜 목표는 테러범이 아니라 기자들이었다.

"꺄악! 사람이 죽었어요!"

"일본 기자들이 맞았다!"

총소리가 나고 한참 있다가 취재진 쪽에서 비명이 연이어 터져 나왔다. 사태를 파악한 조병민 경위가 재빨리 통신기를 들었다.

"부장! 방금 일본 저격수가 쏜 곳은 기자들이 있는 곳입니다. 박대인 상경에게 일본어로 방송하라고 하세요! 어서요! 일본인 기자가 맞아 사망했다고 전하세요."

- 쾅! 쾅! 쾅! 쾅!

선무방송이 재개되기도 전에 총성이 연달아 울렸다. 단발 저격총일 텐데도 총성은 계속해서 울렸고, 취재진 쪽에서 사상자가 몇 명더 나왔다. 사상자는 담배를 피우는 일본 기자가 있던 곳 중심으로 계속 발생했다.

기자들은 총성과 비명에 놀라 혼비백산한 와중에도 기자의 본분을 잊지 않았다. 그래서 총성이 멈춘 것은 선무방송이 스피커에서 나온 다음이 아니라, 방송카메라가 돌아가며 조명을 켠 다음이었다. 목표가 비무장 민간인이었음을 확실히 알게 된 특별급습팀 소속 저격반원들이 잠시 사격을 멈췄다. 그러나 길 뒤에 숨은 독도경비대원들의 방탄헬멧이 강한 조명 아래 적나라하게 노출됐다.

"숙여! 감시는 상황실에서 해줄 테니까 몸을 숙여!"

조병민 경위가 고래고래 소리 질러 대원들이 저격수에게 노출되지 않도록 했다. 다시 엎드리는 조병민 경위 머리 위로 총탄이 지나가며 바로 뒤 언덕에서 흙더미가 튀었다.

"독도 현장입니다. 헉! 헉! 교전이 시작됐습니다. 그러나 희생자는 독도경비대나 일본 특수부대에서 나오지 않았습니다. 취재하던 기자들이 네 명이나 사망하고 두 명이 중상을 입었습니다!"

"일본 특수부대가 기자단을 향해 총을 쐈습니다! 희생자는 한국과 일본 기자 여러 명입니다. 정확히 말씀드리면 일본 기자 세 명 사망, 한 명 중상이고 한국 기자는 한 명이 죽고 한 명이 중상을 입었습니다. 독도경비대원들이 부상자들을 막사로 후송하고 있습니다."

카메라 앞에 선 기자들이 몸을 움츠린 채 방송을 진행했다. 총알이 언제 날아올지 모를 현장에서 강한 조명 앞에 몸을 드러내고 방송을 진행하는 취재진이었다. 희생자를 많이 낸 일본 기자들도 울부짖으며 생방송을 진행했다. 방송기자와 카메라맨을 제외한 신문기자와 엔지니어들은 최대한 몸을 낮췄다.

그 사이 독도경비대원들이 사상자를 막사 쪽으로 들것에 실어 날랐다. 일본 저격수들도 상황을 파악했는지 구호요원들을 노리지는 않았다.

"뭐하는 겁니까? 어서 몸을 숨기세요!"

조병민 경위가 기자들에게 소리 질렀다. 그러나 반응은 없었다. 화가 치밀어 오른 조병민이 벌떡 일어났다.

"독도는 독도경비대 관할이니 제발 지시를 따라주세요! 저는 경찰입니다. 국민을 지켜야 할 경찰이란 말입니다! 여러분들은 어째서 제가 임무를 제대로 수행하지 못하게 만듭니까? 제발 말 좀 들어주세요! 일본의 침략으로부터 독도를 지키기도 버거운 판에 여러분들이 자꾸 신경 쓰게 만들면 어떡합니까?"

기자들은 조병민 경위를 보면서도 아무 말도 하지 않았다. 그러나 조병민 말에 공감하는 것이 결코 아니라는 사실은 기자들 눈빛을 보면 알 수 있었다. 카메라 여러 대가 조병민을 향하는 사이, 방송국 여기자가 성큼성큼 조병민에게 걸어왔다. 김미겸 기자인가, 일본 극우단체원 호송작전 때 말도 안 되는 소리를 지껄이던 여기자였다.

"나는 기자입니다! 세상에서 일어나는 모든 일을 국민에게 알려야 할 사명을 가진 기자입니다!"

조병민 경위가 여기자의 기세에 놀라 앉은 채로 한 걸음 뒤로 물러섰다. 여기자가 따라붙더니 조병민의 멱살을 움켜쥐었다. 그 사이 총탄은 날아오지 않았다.

"국민은 대한민국의 주권자로서 이곳 독도에서 벌어지는 일을 알 권리가 있습니다. 독도경비대원들이 아무런 지원 없이, 일본의 침략에 맞서 끝까지 싸우는 모습을 피눈물을 흘리며 끝까지 지켜봐야 할 의무가 국민에게 있습니다! 언론은 매체! 사건과 국민 사이를 잇는 매개체! 미디어! 영매靈媒! 역사를 기록하는 사관! 언론인은 국민의 권리와 의무를 위해 봉사하는 종복이며 수단입니다! 민주주의를 위해! 대한민국을 위해! 인간의 권리와 자유와 평등, 평화! 인간의 존엄성을 위해 언론은 봉사해야 합니다!"

"그, 그래서요?"

김미겸 기자가 조병민 경위의 멱살을 틀어잡아 앞뒤로 마구 흔들었다.

"국민의 종복이며 수단이며 눈과 귀인 언론인이 사명을 다할 수 있도록 공무원인 당신이 편의를 제공하세요! 그리고, 싸우다, 죽으세요! 나도 여러분을 지켜보다가 총탄에 맞을 수 있겠지만, 취재하다가 죽는다면 억울하지 않아요! 그러나 지금 당장 무서워서 숨는다면 나는 어디 가서 기자라고 말도 못해요. 결코 취재를 포기하지 않겠어요!"

조병민이 고개를 끄덕였다. 동료 기자들이 죽어나갔는데도 무서워서 취재를 포기한 기자는 몇 없었다. 기자들의 사명감이란 게 새삼 대단하다고 느꼈다.

"예. 죽겠습니다. 그러나 끝까지 싸우다 죽겠습니다. 그게 제 의무니까요. 좋습니다. 취재진 여러분!"

조병민이 허리를 꼿꼿이 세웠다. 취재진과 독도경비대원 수십 명이 조병민을 주시했다. 뜨거운 카메라 조명 아래 조병민은 뒤에서 날아올지도 모를 총탄을 두려워하지 않았다.

"지금처럼 대원들과 여러분이 뒤섞여 있으면 저희들이 여러분을 인질, 즉 인간방패로 내세웠다고 비난 받을지도 모릅니다. 여러분을 신경 쓰느라 전투에 전념하지 못할 우려도 있습니다. 그러니 오른쪽 약간 높은 곳으로 옮겨 주세요. 총격으로부터 어느 정도 엄폐도 가능하고 방송을 위한 카메라 시야도 충분히 확보할 수 있습니다."

기자들이 조병민의 지시를 받아들여 움직였다. 독도경비대원들은 드디어 전투에만 전념할 수 있게 됐다. 그런데 언덕으로 올라가던 김미겸 기자가 뒤돌아 조병민에게 뛰어왔다. 조병민 눈앞이 번쩍이며 고개가 홱 돌아갔다.

- 짜악!

"국민의 격려예요!"

- 쪼오오옥!

"국민의 사랑이에요!"

"감, 감사합니다."

조병민 경위가 뺨과 입술을 번갈아 매만지며 난간 뒤에서 자세를 낮췄다. 이제 본격적으로 전투를 시작할 때였다. 여전히 정신이 없는 조병민 뒤통수로 실망스런 대화가 날아들었다.

"김 기자 유부녀 아니었어?"

"그게 무슨 상관이에요!"

총격으로 인해 희생자가 발생했다. 그러나 독도경비대원도 아니고 일본 특수부대원도 아닌 취재진에서 희생자가 다수 발생했다는 사실이, 그런데도 기자들이 전혀 두려워하지 않는다는 사실이 무척

놀랍고도 신기했다. 전쟁터에 나선 군인이 아무리 용감해도 저 정도
는 아닐 것이다. 기자들을 모조리 죽여 버리겠다며 권총을 들고 설
친 일을 떠올린 조병민은 문득 미안해졌다. 전쟁터에서 종군기자들
도 군인들처럼 많이 죽는다.

조병민 경위는 묘한 감정에 휩싸인 채 통신기를 잡았다.

"흠! 흠! 부장! 사격 명령은 아직 안 내려왔습니까?"

- 천영태 순경입니다, 대장님. 지금 그 문제로 부장님이 상부와 통
화 중입니다. 우리가 아니라 기자들이 맞았기 때문에 상부에서는 정
당방위가 성립하는지 고민하는 듯합니다. 긴급피난으로 처리하면
되는데 말입니다. 기자들을 쏜 저격수들을 일단 먼저 제압해야 하는
것 아닙니까? 어! 저것들이 또 쏘려고 자세를 잡았습니다!

"그 따위 고민을! 천 순경! 위에서 총기 사용 허가가 떨어지는 즉
시 쏴버려! 저들이 먼저 쐈으니 수하 절차나 경고사격 우선 규정은
필요 없어! 경계로봇하고 감시 카메라 때문에 짜증이 난다. 옛날 같
으면 선 조치 후 보고해버리는 건데! 이거 원, 위에서 다 지켜보고
있으니."

- 예. 그리고 명령대로 가급적이면 하반신을 노리고 쏘겠습니다.
상부에서는 일본 특수부대에 사상자가 너무 많이 발생할까봐 우려
하고 있습니다. 특히 정부는 우리가 일본 놈들을 적당히 위협해서
몰아내기만 원하는 것 같습니다.

"니미럴! 우리 죽는 건 괜찮고 일본 놈들 죽는 건 안 된다는 거야?
도대체 어느 나라 정부야? 쳇! 숫자를 세다가 절반 정도가 쓰러지면
사격을 중단하고 보고하도록! 침략한 대가는 받아야지."

조병민 경위가 악에 받쳐 소리를 질렀다. 그 사이 총탄이 방탄모
에 맞고 튀었다. 모로 쓰러진 조병민이 마이크를 움켜잡고 고함쳤

다. 온갖 감정과 통증이 뒤범벅된 독도경비대장의 얼굴은 성난 마수를 연상케 했다.

"저격수가 최우선 목표다! 저격수 2개 조 위치 파악하고 있지? 저격수 놈들이 가장 위험하고, 저격수 특성상 하반신이 잘 안 드러날 테니까 그냥 보이는 대로 날려버려!"

조병민 경위가 통신을 마치기도 전에 계단 양쪽 절벽 중간에 숨은 경계로봇 2기에서 기관총이 발사됐다.

- 따다다다다!

8월 16일 04:30 독도 동도

땅에 바짝 엎드린 나스 히데오는 비현실감에 몸서리쳤다. 경사진 계단길 중간 건물 앞 작은 공간에서 이해할 수 없는 일이 벌어지고 있었다. 특수경비대원 10여 명은 이미 차가운 땅에 몸을 눕혔다.

쏟아지는 총탄, 부상당한 대원들이 지르는 비명소리, 흥건히 바닥을 흐르는 붉은 피. 모든 것이 현실과 거리가 멀었다. 심지어 스피커에서 울려 퍼지는, 빠른 템포에 강한 비트를 실은 노래마저 현실감을 떨어뜨렸다.

"환타스미쿠(Fantasmic). 어느 게임 OST더라?"

나스 히데오가 숨을 헐떡이며 중얼거렸다. 현실로 받아들이기 어려운 끔찍한 장면이 줄줄이 눈에 들어오자 나스 삼보는 아예 드러누워 버렸다. 태풍이 지나고 맑아진 하늘에서 수많은 별빛이 땅으로 쏟아지는 듯했다. 지구에서 우주로 떨어지는 느낌도 들었다.

지금 나오는 노래 가사처럼 별에게 빌고 싶었다. 전사의 마음이 순수한 곳, 이야기가 현실이 되는 곳. 그러나 나스 히데오가 막연히 꿈꾸던 전투현장은 게임이나 훈련과 달리 너무 끔찍했고, 이 장소에 있는 것만으로도 비참했다. 화끈한 인질구출 작전이 될 것이라는 기대는 처음부터 사그라졌다. 자위대가 하지 못하는 일을 한다는 자부심도 이미 사라졌다. 강렬한 비트가 음악을 타고 속절없이 흘렀다.

"응사해! 응사하란 말이야!"

너덜거리는 다리를 끌며 작은 바위 뒤로 기어가는 1반장 기타무라 이등해상보안정이 비명처럼 고함을 질렀다. 평소 대원들을 다독이던 1반 최고참 도쿠나가 일등해상보안사는 팔다리를 활짝 벌린 채 하늘을 향해 누워있었다. 도쿠나가 일사는 대원들을 이끌고 오르막길을 장악하려 돌격하다가 양쪽에서 쏟아진 기관총탄에 맞았다.

교차 사격하는 기관총 탄막을 뚫고 외길로 올라가는 것은 불가능했다. 몸을 드러낸 대원들은 한 줄로 뛰어가다 하나씩 차례로 쓰러지고 말았다. 두 번째로 시도한 돌격도 돌격에 참가한 모든 인원이 쓰러지고 나서야 멈췄다.

이런 작전은 기습이 실패한 순간 포기하고 퇴각해야 했다. 쏟아지는 기관총탄 앞에서 돌격전 같은 무모한 짓도 하지 말았어야 했다. 그러나 상부에서는 강행했고 그 결과가 지금 이 모습이었다. 절망밖에 남지 않았다.

나스 히데오가 꿈틀거리며 일어나려고 노력했다.

- 따다당!

아련한 총성과 함께 나스 히데오 바로 앞으로 검은 그림자가 나뒹굴었다. 상체에서 솟아오르는 붉은 피 몇 줄기는 이 대원이 살아날 가능성이 전혀 없음을 뜻했다.

독도경비대가 무력화를 위한 하반신 조준 사격에서 사살로 작전을 바꾼 것은 아니었다. 나스 히데오를 노린 총탄이 하필 그때 뛰어든 대원의 목숨을 날려버린 것이다.

"히익!"

나스 히데오가 주춤주춤 뒷걸음쳤다. 이대로 가다간 모두 죽을 뿐이었다. 어떻게든 반격해야 살아남을 수 있다고 생각하며 나스 삼등해상보안사보가 총을 고쳐 잡았다.

목표는 위쪽에 있었다. 절벽 중간에서 간헐적으로 섬광을 발하는 기관총은 작전 브리핑 때 들은 무인 경계로봇이라고 판단했다. 쏴도 소용이 없을 것 같다고 순간적으로 생각한 나스 삼보는 가장 눈에 띄는 목표, 즉 환한 조명 근처에서 움직이는 사람들을 향해 총을 겨눴다.

- 따다당!

89식 소총이 불을 뿜었고, 사람들 몇이 쓰러진 것 같았다.

"맞았다!"

적을 쏘아 맞혔다는 사실에 나스 히데오는 온몸이 떨렸다. 다시 그쪽으로 총을 겨누는 순간 누군가 나스 히데오를 뒤에서 덮쳤다.

"그래. 맞았지. 그런데 기자들이 맞았어. 지금까지 일본 기자들 세 명이 죽었다는데 또 몇 명이나 죽었는지 모르겠군."

"히익!"

나스 히데오가 고개를 돌리자 특별급습팀 간부의 검은 두건을 쓴 얼굴이 반사광 속에서 희미하게 드러났다.

"조명이 환한 곳은 취재진이 있는 곳이니 사격하지 말라는 지시를 못 받았나? 관등성명을 대게. 자네는 특별급습팀 대원이 아니니 민간인을 살해한 죄로 공개법정에 서야 할 거야!"

부대창설 목적을 감안해 인질구출 작전에서 실수로 인질을 살해

한 특별급습팀 대원에게 법적으로 면책이 보장되는 것은 아니다. 일본 경찰 특수부대원의 작전에는 법적 논란이 많이 따른다. 해상보안청 특수경비대는 전투현장에 투입될 뻔한 적은 있어도 실제로 투입된 적이 없기 때문에 아직은 법적 논란에 휩싸인 적은 없다. 그러나 특수경비대가 활동영역을 찾기란 앞으로도 쉽지는 않을 것으로 보인다. 물론 해상보안청이 최소한 자위대보다는 법적 논란으로부터 훨씬 자유로운 편이다.

간부가 작은 통신기를 잡고 명령을 내렸다. 뒤따라온 특별급습팀 대원들이 간부의 구두 명령과 수신호에 따라 재빨리 움직였다.

"진입반 앞으로! 연막탄 투척! 기관총을 쏘는 경계로봇부터 파괴해! 저격반은 총구화염이 발생한 곳을 확인 후 대응 사격하라! 카메라와 조명이 있는 곳은 기자단이니 주의하도록! 지원반은 부상자를 구호한다."

연막탄 몇 발이 터지며 공터에 하얀 연막이 가득 찼다. 아래에서 쏴봤자 맞지도 않으니 차라리 피차 안 보이는 편이 나았다.

"으아악!"

다시 총성이 울린 직후 나스 히데오가 비명을 지른 것은 SAT 간부의 얼굴이 변했기 때문이다. 아니, 얼굴이 아예 없어져버렸다. 머리가 반쯤 부서지고 눈알이 튀어나온 간부가 나스 히데오를 향해 웃는 듯했다.

나스 삼등해상보안사보가 구토를 하면서 바닥을 기었다. 나스 삼보의 몸에는 특별급습팀 간부의 얼굴에서 튄 잔해들이 덕지덕지 달라붙어 있었다. 그 사이 검은 복장으로 통일한 특별급습팀 대원들이 공터를 장악하고 본격적으로 총격전을 벌였다.

나스 히데오는 주저앉은 채 뒷걸음질 치며 스피커에 나오는 한국 노래를 따라 불렀다.

"찬 바라무, 소수루 바라무, 산 노모 부눈 바라무."

8월 16일 04:35 독도 동도

"지금이다! 돌격! 나를 따르라!"

조병민 경위가 벌떡 일어나 자동소총을 옆구리에 끼고 길을 뛰어 내려갔다. 조 경위를 따라 독도경비대원 전체가 함성을 지르며 언덕을 구르듯 내려갔다.

"와아아아아!"

"모조리 사살해버려!"

가파른 경사를 뛰어 내려간 대원들의 총에서 불꽃이 쏟아졌다. 일본 특수부대원들이 제대로 저항도 못하고 추풍낙엽처럼 쓰러졌다. 상황실에서 김상수 경사가 통신기로 다급하게 조병민을 호출했다.

- 대장님! 사살하면 안 됩니다! 명령을 지켜야 합니다!

"부장? 웃기는 소리 마쇼! 침략자에게는 오직 죽음이 있을 뿐! 으하하하!"

가뿐하게 반박해준 조병민 경위가 부상을 입고 쓰러진 일본 특수부대원을 향해 소총을 자동으로 놓고 갈기려 했다. 그러나 소총이 고장 났는지 발사되지 않았다. 다급히 권총을 빼들어 방아쇠를 당겼지만 역시나 고장이었다.

"빌어먹을!"

조병민이 권총을 집어 던지며 일본 특수부대원을 몸으로 덮쳤다. 일본 경찰과 함께 두세 바퀴 뒹군 조병민은 상대방 가슴에서 물컹한 느낌을 받았다. 이상한 점이 한둘이 아니었다. 일본 특수부대원 중에 젊은 여성 대원이 없으라는 법은 없지만, 전투 중에 치마를 입다니! 상대방 얼굴을 가린 검은색 두건을 강제로 벗긴 조병민이 깜짝 놀랐다.

"엥?"

웬 미소녀가 뺨이 발그레한 채 가쁜 숨을 몰아쉬고 있었다. 밑에 깔려 몽롱한 눈길로 올려다보는 미소녀 특수부대원의 치마를 조병민이 들쳐 올렸다.

성폭행을 하려는 의도는 전혀 없었고, 다만 순수한 호기심이었다. 특수부대원 복장처럼 팬티도 검은색일까? 설마! 미소녀는 당연히 흰색이지. 얼굴이 로리니까 딸기 팬티나 곰돌이 팬티도 괜찮아. 얘는 가슴이 크니까 레이스 달린 거나 표범무늬 끈 팬티도 어울리겠어! 잔뜩 기대에 부풀었던 조병민이 괴성을 토해냈다.

"모자이크라니! 로리가 거유라서 이상하다 했지! 아! 시발 쿰!"

조병민 경위가 고개를 저으며 눈을 비볐다. 30시간 넘게 깨어있다 보니 잠깐 존 모양이었다. 그 전에도 일주일 넘게 수면부족에 시달린 조병민이었다. 열대야에 모기한테까지 시달려 잠을 못 자 멍한, 그런 느낌이었다.

조병민이 사타구니를 더듬어 혹시나 축축해졌는지 확인했다. 그 사이에 통신기가 삑삑거려 다른 손으로 수신 버튼을 눌렀다.

- 대장님! 부장입니다.

"무슨 일입니까?"

김상수가 상황실에서 경계로봇 기관총을 통제하는데, 새로 투입된 일본 저격수들이 사각에 가려 제압하기 어렵다고 알려왔다. 현장에서 처리하겠다고 응답한 조병민 경위가 상황실 막내 지호영 일경을 바꿔달라고 요청했다. 스피커에서는 몇 년 전에 유행한 리믹스 곡이 흘러 나왔다.

"지 일경! 스피커 볼륨 더 올려. 좀 더 시끄러운 노래 없나?"

- 최대로 올렸습니다. 나이트위시 노래 중에서 서정적인 것 빼고 다 나갑니다!

"아무거나 잠 깰만한 걸로 틀어!"

통신기를 끈 조병민 경위가 눈을 비빈 다음 열영상 장비를 이용해 저격수의 위치를 찾았다. 일본 저격수들은 콘크리트 구조물 구석에 철저히 숨어 몸을 드러내지 않았다. 소총으로 저격수를 제압하려면 머리나 상체를 노려야하는데, 맞히기도 어렵고 더더욱 맞으면 즉사하기 때문에 선택하기 어려웠다. 게다가 연막까지 가득해 소총으로는 목표를 조준하기도 힘들었다. 조병민이 다른 방법을 모색했다.

"김용선 이리 와! 양각대 빼고!"

김용선 수경이 복합소총을 들고 포복으로 기어왔다. 조병민이 특별급습팀 저격수들이 숨은 곳을 손짓으로 가리키자 김용선이 열영상 조준기를 작동해 탐색했다. 열영상 조준기 앞에서 연막은 아무 소용이 없었다. 김용선이 발사준비를 마치자 조병민 경위가 지시했다.

"제압해!"

- 티익! 트아아아앙!

공중에서 작은 폭발이 일어나자 저격수 두 명이 바닥을 굴렀다. 유탄은 20밀리 구경에 불과하지만 일본 저격수들에게 확실히 타격을 입혔다. 일본 특수부대원들이 이쪽에 신경을 썼다.

"머리 숙여!"

김용선 수경 뒤 흙 둔덕에 총탄이 퍽퍽 박혔다. 독도경비대원들은 본격적으로 총격전에 참여하지 않고 엄폐하는 데 주력해 아직 희생자는 생기지 않았다.

처음으로 실 사격을 해서 흥분한 김용선이 노리쇠를 후퇴, 전진시켰다. 일회용 주사기만한 20밀리 유탄 탄피가 뒤로 날아가면서 새 유탄이 장전됐다. 조병민이 손을 뻗어 복합소총 총구를 누르며 물었다.

"뭐하려고?"

"당연히 응사하는 것 아닙니까?"

"그냥 가만히 있어. 다 죽이자는 게 아니니까. 죽일 거였으면 벌써 다 죽였지."

다시 통신기가 울렸다.

- 대장님! 부장입니다. 0430시를 기해 을종 비상사태로 격상됐습니다. 독도해역은 해경이 아니라 해군이 작전권을 인수받으며, 독도경비대도 합동참모본부에서 지휘하게 됩니다.

"어이쿠! 빨리도 격상했군요. 합참에서 별다른 명령이 있습니까?"

- 독도경비대는 지금처럼 최선을 다해 일본 특경을 구축하라는 명령입니다. 그밖에 여기저기서 대장님을 찾는 전화가 많이 옵니다. 물론 명령계통 외에서 온 전화는 제가 처리하고 있습니다만, 나중에 후환이 두렵습니다.

"TV 보라고 하세요! 흐이그! 인간들! 전투 중인데 지금 당장 따로 보고하라고? 아예 여의도로 부르지."

조병민 경위가 생방송을 진행하는 기자단을 보며 투덜거렸다. TV가 훨씬 더 많은 것을 실시간으로 보여주니 따로 보고할 필요가 없는데도 독도경비대장이 직접 보고하기를 요구하는 사람들이 있었다. 당장 최고 책임자를 바꾸라고 호통을 치는 인간들에게 김상수 경사가 꽤나 시달렸을 것이다.

"이 기자! 거기서 업무협약 체결한 곳이 니혼TV지? 그쪽에 인원

지원 두 명만 해줘."

강수선 책임PD가 한국과 일본 취재진 사이를 돌아다니며 교섭을 진행했다. 일본 취재진은 그야말로 최소 인원만 왔기 때문에 사상자가 발생한 직후부터 방송에 곤란을 겪었다. 후지TV는 카메라맨이 사망한 기자 대역을 맡았고 어깨 관통상을 당한 엔지니어가 카메라를 돌렸다. 카메라 삼각대 밑에 주저앉은 니혼TV 엔지니어는 아예 혼이 나가 중계할 엄두를 못 냈다.

일본 기자들은 사건이 이렇게까지 확대될 줄 몰랐다. 조금 전까지는 독도경비대와 한국 취재진의 눈치를 살피면서 취재를 했다. 일본 특수부대원들이 독도에 도착한 다음부터는 한국인들에게 보복 당할 각오를 하고 취재에 임했다.

전투는 금방 끝나고, 당연히 일본 특수부대가 섬을 장악할 것으로 믿었다. 그러나 일본 특수부대원들의 인명피해가 대규모로 발생했고, 일본 기자들이 일본 저격수가 쏜 총탄에 맞아 여러 명이 절명했다. 제정신을 유지할 수가 없었다. 일본 기자들이 의욕을 잃어 한국 기자들이 도와준다고 해도 한계가 있었다.

"저희도 부상자가 발생해서 인원이 모자라는데요 이익! 알겠습니다. 최 선배님! 김 작가! 저쪽 좀 도와주세요."

"가 기자님은 방송 일을 잘 아시니까 후지TV를 도와주세요. 일단 언론사 대 언론사 단위로 협조체제로 하고, 나중에 기자단 전체가 영상과 사진을 공유하는 방향으로 나갑시다."

강수선 책임PD가 중앙 일간지의 울릉도 주재기자인 가영택 기자에게 청했다. 예전에 본사 기자였다가 나이가 들어 고향에 내려온 가영택이 순순히 제안에 응했다.

"그렇게 하지요 어휴! 시끄러. 전투 중인데 노래를 왜 저리 크게 틀었대?"

"심리전이겠지요."

그 사이에도 취재진의 생방송은 계속됐다. 전투도 계속돼, 이제는 독도경비대원들이 자동소총을 쏘아 특별급습팀의 전진을 차단하고 있었다. 발전기가 있는 중턱에서 막사에 이르는 오르막길에는 일본 특수부대원 중에서도 극소수만 진입할 수 있었다.

"김 기자! 좋은 아이디어가 있는데 말이야."

"뭔데요? 선배, 님."

"그냥 선배라고 불러도 돼. 김 기자는 자격이 되니까. 아니, 자격은 충분하고도 넘쳐!"

이상철과 김미겸 기자가 마주보고 피식 웃었다.

"일본 특수부대원들이 쓰러지는 장면을 꽤 많이 카메라에 담았잖아? 경계로봇이 기관총을 발사하는 순간 촬영한 화상도 보도진에 넘겨주겠다고 아까 독도경비대장이 약속했고 말이야. 그걸 편집해서 하나씩 연결하는 거야."

"독도경비대원들이 쓰러지는 장면을 담는다는 게 원래 계획이었는데, 많이 바뀌는군요."

"예상한 것과 상황이 전혀 다르게 변했으니까. 자위대라면 공격헬기가 상공을 장악해 지원사격을 퍼붓는 사이 수송헬기가 정상 부근에 착륙해 특수부대원들을 쏟아냈겠지만, 저들은 경찰이니까 그게 불가능했지. 밑에서부터 치고 올라올 생각이었다면 답이 없어."

해상보안청과 오사카 부경도 원래는 그럴 계획이었다. 그러나 대공사격하는 기관총을 제압하며 정상에 돌입할 공격헬기가 없었다.

"일본 경찰이 죽는 장면만 계속될 텐데요. 일본인들에게 너무 잔인하게 비쳐지지 않을까요?"

"아니! 한국 기자가 죽는 장면도 담았으니까. 사실 국적은 관계없 잖아. 사람이, 사람들이 죽었단 말이야! 한일 어느 쪽이든 신념을 갖 거나 의무를 다하는 거야 상관없지만, 이렇게 서로 죽고 죽이면 우 린 야만인이야. 인간이라면 평화를 지향해야지. 이 영상이 한국과 일본의 국민여론을 움직여줬으면 좋겠어. 이걸 보고도 전쟁하자고 우기는 놈은 없겠지."

"배경음악은 장중하게 할까요? 아니면 빠른 템포 음악을 넣어서 그로테스크하게 편집할까요? 아니면 국가별로 두 가지로 해요?"

내용과 주제에 따라 음악이 선택된 다음 구체적인 편집은 음악을 따라간다.

"어차피 동영상은 국경을 넘어 퍼지기 마련이야. 한 가지만 하지. 일본인들이 오해하지 않도록 하려면 장중한 음악이 낫겠지. 음. 일 본 기자에게 먼저 보여서 문제가 있으면 수정하도록 해야겠어. 사람 이 죽는 장면을 보고 통쾌해 하거나 킥킥대는 일이 없도록 잘 만들 어보자고. 몇몇 중국인들은 누가 죽든 고소해하겠지만, 그런 놈들은 신경 쓰지 말자고."

"그래요. 일단 제가 편집해볼 테니까 선배가 보고 도와주세요. 어 디 보자. 레퀴엠을 담아둔 폴더가. 그런데 앞으로 어떻게 될까요?"

김미겸 기자가 노트북을 뒤지는 동안 이상철 기자가 물끄러미 전 투현장을 지켜보았다.

"글쎄. 일본 애들이 포기하고 물러서면 좋지만, 더 크게 벌어질 것 같아."

"일본 특수부대원들을 포로로 잡아버리면 상황은 끝날 텐데요."

"인질극을 벌이자고? 진담이야? 지금 저 특수부대는 명목상 인질구출 작전 중이야. 어이없게도. 포로를 잡으면 그걸 기화로 더 많이 몰려올지도 몰라."

"생각해보니 생방송 중이라 그건 힘들겠어요. 무리하게 생포하려다가 이쪽도 사상자가 많이 생길 테고. 일본 부상병이 저항하다가 독도경비대원에게 사살당하는 장면이 전파를 타면, 생각만 해도 끔찍하네요."

"그래. 서로 감정만 상해. 쓸데없이 논쟁만 불러일으키고."

아직까지 생방송은 잘 진행되고 있었다. 전투처럼. 아직까지는.

"국장님한테서 전화를 받았는데, 곧 일본 함대가 독도 해역에 도착할 거야. 사건이 엄청나게 확대되고 있어. 해전이 벌어져도 이상할 것이 없는 상황이야. 어쩌면 진짜 전쟁이 일어날지도 몰라."

"전쟁은 늙은이들이 젊은이들을 시기해서 일어나는 거래요. 돈과 권력만을 가진 불쌍한 노인들이 젊음과 아름다움, 건강과 행복을 되찾을 수 없으니 남들도 못 가지게 하려는 거죠."

"그럴 듯하네. 아니! 그럼 자기 나라 젊은이들을 죽이기 위해 전쟁을 일으킨다고? 에이! 말이 안 된다. 돈과 권력을 못 가진 노인들이 더 많아."

"그래서 노인들이 전쟁을 찬성한다네요."

"정말 그렇다면 추악한 인간이지. 멍청한 인간이기도 하고. 군인으로 안 나가면 죽을 염려가 없을 줄 아나? 현대전에서는 군인보다 민간인이 몇 십 배 많이 죽어. 전쟁 중에 민간인이 겪는 고통도 심하고."

전쟁 양상에 따라 다르지만 시대가 흐를수록 더 많은 민간인이 죽었다. 일차대전 때 일대일에서 이차대전 때 1:4, 베트남전 때 1:20 비율로 더 많은 민간인이 죽었다. 기근과 약탈 등 범죄, 전염병에 의

한 사망자는 추산하기조차 어렵다. 전쟁이 끝난 후에도 지뢰나 불발
탄에 의해 사상자는 꾸준히 발생한다.

"응? 이건 섬백리향 아냐? 아! 전에 신문에 나왔지."

이상철 기자가 몸을 낮춰 꽃향기를 맡았다. 연보랏빛 작고 볼품없
는 꽃 수십 송이가 이미 시들어 있었다. 그러나 섬백리향은 꽃뿐만
아니라 가지와 잎에서도 향기가 나고 밤에 더 강해진다.

섬백리향은 다른 이름 울릉백리향에서 알 수 있듯 울릉도 특산이
다. 울릉도 나리동 섬백리향과 울릉국화 군락지는 천연기념물 52호
로 지정돼 보호받는다. 2008년에 독도에서도 섬백리향이 발견됐다.

"백리향은 영어로 타임thyme인데. 흠! 아 유 고잉 투 스카버러 페
어. 파슬리 세이지 로즈매리 앤 타임. 이 노래 들어보셨죠?"

"사라 브라이트만 식으로 부르네. 김 기자 노래 정말 못한다. 아!
미안."

"알아요."

"배경음악 결정된 거야? 스카버러 페어가 원래 진혼곡이라고 듣
긴 했지만, 반전사상이 강하다고 아는데."

"진혼곡에는 당연히 반전사상이 들어가죠 왜요 반전사상이 들어
가면 빨갱이 노래라고 하던가요? 전쟁이 없었다면 이렇게 젊은 나이
에 죽지 않았을 텐데. 정치가들이 욕심을 부리지 않았다면 사랑하는
이와 헤어지지 않아도 됐을 텐데."

"아니. 그냥. Generals order their soldiers to kill."

"And gather it all in a bunch of heather."

"And to fight for a cause they've long ago forgotten."

"Then she'll be a true love of mine. 가펑클이 맡은 파트 가사 외우는
사람은 첨 봤네요."

유부남, 유부녀가 서로 상대방을 다시 보는 사이 눈꼴시어진 총각이 고춧가루를 확 뿌렸다.

"전쟁터에서 웬 사랑의 이중창입니까? 폭탄은 지뢰의 진정한 사랑이지요. 네."

"정서가 메마른 해석이네요. 독도경비대장님."

김미겸 기자가 발끈했다. she'll을 shell로, mine을 지뢰로 바꿔 번역한 것뿐이지만 자칫 여성인 김 기자를 폭탄으로 비유했다고 오해할 수 있었다.

"오랫동안 사이가 좋지 않았던 직장동료들이 좀 더 친밀해진 것뿐이니 오해하지 마세요!"

옛날 노래에서 갑돌이와 갑순이는 시집 장가가고도 서로를 그리워하는 것으로 그쳤지만, 현대 대한민국에서는 대놓고 바람을 피운다. 두 사람 사이가 어떻게 발전하든, 조병민이 두 사람 사이에 끼어들 틈은 없었다. 좋아하는 스타일도 아니었는데 아까 그 사건이 깊은 인상을 남긴 모양이었다.

머쓱해진 조병민 경위가 통신기를 켰다.

"지호영 일경아! 더 시끄러운 노래로 바꿔라. 상황실 밖에 소금도 좀 뿌리고."

8월 16일 04:40 독도 동도

특별급습팀이 전투에 참가하자 전투양상이 조금 변했다. 가장 먼저 기관총을 발사하는 경계로봇 2기가 모두 파괴당했다.

경계로봇은 전투용이 아니라 그야말로 경계용이라 전차처럼 장갑을 두를 이유가 없다. 또한 시야를 확보하기 좋은 곳에 배치돼 은폐, 엄폐 효과를 기대할 수도 없다. 위치가 드러나면 그 순간 격파되는 것이 운명이었다. 특별급습팀에 앞서 투입된 특수경비대가 경계로봇을 쏘지 못한 것은 워낙 경황이 없기도 했지만, 무인로봇은 총탄에 맞아도 끄떡없을 거라는 일본인들의 선입견 때문이었다.

- 투두둥! 투두둥!

독도경비대 막사 쪽에서 묵직한 12.7밀리 중기관총의 발사음이 울린 것은 경계로봇이 파괴된 직후부터였다. 해상보안청 헬기들이 독도 상공에 접근하지 못하도록 위협사격을 가한 바로 그 기관총이었다. 경계로봇이 작동하는 동안에는 전투에 참가하지 않았다가, 기다렸다는 듯이 나서서 모든 것을 부숴버렸다. 중기관총은 웬만한 장애물은 그냥 뚫어버리고 특별급습팀 대원들을 하나씩 무력화시켰다.

길 위쪽에 포진한 독도경비대원들도 본격적으로 전투에 참가해 자동소총을 발사했다. 유탄이 공중에서 팡팡 터지며 파편을 뿌리자 특별급습팀은 전진은커녕 꼼짝도 할 수 없었다. 사상자가 계속 늘어났다.

독도 중턱에서 독도경비대 막사로 올라가는 길에서 남쪽 초소와 연결되는 갈림길까지는 엄폐물이 전혀 없다. 특별급습팀이 간헐적으로 돌격을 시도했지만 옆에서 쏘아대는 기관총에 맞아 허무하게 쓰러질 뿐이었다.

"제기랄! 수류탄이다!"

길을 따라 통통 튀며 굴러오는 수류탄을 보고 대원들이 모두 엎드렸다. 다행인지, 한국 경찰들이 일부러 그랬는지 아무도 없는 곳에서 수류탄이 폭발했다. 대원들이 엎드린 위로 흙먼지가 쏟아졌다. 밤하늘에는 나이트 위시의 the end of all hope가 흘렀다.

특별급습팀은 포기하지 않았다. 아직 희망이 남아있었기 때문이다. 갈림길에서 오르막길로 이어지는 계단 난간 뒤에는 특별급습팀 대원 세 명이 엎드려 있었다. 네 번의 돌격에서 가까스로 살아남은 대원들이었다. 이들이 본격적으로 사격을 시작하자 위에서 날아오는 총탄이 확연히 줄어들었다.

독도경비대도 가만히 있지 않았다. 경비대 막사에 배치된 중기관총이 그쪽을 노렸다. 총탄이 땅에 퍽퍽 박히며 흙이 튀었다. 난간이 부서지며 쇳조각이 사방으로 튀었다. 특별급습팀 대원들이 더욱 몸을 움츠렸다.

육중한 발사음과 함께 총탄이 계속 쏟아졌다. 총탄에 맞아 튄 잔돌에 한 명이 옆구리를 맞아 몸을 굴렸고, 다른 대원은 반쯤 무너진 흙더미를 뚫고 들어온 총탄에 맞아 비명을 질렀다.

"히익! 창자가 삐져나왔어! 히익! 도와주세요!"

"가만히 있어, 이치노세 순사장!"

다른 대원이 부상자를 끌고 포복으로 빠져 나왔다. 독도 중턱, 손바닥만 한 공간은 부상자들이 울부짖는 소리로 가득 찼다.

"퇴각! 퇴각! 부상자를 구호하라!"

특별급습팀 요원들이 부상자들을 부축하며 언덕 아래쪽으로 물러섰다. 구석구석 숨어있던 대원들이 오르막길 진입로에 쓰러진 사상자들을 구하려고 포복으로 기어갔다. 검은 복장을 한 수십 명이 환한 카메라 조명 아래 몸을 드러냈으나 독도경비대 쪽에서 갑자기 사격을 멈췄다.

9. 21세기 미사일 시대의 해전1

8월 16일 04:45 독도 동쪽 4km 광개토대왕함

한국 해군 1함대의 모항인 동해항과 일본 해상자위대 제3호위대군 기지인 마이즈루에서 독도까지는 직선거리가 거의 같다. 다만 리아스식 해안선 안쪽 깊숙이 숨어 있는 마이즈루 만을 벗어나 상대적으로 넓은 와카사 만으로 나올 때까지 해상자위대는 충분한 속도를 낼 수 없었다. 그에 비해 한국 해군은 동해항 방파제를 벗어나는 순간 바로 가속하더라도 아무런 문제가 없다.

그 결과 한국 해군이 독도 12해리 한국 영해선에 도착한 시간은 해상자위대보다 한 시간 가까이 빨랐다. 그러나 반대쪽 영해선에서 해상자위대의 독도 접근을 차단하려면 24해리를 더 달려가야 했다. 그러므로 한국 해군은 한국 해경 경비구난함과 일본 순시선들이 대치중인 독도 반경 24해리 안쪽, 즉 접속수역에 진입하는 해상자위대를 차단할 수 없었다.

국제법 및 한국 국내법에 의하면 외국 군함 및 비상업적 목적인 외국 정부 선박은 접속수역 진입 3일 전에 한국 정부에 통보해야 한다. 한국은 일본 민간인 우익단체와 해상보안청 순시선들에 이어 이번에는 해상자위대 함대에 의해 다시 한 번 주권침해를 당하게 됐다. 열두 시간 전부터 여러 차례 반복된 일본 해상보안청 순시선의 화기사용도 명백한 주권침해였다.

이렇게 연속적인 주권침해 상황은 합참예규에 따른 북방한계선 교전수칙을 독도 해역에 적용하는 것에 충분한 정당성을 한국 해군에게 부여해 주었다. 해상자위대 선두 호위함이 광개토대왕함 탑재 수상레이더에 처음 포착된 04:15시를 기해 1함대는 전 함정에 전투배치 명령을 내렸다. 그리고 15분이 지난 04:30시, 해상자위대가 드디어 접속수역에 진입했다. 한일 수상함대가 예정보다 한 시간 가까이 늦게 독도해역에 도착한 것은 역시 태풍 때문이었다.

"해상보안청 순시선들과 동해해경 경비함이 접속수역으로부터 이탈을 시작합니다. 침로 210, 속도 15노트."

선두의 광개토대왕함이 독도 바로 옆을 통과하는 것과 거의 동시에 지금까지 대치하던 한국 해양경찰 경비구난함들과 일본 해상보안청 순시선들이 각각 북서쪽과 남동쪽으로 뱃머리를 돌렸다. 한국 해경은 1함대와 일본 함대 사이에 남으려 했지만, 상부에서 내려온 지시를 따를 수밖에 없었다.

마치 무슨 19세기 해전이라도 치르는 것처럼 서로 단종진을 유지하던 경비구난함과 순시선들이 선두부터 축차 회두하는 모습이 전단상황실의 전술화면에 떠올랐다. 1전단이 없어지고 1함대 직할이

된 다음 함대상황실로 바뀌었지만 흔히 전단상황실로 불렀다. 1함대 사령관 김준식 제독이 씁쓸하게 웃었다.

"무슨 관함식이라도 하는 것 같군. 장관이야."

현장에 출동한 해경 함정의 배수량 합계는 놀랍게도 해군 1함대 전 함정의 배수량 합계보다 두 배나 많았다. 척당 평균 배수량도 군함인 1함대보다 컸다. 지난 몇 년 동안 지속적으로 해경 경비함 세력이 강화된 결과였다. 해상보안청에 비해 함정 숫자가 압도적으로 많은 것으로도 한국 해경의 준비상태를 알 수 있었다.

"두 번째 그룹 선두함은 분명히 5천 톤급 구축함이니 시라네고, 그 뒤에 바짝 붙은 놈 레이더 반사가 가장 약한데 작은 놈은 아닐 테지. 역시 아타고야. 그 뒤는 틀림없이 마키나미야! 이놈은 사세보가 모항인데도 3호위대라서 마이즈루에서 출항했나보군. 네 번째는 이지스 흉내 내는 걸 보니 19DD 4번함이겠어. 마지막은 대갈장군 묘코."

"그럼 첫 번째 그룹 세 척이 14호위대인데. 반사특성으로 봐서 아마기리, 아부쿠마, 토네 순서입니다."

함대사령관이 이런저런 생각을 하는 동안에도 전단상황실에서는 1함대 참모장교들이 레이더 탐지정보를 기준으로 독도를 향해 접근해 오는 일본 해상자위대 함정들의 분류를 서둘렀다. 사실 분류 작업은 아주 쉬웠다. 일본 해상자위대가 동해에 투입할 수 있는 함정은 뻔했고, 그중에서도 눈에 특히 잘 띄는 배가 두 척 있었기 때문이다. 유난히 반사파가 클 수밖에 없는 구식 헬기탑재 구축함인 DDH143 시라네, 그리고 유난히 반사파가 작은 최신형 이지스 호위함 DDG147 아타고 두 척이다.

현재 한국 해군과 해상자위대 함정간의 거리는 22해리, 40km 정도였다. 현재 양측 모두 24노트로 항진하고 있으므로 앞으로 15분 내에 서로를 127mm 함포 유효사거리인 20km 내에 두게 된다. 그리고 20분 내에 독도 영해선 바로 바깥쪽에서 서로를 8km 안에 두게 될 것이다. 그리고 그 거리에서부터 한국 해군은 일본 해상자위대에 대해 북방한계선 작전예규를 기본으로 하는 한국 영해로의 접근 차단을 시작할 예정이었다.

물론 작은 어뢰정이나 초계함 정도가 고작인 북한 해군을 상대할 때와는 세부 사항에서 차이가 있을 수밖에 없다. 상대인 일본은 3천 톤이 넘는 대형 함정뿐이고, 이쪽도 만재 1200톤짜리 초계함이 제일 작은 배다. 그리고 양측 함정들의 속도, 선회반경, 함포사거리까지 생각한다면 북한 해군을 상대할 때처럼 1km 거리에서 시위기동, 500m 거리에서 차단기동을 한다든가 할 수는 없었다.

김준식 제독이 설정한 각 단계별 거리는 북방한계선 작전예규에 규정된 거리에 4를 곱한 수치였다. 먼저 한일 선두함정간 거리가 8km 이내에 들어서는 시점에서 무선으로 1차 경고를 실시하고, 양측의 거리가 4km로 가까워진 시점에서부터는 시위기동에 들어가는 것이다.

경고사격과 격파사격 역시 북방한계선 교전수칙보다 더 엄격하게 제한할 수밖에 없었다. 아직 정전조차 하지 않은 북한 해군과, 양측 해양경찰끼리 총격전을 벌인 이외에는 아직 본격적인 무력충돌에 들어가지 않은 일본 해상자위대를 동일선상에 두고 행동할 수는 없는 것도 문제였다. 그리고 당장 일본 함대에 비해 한국 해군 1함대는 출동한 함정 숫자는 많아도 화력에서는 상당한 열세에 놓여 있기 때문이었다.

이에 김준식 제독은 해군 작전사령부의 동의를 받아 교전수칙의

병기사용 문제를 이렇게 규정했다. 먼저 만약 해상자위대가 경고 없이 선제 격파사격을 시작한다면 각 함정은 자유롭게 반격할 수 있다. 그러나 그 외의 경우에는 철저하게 김준식 제독의 명령이 없이는 발포할 수 없었다. 격파사격은 물론이고 경고사격 역시 마찬가지였다.

"해상자위대의 함대 포진 확인을 마쳤습니다. 일단 선두 그룹은……."

"일일이 읊을 것 없어. 화면에 다 떴잖아."

김준식 제독은 참모의 구두 보고를 자르면서 전술화면을 주시했다. 독도 동남동 24해리 지점에 황색 수상전투함 그룹 두 개가 표시돼 있었다. 4km 정도 간격을 벌린 채로 나란히 독도를 향해 24노트로 달려오는 두 그룹 중 독도에 더 가까운 쪽이 마이즈루에 기지를 둔 제14호위대, 뒤따르는 쪽이 제3호위대군 DDH호위대인 제3호위대였다. 7호위대 소속 묘코는 3호위대와 함께 행동했지만 약간 뒤쪽으로 쳐졌다.

처음부터 예상했던 포진이었다. 상대적으로 소형 함정이 많고 기본적으로 일본 영해 내 작전을 기본 임무로 하는 14호위대가 선두에서서 '일본이 자기네 영토라고 주장하는' 독도에 접근을 시도하고, 원양작전 및 해외 해군력 현시를 기본 목적으로 하는 3호위대군 DDH 호위대가 14호위대의 독도 접근을 백업하는 것이다.

"11전대는 14호위대를 차단하고 나머지는 3호위대를 맡는다."

독도해역에 출동한 1함대 예하에 광개토대왕함을 제외하고 3개 전대가 있는데 각각 울산급 1척, 포항급 2척으로 구성됐다. 어차피 14호위대는 범용호위함인 아사기리급 1척과 연안경비용 호위함인 아부쿠마급 2척으로 구성되어 있으므로, 제11전대만으로도 어떻게든 대응할 수 있었다. 배수량 합계에선 반도 안 되지만, 함포 화력만큼은 한국 해군 11전대 세 척이 일본 해상자위대 14호위대의 두 배에 달하며, 기동력도 탁월하기 때문에 가능한 일이었다.

그리고 나머지 두 개 전대와 1함대 기함 광개토대왕함을 합해 7척은 제3호위대 5척을 차단할 계획이었다. 함령 30년짜리 구식함이지만 덩치가 크고 함포화력 역시 우수한 헬기탑재 구축함, 최신예 이지스구축함, 최신형 범용호위함 1척과 갓 취역한 범용 방공호위함 1척으로 구성된 3호위대를 차단하기에 광개토대왕급 구축함 1척과 울산급 2척, 포항급 4척은 사실 역부족이었다. 그런데 여기에 이지스함 묘코까지 가세해서 전력 차이는 더욱 암울해졌다.

특히 대치 상황이 본격적인 교전으로 이어질 경우에는 더욱 불리했다. 기동력만큼은 확실히 한국 해군이 우수했지만, 화력에서는 5인치 또는 127mm 함포 문수 때문에 해상자위대가 절대적으로 우세했다. 127밀리급 함포는 한국 해군 1함대에 단 1문밖에 없지만, 해상자위대 두 번째 그룹은 제3호위대와 묘코를 합해 5척이 6문을 갖고 있었다.

물론 함포 문수는 한국 해군 쪽이 절대적으로 많았다. 하지만 한국 해군 1함대의 주력 함포인 76mm 함포는 5인치 함포와 급이 달랐다. 76밀리 함포는 배수량 3천 톤을 넘는 함정을 상대로 해서는 아무리 많은 명중탄을 내더라도 확실한 피해를 입히기 어렵지만, 포탄 발당 중량과 작약량이 각각 76밀리의 5배에 달하는 127밀리급 함포는 작은 한국 해군 호위함 정도는 명중탄 단 몇 발만으로도 제압할 수 있었다.

최악의 경우, 해상자위대 3호위대는 단 20분 안에 거의 전 함정의 전투능력을 고스란히 유지한 채 한국 해군 2개 전대를 모두 무력화시킬 수도 있었다. 그 부족한 화력을 우세한 함정 숫자와 탁월한 기동력으로 커버한다는 것이 김준식 제독의 계산이었다.

물론 가장 좋은 상황은 오전 7시로 예상되는 기동전단의 독도 주변 한국 영해 진입 시점까지 상호간 무력충돌이 본격화되지 않는 것이다. 그리고 일본 해상자위대의 교전수칙이 적극적이지 않다면 그런 상황은 생각보다 쉽게 찾아올 수 있었다. 그 시간까지 충돌 없이 버티기만 해도 1함대가 이긴다는 결론이었다.

"해자대에 어떤 교전수칙이 주어졌는지는 아직도 확인이 안 됐나?"

"아직입니다, 사령관님."

해상자위대에 명시적인 교전수칙이 주어져 있다면 한국 해군은 자위대가 본격적인 무력충돌을 시작할 만한 빌미를 주지 않는 한도를 확실히 알고 이에 맞춰서 함대를 운용할 수 있었다. 그러나 양측 함대가 출동한 지 7시간 이상이 지난 지금까지도 해상자위대에는 특별한 교전수칙이 하달되지 않았다.

"교전수칙만 확실해도 서너 시간 정도 시간끌기는 쉬운데, 답답하군."

김준식 제독이 전술정보 디스플레이를 계속 뚫어져라 쳐다보았다. 해상자위대에 적극적이든 소극적이든 교전수칙이 주어지지 않은 현재, 한국 해군으로서는 해상자위대의 행동에 대한 대응 수위를 어느 정도로 해야 하는지 확정할 수가 없었다. 다만 해상자위대 함정들에게 선제공격할 빌미를 주지 않으려고 노력하는 수밖에 없었다.

8월 16일 04:55 독도 동남동 38km 아타고

해상자위대가 보유한 이지스 호위함들은 초도함인 DDG173 공고부터 최신예함인 DDG178 아시가라에 이르기까지 원형인 미 해군의 알레이 버크급 이지스구축함보다 함교구조물이 2층 정도 높게 설계되어 있다. 이는 범용 구축함으로 건조된 알레이 버크급과는 달리 전단급 이상 제대의 지휘통제 기능을 수행하기 위한 함대기함설비가 부가되어 있기 때문이다. 사령공실司令公室이라고 부르는 호위대 사령 집무실과 사령 이하 지휘부 요원들을 위한 거주 공간, 그리고 함 전투정보실과는 별개로 순수하게 함대 지휘만을 위한 지휘통제실 설비를 갖추기 위해서 함교 구조물을 2층 높여 설계한 것이다.

한국 해군의 이지스구축함인 KD3 세종대왕급 구축함 역시 함교 구조물이 알레이 버크급 구축함보다 약간 높게 설계돼 있지만, 일본의 이지스 호위함처럼 2층이나 높지는 않다. 함에 함대지휘만을 위한 별개 지휘시설을 두지 않더라도 전투지휘상황실이나 같은 층 전단상황실에서 충분히 함대지휘가 가능하고, 덤으로 한국 해군에게는 우수한 성능의 지휘함인 독도함이 따로 있기 때문이다.

함교가 높으면 레이더 탐지범위가 넓어진다는 장점이 있다. 탄도탄 대응능력은 물론이고 대함미사일 탐지능력도 약간은 향상된다.

그러나 단점도 많다. 피탐면적이 커져서 스텔스 설계가 곤란하다. 함교구조물이 워낙 큰 탓에 복원력을 감안해 흘수도 조금은 깊게 설계해야 한다. 지극히 균형을 잃은 대두는 보는 사람을 불안하게 만들며 미적 감각을 떨어뜨리기도 한다.

이차대전 때부터 일본 해군은 높은 함교를 선호했다. 적함을 더 멀리서 더 빨리 발견하려는 의도였다. 그러나 단점도 많기에 일본처럼 극단적으로 높게 함교와 마스트를 설치하는 해군은 드물다. 냉소적인 일본인들은 이지스 호위함의 함교 구조물 디자인을 두고 바보와 원숭이는 높은 곳을 좋아한다는 일본 속담을 들먹인다.

"답답하군."

아타고의 함대기함설비 안에서 제3호위대군 사령 요네다 미츠테루 해장보가 짧게 한 마디를 내뱉었다. 해상작전부대 지휘관제시스템, 약칭 MOF(Maritime Operation Force) 시스템과 연동된 함대지휘용 전술 디스플레이에서 눈을 뗀 요네다 해장보가 근무자들을 살폈다. 경직된 얼굴들, 잔뜩 긴장한 손놀림, 무거운 실내공기. 승조원들을 짓누르는 불안감에 압도당하지 않기 위해 요네다 해장보가 괜히 헛기침을 했다.

3호위대군보다 4km 앞서서 전진하고 있는 14호위대 선도함과 광개토대왕함임에 틀림없는 한국 해군 선도함의 거리가 20km로 좁혀졌다. 그러나 기함설비와 호위함대 사령부를 연결하는 모든 통신기재는 여전히 침묵을 지켰다. 실로 어이가 없었다.

"혹시나 했는데 정말로 이럴 줄은 몰랐어."

아직도 해상자위대 제3호위대군에는 명확한 부대행동 기준이 주어지지 않았다. 처음 명령서를 받았을 때부터 가능성은 있다고 생각했던 일이지만, 정말로 일이 그렇게 돌아가는 것을 보니 답답하다 못해 미칠 것 같았다. 부대행동기준, 즉 작전예규도 없이 자위대를 움직이다니! 해상자위대 막료감부나 통합막료회의, 그리고 그 윗사람들이 대체 무슨 생각을 하는지 알 수가 없었다.

안 그래도 자위대는 법적 지위가 다른 나라의 군대와는 판이하게 다른, 정규군보다는 경찰조직에 가까운 법적 지위를 갖는 기형적인 조직이었다. 방위성과 통합막료회의는 그런 조직에게 해상경비행동, 그것도 외국 해군과의 충돌 가능성이 높은 경비행동명령을 내리면서 명령 수행에 대한 명확한 지침을 주지 않은 것이다.

지금 해자대에 떨어져 있는 명령은 해상경비행동을 위한 경비출동이었고, 경비출동 대상인 해상자위대 제3호위대군과 14, 15호위대의 임무는 해상보안청을 지원하는 것이었다. 즉 일본 영토인 독도에서 강제 억류된 일본 국민의 신병을 확보하는 해상보안청 특수경비대의 작전을 섬 외곽 해역에서 지원하는 것이었다. 경비출동 하에서 명확한 부대행동기준이 주어지지 않은 이상, 해자대가 할 수 있는 행동은 자위대법이 아니라 해상보안청법과 경찰관 집무집행법에 의거한 단순한 경찰행동에 불과했다.

한국 해군과의 대치가 확실시되는 지금 상황에서 제대로 임무를 수행하려면 아주 강경한 부대행동기준이 부여된 경비행동 혹은 아예 방위출동명령이 내려져야 했다. 그러나 단순 경찰행동인 경비출동은 국회 동의 없이 각료회의 의결만으로 발동이 가능한 반면, 실질적인 군사행동인 방위출동은 국회 동의가 필요했다. 그러므로 방위출동명령의 하달은 현재 단계에서는 사실상 불가능에 가까운 것이었다.

한국이 일본 본토를 대상으로 직접 군사행동을 벌인다면 혹시 몰랐다. 하지만 벌써 60년 넘게 실효지배하고 있어서 일본도 직접적인 영토수복을 완전히 포기하다시피 하고 있는 다케시마에서 벌어진 사태 정도로 자위대에게 방위출동명령을 내리는 데 찬성할 국회의원은 일본에는 사실상 하나도 없었다. 도리어 그 문제로 국회를 소집한 총리대신이 정치생명에 치명타를 입을 가능성이 높았다.

'설마 책임회피하려는 걸까? 설마!'

비현실적인 방위출동명령 하달에 비해 이쪽은 정부가 진지하게 고려할 가능성이 아주 높았다. 사실 어떤 식으로든 부대행동기준이 제대로 내려질 경우, 그 부대행동기준의 정도에 따라 임무가 성공하든 실패하든 현 정부는 비판을 피할 수 없었다. 강경하다면 좌파정당으로부터, 온건하다면 우파정당으로부터 공격당할 수밖에 없는 것이다.

기왕 비판을 피할 수 없다면, 아예 부대행동기준을 내리지 않고 모든 행동을 현지 지휘관의 재량에 맡겨버리는 것도 진지하게 생각할 만했다. 그 결과로 생기는 모든 사태의 책임은 자위대에 떠넘겨버릴 수 있기 때문이다. 만약 실제 무력충돌이 발생한다 하더라도 최소한 적극적인 부대행동기준을 대놓고 하달하거나 방위출동명령을 내리는 것에 비해서 도망칠 구석이 더 많은 것이다.

무력충돌이 발생하지 않는다고 해도 정부에게 크게 불리할 것은 없다. 현재 단계에서 해상자위대가 무력을 행사하지 않는다면 주어진 임무 수행은 불가능했다. 이 경우 정부가 명확한 지침을 하달하지 않은 것에 대한 비판이 있을 수는 있다. 하지만 명확한 지침을 하달했다 하더라도 본격적인 교전을 치르지 않는 한 임무를 수행할 수 없는 것은 역시나 마찬가지이므로, 결국 정부는 이를 호기로 삼아 몇 년째 지연되고 있는 헌법과 자위대법의 전면 개정 여론을 이끌어낼 수도 있는 것이다.

그리고 어느 쪽이든, 자위대는 희생양이 될 수밖에 없었다. 요네다 해장보는 내심 불쾌했으나, 상부에서 그런 결정을 하는 것이 이번에는 불가피할 수도 있다고 인정했다.

"특수경비대 7명 사망, 16명 중상. 특별급습팀 3명 사망, 8명 중상입니다. 일본 기자는 네 명이 죽고 두 명이 중상을 입었습니다. 특수 경비대와 특별급습팀은 다케시마 동도의 선착장에서 집결한 채 구조를 요청하고 있습니다. 부상자 호송이 급한데 해보 헬기가 오려면 두 시간은 걸립니다."

이지스 호위함 아타고의 지휘상황실에서 3호위대군 사령 요네다 미츠테루 해장보는 기가 막혀 가만히 듣고만 있었다. 구원도 아니고 구조를 요청했단다. 보고를 마친 선무장 미즈하라 세이지 삼좌가 보고서에서 사상자 숫자를 다시 확인했으나 틀림없는 사실이었다.

독도에서 벌어진 일은 TV를 통해 빠짐없이 중계되고 있었다. 처음에 일본 기자들이 오사카 부경 특별급습팀 저격조가 쏜 총에 맞아 줄줄이 쓰러졌다. 한국 경찰이 경계로봇을 동원해 본격적으로 반격에 나서자 강렬한 TV 카메라 조명 아래에 참상이 드러났다. 해상보안청 특수경비대고 오사카 부경 특별급습팀이고 차이는 없었다. 오르막 외길을 한 줄로 서서 뛰어 오르다가 줄줄이 쓰러질 뿐이었다.

다 죽을 때까지 기관총 앞으로 돌격하는 일차대전 참호전 양상이었다. 죽은 자들이 널려 있고 부상자들이 비명을 지르는 장면은 거의 18세기 전쟁영화에서나 볼 수 있는 수준이었다. 저런 절망적인 전투양상을 지켜보면서도 작전을 중지시키지 않은 해상보안청 상층부는 도대체 어느 시대를 살아가는 사람들인지 요네다 해장보는 무척이나 궁금해졌다.

조금 전에는 현장 중계를 하던 일본 방송기자가 카메라 앞에서 또 다시 총에 맞았다. 카메라 기자도 총탄에 맞아 쓰러졌는지 카메라가 아래로 기울었다. 그래서 땅에 쓰러진 기자가 목에서 피를 쏟으며 컥컥대고 죽어가는 모습이 끝까지 방송을 탔다. 공중파로 생방송된 스너프 필름이었다.

비참한 장면은 계속됐다. 한국 경찰이 중기관총을 동원하자 이 참담한 잔혹극은 종막으로 치달았다. 중기관총은 목책이고 흙더미고 벽돌건물이고 전혀 가리지 않았다. 일본 특수부대원들이 숨은 곳은 모조리 부수며 쓰러뜨렸다. 독도경비대가 보유한 복합소총도 일본 특수부대원들에게 절망을 선사했다. 방송국 스튜디오에서 여자 아나운서가 울부짖는 장면을 마지막으로 요네다 해장보가 TV에서 눈을 뗐다.

"사망자보다 중상자 비율이 훨씬 높군. 한국이 봐준 건가? 대테러부대를 보병전투에 내몰다니, 정신 나간 해보 놈들! 아니! 아까 그 전투는 전형적인 고지점령전 아닌가? 적 기갑부대 진격로 앞에 공정부대를 밀어 넣을 놈들!"

공수부대는 어느 나라든 정예로 취급받지만 모든 종류의 전투에서 유효한 전력은 결코 아니다.

역시 섬 정상 강습이 실패한 순간 퇴각했어야 했다. 한국 경찰을 우습게보고 작전을 강행했다가 특수경비대와 특별급습팀은 엄청난 인명피해만 입었다.

그 와중에 일본인 취재기자들은 8명 중 네 명이 사망하고 두 명이 중상을 입었다. 저 어두운 섬에 들어간 일본인들을 특수경비대와 특별급습팀, 그리고 취재진으로 나눈다면 취재진 부대가 전사자 비율이 가장 높은 셈이었다. 더더구나 일본 취재진은 일본 경찰의 저격에 죽거나 다쳤다.

사망자 비율로 따져도 일본 경찰은 상대방 사살을, 한국 경찰은 무력화를 노렸음이 이로써 확실히 증명됐다. 예상되는 국내 반발을 감수하고 사살을 시도했는데도 작전이 실패하고 일본의 잔인성만 전 세계에 알린 셈이 됐으니 해상보안청 지휘부는 입이 열 개라도

할 말이 없었다.

"하지만 하나는 확실해. 해보 멍청이 놈들의 작전은 성공했어. 결국 해자를 끌어들였으니까. 그리고 일본 정부의 의도도 성공한 셈이지. 제기랄!"

요네다 해장보는 책임을 미루는 정부가 끔찍이도 싫었다. 어느 나라든 군사작전을 지휘하는 사령관 입장에서는 제대로 지원도 해주지 않는 주제에 이래라 저래라 간섭하는 정부가 고까운 것은 당연했다. 그럼에도 불구하고 정부는 거시적인 차원에서 여러 가지를 고려하고 최종적인 판단을 내려야 하기 때문에 불만이 있더라도 현지 지휘관은 정부가 내린 지침을 따르는 것이다. 그런데 최악은, 지침을 내려주지도 않고 모든 책임을 현장 지휘관에게 떠넘기는 일본 정부의 행태였다.

'한국 현지 지휘관도 답답해서 속이 터질 지경이겠지.'

요네다 해장보는 한국 해군의 움직임을 단 한순간도 놓치지 않았다. 일본과의 무력충돌을 두려워하는 한국 정부는 어떻게든 한국 해군의 출동을 막거나 최대한 늦추려 했다는 사실도 알고 있었다. 만약 한국 정부가 한국 해군과 해경의 건의를 받아들여 사건 초기에 다케시마 해역에서 해상보안청 순시선들을 몰아낸 다음, 섬에서 일본인들을 기자까지 빠짐없이 송환해버렸다면 지금 이렇게까지 상황이 진행되지도 않았을 것이다. 섬에 일본인이 없다면 해자대가 출동할 이유가 없으니까.

한국 정부의 잘못은 또 있었다. 해상자위대가 출동 준비하는 사이 한국 동해함대와 기동전단이 미리 함께 출동했다면, 해상자위대 함정들도 대치상태에서 조금 으르렁거리다가 물러섰을 것이다. 그러나 지금 이 해역에 한국 해군은 동해함대만 나와 있었다. 한국 정부가 머뭇거리며 기동전단을 군항에 잡아두는 바람에 이 해역의 전력 균형이 심각하게 일본 쪽으로 기운 것이다.

한국 기동전단이 이 섬 해역에 도착하는 시간은 오전 07시 정도, 7호위대와 15호위대가 도착하는 시간과 비슷했다. 두 시간 동안 이 해역은 압도적인 전력을 자랑하는 일본의 바다였다. 함대 지휘관 입장에서 욕심이 나지 않을 수 없었다. 한국 해군을 각개격파할 수 있는 절호의 기회를 놓치기에는 너무나 아까웠다.

"자네가 보기에 어때. 나는 극우인가?"

요네다 해장보는 아타고함의 부장을 일부러 함대기함설비까지 호출했다. 일본인답지 않게 개방적인 히라누마 켄 이등해좌는 호위대군 참모들과 달리 아주 솔직히 대답했다.

"아닙니다. 사령은 상식과 준법정신을 가진 보통의 평범한 보수주의자입니다. 적당한 국익과 적당한 평화주의 사이에서 균형을 맞추는 분 같습니다. 극좌 모험주의자나 극우 헌법파괴자들과는 전혀 다릅니다."

"지금은 국익을 위해 악마에게 영혼을 팔 기회인데, 자네 같으면 어때? 팔겠나?"

"위험한 결단 같습니다만."

두 사람 사이에 한참 침묵이 이어졌다.

"예전에 '제독의 결단'이라는 컴퓨터 게임이 있었습니다. 제독의 결단은 무겁고 외로운 것이라고 생각합니다."

"후후! 적극적으로 반대하지는 않는군. 자네도 결국 군인이었어."

요네다 해장보가 전술 화면을 힐끗 본 다음 말을 이었다.

"국익을 위해서는 개인이 가진 평소 신념을 굽힐 줄도 알아야 하네. 내가 아니라 다른 사람이 이 자리에 앉았어도 마찬가지 결론을 내렸을 거야. 나는 운이 없는 건지, 좋은 건지. 이만 돌아가도 좋네."

히라누마 이좌가 묵묵히 거수경례를 하고 함교로 돌아갔다.

요네다 해장보는 자기가 한국 지휘관들보다 불행한지 행복한지 판단하기 어려웠다. 요네다 해장보는 이번 사태가 끝나면 옷 벗을 각오를 했다. 그러나 군인이라면 승리할 기회를 놓치지 않아야 한다고 생각했다. 쓸데없이 사고를 쳤다고 해상보안청 8관구 본부장을 그토록 욕했던 요네다 해장보는, 절벽에서 산양을 낚아채는 검독수리처럼 기회를 놓치지 않았다.

"중상자가 많이 발생했다. 어서 다케시마에 진입해 그들을 구조해야 한다. 저 앞에 놈들을 신경 쓸 시간 따위는 없어!"

"부상자 구조작전입니까?"

전투준비에 몰두하던 3호위대군 막료들이 실망했다는 듯 확인을 요청했다. 요네다 해장보가 버럭 화를 냈다.

"그럼 다케시마 탈환작전인 줄 알았나? 그런 명령은 못 받았잖아. 그리고 그런 중요하고 외교적으로 민감한 작전은 각의에서 정치가들이 결정한다. 해자대는 평상시처럼 구조작전을 수행하면 되는 거야!"

물론 명확한 교전수칙을 받지 못한 3호위대군이 댈 수 있는 핑계이며 변명이었다. 구조작전을 수행하면서 부수적으로 한국 해군을 이 해역에서 밀어내면 좋고, 한국 경찰마저 몰아내 섬을 확보한 다음 일본 각의에서 일본 영토로 선언하면 더 좋은 일이었다.

"마침 우리가 받은 임무가 해상보안청이 수행하는 작전을 지원하는 임무니까, 부상자 구조작전도 명령 범위 내에 있어! 구조작전을 실시한다!"

그러나 독도로 향하는 항로에는 비슷하게 생긴 크고 작은 한국 군함들이 버티고 서 있었다. 먼저 요네다 해장보의 명령에 따라 아타고에서 한국 해군에게 무선으로 통보했다. 일본 영토인 다케시마에서 발생한 부상자를 구출할 테니 항로를 비켜달라는 강압적인 요청이었다.

한국 해군으로부터 상부에 문의할 테니 기다려달라고 답변이 왔지만, 시간이 없다는 핑계를 대며 해상자위대 함정들이 독도를 향해 속도를 올렸다. 한국 군함들이 저지하기 위해 기동에 나섰으나, 대형 함정들로 이뤄진 일본 함대를 막을 수는 없었다.

"밀어붙여! 한국 함정들이 먼저 경고사격을 하도록 만드는 거야! 충돌시켜! 해보 순시선들이 한국과 중국 어선들에게 하는 짓은 많이 봤을 거 아냐? 그대로 해!"

2001년 9월 삼진호 사건 때 일본 어업지도선에서 촬영한 비디오가 국내 방송 YTN에 공개된 적이 있다. 화면에는 500톤급 어업지도선이 25톤짜리 작은 삼진호(YTN 뉴스에서는 동진호)를 쫓으면서 선원들에게 물대포를 쏘고, 막판에 어선을 그대로 들이받아 전복시키는 장면이 담겼다. 인명구조는 어업지도선이 아니라 주변에서 조업 중이던 한국 어선이 했다. 2003년 2월 또 순시선이 제7종진호를 추돌해 선체를 손상시켰다. 2008년 6월 센카쿠열도 인근 해상에서 대만 어선이 침몰했을 때도 순시선 선장은 대만 어선의 선명을 확인하기 위해 접근하는 과정에서 충돌사고가 일어났다고 주장했지만, 믿는 사람이 바보다.

전면 오른쪽에 위치한 대형 전술지휘관용 디스플레이에는 양국 함정들이 뒤엉킨 채 기동하며 복잡한 항적 정보를 남겼다. CIC라면 함장용 대형 디스플레이로 활용될 왼쪽 화면은 EOTS에서 잡은 영상을 전시했는데, 포항급 초계함이 진로를 가로막자 하쓰유키급 호위함이 갑자기 증속하는 장면이었다. 포항급 초계함도 속도를 냈으나 하쓰유키급이 곧이어 함미 부분을 들이받아 버렸다.

- 꾸웅!

꽤 큰 진동이 아타고의 지휘통제실까지 전달됐다. 영상에 나타난 것만으로도 포항급 초계함이 받은 충격은 컸다. 굴뚝에서 시커먼 연기를 내뿜는 포항급 초계함은 비틀거리며 대열을 이탈하고 있었다. 다른 호위함들도 충돌하기 위해 공격적으로 접근하자 한국 함정들이 눈에 띄게 신중해졌다.

"흠. 우리가 도발해도 대응하지 않겠다는 건가? 상관없지."

실망한 요네다 해장보가 3호위대와 14호위대 전체 함정과 연결되는 마이크를 잡았다.

"그대로 다케시마 선착장까지 밀어붙인다! 우리는 일본 영토에서 부상당한 일본인들을 구조하는 인도적인 임무를 수행할 뿐이다. 한국 해군이 방해하더라도 우릴 향해 직접 사격하지만 않으면 대응할 필요 없다. 다만, 시간이 급하니 부상자들이 집결한 선착장까지 가급적 직선 침로를 유지하도록!"

요네다 해장보가 전면 대형 디스플레이로 시선을 돌렸다. 부딪칠 듯 말 듯 아슬아슬한 상황이 계속 연출됐으나 아직 확실한 결과는 얻지 못했다.

"속도는 함장이 적절히 결정하도록. 다만, 시간이 급하다는 사실을 재삼 강조하는 바이다."

- 꿍!

해자대 함정과 충돌한 다른 포항급 초계함이 술 취한 사람처럼 비틀거렸다. 속도야 북한 간첩선을 상대하던 울산급 호위함과 포항급 초계함이 일본 함정들에 비해 당연히 빨랐다. 그러나 함대 진형을 유지하고 상황에 따라 전진과 후진을 반복하던 포항급 초계함들이 일본 함정들에게 들이받히는 경우가 늘어났다.

요네다 해장보가 호위대군 막료와 전신원을 불렀다.

"함정만으로는 특수경비대와 특별급습팀을 구조하는 데 적당한 수단이 부족하다. 또한 다케시마를 점거한 한국 경찰이 부상자들을 습격할 우려가 있으니 이에 대비해야 한다."

특수경비대를 충분히 전멸시킬 수도 있었지만 무력화 수준에 그치는 자제력을 발휘한 쪽은 한국 경찰이었다. 그런 한국 경찰이 선착장으로 퇴각한 일본 특수부대원들을 습격할 리가 없었다. 그런 사실을 알면서도 요네다 해장보는 단호하게 지시했다.

"호위함대에 특별경비대의 투입을 건의하도록! 수송헬기뿐만 아니라 섬 상공을 제압할 헬리콥터도 충분히 지원해달라고 해!"

해상자위대 특별경비대 SGT는 SEAL팀과 비슷한 임무를 수행하도록 훈련을 받은 조직이다. 3개 소대 60명이 있다고 한다. 군과 경찰이 다른 점 하나는 임무이고, 두 번째는 동원하는 수단이다. 한국 경찰이 아무리 SST와 SAT 합동부대를 격퇴할 정도 실력이라 해도 섬 상공에서 무장헬기가 기관총을 쏘며 지원하고 섬 정상에서 특수부대가 강하하면 당해낼 도리가 없다.

"지원 요청은 하겠습니다만, 군 항공기의 투입을 자제하도록 요청한 미국 눈치를 봐야 할 겁니다."

호위대군 막료가 조언하자 요네다 해장보가 코웃음을 쳤다.

"구조작전은 경찰 임무다. 그리고 해상자위대가 언제 군이 됐지? 그 사이에 헌법이 개정됐나?"

8월 16일 05:20 독도 남동 18km 광개토대왕

"아직 교전은 일어나지 않았습니다. 저희가 참고 있으니까요. 하지만, 충돌만으로도 저희는 충분히 타격을 받았습니다. 이대로 가면 곧 독도까지 밀리고 맙니다!"

1함대 사령관이 해군 작전사령관에게 계속 항의했다.

"교전을 회피한다. 그러나 해자대 함정이 독도 선착장에 닿지 못하도록 막는다. 이건 불가능한 임무입니다. 합참에서는 알면서도 이런 명령을 내렸단 말씀입니까? 아! 물론 더 상부에서 내려온 명령이겠지요."

김준식 소장이 고개를 절레절레 흔들며 혀를 찼다. 그렇다고 해군이 임무를 거부한 적은 없었다. 북한 잠수함의 침투를 막지 못했다는 비난을 받았을 때도 해군은 그 비난을 묵묵히 받아들였다. 동해의 해양환경이 매우 복잡하다는 것도, 동해에 해양전선이 발생하면 음파차단막이 형성돼 평소보다 세 배나 많은 대잠전력을 투입하고도 제대로 잠수함을 찾기 어렵다는 변명도 하지 않았다. 다만 임무를 완수하기 위해 최선을 다할 뿐이었다.

"07시. 알겠습니다. 그때까지 버티도록 노력하겠습니다. 쉽지 않을 것 같습니다."

김준식 소장이 수화기를 내렸다. 해군 작전사령관 이웅태 중장이 5기동전단에 동승해 독도 해역으로 달려오고 있었다.

만약 5전단이 미리 출동해 1함대와 함께 독도 해역을 지켰다면 해상자위대가 지금처럼 도발할 일도 없었다. 모든 책임은 일본과의 교전이 두려워 일관되게 소극적으로 행동한 한국 정부에 있었다. 결국 최악의 상황으로 치닫게 되고 말았다.

전쟁을 두려워해 피하려고만 하면 결국 전쟁을 부르고야 만다. 이차대전 직전에 영국 수상 챔벌린은 어떻게든 전쟁을 피하려고 노력했다. 그래서 오스트리아, 체코슬로바키아 등등이 독일에게 넘어갔을 때도 인내했다. 결국 폴란드가 침공당한 다음에야 참전했지만, 승승장구하던 독일의 기세를 막을 수가 없었다. 사관학교 시절부터 세계전쟁사를 꿰찬 김준식 소장은 그래서 지금 이 상황에 더욱 화가 났다.

"방금 일본 함정들이 영해선을 통과했습니다."

참모가 보고하자 김준식 소장이 고개를 들었다. 전술지휘관용 대형 화면에 기세등등하게 전진해오는 해상자위대 함정들이 가득 들어왔다. 침략함대 뒤 수평선에서 동해의 태양이 떠오르고 있었다.

"최악의 상황이 뭔지 아나?"

바삐 기동계획을 짜던 참모가 애꿎은 말상대가 됐다. 함대 예하 함정에 기동계획을 수정 통보하는 참모가 말상대가 될 수는 없기에 어쩔 수 없었다.

"1함대가 전멸하는 것보다 최악이 있습니까?"

"1함대와 5전단이 각개격파 당하는 것이 최악이야. 전멸한 1함대의 함정 잔해들 사이에 해자대 함정들이 숨어서 대함유도탄을 날린다고 생각해보게. 5전단은 공격은 못하고 방어에만 전념해야 해. 일단 큰 피해를 입고 시작하게 될 거야."

최악의 상황에서도 길을 찾아야 하는 것이 지휘관의 의무였다.

"정 안될 것 같으면 퇴각하거나, 발이 묶여 못 움직이다가 5전단의 행동에 방해가 될 것 같으면 전 함정이 자침한다! 해자대도 셋으로 나뉘어 오고 있으니 거꾸로 5전단이 해자대를 상대로 각개격파할 수 있을 거야."

"우리의 희생이 헛되지 않겠습니다. 네에."

디지털 해도대에 머리를 처박은 참모가 아주 작은 목소리로 대꾸했다.

8월 16일 05:35 독도 남동 11km 아타고

"선착장에 접안해서 부상자들을 구호할 계획을 세우게."

"이미 구조반을 편성했습니다. 각 함정에서 의관을 중심으로 편성된 구호반도 대기 중입니다. 각 함정 고속단정 하강 준비 완료!"

말을 그렇게 했어도 명령한 호위대군 사령이나 보고한 막료나 별 관심을 보이지 않았다. 계획을 세우라는 명령과 실행 준비가 완료됐다는 보고가 실시간으로 이어지는 상황도 비현실적이었다. 다만 이들의 발언이 호위대군 작전일지에 기록됐다는 사실이 중요했다. 해상자위대는 겉보기에는 극히 정상적인 구조작전을 진행 중이었다.

"다케시마 선착장에서 신호탄이 올랐습니다."

막료가 보고하자 요네다 해장보가 대형 전술화면을 보다가 EOTS 배율을 높이라고 시스템 조작수에게 지시했다. 파도가 넘실대는 선착장에 옹기종기 모인 특수경비대와 특별급습팀의 처참한 상황이 확대되어 잡혔다.

"저 인간들은 언제쯤 병원에 입원할 수 있을까?"

"10km 남았습니다. 15분이면 구조를 시작할 수 있습니다."

"한국 해군이 길을 열어줄 때 이야기지. 자네 같으면 고분고분 비켜주겠나?"

"절대 아닙니다. 외국 배가 허락 없이 아국 영토인 섬의 선착장에 접안하도록 놔두면 안 됩니다."

"그래. 한국 해군도 그럴 거야."

당연한 말이지만, 전투에 말려들지도 모를 해상자위대 입장에서는 무척 걱정스러운 일이었다.

"한국 함대와의 거리는?"

"4.5km를 유지하고 있습니다."

"애매하군. 여러 가지를 감안한 거리야. 뭐, 대함사거리만 주지 않으면 돼."

종류에 따라 다르지만 하픈으로 대표되는 대함미사일의 최소 사거리는 5해리 정도다. 갑자기 상대편 함대가 거리를 띄운다면 대함미사일 공격의도로 봐야 하고, 이쪽도 대비해야 한다. 그러나 아직 한일 양 함대는 그렇게까지 몰리지는 않았다.

8월 16일 05:40 독도 남동 7km 광개토대왕

"이렇게 밀리다가는 끝이 없어. 아니! 끝이 보이는군."

광개토대왕함의 전단상황실에서 함대사령관이 전술화면을 보면서 탄식했다. 방금 독도 선착장 상공에서 빨간 조명탄이 터졌다. 조명탄은 바람을 타고 서쪽으로 흘러갔다. 일본 특수부대원들을 차라리 다 죽여 버렸으면 이런 일이 생기지 않을 텐데 하는 아쉬움도 가졌다.

통신참모가 보고했다.

"명령이 내려왔습니다. 독도 선착장에 집결한 일본 특수부대원들을 일본 해자대 함정이 아닌 해상보안청 헬기로 호송해가도록 일본 함정에 통고하라고 합니다."

한국 해경이 일본인 부상자들을 수용한 다음 접속수역 경계선인 독도 24해리 해상에서 일본 순시선에 인계하겠다는 기존 제안은 일본 측에서 거부했었다. 이번에 새로 내려온 것은 일본 측에 훨씬 유리한 제안이었다. 일본이 독도에서 경찰권을 행사할 기회를 주는, 어찌 보면 대한민국의 영토주권을 위협할만한 위험한 제안이기도 했다. 한국 정부는 이 제안을 일본이 받아들일 것으로 예상했다.

"당장 무선통신을 보내게."

계속해서 일본에 경고를 보내던 통신참모가 국제 공용주파수로 해상자위대 함정들에게 통신을 보냈다. 곧이어 '이번에 대단히 전향적인 제안을 해주셔서 귀 함대에 심심한 감사를 표합니다.'로 시작되는 일본 함대의 답신을 통신참모가 요약해 보고했다.

"헬기는 연료 급유 중이라 당장 오기 힘들고, 함정에서 근무하는 군의관에게 부상자 처치를 맡기겠다고 합니다. 한 마디로 우리 측 제의를 일본이 거절했습니다."

신음을 흘린 김준식 소장이 다시 통신참모에게 명령을 내렸다.

"정부의 공식 제의가 거절당한 마당에 현지 지휘관으로서 제안을 수정하겠다. 해자대 단정을 통해 부상자를 호송하도록 통신을 보내게. 일본이 원하는 만큼 구조 시간을 단축시킬 수 있으니 훨씬 개방적인 제안이야."

통신을 보내고 1분도 되지 않아 아타고로부터 답신이 왔다.

"3호위대군 사령으로부터 입전입니다. 해상상태가 나쁘므로 해자대 함정이 선착장에 직접 접안하겠답니다."

"무척 평화롭게 대화가 계속되는 것 같군. 역시 일본은 한국의 우방이야!"

어처구니가 없었다. 해상자위대는 기어코 독도에 해자대 함정을 접안시키고야 말겠다는 의지를 드러냈다. 광개토대왕함의 함장 이 승일 대령이 불안한 목소리로 보고했다.

－ 독도 선착장까지 4km 남았습니다.

"경고사격. 함포 발사 준비."

이제는 어쩔 수 없었다. 김준식 소장에게 명령을 받은 함장이 지 시를 내렸다. 초조해진 함대사령관이 전단상황실을 나와 전투지휘 상황실로 들어섰다.

8월 16일 05:45 서울 정부종합청사

"대통령께서 뭐라고 하셨습니까?"

－ 총리께서 알아서 처리하라고 하셨습니다. 아직 잠이 덜 깨신 것 같습니다. 제가 봐도 총리께서 결정하시는 편이 낫겠습니다.

"맙소사!"

－ 죄송합니다.

외교안보수석의 사과를 끝으로 국무총리가 수화기를 내렸다. 대 통령과 외교안보수석비서관은 책임회피로 일관했다. 중요한 순간에 맑은 정신으로 결정을 내려야 한다는 이유로 어젯밤 늦게 대통령은 청와대로 돌아갔고, 정작 중요한 순간에는 국무총리에게 결정을 미 뤘다.

국무총리가 잔뜩 피곤에 절은 표정으로 사과했다.

"죄송합니다, 해참총장."

"사과해서 끝날 문제가 아닙니다! 선제공격을 당하면 1함대 다 죽습니다! 제발 부탁드립니다! 교전규칙상 1함대가 지금 경고사격을 하지 않을 수가 없는데, 해자대에서는 당연히 실사격으로 대응할 겁니다!"

해군 참모총장이 애원했으나 국무총리가 세차게 도리질했다.

"그럼 1함대에게 선제공격을 하라고 할까요? 일본하고 전쟁을 하자고요? 있을 수 없는 이야깁니다."

"세상에!"

"1함대가 선제공격을 해도 이길 수 없어요. 결과는 마찬가지다 이 말입니다. 나중을 위해서라도 차라리 1함대가 선제공격을 당하는 편이 나아요."

"아닙니다! 절대 아닙니다! 배수량에서 딸리는 전력을 화력으로 충분히 보충할 수 있습니다! 가난한 해군이지만 이기기 위한 무장은 충분히 실었습니다. 함포전은 자신 있습니다. 선제공격만 당하지 않으면 됩니다!"

작은 함정에 과다한 무장을 탑재하는 것은 한국과 이스라엘의 전통이다. 사정이 여의치 않아서 그런 선택을 했겠지만 결코 바람직한 것은 아니다. 미국과 러시아, 유럽 여러 나라와 일본 등 해군 전통이 긴 국가들이 큰 함정을 만드는 것은 반드시 그럴 만한 이유가 있고, 한국 해군도 안다.

그러나 돈이 없다. 장비가 못 따라주면 결국은 몸으로 때워야 한다. 그 결과는 이차대전 때 모든 전선에서 증명됐다.

"그건 해참총장의 희망사항일 뿐입니다."

"1함대 승조원 전부를 죽일 작정입니까? 2차 서해교전 때처럼 일단 얻어맞고 시작하라고요? 해자대 3호위대 함정들은 전부 5인치 함포입니다. 울산급이나 포항급은 몇 방만 맞아도 바로 침몰할 수 있어요! 최소한 선제공격을 당하지 않아야 그나마 대등하게 싸울 수 있습니다! 1함대를 살려주십시오!"

"냉정한 말이겠지만, 국민을 위해 죽는 것이 군인의 임무입니다."

"국민을 위해서 싸우다 죽는다면 차라리 행복하겠습니다. 하지만 약해서 죽는 것도 아니고 싸우지 못하게 손발이 묶여서 죽는다면 너무 억울합니다!"

해군 참모총장이 절규했다. 대국적으로 판단하는 국무총리 의견이 옳을 수도 있다. 그러나 제대로 싸우지도 못하고 죽어야 할 군인 입장이라면?

"어째서 정부는 자꾸 최악의 선택만 합니까? 전쟁 날까 두려워 망설이다가 진짜 전쟁이 나게 생겼습니다. 그것도 선제공격을 얻어맞아 해군 전체 전력 4분의 1을 잃고 시작해야 합니다!"

국무총리가 고개를 돌려 아예 외면했다.

"국무총리니이임! 살려주십시오! 천 명이나 되는 애들이 제대로 싸워보지도 못하고 죽게 생겼습니다. 제바아아알! 이렇게 무릎 꿇고 부탁드립니다. 제발! 제발 살려주십시오."

해군 참모총장이 숫제 흐느꼈다. 합참의장 등은 나서지도 못하고 괜히 헛기침만 했다. 보다 못한 외교통상부 장관이 나섰다.

"흐음. 주권국가에서 이런 결정을 내리기는 어렵겠지만 제가 어려운 제안을 하나 하겠습니다. 제가 외교 수장이고, 독도의 영토주권에 심각한 흠집을 남길 우려가 있는 어려운 선택이지만 지금 당장은 해군에 전술적 자유도를 높여주기 위함입니다. 들어보세요."

김도형 장관이 뜸을 들이자 국가안전보장회의 참석자들이 집중했다.

"당장 교전을 피하기 어렵다면 5전단이 도착할 때까지 1함대를 독도해역에서 잠시 퇴각시키는 것은 어떻습니까? 승리를 위한 잠시 일보 후퇴입니다."

"안 됩니다!"

"절대 안 됩니다!"

외교통상부 장관의 제안을 해군 참모총장과 국무총리가 동시에 거부했다. 전쟁이야 피할 수 있겠지만 국무총리 입장에서도 뒤처리가 도저히 감당이 안됐다. 독도에서 TV생방송 중이었다.

해군이 물러서면 정부가 독도를 일본에 넘겨줬다고 판단한 국민들이 당연히 들고 일어난다. 5전단이 참가해 해상자위대를 물리친다 해도 이 일로 인해 정부는 두고두고 욕먹게 된다. 5전단을 기다리기 위해 1함대가 물러선 다음 만의 하나 다른 일이 생겨서 5전단이 독도해역에 도착하지 못하는 경우가 생긴다면 최악으로 전개된다. 정부 관계자들이 영토를 팔아먹은 매국노로써 처단된다 해도 전혀 이상할 것 없다. 도망가다가 성난 군중에게 밟혀죽거나, 잘해야 광화문에서 목 매달린다. 독도문제는 지금까지 대한민국에서 발생한 그 모든 정치적 사건들과는 차원 자체가 다르며, 변명의 여지도 없다.

해군 입장에서도 영토를 내버려두고 퇴각한다면 해군의 존재 이유를 스스로 부정하는 꼴이다. 만약 5전단이 도착한 뒤 교전할 계획이라면 일시 퇴각하는 것도 고려할 수 있겠지만, 한국 정부가 해군이 선제공격하도록 허락할 리가 없었다. 해상자위대의 임무가 애매해 반드시 교전이 일어난다고 장담할 수도 없는 것이 현재 상황이었다. 그리고 1함대가 잠시 퇴각한 사이 독도에 도착한 해상자위대 함정들이 구조활동을 빙자해 온갖 주권행사를 한다면 한국 정부와 해군은 뒷감당하기 힘들다.

이래저래 한국 정부나 해군에게 선택권은 없었다. 현재 선택권은 일본이 쥐고 있었다. 일본 입장에서는 1함대가 독도해역에서 일시라도 물러서면 독도에 대해 영토 주권을 선언하며 갖가지 권리를 행사할 수 있고, 그 후에 5전단이 도착해 불리해지면 그냥 돌아가면 된다. 평화애호국이라는 기존 국제적 이미지도 계속 유지하고, 독도에 영토주권도 행사할 수 있다. 만약 1함대가 홀로 버틴다면 일본은 1함대와 5전단을 각개격파할 수 있다. 꽃놀이패도 이렇게 좋은 패가 없었다.

"한국이 약하고, 해군이 가난한 탓입니다. 불쌍한 내 새끼들!"

고개 숙인 해군 참모총장이 어깨를 들썩거렸다. 결국 1함대는 5전단이 오기 전까지는 선제공격을 당할 위험에 노출됐고, 예상되는 결과는 전멸뿐이었다.

8월 16일 05:50 독도 남동 2km 광개토대왕

"사격 자료 주입!"

광개토대왕함의 전투체계관과 사통관, 그리고 사통사들이 활약할 때였다. 각종 무기와 시스템을 담당한 사통사들이 담당한 콘솔에 자료를 입력했다.

전투함의 지휘구조는 함 규모나 임무, 무장에 따라 다르고 시기에 따라 변천을 겪었다. 울산급 호위함 등 기존 전투함정의 지휘구조는 함장 아래 작전관이 각종 전투정보를, 포술장이 무기 통제를 담당하는 방식이다. 광개토대왕함급 전투함에서는 어느 시기까지 작전관이 대함전 장교를 맡고, 포술장이 대공전 장교 임무를 수행했다.

이 소설은 근미래 가상전쟁소설이므로 실제 한국 해군의 전투지휘 체계와 상관없이 미국의 이지스 구축함 지휘체계를 기본으로 설정하고 묘사한다. 즉 광개토대왕함을 비롯한 최신 구축함에는 포술장이 없는 대신 전투체계관이 전투정보부터 사격통제까지 담당하고, 작전관은 함 운용 전반을 관장하는 식이다. 물론 실제와 다를 것이다.

"사격 자료 주입 끝!"

함포사격 전에 기온, 기압 등 기상자료와 함포, 포탄 상태를 포함한 각종 데이터를 사통장치에 입력한다. 특히 풍향과 풍속은 명중률을 높이기 위해 반드시 수정해야 할 가장 중요한 자료다.

"방위 147도 거리 3500야드, 대함 표적 탐색 시작!"

전투체계관이 명령하자 사통관이 사통레이더를 통해 표적을 추적한 다음 보고했다.

"방위 147도 거리 3500야드 대함 표적 탐색 시작! 족제비 접촉, 방위 146도, 거리 3527야드."

"통제 하나, 추적 시작!"

"통제 하나 추적 끝! 방위 146도, 거리 3498야드, 침로 314도, 속력 28노트. 추적 상태 보통!"

광개토대왕함의 추적레이더가 일본 함정의 움직임을 따라갔다. 함수 함포 등 각종 무기체계가 이미 사통장치에 연결돼 있었기 때문에 추적을 시작한 것만으로도 함포가 목표를 따라 움직였다. 광개토대왕함과 목표가 동시에 움직여도, 파도를 넘느라 광개토대왕함의 함수가 번쩍 들려도 포구는 여전히 일본 함정을 정조준했다.

"100포, 제1, 2 장전통에 일반탄 22발씩, 제3 장전통에 장갑투철탄 22발 채워!"

"100포 제1, 제2 장전통에 일반탄 각 22발씩, 제3 장전통에 장갑투철탄 22발. 장전판 포함 발사준비 탄약 69발 채웠음!"

127밀리 함포를 담당한 사통사가 보고했다.

다른 함포들은 완전 자동인 무인포탑이더라도 포탑 아래에서 드럼 모양인 장전통에 탄약을 급탄하고 탄약고에서 포탑으로 탄약을 이동시키는 장치를 조작하는 장전수 및 인양수가 필요하다. 발사속도가 아주 높은 자동함포로 알려진 76밀리 함포 밑에는 포장을 비롯해 장전수, 탄약수, 인양수까지 총 6, 7명이 근무한다. 한국과 일본 최신 구축함들이 장비한 무인 자동함포인 5인치 62구경장 함포도 급탄을 위해 6명이 함포 밑에서 대기한다.

"100포 장전 준비!"

- 100포 장전 준비 끝!

"100포 장전!"

- 100포 장전 끝!

첫 번째 탄약이 포구에 장전됐다.

"조준 좋으면 보고!"

"조준 좋아!"

함포를 발사하기 위한 여러 가지 절차가 진행됐다. 전투상황이라면 여기서 발사명령을 내리는데, 경고사격을 위한 절차라 조금 달랐다.

"100포 줄이기 200, 왼편 55 주입!"

"100포 줄이기 200, 왼편 55 주입 끝!"

"조준 좋으면 쏴!"

"쏴!"

8월 16일 05:55 독도 남동 4km ^{아타고}

"한국 해군이 횡렬진에서 종렬진으로 전환했습니다."

"흠. 뭔가 변화가 보이는군. 선착장을 내주지 않겠다는 의지의 표현인가? 계속 밀어붙여!"

요네다 해장보가 회심의 미소를 지었다.

"광개토대왕함의 추적레이더가 본함을 추미 중입니다!"

적의 대장이 이쪽을 알아봤다는 뜻이다. 지휘시설에서 근무하는 자위관들은 일순 기분이 좋아졌다가 금방 불안해졌다. 그 불안감은 곧 현실로 나타났다.

- 쾅! 퍼엉!

광개토대왕함의 함포가 번쩍이며 화염과 연기를 토해낸 직후 아타고 전방 50미터에서 물기둥이 치솟았다. 아타고의 호위대군 지휘실 분위기가 급격히 달아올랐다.

"한국 해군 함정들이 포격을 실시합니다! 경고사격입니다."

요네다 해장보는 바로 이것을 기다리고 있었다.

"일본 영해 내에서 자위대 함정에 대한 타국 함정의 공격이다! 전신장은 즉각 호위함대에 보고하라!"

"방위출동 명령은 내려오지 않았습니다! 정당방위로써 행동하기에는 무리가 따릅니다!"

이번에 일어날 상황을 빤히 알고 있었으면서도 막료들은 일단 반대했다. 사전에 구체적으로 역할을 정하지는 않았지만 사실 미리 짜고 치는 고스톱이었다.

"천만에! 무기 등의 방호를 규정한 자위대법 제95조에 의거, 일본 해상자위대 호위함이라는 무기체계를 지키기 위해 무기 사용을 명령한다!"

　일본 사회는 1990년대에 '값비싼 이지스 호위함을 비롯한 호위대
군 함정들은 도대체 무엇을 호위하기 위해 존재하는가?'라는 주제로
토론을 벌인 적이 있다. 일본 영토를 수호하기 위해? 해상교통로를
보호하기 위해? 일본 정부와 국민이 그렇게 생각하더라도, 법적 뒷
받침은 전혀 되지 않았다. 평화헌법과 자위대법, 일미상호방위조약
을 근거로 자위대는 그런 목적과 관계없음이 드러난 것이다.

　결국 법적 미비로 인해 호위대군은 이지스 호위함 또는 스스로를
지키기 위해 존재한다는, 아주 냉소적인 결론에 도달했다. 호위대
함정들은 서로 또는 스스로를 호위하고, 자위대는 스스로를 지키는
무의미한 집단인 셈이다. 자위대가 딸딸이대라는 우스갯소리는 그
런 의미에서 핵심을 꿰뚫은 정확한 비판이다. 그러나 한국 입장에서
는 현재 상태가 훨씬 낫다.

　요네다 해장보가 내세운 근거는 불심선 사건이 연달아 발생한
2000년대 이후 자위권 발동 차원의 무기사용을 위해 새로 개발된 논
리였다. 사실 아주 구차한 변명에 불과하고, 스스로를 호위하기 위
해 호위대군이 존재한다는 농담과 전혀 다를 바가 없었다. 스스로
호위할 일이 아예 없도록 출동하지 않거나, 존재하지 않는 것이 훨
씬 논리적이다.

　"사령! 당신이 모든 책임을 지게 됩니다."

　요네다 해장보를 진심으로 걱정해주는 건지, 아니면 책임소재를
명확히 하자는 건지 모를 말을 하는 막료에게 요네다 해장보가 선언
했다.

　"그래! 내가 모든 책임을 진다. 비겁한 총리나 비열한 방위대신이
아니라 내가 책임지겠다! 해상보안청에서 조사받아도 좋아. 일반 법

정 피고석에 서도 좋다!"

자위대에는 헌병도 없고 군사법원도 없다. 그래서 웬만한 범죄나 사고를 저지른 자위대원들은 경찰에게 조사를 받는다. 잠수함이든 이지스함이든 해상자위대 함정이 바다에서 사고를 일으키면 해당 함장과 승조원들은 해상보안청에서 조사를 받게 된다. 나쁘게 보면 굴욕이고 좋게 보면 민주적이지만 비효율적이고 군사기밀이 공개되는 사태를 피하기 어렵다.

"자위관으로서 마지막 임무를 수행하는 나를 위해 그대들은 최고의 전투를 보여주지 않겠는가?"

"세계 모든 해군 교범과 사관학교 교재에 등장할 정도로 최고의 전투를 보여드리겠습니다!"

호위대군 막료들이 감동의 도가니에 빠진 사이 요네다 해장보가 마이크를 잡았다. 그리고 공식 문서에서나 쓰는, 복합문과 이중 부정문이 난무하는 문어투로 일장 연설을 했다.

"내 말을 들어라. 3호위대, 14호위대, 7호위대 묘코까지. 전 함정은 내 말을 들어라. 제3호위대군 사령 요네다 미츠테루 해장보다. 일본 영토인 다케시마에서 발생한 사상자를 구출하는 인도적 임무를 수행하는 해상자위대의 작전을 방해하는 세력을 거부하고, 무기 등의 방호를 규정한 자위대법 제95조에 의거, 불가피하게 전력의 투사를 하지 않으면 안 된다. 다케시마에 방치된 특수경비대와 특별급습팀의 부상자들을 당장 치료하지 않고 시간을 끌수록 인명피해가 늘어날 우려가 있기 때문에 즉각 대응하지 않을 수 없다!"

물론 핑계였다.

"목표는 일본 영해를 침범하고 일본 호위함에 위협을 가하는 한국 해군 각 함정이다. 각 호위대별로, 함정별로 지정된 목표를 포착한 다음 적절한 화력을 투사해 방해물을 무력화시키지 않으면 안 된다. 그러나 무력화 수단은 함포와 벌컨으로 제한하지 않을 수 없다. 과도한 화력 투사는 평화국가로 평판을 얻은 일본의 국제적 위상을 감안해 금지하는 편이 좋다고 생각한다. 그러므로 상대방이 동일한 무기를 사용하지 않는 한도에서 대함 및 대공 미사일은 그 사용을 불허하도록 한다. 또한 전력 투사는 적함을 무력화시키는 수준에 그치지 않으면 안 되므로 각 함장은 적함을 침몰시키지 않도록 적절히 지휘하도록 하지 않으면 안 된다. 이상이다."

명확성, 간결성이 생명인 군 조직의 지휘, 명령체계와 달라 반대로 오해할 여지가 많았으나 방송 내용은 중요한 것이 아니었다. 3호위대 사령이 보고했다.

"사령! 각 함별 목표 할당 완료했습니다!"

"진행해!"

요네다 해장보가 지시하자 3호위대 사령 호시노 세이시로 일좌가 다섯 함정들에 연결되는 통신기를 집어 들었다.

"각 함별 목표를 할당했다. 작전 개시!"

그 직후 아타고의 전투정보실로부터 진행상황을 알려왔다. 함장 쿠가야마 스스무 일좌가 커다란 목소리로 명령하자 복창소리와 보고하는 소리가 뒤섞였다.

- 5인치 함포 목표 조준!
- 5인치 조준 완료!
- 철갑탄 장탄!
- 철갑탄 장탄 완료!
- 발포!

8월 16일 06:00 독도 남동쪽 2km 광개토대왕함

"함포 공격이 임박했습니다!"

"아타고의 함포가 아 함을 조준 중입니다!"

전자사의 보고보다는 사통관의 보고가 훨씬 적나라했다. 아타고가 파도에 오르락내리락하면서도 함수 함포가 정확히 광개토대왕함을 향했다. EOTS 화면에 아타고 함포의 포강 내부 강선이 들여다보일 정도였다.

"우리도 준비해!"

함장이 지시하자 전투지휘상황실이 바쁘게 돌아갔다. 무력분쟁 발생 가능성을 최대한 억제하라는 정부 방침과 상관없는, 자위권 발동 차원의 대비였다.

"전자전은? 아타고는 이지스니까 소용이 없을 테고, 다른 배에라도 전자전을 실시하라!"

이지스의 위상배열레이더는 주파수 도약방식을 사용하고 또한 함포를 이지스 시스템으로 통제하므로 함포전에 대비해 전자전을 시도할 의미가 없었다. 19DD도 위상배열레이더를 사용하고, 시라네는 함포 내부에 작동수들이 직접 들어가서 조작하는 유인함포이므로 전자전을 실시하더라도 효용이 적었다. 결국 전자관은 마키나미를 향해 광개토대왕함의 전자전 시스템을 가동시켰다.

곧이어 함대사령관이 전단상황실로 돌아가 정식 명령을 내렸고, 이 명령은 1함대 모든 함정에 전파됐다.

- 전 함정, 반격 준비태세를 확립하라! 전대별 진형을 계속 고수한다!

김준식 소장이 침을 꿀꺽 삼켰다.

- 1함대 전 승조원에게! 우리는 대한 해군이다! 무운을 빈다!

광개토대왕함에 할당된 목표는 여전히 아타고였다. 단거리 함포전 양상으로 전투가 진행된다면 광개토대왕함은 아타고에 비해 배수량에서는 절반도 안 되는 반면 화력에서는 전혀 밀리지 않았다. 그러나 나머지 한국 함정들은 배수량도, 화력도 일본 함정들에 비해 크게 불리했다.

"통제 하나, 추적 시작!"

전투체계관이 지시하자 사통관이 복창했다. 각 콘솔을 담당한 사통사들이 바짝 긴장했다.

"통제 하나 추적 끝! 방위 145도, 거리 3412야드, 침로 315, 속력 28노트. 추적 상태 양호! 아니, 불량! 전자전입니다!"

"레이더가 먹통입니다!"

여기저기서 비명이 터져 나왔다. 아타고를 비롯한 모든 일본 함정에서 전자전을 실시했다. 레이더 화면이 온통 누렇게 번져갔고, 전자관과 전자사들이 즉시 이에 대응했다.

- 쾅!

"함교에 맞았습니다!"

작전관이 보고하며 항해함교와 통하는 수화기를 들었다. 함교를 지휘하는 부장 김완기 중령이 방금 포탄이 함교 구조물 아래쪽에 맞았다고 알려왔다. 함장이 수화기를 받아 부장에게 물었다.

"경고사격일 가능성은?"

해상자위대의 함포사격 실력이 뛰어나다는 평가를 받지 못하므로 경고사격을 잘못해 명중해버릴 가능성도 분명히 있었다. 그러나 전술화면을 가득 채운 직선은 본격적인 교전이 시작됐음을 알렸다. 일본 함정들을 나타내는 표지에서 각기 직선이 뻗어 나와 한국 함정에 닿은 것이다. 김완기 중령이 눈으로 직접 본 것을 보고했다.

- 모든 일본 함정들이 사격에 참가했습니다. 1함대 함정들이 피격당하고 있습니다! 경고사격일 가능성은 전혀 없습니다!

- 응사! 응사하라!

함대사령관이 1함대 전체 함정에 명령을 발령했다. 전투체계관이 함장을 주시하자 함장도 명령을 내렸다. 전투가 시작됐다. 아찔한 순간이었으나 주저할 틈은 없었다.

"사격개시!"

- 쾅!

광개토대왕함에서 함포를 쏘기도 전에 다시 함교 구조물에 포탄을 맞았다. 일본이 본격적으로 공격을 시작한 직후 1함대 전 함정들이 반격에 참가했다. 광개토대왕함 함내 통신이 폭주했는데, 대부분 사격 지시와 부상자 구호 및 피해복구에 관한 명령이었다.

"조준 좋으면 쏴!"

"쏴!"

- 쿵!

광개토대왕의 함포가 발사되고, 첫 포탄이 아타고의 함교구조물 중간에 정확히 명중했다.

"조준 좋으면 쏘기 시작!"

"쏘기 시작!"

- 쿵! 쿵! 쿵! 쿵! 쿵! 쿵!

광개토대왕함은 아타고로부터 3, 4초에 한 발을 맞는 대신 1.4초에 한 발 비율로 포탄을 쏟아 부었다. 해상자위대가 자랑하는 최신형 이지스 호위함 아타고의 함교 주변이 온통 섬광과 화염과 연기로 뒤덮였다. 함교 위 마스트에 배치된 각종 전자장비는 물론, 함교 좌우 측면에 배치된 위상배열레이더가 가장 먼저 박살났다.

오토브레다 127밀리 54구경장 함포는 대구경 함포이면서도 분당 40발 이상의 빠른 발사속도를 자랑한다. 최대사거리 23km이며 광개토대왕급, 공고급, 다카나미급 등 함정에 탑재돼 있다. 시스템의 무게가 38톤인데도 이름은 컴팩트 건이다.

이에 반해 Mk45 mod4 5인치 62구경장 함포는 무게가 25톤인데 경량화 함포라는 명칭이 붙어 있다. 발사속도는 포구의 고각과 탄약 종류에 따라 분당 16발에서 20발이며 최대사거리는 36km이다. 이 함포는 충무공이순신급, 세종대왕급, 알레이버크급 후기형, 아타고급, 19DD 등에 탑재돼 있다. 원래 54구경장이었던 함포를 62구경장으로 바꾼 것은 사거리 연장 유도 포탄 ERGM과 기타 성능이 향상된 각종 포탄을 발사하기 위함인데 미국은 현재 ERGM 개발을 중단한 상태다.

127밀리 함포를 쏘는 광개토대왕함이 같은 시간에 5인치 함포를 쏘는 아타고의 두 배 이상 화력을 퍼부었다. 5인치 함포 사거리가 127밀리 함포보다 길고 여러 탄종을 발사할 수 있다는 장점은 한일 함대가 3km 거리를 유지하는 이 전투에서는 적용되지 않았다.

5인치와 127밀리는 구경이 거의 비슷하다. 3인치와 76밀리 함포 구경이 거의 동일한 것과 달리 약간 차이는 있지만 무시할 정도다. 포탄은 구경에 따라 달라지는 것이 아니라 용도에 따라 포탄 모양이 다른 경우가 많다. 같은 7.62밀리 구경이라도 M1 소총과 M60 기관총의 총탄은 전혀 다르게 생겼고 호환도 되지 않는 것과 같다.

나토 127밀리 함포와 미국 5인치 함포는 같은 함포탄을 쓸 수도 있다. 그러나 구경이 비슷하다 해서 함포가 비슷한 것은 아니고, 두 함포는 개발 철학이 다르고 운용방법도 꽤 다르다.

- 쿠웅! 쾅! 쾅!

함교에 연달아 큰 충격이 왔다. 그러나 EOTS에 포착된 아타고의 함포는 멈춰 있었다. 광개토대왕에서 발사한 127밀리 함포가 아타고의 함교와 마스트 주변을 박살내놨기 때문에 함포 조준에 문제가 발생했다. 이로써 다른 자위대 함정에서 날린 포탄이 광개토대왕함 옆구리에 명중했다는 사실을 알 수 있었다.

전술화면에는 3호위대 함정들 후방에서 기동하는 이지스 호위함 묘코에서 뻗어 나온 직선이 광개토대왕함과 연결돼 있었다. 묘코가 범인이었다.

- 함교에 사상자 다수 발생! 크으윽! 구호반 함교로!

부장이 내지르는 고통에 찬 신음소리를 함내방송으로 들으며 전투체계관이 30밀리 골키퍼 사통사들에게 지시했다. 함교 구조물 위의 전부 CIWS는 31포, 헬기 격납고 위에 위치한 후부 CIWS는 32포로 약칭한다.

"31, 32포 수동모드. 수동 표적 지정! 31포는 목표 함정의 함수 주포, 탄종 관통탄! 32포 목표 함수 CIWS, 탄종 고폭예광탄! 조준 좋으면 보고!"

"31포 조준 좋아!"

"32포 조준 좋아!"

골키퍼용 무장조종 콘솔에 앉은 사통사 두 명이 게임용 스틱 같은 조종간을 잡고 명령을 기다렸다. 함수 골키퍼의 사통 디스플레이에는 일본 함정 아타고의 함포가, 함미 골키퍼의 사통 디스플레이에는 아타고의 함수 20밀리 벌컨이 조준선 중앙 십자선에 고정돼 있었다.

그 사이 광개토대왕함의 함포는 아타고를 향해 꾸준히 유효타를 퍼부었다. 다른 명령이 없으므로 함포 사통사는 집요하게 아타고의 함교구조물만을 노렸다.

"조준 좋으면 쏴!"

"쏴!"

- 위이잉! 부아아악!

광개토대왕함의 함수와 함미에 배치된 골키퍼가 1초씩 불을 뿜었다. 아타고의 함수 함포에 구멍이 숭숭 뚫렸다. 30밀리 포탄 일부는 5인치 함포 방탄판을 뚫고 내부를 엉망으로 부순 다음에도 추진력을 잃지 않고 포탑 뒤로 빠져 나와 함교구조물에 박혔다. 함포 방탄판 절반 정도가 뜯겨 나가며 처참하게 부서진 내부 구조가 드러났다.

아타고의 함교구조물 중앙에 위치한 20밀리 벌컨 팰렁스는 30밀리 포탄 50발을 맞고 산산이 부서졌다. 아직 포격전에 참가하지 못한 20밀리 벌컨 팰렁스는 단 한 발도 못 쏴보고 박살났다. 아타고의 CIWS 사통사는 수동모드로 바꿔 대함 사격을 실시하려고 했었다. 그러나 광개토대왕함에서 발사한 포탄이 함교구조물을 직격하는 바람에 자체 레이더 쪽에 문제가 생겨 사격하지 못했다.

골키퍼는 1분당 4200발의 속도로 발사할 수 있다고 온갖 인터넷 사이트에 공개돼 있다. 초당 평균 70발을 발사할 수 있다는 계산이다. 그러나 최초 사격시에는 평균보다 적게 발사된다.

"31포, 목표 격파! 수동 종료!"

"32포, 목표 격파! 수동 종료!"

근접 대공방어무기인 골키퍼나 벌컨 팰렁스가 자동모드일 때는 함에 접근하거나 옆으로 지나가는 표적 속도에 일정한 제한을 가해 아무거나 자동으로 사격하지 못하도록 방지한다. 만약 표적의 접근 속도나 횡단속도에 제한을 가하지 않는다면 골키퍼를 무장한 군함을 노리는 대함미사일뿐만 아니라, 주변을 지나는 어선이나 민간 헬기, 심지어 해안 고속도로를 달리는 자동차까지 위협으로 간주해 날려버릴 것이다. 그런데 인구밀집 지역에서는 근접방어 무기의 표적 속도제한에 안심하지 못하고 자동모드를 아예 끄는 경우도 많다. 그래서 이스라엘 초계함이 레바논 항구 근처를 항해하다가 중국제 대함미사일에 피격 당했다.

이런 이유로 근접방어 무기를 대함 공격에 사용하기 위해서는 표적 속도제한이 가해진 자동모드를 해제하고 수동으로 목표를 지정할 필요가 있다. 물론 골키퍼에는 수상 표적 모드가 따로 있지만, 이것은 소형 고속정이나 테러단체 보트 등을 주요 표적으로 상정해 목적이 조금 다르다.

구식 20밀리 벌컨 팰렁스는 대함사격이 불가능한 것은 아니나 꽤 복잡한 절차가 필요했다. 팰렁스 Block1B는 수상모드가 따로 있고 작은 배의 특정 부위를 조준 사격할 정도로 대수상표적 대응능력이 향상됐다.

함정이 보유한 무기는 다양한 목표를 공격할 수 있도록, 즉 복합 임무수행능력을 강화하는 방향으로 발전했다. 대표적인 함상 무기인 함포는 대공, 대유도탄, 대함, 대잠 표적을 사격할 수 있다.

76밀리 혹은 127밀리나 되는 대구경 함포로 대함미사일을 요격하는 게 이상해보일지 모르겠지만, 그런 역사는 꽤 길다. 레이더와 사격통제 시스템의 성능 부족으로 인해 함대공 미사일이 적 비행기는 공격해도 자함을 노리는 대함미사일을 요격할 능력이 없었던 시대에 대함미사일 요격은 함대공미사일이 아니라 함포가 담당했다. 해상자위대는 1990년대 중반까지 대공요격 임무에서 함수 함포가 중심적인 무기체계였다.

"수동 표적 이동!"

전투체계관이 맛있는 요리를 앞에 두고 다음에는 어느 부위를 먹어야 할까 고민하는 그런 표정을 지었다. 먹음직스럽고 덩지가 큰 아타고라는 고급요리가 바로 눈앞에서 입맛을 다시게 만들었다. 가격도 엄청나게 비싼 요리였다.

8월 16일 06:01 독도 남동쪽 3km 마산함

광개토대왕함 왼쪽에 포진한 1함대 12전대는 3호위대 우익을 맡았다. 포항급 익산함, 울산급 마산함, 포항급 안동함 순서로 시라네 및 19DD 4번함과 대치하던 중 마산함이 가장 먼저 시라네로부터 선제공격을 당했다.

- 콰앙!

마산함 함교에 직격탄이 세 발 연속 쏟아졌다. 그 사이 시라네의 두 번째 함수 함포는 마산함의 76밀리 함수 함포 아래, 함수 갑판 뒤쪽 회전급탄대 부위를 직격했다. 이어서 71포 바로 뒤 30밀리 함수 함포 주변에 포탄이 연속 폭발했다. 이 공격으로 마산함의 함교와 그 아래 전투정보실까지 화재에 휩싸였다.

단 한 발도 못 쐈는데 마산함은 벌써 절반 이상이 불타올랐다. 함교, 전투정보실, 함수 76밀리 함포와 30밀리 기관포, 그리고 함 중앙 좌측과 함미 30밀리 함포는 완전히 무력화됐다.

- 콰쾅!

방금 공격으로 함미 76밀리 함포도 날아갔다. 함미 76밀리 함포, 즉 72포는 갑판 아래 내부가 들여다보일 정도로 철저히 파괴당했다.

작은 함정에 무장은 많으니 함체에 포탄이 맞기만 하면 무장이나 센서, 기타 중요한 부위가 깨져 나갔다. 사상자도 속출했다. 남은 함포는 함 중앙 우측 30밀리 기관포밖에 없었다.

그러나 함 중앙 우측 30밀리 2연장 기관포를 사용할 수는 없었다. 함교와 전투정보실이 피격 당할 때 사통장비와의 연결이 끊겼기 때문이다. 사격자료를 입력해줄 센서도 거의 남아나지 않았다.

온몸이 피투성이가 된 함장 정상용 중령이 절뚝거리며 함교에 뛰어 올라갔다. 전투 극초반인데 마산함은 이미 거의 벌거벗었다. 전투정보실이 피탄 당할 때는 전대장 박정열 대령도 전사했다. 그 사이 시라네에서는 여유를 갖고 아직 멀쩡한 마산함의 무장과 센서를 하나씩 파괴해 나갔다.

"포별 조종으로 전환해!"

작동수가 뛰어가 30밀리 함포에 탑승했다. 그러나 30밀리 작동수 서필원 하사는 탑승하자마자 함내전화기로 함교에 보고했다.

- 구동 동력이 연결되지 않습니다!

"이런! 내가 가겠다. 몇 명 더 데려와! 부장! 함교를 부탁하네."

정상용 중령이 스타워즈 제국군 우주대공포처럼 생긴 함포 앞문을 열고 직접 포 조종실에 탑승했다. 정상용은 의자에 앉아 안전벨트를 매고 몇 가지 스위치를 점검했다. 회로 차단기 스위치를 모두 끄고 선택 스위치를 포별 조종으로 놓았다. 그리고 발 격발대를 밟아 무장 스위치를 켰다.

"서필원 너는 크랭크 돌려!"

수동일 때는 조준기도 사용할 수가 없다. 작동수 서필원 하사와 다른 수병들이 땀을 뻘뻘 흘리며 크랭크를 돌렸다.

그 사이 시라네로부터 포탄 몇 발이 더 날아왔다. 강력한 5인치 함포탄이 함교 주위에 작렬했다. 크랭크를 돌리던 수병 하나가 폭풍에 휩쓸려 주갑판으로 떨어졌으나 다행히 중상은 아니었다. 그런데 갑자기 시라네의 함교구조물 상부에서 섬광이 연속 피어났다.

"오! 익산함 파이팅!"

같은 12전대 익산함이 시라네를 공격하자 그때서야 시라네는 마산함을 놓아주었다. 안동함은 19DD에게 초반 기습을 당한 후 마산함과 마찬가지로 수세에 몰렸다. 익산함 왼쪽, 11전대도 일본 14호위대를 상대로 고전하고 있었다. 선제공격을 당한 효과가 너무 커서, 1함대는 단 몇 분 만에 처참한 지경에 빠졌다.

마산함에서는 익산함이 시간을 벌어준 덕택에 30밀리 함포를 시라네를 향해 대충 조준할 수 있었다. 정상용 중령이 기관포탄에 분노를 가득 담아 발포했다.

- 뚜두둥! 두두둥!

조종실 좌우에 위치한 포신에서 기관포탄이 쏟아져 나갔다. 시라네 함교에 작은 불꽃과 연기가 피어났다. 정상용 중령이 신나게 쏘는데 덜컥 소리가 나며 함포가 작동을 멈췄다. 급히 몇 가지 계기를 점검하고 조종실 안쪽을 살펴보니 전깃줄 몇 개가 끊기고 한 개는 엉뚱한 곳에 닿아 스파크를 일으키고 있었다. 가장 큰 문제는, 배터리에서 전해용액이 줄줄 새는 것이었다.

"이런! 왜 이리 엉망이야? 직류 25볼트 배터리 가져와! 어서!"

정상용 중령이 해치를 열고 방전된 배터리를 바깥으로 내버렸다. 어제 출항 직전에 점검했는데 그 사이 고장 날 리가 없었다. 고개를 들어보니 아까는 미처 못 느꼈는데 플라스틱 방풍창 곳곳에 구멍이 나 있었다. 파편이 조종실 안쪽을 휩쓸고 지나간 모양이었다. 포탑 외부에도 파편 자국이 가득했다.

정상용 중령이 급히 전선 피복을 벗기고 전선을 묶어서 연결했다. 그 사이에 수병들이 배터리를 가져와서 조종실에 넣어주었다. 정상용 중령이 비좁은 조종실에서 간신히 배터리를 연결했다. 그리고 다시 사격을 시작했는데, 20발도 못 쏘고 또 작동이 멈췄다.

"뭐하나? 빨리 크랭크 돌려!"

"돌리고 있습니다!"

30밀리 함포 작동수는 그야말로 쌔빠지게 크랭크를 돌리고 있었다. 표현은 그렇게 했지만 서필원 하사가 여전히 말을 할 수 있으니 진짜로 혀가 빠지지는 않았다.

"응? 이번에는 급탄 불량이네. 포장! 급탄 불량이야!"

- 고치는 중입니다!

함포 안에 비치된 함내전화기로 물어보니 포장과 탄약수 등이 이미 급탄대를 고치는 중이라고 했다. 30밀리 함포가 위치한 갑판 아래 급탄대 주변도 이미 함포탄에 피해를 입었다. 포술장이 함교에서 보고했다.

- 함장님! 71포 사용이 가능합니다!

"급탄대가 맞지 않았나? 게다가 LIOD도 파괴됐고 광전자 통제 콘솔도 먹통인데. TDS도 끊긴 걸 확인했고."

- 다행히 TDS 하나는 단순 단락이라서 바로 연결했습니다. 사통관이 좌현 TDS에 올라가 사격 준비를 하고 있습니다. 인양기가 부서져 재장전은 어렵지만 상비 탄약은 충분합니다.

"작동수는 안에 들어가서 손 좀 봐라. 수리되는 대로 쏴! 알았지?"

포 조종실에서 나온 정상용 중령이 함교로 뛰어갔다.

"이런 기쁜 일이 있나! 그런데 왜 아직도 안 쏘는 거야?"

사격통제장비가 제대로 작동하지 않는 비상시에 수동표적지시기로 함포를 조준할 수는 있다. 그러나 일본 호위함은 마산함에서 자동함포를 수동으로 조준해서 사격할 기회를 주지 않았다. 시라네도 움직이고 마산함도 움직이고 바다는 춤을 췄다.

- 캉!

드디어 마산함에서 함수 함포가 발사됐다. 정상용 중령은 어제 출동한 이후 처음으로 웃었다. 그러나 포탄은 형편없이 빗나갔다. 함수 76밀리 함포가 계속 단발로 발사됐으나 시라네에는 여간해서 맞지 않았다. 기껏해야 함교 우현에 맞은 두 발이 전부였다.

그 사이 익산함은 시라네의 5인치 함포탄을 고스란히 뒤집어썼다. 정상용 중령이 어어 하는 사이 익산함도 마산함과 마찬가지 신세가 됐다. 71포, 31포, 32포 피탄, 함교와 전투정보실 피탄, 마스트 역시 피탄 당했다.

익산함이 침로를 바꿔 함미 함포를 시라네에 조준했다. 마산함과 달리 익산함은 사통장비 일부가 아직 살아있었다.

익산함의 72포가 사격을 실시했다. 파도 때문에 명중률은 나빴으나 그래도 차근차근 시라네에 피해를 누적시켜나갔다.

시라네의 유인 5인치 함포 2문은 여전히 익산함을 집중적으로 노렸다. 해상상태가 나빠 시라네의 유인함포로는 명중탄을 많이 내지는 못했다. 하지만 불안해진 정상용 중령이 함교 위에서 수동표적지시기를 직접 조작하는 사통관에게 외쳤다.

"시라네 함수 함포 어떻게 안 될까?"

"수동표적지시기로는 함교구조물 명중시키는 것도 부담스럽습니다, 함장님!"

대답하는 사이에도 사통관은 계속 함포 사격을 가했다. 자욱한 연기 사이로 시라네의 함수 함포 2문이 거의 동시에 발사됐다.

- 콰콰쾅!

"으어어! 익산함이!"

시라네는 분명 익산함의 함미 76밀리 포를 노렸을 것이다. 그러나 유인 5인치 함포는 정확도에 한계가 있었고, 그래서 엉뚱하게 익산함 72포의 갑판 아래에 연달아 명중했다. 갑판 아래가 뚫리고, 5인치 포탄이 상비탄약고 벽을 뚫고 들어가 76밀리 함포 아래 급탄회전대에 명중해버렸다.

폭발 섬광에 뒤이어서 화염이 크게 솟구쳤다. 시커먼 연기가 동해 바다 위로 솟아올랐다. 익산함은 함미 함포가 있던 부분에서 두 동강이 났고, 함미가 위로 솟구치더니 곧바로 가라앉았다. 72포 요원들과 기관병들이 한꺼번에 수장됐다.

그러나 익산함은 바로 침몰하지 않았다. 함미 3분의 1을 잃은 익산함은 북북서로 천천히 표류해갔다. 바닷물이 세차게 익산함 내부로 쏟아져 들어갔다.

"쏴! 쏴! 빨리 쏴서 시라네를 죽여!"

정상용 중령이 안타깝게 소리 질렀다. 사통관이 함수 함포를 다시 발사했으나 시라네의 진행방향 앞에 물기둥만 일으켰다. 방법이 없었다.

8월 16일 06:02 독도 남동쪽 3km 안동함

안동함 함장 이재혁 소령이 힘겹게 몸을 일으켰다. 19DD와 서로 함포를 겨누며 대치하고 있었는데, 모니터에서 뭔가 연속적으로 번쩍번쩍하는 순간 잠시 정신을 잃고 말았다.

정신을 차리고 일어나보니 바닥은 온통 피바다, 주변은 불바다였다. 부력방탄복이 너무 무겁게 느껴져 벗으려는데 손이 말을 안 들었다. 버둥거리는 중에 승조원들이 전투정보실로 들어와 불붙은 장비에 소화액을 뿜었다.

매캐한 연기와 소화가스에 질식할 듯한 이재혁 소령이 쿨럭쿨럭 기침을 해대며 함교로 올라갔다. 함교도 마찬가지로 피바다, 불바다였다. 함교도 전투정보실처럼 승조원들 대부분이 쓰러져 있고, 소화반원들이 진화작업을 하는 가운데 구호반원들이 사상자들을 의무실로 옮기고 있었다.

그런데 놀랍게도 포항급 초계함 안동함은 이 상황에서도 전투 중이었다. 전투정보실 요원 중에서 상대적으로 가벼운 부상만 입은 전탐사 서유원 중사가 함교에 올라와 무장통제 콘솔에 앉아 있었다.

추적 레이더 등 사통장비에 연결된 모든 센서류가 부서졌지만 EOTS는 파편을 뒤집어쓰고도 작동을 멈추지 않았다. EOTS에 붙은 카메라로 함포를 조준하는 서유원의 다리에서 시뻘건 피가 줄줄 흘러 바닥을 적셨다.

"이 원숭이 놈아! 침로 좀 바꾸지 말란 말이다!"

- 콰앙! 쾅!

함 중앙이 연속 피탄 당했다. 조금 더 맞으면 침몰할지도 모른다는 걱정이 들었다. 이재혁 소령이 광전자 통제 콘솔로 자리를 옮겨 그을음이 가득 붙은 모니터를 소매로 닦았다.

전투정보실의 콘솔들이 모조리 작동불능이 된 것과 달리 함교의 콘솔은 몇 개가 살아있었다. 캐비닛과 분배기 중에 살아 움직이는 것도 있었다. 그러나 센서 대부분이 파괴돼 제대로 된 외부 정보가 뜨지 않았다. EOTS에서 잡은 흐릿한 19DD의 열영상 이미지가 화면에 표시된 외부 정보의 전부였다.

"목표는 19DD! 함수 함포 가능한가?"

이재혁 소령이 EOTS 통제패널을 조작해 윈도우 와이퍼를 움직였다. 그러나 아까보다 훨씬 선명한 영상이 들어올 리가 없었다. TV카메라는 이미 깨졌고 적외선 카메라만 작동했기 때문이다.

"함교 조준하기도 어렵습니다, 함장님."

서유원 중사는 19DD의 함교는커녕 커다란 함체를 조준하는 것만으로도 악전고투하고 있었다. EOTS 밑에 평형판이 설치돼 롤링과 피칭을 어느 정도 보정해준다지만, 그야말로 어느 정도였다. 사통 레이더나 추적 레이더, 혹은 함 자이로실에 연결된 함포 수준으로 정밀도를 갖추지는 못했다. 레이더를 연동시켜 EOTS를 작동하면 좋겠지만 레이더가 모두 부서진 지금 그것도 불가능했다. 19DD가 침로를 자꾸 바꾸는 데다가 파도까지 높아 열영상 카메라로는 제대로 조준이 되지 않았다.

초반에 입은 피해가 너무 치명적이었다. 포격전이 시작되자마자 함교 상부부터 5인치 함포탄을 뒤집어쓴 것은 19DD에서 처음부터 작정하고 안동함을 노렸다는 뜻이었다. 첫 공격에 탐색레이더, 사통 레이더가 모조리 날아가고 1함대 사령관이 잠시 머뭇거린 그 짧은 사이에 전투정보실마저 피탄 당했다. 함교와 전투정보실에서 근무하던 대부분이 쓰러졌고 센서 및 사통장비가 모조리 고장 나서 정상적으로 함포를 쏠 수 없었다.

- 투투투투투퉁!

그때 30밀리 기관포탄 줄기가 19DD 왼쪽에서 함포를 쏘던 시라네를 향해 쭉 뻗어 나갔다. 시라네의 함교 주변이 온통 작은 불꽃으로 가득했다. 완전 자동함포만으로 무장한 안동함 함장 입장에서는 이때만큼은 마산함이 부러웠다. 마산함에서 쏘는 30밀리 2연장 기관포 4문은 유인함포로도 쓸 수 있기 때문이다.

마산함 우현 30밀리 함포 작동수가 함포에 직접 탑승한 채 시라네에 작지만 계속 타격을 가했다. 그런데 30밀리 함포 주변에 검은 그림자들이 어른거렸다. 이재혁 소령이 쌍안경으로 보니 수병들이 크랭크를 죽어라 돌리고 있었다. 구동 동력이 끊겨서 수동으로 함포를 조작하는 것이다. 조준기도 작동하지 않아 작동수가 눈대중으로 쏘는데도 꽤 명중률이 높다고 이재혁 소령은 생각했다.

"서유원 중사 동생이 마산함에서 30밀리 포장으로 근무한다고 했지?"

"함장님! 목표가 함 구조물에 가립니다!"

서유원 중사가 함장에게 보고했다. 이재혁 소령은 서유원 중사가 어떤 포를 쏘는지 알지 못했다. 함장은 지금까지 제정신이 아니었다.

"72포?"

"42포입니다, 함장님! 우현으로 선회 부탁합니다!"

함포가 그 함포를 탑재한 함 구조물을 쏘지 못하도록 막는 장치가 있다. 무인 자동함포가 일반화되고 전투정보실에서 원격으로 조작하는 현재는 더욱 필수적인 장치다. 이재혁 소령이 조타수에게 지시를 내렸다.

"키 오른편 긴급타!"

"키 오른편 긴급타 끝!"

사상자를 구호하던 인원 중에서 사병 식당 조리병이 키를 잡고 있었다. 평소에 조타 당직은 물론 견시 당직도 서지 않는 조리병인데도 해군 승조원인 이상 들은 풍월은 있었다. 42포의 포신이 정확히 19DD 방향으로 놓이자 함장이 침로를 고정시켰다.

- 콰쾅! 쾅!

그러나 이쪽에서 쏘기도 전에 19DD에서 실컷 명중탄을 날렸다. 함미 76밀리 함포가 통째로 날아가고 대함유도탄 발사대가 무너져 유도탄 저장고가 갑판 위를 굴러다녔다.

- 퍼퍼퍼퍼펑!

서유원 중사가 발사 버튼을 꾹 누르자 함미 40밀리 2연장 함포가 황금빛 탄피를 연달아 토해냈다. 그러나 처음 몇 발만 19DD의 함교 오른쪽에 맞았을 뿐, 나머지는 형편없이 빗나갔다.

"됐습니다!"

뭐가 됐는지 몰라도 서유원 중사가 환성을 질렀다. 서유원은 바닥으로 숙였던 함수가 파도를 따라 위로 치켜들 때, 그리고 위에서 멈췄다가 바닥으로 내려갈 때, EOTS 화면을 보며 1초 간격으로 발사 버튼을 눌렀다. 42포가 함포탄을 연사로 토해냈다. 찢어질 듯한 발사음이 동해바다에 퍼져 나갔다. 19DD의 함교 주변이 달 표면처럼 변해갔다.

- 퍼버버벙!

안동함에서 쏜 포탄이 19DD의 함교 안에서 연속 터졌다. 붉은 화염이 함교창 밖으로 뿜어져 나오는 것을 보며 이재혁 소령이 주먹을 불끈 움켜쥐었다. 역시 적이 쓰러지는 장면을 직접 봐야 적에게 제대로 타격을 주는 느낌이 들었다.

- 콰아앙!

19DD도 가만히 있지는 않았다. 안동함 함교에서 다시 폭발이 일어났다. 파편 폭풍에 휩쓸려 바닥을 구른 이재혁 소령은 엎드린 자세에서 간신히 고개를 들어 서유원 중사가 무사한지 확인했다. 무장

통제 패널에 불이 붙었는데도 서유원은 옆구리를 움켜쥔 채 신음을 지르며 계속 사격을 했다. 시뻘건 것이 옆구리에서 삐져나왔고 피가 철철 흘러 내렸다.

"으으으으으!"

신음소리가 점점 작아지고, 서유원의 눈동자가 초점을 잃어갔다. 그리고 천천히 무장통제 패널 의자에서 미끄러져 내려왔다.

"서 중사! 수고했어. 이제 내 차례야."

이재혁 소령이 일어서려다 이유를 모른 채 쓰러졌다. 다시 일어서려고 해도 마찬가지였다. 어쩔 수 없이 온갖 파편이 가득한 바닥을 기어갔다. 빠작빠작 부서지는 소리가 팔꿈치 밑에서 이어졌다. 유리 조각이 셀 수도 없이 팔꿈치에 박혔다.

힘겹게 무장통제 패널에 도착해 일어서려 하는데 다리에 힘이 들어가지 않았다. 돌아보니 피범벅이 된 무릎 아래 두 다리가 눈에 거슬리는 각도로 꺾여 있었다. 이재혁 소령이 고함을 질렀다.

"함교에 누구 없나? 없으면 조타수 너라도 무장통제 패널에 앉아라!"

그런데 타기를 잡고 있어야 할, 원래 조리병인 조타수가 보이지 않았다.

"배식하러 간 거지? 그렇지? 죽지는 않았겠지?"

이재혁 소령이 다시 힘을 내어 쓰러진 서유원 옆을 지나 팔 힘만으로 의자에 기어올랐다.

간신히 앉아서 화면을 보니 19DD의 함교구조물 뒷부분이 조준선에 잡혀 있었다. 전투현장은 검은 연기와 흰 연기로 가득했지만 열영상에는 비교적 또렷이 잡혔다. 파도를 타고 19DD가 오르락내리락하는 동안 이재혁이 발사버튼을 눌렀다.

- 퍼퍼펑!

함포가 연속 발사되고, 일본 호위함의 함미에서 열원이 둥그렇게 확 퍼졌다가 천천히 줄어들기를 반복했다. 그 과정에서 탄착점 주변에 작은 열원이 여럿 생겨났다. 직접 눈으로 본다면 19DD는 화염과 검은 연기로 뒤덮였을 것이다.

"함장님! 세상에! 함장님을 의무실로 모셔!"

이재혁이 간신히 고개를 돌렸다. 소리가 난 쪽에는 얼굴 반 이상을 붕대로 감은 미라 두 구가 서 있었다. 전투 초기에 부상을 입고 의무실로 실려 갔던, 이마와 팔을 다친 부장과 머리부터 얼굴은 물론 목까지 화상을 입은 통신관이었다. 수병들이 이재혁을 의자에서 끌어내 들것에 실었다. 이재혁이 힘겹게 지시를 내렸다.

"부장! 19DD를 쏴!"

"걱정 마십시오! 제가 계속 사격하겠습니다!"

강희정 대위가 이재혁 소령 대신 무장통제 패널을 맡고 통신관 박순영 소위가 타기를 잡았다. 이재혁 소령은 박순영 소위에게 미안했다.

"그런데 통신관 얼굴에 화상을 입어서 어떡하지. 통신관 남편이 나한테 뭐라 하겠다."

박순영 소위의 남편은 1함대에서 참수리 정장으로 근무하고 있었다. 들것에 실려 나가는 함장 이재혁 소령의 고개가 옆으로 돌아갔다.

8월 16일 06:03 독도 남동쪽 3km 원주함

- 콰앙!

섬광이 디젤엔진실에 가득 찬 직후 파편이 튀고 화염이 휩쓸고 지나갔다. 잠시 정신이 나갔던 권우진 병장은 함내방송을 듣고서야 낡은 형광등처럼 천천히 정신을 차렸다.

- 함미 전기창고 함포탄 명중! 8인치 파공, 방수반 배치!

권우진이 비틀거리며 사병침실을 지나 전기창고로 달려갔다. 그 사이 원주함 함미 쪽에 포탄을 네 발이나 더 맞았다. 어떤 빌어먹을 일본 함정에서 쏘는지 모르겠지만, 지금은 방수작업이 급했다. 귀밑에서 뜨뜻한 것이 주르륵 흘러내렸다.

"매트 안 가져왔어? 제기랄!"

권우진은 수병들과 함께 다시 사병 침실로 달려갔다. 침대 매트 몇 개를 뜯어서 나오는 사이 보수도끼와 지주 등을 든 방수반이 도착했다. 전기창고에 들어가니 구멍을 통해 바닷물이 콸콸 쏟아져 들어오고 있었다. 바닷물은 벌써 무릎까지 차올랐다. 기관실 수병이 파공에 고무판을 대고 몸으로 버텼다.

"간다! 어이차!"

기합인지 차다는 소린지 권우진이 큰소리를 지르며 매트를 파공에 대고 등으로 밀어 버렸다. 그 사이 온몸이 흠뻑 젖었고, 틈새로 바닷물이 폭포수처럼 쏟아져 들어왔다. 바닷물 압력에 밀리려는 순간 기관실 수병들이 함께 몸으로 밀었다.

"어서 지주 가설해! 거기 수병아! 밧줄!"

보수관이 직접 지주를 설치하고 밧줄로 함 구조물에 연결해 고정시켰다. 오랜 훈련으로 다져진 팀웍이 빛을 발했다. 아까는 파공에서 폭포수 같은 물줄기를 쏟아냈는데 지금은 줄줄 흐르는 수준이었다.

- 쾅!

다시 뭔가 부서지고 물이 쏟아지는 소리가 함미 쪽을 울렸다. 수병들은 서로 얼굴을 바라봤다. 그리고 누가 시키지 않았는데도 다들 세탁소로 뛰어갔다.

"꿀 발라놨나! 왜 자꾸 여기만 노려?"

"72포를 무력화시키려는 거야!"

권우진이 신경질을 내자 보수관이 대답해줬다. 세탁소와 전기창고에서 통로 건너편이 72포 상비탄약실이었다. 그 위에 함미 76밀리 함포가 있고, 함포는 일본 호위함을 향해 치열하게 포격 중이었다. 바닷물이 거세게 쏟아져 들어왔다.

"파공이 너무 크다. 제대로 되려나?"

말은 그렇게 해도 다들 묵묵히 방수작업에 몰두했다.

- 콰앙! 콰쾅!

거센 충격이 연속해서 함미를 뒤흔들자 매트로 막고 있던 권우진과 기관실 수병이 엎어지고, 그 위로 바닷물이 퍼부어졌다. 수병들이 일어나 매트로 다시 파공을 막았다.

"타기실 함포탄 명중! 11인치, 13인치 파공 발생!"

누군가 보고하자 보수관이 함미 쪽으로 뛰어가 확인했다. 그리고 금방 다시 세탁소로 돌아와 수병들에게 지시했다.

"방수격실 폐쇄! 모두 나와!"

보수관이 병기사무실과 상비탄약실에서 인원을 퇴각시켰다. 보수관은 후부 사병화장실까지 확인하려고 들어갔다. 그 사이에도 함포탄 몇 발이 더 명중해 함미 수밀구획에 바닷물이 급속히 차올랐다.

- 콰앙!

섬광과 화염, 파편, 연기에 이어 바닷물이 안쪽으로 쏟아져 들어왔다. 미처 격벽을 빠져 나가지 못하고 폭풍에 휘말린 수병들 중 하나가 쓰러져 일어서지 못했다. 수병들이 부상병을 업고 사병침실 쪽으로 달렸다.

마지막 인원까지 빠져 나온 것이 확인되자 보수관이 함미 수밀구획의 해치를 돌렸다. 해치를 잠근 다음 보수관과 승조원들이 다른 곳에 침수상황이 발생했는지 살폈다. 디젤기관실로 돌아오니 이곳도 파공을 막은 흔적이 있고 바닥에는 물이 발목까지 차 있었다.

원주함의 함수 76밀리 함포는 이미 파괴됐지만 함미 76밀리 함포가 마지막 저항을 하고 있었다. 호위함 두 척에서 쏴대는 76밀리 함포탄이 원주함의 함미 쪽에 집중됐다.

- 캉! 캉! 캉!

원주함의 함미 76밀리 함포가 끊임없이 발포했다. 그러나 포탄을 재공급할 길이 끊긴 72포는 얼마 지나지 않아 침묵했다.

8월 16일 06:04 독도 남동쪽 8km 아타고

"함장! 거리를 더 벌려! 골키퍼 유효 사거리 바깥으로!"

- 쿵쿵쿵쿵쿵쿵!

3호위대군 사령 요네다 미츠테루 해장보가 기겁했다. 30밀리 기관포탄이 함미쪽 탑재장비를 줄줄이 박살내고 있었다. 한국 해군이 일본 함정들과 3km 정도 거리를 유지한 것은 바로 이것 때문이었다. 속고 나서 깨달아봤자 후회만 깊어질 뿐이다.

"현재 광개토대왕함과의 거리 3600야드. 골키퍼의 대함 유효사거리는 4.5km입니다!"

- 콰앙!

최대사거리를 유효사거리로 만드는 한국 해군이 쓸 만한 화기를 쓰지 않을 이유가 없었다. 127밀리 함포탄도 여전히 아타고를 집요하게 때렸다. 아타고에서는 대응할 수단이 없었다. 아타고에서 쓸 수 있는 것은 예하 함정을 통제할 통신장비뿐이었다.

호위대군 사령 입장에서는 같은 이지스함이라도 아타고보다 묘코가 더 중요했다. 탄도탄 요격 능력을 가진 것은 신형 아타고가 아니라 TBMD 개수를 받은 묘코였기 때문이다. 그런데 이지스 두 척을 후방으로 빼돌리면 한국 해군을 감당할 수 없다. 어쩔 수 없이 손해를 감수하고 아타고를 전면에 내세웠는데, 값비싼 이지스함의 자산을 홀랑 털어먹고 말았다.

"더 뒤로 물려! 이게 무슨 개망신이냐!"

"광개토대왕함과의 거리 5000야드! 골키퍼가 여전히 본함을 노립니다!"

보고하는 호위대군 막료의 목소리는 비명에 가까웠다. 기본적으로 적기나 미사일을 최후 요격하는 근접방어무기인 골키퍼의 대공 유효 사거리는 2km 또는 3km 또는 3.5km로 알려져 있다. 2km는 대함미사일을 요격하기에 유효한 사거리다.

골키퍼의 대함 유효 사거리는 수상 목표를 정확히 조준해서 명중시킬 거리로 4.5km이다. 함체를 명중시킬 정도의 거리를 대함 유효 사거리라 해서 9km까지 늘려 잡기도 한다. 한국 해군은 원거리 제압 사격이라 해서 유효사거리 바깥 표적을 향해서도 포격을 실시한다.

"광개토에서는 고각 45도로 최대 사거리인 12km까지 쏠 작정인가?"

어이없어하는 사령에게 전신장이 보고했다.

"호위함대에서 입전입니다!"

"내용은?"

"상황 변동이 생기기 전까지는 SGT 투입 불가! 헬기 사용 불가! 총리관저에서 제지했습니다."

"빌어먹을!"

해상자위대가 독도 해역을 완전히 장악하지 않으면 헬기가 피격될 우려가 있었다. 그렇지 않아도 해전이 생방송으로 방영되고 있는데 일본 헬기가 추락하는 장면은 온갖 언론의 헤드라인을 장식하고 만다.

총리관저, 즉 관방장관은 바로 그것을 우려한 것이다. 상황이 교전으로 치닫는 것을 TV를 통해 지켜보면서도 다만 책임만 지지 않으려는 짓이었다.

"자위함대 사령으로부터 입전입니다!"

"뭐야?"

요네다 해장보가 짜증을 내자 전신장이 조심스럽게 헛기침했다. 자위함대는 호위함대의 상급부대로서 항공집단, 잠수함대, 소해대군 등을 포함해 해상자위대 대부분 전력이 속해 있다.

"흠! 흠! 읽겠습니다. '전 일본 국민이 TV를 통해 지켜보고 있다. 일본 영토와 영해에서 침략자를 몰아내는 작전에서 멸사봉공의 정신으로 용전감투하기를 기원한다. 이런! 이게 뭐야! 부끄럽다! 내용 수정하지 말고 그대로 보내! 제기랄!'이라는 내용입니다."

참으로 인상 깊은 내용이었다.

― 쿠쿵! 쿵쿵!

"거리를 아주 더 벌려! 유효 사거리 바깥으로!"

광개토대왕함의 공격 덕택에 정신을 차린 요네다 해장보가 지시를 내렸다. 그러나 함장이 반대했다.

"거리를 유지하는 것이 마치 도망가는 것처럼 비칠 겁니다. 해자대의 명예를 감안해주십시오."

"더 이상 깎일 명예도 없어! 창피당하는 것보다 이기는 것이 중요해!"

요네다 사령이 정정했다.

"아니! 이기는 것보다 일단 살아남는 것이 중요해!"

해전 중에 비슷한 인명피해를 입는 경우 서로 자기편이 더 많은 피해를 입었다고 착각하기 쉽다. 쓰러진 적은 안 보이고 쓰러진 아군이 피를 줄줄 흘리며 비명을 지르는 장면은 바로 옆에서 보게 되니 당연한 귀결이다.

그래서 17세기 후반 템즈강 하구에서 싸울 때 영국 해군은 훨씬 많은 인명피해를 입었음에도 물러설 곳이 없어서 계속 싸웠고, 네덜란드 해군은 자기편 피해가 더 큰 줄 착각하고 퇴각을 결정함으로써 결정적인 승리를 얻을 기회를 날려버렸다. 아군의 피해가 적은 것처럼 위장하기 위해 갑판을 빨갛게 칠하기도 했다.

"한국 해군을 상대로 함포전에 말려든 것이 잘못이야! 처음부터 미사일을 날려버려야 했어!"

선제공격을 가해 한국 1함대에게 엄청난 피해를 안긴 3호위대군 사령이 한 말이었다.

8월 16일 06:05 독도 남동쪽 4km 광개토대왕함

- 쾅!

"표적자료 소실! MW08 및 함수 추적레이더와 연결되지 않습니다. 레이더가 모두 파괴된 것 같습니다! 함수 EOTS는 살아있습니다!"

전투정보관이 다급하게 보고했다. 3차원 표적지정 레이더인 MW08은 군함의 전투를 위한 다양한 정보를 제공한다. 중거리 탐색 레이더인 MW08이 파괴되는 바람에 광개토대왕함은 여러 방면에서 곤란해졌다. 당장 127밀리 함포가 표적을 못 찾았다.

그리고 STIR 추적레이더가 없으면 표적을 지속적으로 포착해 대공미사일을 유도할 수 없다. 적기나 적 대함미사일이 함수 방향에서 접근할 경우 광개토대왕함의 수직발사관에 탑재된 시스패로 대공미사일을 사용할 수 없게 됐다.

"EOTS 조준으로 전환! 목표는 여전히 아타고! 우린 한 놈만 팬다."

전투체계관이 이를 갈았다. 맞는 입장에서 듣는다면 무척 무서울 말이었다.

EOTS는 보통 함교 위쪽 또는 마스트 중간에 위치한 광전자추적 장비(Electro-Optical Track System), 약칭 광학추적기다. 함정뿐만 아니라 전투기, 대공차량 등에서도 표적 추적에 이용되며, TV카메라와 열 영상 카메라, 레이저 거리측정기로 구성된다. 추적레이더와 연동돼 표적을 계속 추적할 수 있으므로 함포를 쏠 때도 이용하고 적외선 카메라를 작동해 야간항해에도 이용할 수 있다. 사격통제 시스템의 일부이면서 외부 관측, 표적 확인, 해안 정찰, 거리 측정 등 다양하게 활용된다. TV카메라는 10대 1의 고배율이므로 상대방의 ESM에 걸리지 않고 훔쳐보기에도 아주 좋다.

조금 전까지 아타고의 함교를 노리던 광개토대왕함의 함포가 이번에는 아타고의 흘수를 노렸다. 무력화에 이어 아타고를 격침시키기 위한 사격이라고 간부들이 생각했는데, 127밀리 함포를 맡은 사통사가 사격 중에 보고했다.

"해상상태 불량으로 불규칙 탄착점이 발생합니다!"

함포 사통사는 주어진 임무에 아주 충실했고, 아타고의 홀수는 전혀 의도하지 않은 목표였다. 함포 사통사는 아타고 함교를 아직 충분히 격파하지 못했다고 판단했다.

사실 격침을 위한 함포 사격은 함대사령관이나 그 이상 지휘관의 명령이 있어야 가능하기도 했다. 광개토대왕함을 비롯한 1함대에서 전투 초반부터 일본 함정을 격침시키려고 의도했다면 대함미사일이나 대공미사일을 발사했을 것이다. 그러나 한국이나 일본이나 상대방을 무력화시키려고 노력했지, 격침시킬 의도는 없었다. 상대방이 함포를 쏘는 동안 이쪽에서 대함미사일을 날린다면, 자위권의 한계를 넘어서는 것이기도 했다.

"분리 추적 사격 실시!"

전투체계관이 지시하자 대함화면편집장이 복창하며 다기능콘솔에서 몇 가지 조작을 가했다. 목표 방위는 EOTS로, 거리 정보는 함포 밑에 달린 레이저로 획득하는 것이 분리 추적 사격이다. 레이더가 없으면 광학추적기로, 광학추적기에 달린 레이저 거리지시기에서 제공하는 거리 정보가 해상상태 때문에 부정확하면 함포에 달린 레이저로 획득한다. 광학추적기마저 고장 나면 수동표적지시기(TDS, 목표물지정조준기) 등 또 다른 방법을 사용해 끝까지 싸울 한국 해군이었다. 이가 없으면 잇몸으로.

"31포, 목표 함교 상부 마스트 조준, 마스트에서 함교 하부로! 32포 목표 함교 왼편 조준, 왼편에서 오른편으로! 조준 좋으면 쏘기 시작!"

"31포 쏘기 시작!"

"32포 쏘기 시작!"

- 부아아아아악!

광개토대왕함의 함수 골키퍼가 함수 정면을 향한 아타고의 함교 중앙을 위에서 아래로, 함미 골키퍼가 함교 왼쪽에서 오른쪽으로 연속 사격을 퍼부었다. 아타고는 함교 마스트부터 작은 불꽃이 튀기 시작했다. 동시에 함교 왼쪽부터 오른쪽까지 강력한 30밀리 기관포탄이 작렬했다. 한국에서는 광개토대왕급 구축함만이 가능한 골키퍼 2기에 의한 십자포화였다.

"쏘기 멈춰!"

"쏘기 멈췄음!"

전투체계관이 사격중지를 명령한 직후 사통관이 보고했다. 함교 정면에 십자가를 그린 아타고가 후방 허공에 채프와 플레어를 뿌리며 선회하고 있었다. 127밀리 함포 사통사는 그 동안 보이지 않아서 못 쐈던 아타고의 함교 뒤통수를 때렸다. 위상배열 레이더가 박살나고 속살을 드러냈다.

"아타고가 침로를 변경합니다! 1500억 엔짜리가 도망가려고 합니다!"

"측면도 보이는 대로 쏴!"

함장의 명령을 전투체계관이 구체화시켰다.

"31포 목표는 측면. 하픈 저장고부터 쏴! 32포 목표는 함미 CIWS부터 시작해서 위협도가 높은 목표를 노린다! 조준 좋으면 쏘기 시작!"

전투체계관이 지시하는 목표가 점점 구체성을 상실해갔다. 아타고는 하픈이 아니라 SSM-1B, 즉 일본제 90식 대함미사일로 무장하지만 전투체계관은 굳이 구별하지 않았다.

- 부아악!

KD1 광개토대왕함이 다섯 배나 비싼 최신형 이지스함 아타고를 집요하게 공격했다. 채프와 플레어는 골키퍼의 사격을 전혀 방해하지 못했다. 아타고가 견디지 못해 물러나는 사이 다른 일본 함정들도 따라서 퇴각했다. 화력과 배수량에서 압도적인 해상자위대 함정들이 한국 함정들에게 밀려 물러선 것은 의외라고 하지 않을 수 없었다.

"대함미사일 공격 징후인가?"

일본 함정들이 물러서자 김준식 소장이 바짝 긴장했다. 짧은 함포전 와중에 1함대는 대함미사일 공격 능력을 거의 상실했기 때문이다. 그러나 그것은 일본 함대도 마찬가지였다. 일본 함정들은 5km로 거리를 벌린 다음 다시 함포전에 주력했다.

"사령관님! 대공유도탄을 대함공격에 전용하도록 허가해주십시오! 더 늦으면 마지막 기회마저 잃습니다."

"안 돼!"

김준식 소장이 일언지하에 거절했고, 별로 기대하지도 않았던 함장 이승일 대령은 다시 요구하지 않았다. 함장은 사실 자살공격을 건의했었다.

광개토대왕함에서 하나 남은 함미 추적레이더를 이용해 시 스패로 대공미사일로 일본 함정을 공격한다면, 그 대가로 한국 함정들은 훨씬 많은 대공미사일을 얻어맞을 수 있었다. 1함대의 상대 중에는 이지스가 두 척이고 19DD와 다카나미급도 있어 대공능력 즉 유사시 대함공격능력은 일본이 훨씬 압도적이었다. 그러나 1함대가 이래 죽으나 저래 죽으나 마찬가지라면 마지막 도박을 시도해볼 가치는 있었다.

- 콰앙!

"또 어디 맞았나?"

함장이 오른쪽으로 고개를 돌렸다. 충격이 아까보다 훨씬 적다는 점에서 특이했다.

"우현 대함유도탄 저장대의 링크가 끊겼습니다."

해성 대함미사일 무장조종패널을 확인한 병기관이 보고했다. 작전관이 함 외부 카메라를 연기가 나는 곳으로 돌렸다. 해성 캐니스터가 있던 곳에서 연기가 나고 섬광이 번쩍이지만 맹렬하게 폭발하거나 타지는 않았다. 오늘 전투에서 쓸 기회가 전혀 없을 것 같은 해성 대함미사일이지만, 사용할 무기가 줄어드니 불안감이 드는 것은 어쩔 수 없었다.

"우현 해성에 맞았습니다. 폭약 연소 중!"

TNT와 알루미늄 등 혼합 폭약인 디스텍스는 고열에 폭발하지 않고 타기만 한다. 발사한 다음 신관에 의해 폭발하지 않고 만약 함에 탑재한 상태에서 화재로 인해 탄약이 폭발해버리면 함에 큰 피해가 온다. 그래서 방산업체들은 둔감화약을 개발해 표적을 향해 발사하지 않은 상태에서는 단순 연소하는 방향으로 연구를 진행하고 있다. 초기에 배치된 대함미사일 일부는 둔감 화약을 사용하지 않았으나 폭발할 정도는 아니고, 다만 맹렬하게 연소하며 탑재한 함에 큰 피해를 줄 수 있다. 둔감화약에도 여러 단계가 있다.

"추격해! 따라붙어! 거리를 주면 우리가 불리해진다!"

- 콰아앙!

광개토대왕함의 전투지휘상황실에 화염과 파편의 폭풍이 몰아쳤다. 실내조명이 동시에 나갔다가 몇 초 후에 다시 들어왔고, 전투지휘상황실을 덮친 참상이 드러났다. 전투지휘상황실 좌측을 뚫고 들어온 파편에 의해 함대공 유도탄 사통사와 함대함 유도탄 사통사, 주포 운용요원까지 세 명이 전사하고 대공화면 편집장과 사통관 등 네 명이 쓰러져 꿈틀거리는 바닥에는 피가 홍건히 고였다. 나머지 승조원들은 바싹 몸을 낮춘 채로 임무를 계속 수행했다.

"으으! 차렷!"

전투체계관이 간신히 일어나며 구령을 내렸다. 전투지휘상황실 내의 모든 승조원들이 순간 동작을 멈췄다. 전투체계관이 함대사령관을 찾았다. 함대사령관은 전술지휘관 콘솔에 의연하게 앉아 있었고, 함장은 부상을 입은 채 비틀거리며 일어섰다.

"계속. 계속!"

함장이 '계속' 구령을 내렸다. 전투는 계속됐고, 전투체계관은 주포 운용을 대잠관에게 맡겼다.

잠시 후 전투지휘상황실에 구호반원이 들이닥쳐 사상자들을 후송했다. 마지막 부상자를 옮기려는 순간 작전관이 물었다.

"전정실에 더 이상 부상자 없나?"

"뒷머리에 뭐가 흐르는 것 같으니 반창고나 붙여주게. 아마 빨간 약 바르는 정도로 나을 거야."

의무하사가 깜짝 놀라 함대사령관 머리를 지혈하고 붕대로 감았다. 함장도 몸 몇 군데에 파편상을 입어 의무병이 응급조치를 마쳤다. 방금 전까지 아타고를 향해 골키퍼를 쏘던 사통사가 전투체계관에게 건의했다.

"하사 강재혁. 더 이상 아타고에 쏠 필요가 없을 것 같습니다. 다른 표적을 지정해주시거나…… 교대시켜 주십시오."

강재혁 하사가 의자에서 미끄러져 바닥에 쓰러졌다. 그 밑에는 이미 피가 홍건히 고여 있었다.

8월 16일 06:06 독도 동도

독도 등대건물 옥상은 생방송을 위해 개방됐다. 수많은 기자들이 해전 현장을 취재 중이었다.

"보십시오! 전쟁을 두려워하면 전쟁이 일어납니다. 교전을 회피하려는 한국 정부의 소극적인 대응이 결국 교전을 불러오고 말았습니다. 비열한 해상자위대의 선제공격에 당한 아군 함정에서 불길과 검은 연기가 치솟고 있습니다! 지금 이 순간에도 대한민국 젊은이들이 죽어가고 있습니다!"

"포격전이 계속되고 있습니다. 21세기에 구시대의 함포전이라니, 이해가 가지 않습니다. 접근한 상태라서 미사일은 쏘지 못하고 함포만 사용하는 것 같습니다."

"아군 함대의 피해가 커지고 있습니다. 그러나 압도적인 전력을 자랑하는 해상자위대 함대를 상대로 대한민국 해군 함대는 정말 열심히, 처절히 싸우고 있습니다."

"평시에 준비하지 않았으니 이렇게 전시에 젊은이들의 피로 갚아야 합니다. 일본과 전쟁이 일어날 일은 없으니 해군을 키울 필요가 없다고 누가 그랬습니까? 해군 예산을 깎은 국회의원들을 색출해 책임을 지워야 합니다! 아! 우리 군함에 또 다시 포탄이 명중했습니다!"

다른 기자들이 생중계하는 사이 이상철 기자는 잠시 카메라를 응시했다. 한참 동안 아무 말이 없자 카메라맨이 접안구에서 눈을 떼고 이상철 기자에게 신호를 보냈다. 그러나 이상철은 그대로 가만히 서 있었다. 이상철이 해전 현장을 한번 쳐다보고는 천천히 입을 열었다.

"국민 여러분. 국민 여러분을 사랑하고, 동해바다와 독도를 사랑한 해군 함정 승조원들이 죽어가고 있습니다. 대한민국 젊은이들이 죽어가고 있습니다. 비겁하게 선제공격을 감행해 한국 젊은이들을 학살하는 일본을 규탄하자고 제가 나선 것은 아닙니다. 고백할 게 있습니다. 다 저희들, 취재진 잘못입니다. 독도경비대가 제지하는데도 억지로 독도에 헬기로 착륙해서, 일본 극우파 행동대원들을 호송하지 못하게 한 것이 이번 교전의 원인 중 하나가 됐습니다. 제가, 기자인 제가 한국 해군의 죽음에 책임이 있습니다."

이상철 기자가 깊숙이 고개를 숙였다가 한참 후에 다시 들었다. 이상철 기자 뺨을 타고 두 줄기 눈물이 흘렀다.

"압니다! 제가 사죄한다고 저희들 죄가 가벼워지는 것은 아닙니다. 저희들은 다만 사건 현장인 독도에서, 한국 영토인 독도에서 일본 방송이 아닌 한국 방송을 내보내야 한다는 의무감에서 나섰습니다. 이렇게 될 줄 몰랐습니다. 죄송합니다."

이상철 기자가 눈물을 훔쳤다. 방송진행이 어렵게 되자 김미겸 기자가 대신 카메라 앞에 섰다.

"한국과 일본 사이에 해상전투가 벌어지고 있는 독도 현장입니다. 이상철 기자 말처럼 저희 취재진이 응분의 책임을 질 것입니다. 그러나 지금은 독도를 지키기 위해 해군이 전투 중입니다. 보십시오!"

김미겸 기자가 바다를 가리킨 순간 2번 카메라가 연결됐다. 치열한 포격전이 전개되는 가운데 한국 군함들이 온통 불길에 휩싸인 장면이 전파를 탔다.

"국민 여러분도 이번 사태에 책임이 있습니다. 그래서 국민 여러분은 끝까지 보셔야 합니다. 해군이 죽어가는 것을 하나라도 놓쳐서는 안 됩니다. 그리고 반성해야 합니다. 눈물로 참회해야 합니다. 우리는 어째서 우리 영토를 지킬 힘을 갖지 않았는지, 힘을 갖지 못한 게 아니라 어째서 힘을 갖지 않았는지 마음 깊숙한 곳에서부터 뼈저린 반성을 해야 합니다. 행동에는 책임이 따릅니다. 설마 하면서 의무를 저버렸으니 이런 수모를 겪는 겁니다. 결국 죄 없는 젊은 이들이 죽어나갑니다. 여러분의 아들, 친척, 친구들이 죽어갑니다."

김미겸 기자는 이상철 기자보다 한술 더 떴다. 1번 카메라가 다시 김미겸 기자를 비추자, 손에 들고 있던 원고뭉치를 하늘로 날렸다. 하얀 종이 수십 장이 갈매기들과 함께 독도 하늘을 하얗게 수놓았다.

"대한민국 해군, 독도를 지키던 1함대 젊은 해군들이 어떻게 싸우다가 어떻게 죽어 가는지. 그 현장을 끝까지 지켜보시기 바랍니다. 어째서 남의 탓을 하십니까? 어째서 우리나라 정치인이나 일본을 탓합니까? 다 국민 여러분 잘못입니다. 국민 여러분은 대한민국의 주권자입니다. 잘못된 모든 것을 고쳤어야 했습니다. 국방예산이 모자라면 올리고, 해군 전력이 부족하면 배분되는 비율을 늘리는 그 모든 것을 국민이 할 수 있었습니다. 귀찮다고요? 정치인들이 말을 안 듣는다고요? 그런 정치인을 왜 뽑았습니까? 다 여러분 탓입니다!"

초계함의 함교에서 폭발이 연속 일어났다. 또 몇 명이 죽어갔는지 알 수 없었다. 김미겸 기자가 카메라를 똑바로 보면서 울부짖었다.

"바로 국민 여러분이 대한민국 해군의 젊은 장병들을 죽이고 있습니다! 국민 여러분이 독도를 일본에 팔아넘기고 있습니다! 국민 여러분이 살인자입니다! 국민 여러분이 침략자입니다!"

"사령관님! 시라네 때문에 13전대의 피해가 커지고 있습니다!"

조금 전부터 함대 참모들도 전투지휘상황실로 나왔다. 광개토대왕함은 잘 싸우고 있지만 다른 함정들은 꽤 불리한 상황이었다.

"신경도 안 썼던 시라네인데. 5인치 함포가 2기나 있다 이거지?"

1980년에 취역한 DDH143 시라네는 함수에 5인치 유인함포 2기로 무장한 구식 함정이다. 시라네는 2007년 12월 도쿄만에 정박 중 현대 군함의 핵심시설인 전투지휘정보실, 즉 CIC가 화재사고로 홀랑 타버린 바로 그 함정이다. 승조원들이 인가받지 않고 사용하던 중국제 냉온장고가 과열로 발화한 것이 화재 원인이다.

그때는 마침 일본 군사전문가가 일본을 친선 방문한 중국 함정이 내부시설에 목재를 많이 사용해서 내화성이 떨어진다고 비웃는 기사를 언론에 발표한 직후였다. 중국은 건함 기술이 낙후해 함정의 최신 설계를 도입하지 못하고 있다는 비아냥이었다. 이 때문에 일본은 더 큰 창피를 당했다.

해상자위대의 함정 공개행사 때 일본 민간인들이 함정 내부를 찍은 동영상을 보면, 일본 함정들도 내부에 목재를 많이 쓴다. 그것은 최신 이지스 호위함도 크게 다르지 않다. 또한 수상함정들은 침수상황에 대비해 일정 공간에 목재를 쌓아두기도 한다. 일본의 군함은 신형이고 그래서 목재를 안 써서 화재위험이 적다는 것은 잘못된 상식에 불과하다. 그런 사실을 알만한 자칭 군사전문가가 그런 헛소리를 한 것은 최신 함정설계를 빙자한 인종차별 발언이다.

시라네는 이 화재로 인해 예정보다 일찍 제적될 뻔했다가 해상자위대 상층부에서 복귀를 결정해 수리를 받을 수 있었다. 그 대신

DDH141 하루나가 CIC 장비를 시라네에게 내주고 먼저 퇴역했고, 동료함의 희생 덕택에 시라네는 수명을 연장할 수 있었다. 전화위복, 새옹지마, 생명연장의 꿈도 이런 드라마틱한 경우가 없다.

시라네 함수 5인치 유인함포의 정식 명칭은 Mk42 mod10, 5인치 54구경장 함포다. 눈이 튀어 나온 개구리처럼 생긴 구식 함포라도 근접 함포전에서는 충분히 위력을 발휘할 수 있었다. 12전대의 울산급 마산함과 포항급 익산함이 시라네에게 큰 피해를 입었다.

함미 부분을 잃은 익산함은 침몰 직전 위기에 몰렸으나 모든 승조원들이 피해복구 작업에 투입돼 간신히 한고비는 넘겼다고 익산함의 대잠관인 모 소위가 휴대전화로 보고해왔다. 대잠관을 제외하고 소위 이상 익산함의 모든 장교가 전사 혹은 중상을 입었다고 했다.

"아타고를 완전히 박살낼 수 있다면 좋겠지만 아군 함정의 위기를 두고 볼 수는 없지. 함장! 시라네의 함수 함포 2기만 제거해주도록."

시라네는 광개토대왕함에서 멀지 않았다. 신나게 쏘던 시라네의 함수 함포 2문은 옆에서 날아온 30밀리 기관포탄에 얻어맞아 벌집이 된 다음 침묵에 빠졌다. 5인치 유인함포 운용요원들이 얼마나 많이 죽거나 다쳤는지는 알 수 없었다.

이때 시라네의 함교구조물은 절반쯤 남아있었다. 지휘부는 한참 전에 전멸했는데도 함수 함포의 포 요원들은 유인함포의 특성상 함포가 격파될 때까지 싸운 셈이었다.

그때까지 시라네에게 포탄을 퍼붓던 마산함의 30밀리 기관포가 오른쪽으로 빙글 돌아 19DD를 노렸다. 19DD는 아직도 안동함과 싸우고 있었다. 19DD 4번함은 62구경장 5인치 함포라서 연사 속도는 느리지만, 꾸준히 명중탄을 내며 안동함에게 피해를 누적시켰다.

"11전대는 그럭저럭 잘 싸우는데 12, 13전대의 피해가 너무 큽니다."

"함포 위력도 그렇지만, 배수량이 가장 큰 문제야. 127밀리 함포부터 깼어야 했는데. 지금이라도 도와주게!"

울산급과 포항급은 일본 함정에 비해 너무 작았다. 일본 함정들은 76밀리 함포를 그렇게 두들겨 맞았는데도 계속 전투력을 유지하는 반면, 한국 함정들은 몇 방만 맞아도 전투 능력을 상실했다. 12전대의 울산급 마산함은 검은 연기 사이로 상부 구조물이 온통 뜯겨 나간 처참한 모습을 드러냈다.

광개토대왕함 오른쪽으로 포항급 초계함인 군산함, 진주함이, 가장 오른쪽에 울산급 호위함인 경북함이 배치돼 있었다. 다들 엄청난 피해를 입은 다음이었다. 묘코와 마키나미는 광개토대왕함과 같은 127밀리 함포를 연사해 13전대 함정들을 유린하고 있었다. 배수량이 훨씬 큰 데다 127밀리 함포로 무장한 묘코와 마키나미는 광개토대왕함이 아타고를 상대할 때보다 훨씬 수월하게 전투를 진행했다.

- 쾅! 쾅! 쾅!

광개토대왕함의 함교 구조물에 잇따라 충격이 가해졌다. 광개토대왕함에 127밀리 함포를 쏜 범인은 또 다시 묘코였다. 같은 무기로 무장했다면 선제공격하는 쪽이 훨씬 유리했다. 그러나 광개토대왕함에는 보너스가 있었다.

"방위 140도 거리 3100야드, 대함 표적 탐색 시작!"

전투체계관의 지시에 따라 사통관이 묘코를 포착한 다음 보고했다.

"방위 140도 거리 3100야드 대함 표적 탐색 시작! 족제비 접촉, 방위 140도, 거리 3110야드."

"통제 넷, 추적 시작!"

"통제 넷 추적 끝! 방위 139도, 거리 3115야드, 침로 304도, 속력 26노트. 추적 상태 보통!"

"31, 32포 수동모드. 수동 표적 지정! 목표 함정의 함수 함포, 탄종 관통탄! 조준 좋으면 보고!"

전투체계관이 골키퍼 사통사들에게 명령을 내리면서 사통관 단 말기에 비쳐진 묘코의 함교 구조물을 손가락으로 툭툭 쳤다.

사통관이 임시로 함포 사통사를 맡은 대잠관과 더불어 127밀리 함포를 운용했다. 대잠관은 주 표적인 아타고를 대기표적으로 돌리고 그 대신 묘코를 주 표적으로 지정했다.

"31포 조준 좋아!"

"32포 조준 좋아!"

"쏴!"

"31포, 목표 격파! 수동 종료!"

"32포, 목표 격파! 수동 종료!"

함수, 함미의 골키퍼에게 십자포화를 맞은 묘코는 함포를 잃고 뒤로 물러나려고 크게 선회했다. 그러나 127밀리 함포탄이 묘코의 함교에 마구 쏟아졌다.

만약 묘코가 스크루 역전으로 후진했으면 문제가 별로 없었을 것이다. 그러나 급한 마음에 묘코가 크게 선회하는 바람에 그 동안 공격에 노출되지 않았던 면을 드러냈고, 양쪽 위상배열 레이더뿐만 아니라 후면 오른쪽 위상배열 레이더까지 부서졌다.

"이지스 슬레이어! 광개토 더 그레잇! 마키나미 어디 있어? 마지막으로 이놈만 잡으면 우리가 승리한다! 19DD는 5인치 함포니까 물이야!"

신바람 난 전투체계관이 127밀리 함포로 무장한 다카나미급 호위함을 찾았다. EOTS가 경북함 뒤에 가려져 있다가 빠져 나오는 마키나미를 정면에서 포착했다. 그러나 마키나미의 함포가 이쪽을 향하고 있다가 짙은 화염을 연속 뿜어냈다.

- 쿠왕! 쾅! 쾅!

또 다시 광개토대왕함이 크게 흔들렸다. 이번에 사격하는 마키나미는 광개토대왕함의 격파를 노리는지 함포부터 함교까지 집요하게 발사했다. 전투체계관이 이를 갈았다.

"으윽! 또 선빵이냐! 방위 135도 거리 3000야드, 대함 표적 탐색 시작!"

"100포 연결이 끊겼습니다. 아! 격파됐습니다."

"EOTS도 단절된 것 같습니다!"

링크가 끊겨 온통 먹통이었다. 127밀리 함포는 이제 사용할 수 없게 됐다. 사통레이더와 추적레이더를 포함해 함 외부에 가설된 레이더 종류는 이미 모두 부서졌고, EOTS에서 들어오는 정보도 사용할 수 없었다. 마지막 수단인 수동표적지시기 TDS로 함포를 조준할 수는 있지만, 함포 자체가 파괴됐으니 의미가 없었다.

광개토대왕함에서 일본 함정들을 상대로 쏴봐서 더욱 절실히 느꼈지만, 127밀리 함포의 연사속도는 정말 무서웠다. 광개토대왕함이 포화에 노출돼 피해가 급속도로 누적됐다.

전투체계관이 마지막 카드를 꺼내 들었다.

"31포, 32포 자체 조준! 방위 135!"

"31포 자체 탐색레이더 작동! 포착! 자체 추적레이더로 추적합니다!"

"32포 탐색레이더로 포착! 표적 승인! 추적레이더로 추적합니다!"

- 위이잉!

다총신 기관포가 강렬하게 회전하기 시작했다. 아직 발사 전이었고 대함 표적을 공격하기 위한 수동모드 사격절차는 계속됐다.

"표적 획득!"

골키퍼는 함정의 전투체계에서 매우 독특한 위치를 차지한다. 함의 전체 전투체계를 골키퍼, 그리고 나머지로 양분할 수 있을 정도로 골키퍼 시스템은 독립적이다. 골키퍼의 자체 레이더는 물론 사격통제 체제도 함 전체의 사통체제와 독립, 또는 혼합 운용될 수 있다.

- 콰앙! 쾅! 콰앙!

광개토대왕함의 함수 함포를 격파한 마키나미는 일단 급한 불을 껐다고 생각했는지 포미를 다시 경북함으로 돌렸다. 경북함이 함미 76밀리 함포로 저항하고 있었기 때문이다. 경북함이 얻어맞는 사이 숨 돌릴 틈을 얻은 광개토대왕함이 사격절차를 진행했다.

"31포 탐색레이더, 추적레이더 작동 불능! TV 카메라로 추적 및 조준 중입니다!"

전투체계관이 이마에서 피를 흘리면서 명령을 내렸다.

"쏴!"

골키퍼 사통사들이 마지막 남은 탄약 150발, 170발 중에서 50발씩을 마키나미에게 퍼부었다.

- 부아아아악!

10. 이보다 더 처절할 수는 없다

"72포 오른편 5 주입!"

FFK956 경북함의 포술장 안병두 대위는 함미 76밀리 함포를 5야드 오른쪽으로 조준할 것을 지시했다. 목표는 광개토대왕함과 교전하고 있는 다카나미급 호위함 마키나미의 함수 함포였다. TDT 카메라에 찍힌 경북함과 마키나미의 거리는 600야드 정도였다.

"72포 오른편 5 주입 끝!"

"쏘기 시작!"

- 캉! 캉! 캉! 캉! 캉!

"좀 맞아라!"

안병두 대위가 초조하게 외쳤다. 광개토대왕함을 공격하던 마키나미의 함포가 다시 경북함을 노렸기 때문이다. 포탄이 날아왔으나 함교 옆으로 지나쳤다. 마키나미도 센서류가 많이 고장 났는지 아까처럼 빠르게, 그리고 정확히 쏘지는 못했다.

- 콰쾅!

그래도 마키나미의 함포는 아직 함교구조물 크기는 충분히 명중시킬 정도였다. 경북함의 항해함교는 남아나지 않았고, 그 아래층인 전투정보상황실이 이제는 꼭대기였다. 물론 마스트는 전투 초반에 날아갔다.

"으휴! 화약 냄새."

안병두 대위가 애써 밝은 목소리로 투덜거렸다. 이번에 또 몇 명이나 죽었는지 몰랐지만, 안병두 대위는 TDT 카메라만 응시했다.

경북함의 전투정보실은 앞이 반쯤 뜯겨나갔고, 중간이나 뒤쪽도 구멍이 숭숭 뚫려 있었다. 함교가 날아가는 바람에 하늘이 보였다. 당연히 사격통제장치도 작동하지 않았다.

그러나 마지막 카드는 아직 남아 있었다. 표적조준기, TDT 덕택에 다른 모든 센서류와 사통장비가 고장 난 상황에서도 이렇게 함포를 쏠 수가 있었다.

경북함의 함수 함포는 날아가 마운트 링 아래가 다 들여다보일 정도였다. 71포와 41포, 즉 함수 76밀리 함포와 40밀리 2연장 함포는 전투 초반에 날아갔다.

- 쾅!

전투정보실에 파편의 비가 쏟아지고, 화염이 폭풍이 되어 주변을 휩쓸었다.

"으흐흐!"

온몸에서 피를 철철 흘리며 안병두 대위가 오뚝이처럼 일어섰다. TDT 화면은 먹통이었다. 그러나 함미 함포는 아직도 통제할 수 있었다. 함교에 맞아서 전투정보상황실 앞이 훤히 틔었다. TDT를 통한 것도 아닌, 완전한 목측 사격을 할 수 있었다.

"72포 쏴!"

- 캉!

첫발은 형편없이 빗나갔다. 그러나 안병두 대위가 눈으로 직접 보면서 사각을 수정했다.

"72포 왼편 13 주입! 쏘기 시작!"

- 캉! 캉! 캉! 캉!

"그래! 바로 그 코스야!"

경북함의 76밀리 함미 함포는 계속 같은 곳을 향해 포탄을 날렸다. 호위함 마키나미가 움직이면서 경북함의 함포탄이 비행하는 궤적을 지나갔다. 마키나미의 함수 함포에 그 궤적이 걸린 순간이었다.

"맞았습니다! 마키나미 100포가 박살났습니다!"

"그래! 박살났지. 그런데 광개토에서 먼저 쐈어."

안병두 대위가 의기소침해진 채 말을 받았다. 사통사는 마키나미를 향해 계속 함포를 쏘았다. 3초쯤 눌렀다가 떼고, 다시 눌렀다가 떼고. 거리가 가까워서 표적이 안 맞을까봐 고민할 필요가 없었다. 방금 경북함에서 쏜 76밀리 함포탄이 마키나미의 유도탄 발사대에 명중해 캐니스터 4개가 우르르 무너졌다.

- 쿠쿵!

경북함이 계속 함포를 쏘는 어느 순간, 갑자기 마키나미가 크게 진동했다. 그리고 굴뚝에서 검은 연기를 엄청나게 뿜어냈다. 마키나미는 제대로 속도를 내지 못했다.

"기관실에 제대로 맞았다! 크하하하!"

안병두 대위가 기고만장해졌다.

"다음은 헬기 격납고다! 박살내버려!"

격납고가 피탄 당하면 항공유에 인화할 수도 있고, 만의 하나 마키나미가 헬기를 탑재했다면 큰 폭발을 일으킬 수도 있었다. 그러나 안병두 대위는 격납고 위쪽을 보지 못했다.

- 위이이잉!

갑작스런 소음에 놀란 안병두 대위가 고개를 들었다. 고전 SF영화 스타워즈에서 많이 보던 로봇 같은 것이 마키나미의 헬기 격납고 위에서 이쪽을 노려보고 있었다. 로봇 앞에서 맹렬히 회전하는 것은 적 컴퓨터 망에 침입해 출입문을 여는 로봇 팔이라고 생각한 순간이었다. 그 회전하는 것이 번쩍거렸다.

- 따다다다당!

경북함의 함미 갑판이 마키나미의 함미 벌컨 팰렁스가 쏟아내는 기관포탄에 맞아 갈가리 찢겼다. 수상모드를 갖지 못한 벌컨 팰렁스 Block1A는 수동모드로 작동수가 직접 조준 사격하는 중이었다.

팰렁스가 잠시 쉬더니 다시 발포해 72포를 찢어발겼다. 함포 외피는 방탄판이라고 하지만 재료는 강화섬유다. 함포 내부 장비를 기껏 파도와 습기로부터 보호해줄 뿐, 전차 포탑처럼 기관총탄과 포탄 파편, 잘하면 전차 포탄까지 막아내는 능력은 없었다.

벌컨 팰렁스는 잠시 쉬었다가 다시 기관포탄을 쏟아냈다. 마스트와 함교가 날아가 하늘을 지붕 삼은 경북함의 전투정보실이 목표였다. 안병두 대위가 통제콘솔 아래로 엎드렸으나 그 주변을 20밀리 기관포탄의 폭우가 뒤덮었다.

13전대와 마키나미의 거리가 너무 가까웠다. 그래서 마키나미에 탑재된 함수와 함미 20밀리 벌컨이 충분히 활동할 공간이 됐다. 군산함과 진주함도 기관포탄의 비를 뒤집어썼다.

- 따다닷! 띵! 띠디딩! 퍼퍽!

13전대 함정들은 이미 모든 함포를 잃었다. 그러나 승조원들은 저항을 포기하지 않았다. 기관총이 본격적으로 등장해 마키나미의 벌컨 팰렁스를 공격했다. 하얀 대머리에 구멍이 뻥뻥 뚫렸다.

- 쾅!

마키나미의 CIWS 위쪽 하얀 대가리가 반쯤 날아간 것은 기관총 때문이 아니었다. 경북함의 소병기 요원들이 복합소총으로 유탄을 쏘아 명중시킨 것이다. 복합소총을 운용하는 소병기 요원이 마키나미의 센서와 무장을 제대로 파악하며 하나씩 해체해 나갔다. 20밀리 유탄은 위력이 약해도 센서류에는 충분한 타격을 가했다.

안병두 대위가 콘솔 밑에서 기어 나와 바닥에 떨어진 마이크를 붙잡았다. 불길이 전투정보실을 집어 삼키고 있었다. 불길에 살이 타는데도 안병두 대위는 움직이기 힘겨웠다.

"함 중앙 전투정보실 A급 화재 발생! 소화반 배치 붙어!"

현재 함수, 함 중앙, 함미 모든 곳에서 화재가 진행 중이고 승조원 대부분은 화재진압을 하고 있었다. 그것도 유류화재인 B급, 전기화재인 C급으로 훨씬 위험했다. 전투정보실은 겨우 일반화재인 A급 화재라서 소화반이 올까 싶었는데 그래도 구두 소리가 요란하게 몇 명이 뛰어 올라왔다.

8월 16일 06:13 독도 동쪽 2km 원주함

- 소병기 근접 전투요원 우현배치! 우현배치이이!

다급한 목소리로 함내방송이 울리는 가운데 원주함의 기관병 권우진 병장은 기관실에서 화재와 싸우고 있었다. 불꽃을 내뿜는 엔진을 향해 소화기를 쏘는 권우진의 이마에서 땀이 쏟아져 내렸다. 가끔 디젤엔진실이나 가스터빈실이 포탄에 명중해 방수작업을 해야 할 때면 권우진이 가장 먼저 달려갔다.

원래 함정에 화재와 동시에 침수 상황이 발생하면 화재부터 진압해야 한다. 전투함에서 발생한 화재는 함정에게 치명적일 가능성이 큰 반면, 침수상황은 상대적으로 시간 여유가 있기 때문이다. 그런데 권우진은 소화방수 작업 중에서 소화와 방수작업을 번갈아서 했다. 보통 때는 진화, 더우면 방수작업이었다. 함미 화재를 알리는 3타종 연타가 계속되는 가운데 다른 함내방송이 귀청을 때렸다.

- 알림. 각 부서 소병기 요원 차출. 각 부서 3명. 차출된 소병기 요원 함미갑판 집합!

"주기실장님! 화재가 거의 진압됐으니 제가 가겠습니다."

"짜식! 말년이라고 빠졌어. 어이! 거기 보수 도끼 가져와! 어서 가봐."

"헤헤! 수고하십쇼!"

"그래. 이따가 보자."

주기실장의 말이 의미심장했다. 함정의 기관실이 공격받아 화재와 침수가 반복됐다. 함포가 파괴되고 엔진마저 정지한 원주함에게 전투는 이미 희망이 없었다.

권우진은 기관부 동료 수병들과 함께 함수 좌측 출입문으로 향했다. 수병들 몇이 줄지어 앉아있고, 한쪽 구석에는 갑판장이 배를 움켜쥐고 있었다. 갑판장의 전투복 바지는 피로 흠뻑 젖었고, 그 아래로 피가 웅덩이처럼 고여 있었다.

"어이쿠!"

함이 오른쪽으로 크게 기울었다. 간신히 중심을 잡은 권우진은 출입문 바깥을 볼 수 있었다. 독도 정상이 눈에 들어왔다. 원주함이 표류해 어느새 독도에 접근한 것이다. 그런데 등대 지붕과 건물 밑에 수많은 사람들이, 아마도 방송카메라로 촬영하고 있었다. 권우진이 허탈하게 한마디 내뱉었다.

"생방송 중이네."

8월 16일 06:16 독도 남동쪽 5km 진주함

맑은 동쪽 하늘에서 아름답게 타오르며 하늘로 서서히 솟아오르는 태양과는 대조적으로 바다는 상당히 거칠었다. 어제에 비해 비교적 잦아든 파도지만, 그래도 여전히 파고는 3~4미터에 달했다. 이 정도 파고라면 기준배수량 1000톤 이하 군함은 작전을 포기해야 할 정도였다.

그리고 그 파도 속에서 군함 두 척이 흘러가고 있었다. 왼쪽은 한국 해군 1함대 13전대 소속 초계함인 PCC763 진주함이고, 오른쪽 군함은 일본 해상자위대 3호위대군 제3호위대 소속 호위함 DD112 마키나미였다.

두 함정은 체급이 근본적으로 달랐다. 일단 전장만 해도 88미터인 진주함에 비해 마키나미 쪽이 60미터나 긴 151미터이고, 만재배수량은 6200톤에 달하는 마키나미 쪽이 겨우 만재 1500톤에 불과한 진주함보다 네 배 이상 컸다.

전혀 어울리지 않는 이 두 배는 교전 중이었다.

- 픽!

진주함에 타고 있던 그 누구에게도, 특히 지금 M60 64총 부사수 임재덕 일병에게 있어서는 도저히 있을 수 없는 일이 벌어지고 있었다. 평소 굉장히 싫어하는 고참인 64총 사수 겸 같은 보수과 계원인 장정욱 상병의 머리가 임재덕 눈앞에서 완전히 박살나 버렸다. 회색으로 칠한 헬멧이 여덟 조각으로 깨어져 팔방으로 튀고, 그 속에 들어 있던 새하얀 뇌수와 시뻘건 피, 그리고 찢어진 살점과 터져버린 안구가 임재덕을 덮쳤다.

"와, 와아아악!"

임재덕이 비명을 지르며 그 자리에 털썩 주저앉는 것과 동시에 머리 위쪽이 완전히 박살나 버린 장정욱이 뇌동맥에서 피를 분수처럼 뿜어내며 바닥에 나동그라졌다. 몸이 파득파득 경련하고, 짙은 회색 갑판에 시뻘건 추상화가 그려졌다. 그러더니 갑판까지 치고 올라오는 새하얀 파도가 피와 섞여 멀건 핏물이 되어서 뱃전으로 흘러내렸다.

"으아! 우아악! 와아악!"

임재덕은 미친 사람처럼 계속 비명을 지르며 두 손으로 얼굴을 마구 문질렀다. 어젯밤에 바다로 나온 직후부터 지금까지 쉬지 않고 갑판 위로 치고 올라오는 차가운 바닷물을 뒤집어쓴 탓에 이미 얼굴에 뒤집어쓴 뜨거운 피와 뇌수는 말끔하게 씻겨나갔다. 하지만 임재덕은 아직도 얼굴에 뜨겁고 끈적이는 액체가 잔뜩 묻은 것 같은 느낌에 사로잡혔다. 역겹고 두려워서 미칠 것만 같았다.

- 파파파팍! 팍! 파파팍!

또 온다! 임재덕은 얼굴을 문지르던 손으로 쓰고 있던 방탄헬멧을 감싸 쥐며 그 자리에 머리를 처박고 와들와들 떨었다. 방금 장정욱의 머리를 날려버린 것과 똑같은 12.7mm 기관총탄이 300미터도 채 떨어지지 않은 곳에서 모든 함포와 대함미사일, 대잠장비, 모든 사격통제 및 수색 레이더, 심지어 기관 출력까지 거의 다 잃은 채 느릿느릿하게 항진하는 마키나미에서, 똑같은 상태로 망가진 진주함을 향해 또 날아들고 있었다.

믿을 수 없었다. 임재덕이 해군에 들어온 이유는 이런 일을 절대 겪지 않을 만한 군대가 해군이라고 믿었기 때문이었다. 그래서 상대적으로 적과 직접 총질을 할 필요가 없어 보이는 해군에 입대했었다.

1, 2차 서해교전에서 총질했다는 얘기는 들었지만, 그런 일을 또 당할 정도로 해군이 어수룩할 거라고는 생각하지 않았다. 그렇게 당한 이상, 이제 북한 해군이 공격해 오면 총질할 거리까지 접근하기 전에 함포로 싸움을 벌일 것이 당연했다. 해군이 약하다고 소문난 한국군한테조차 상대가 안 되는 북한 해군이니만치 전투가 벌어지더라도 임재덕은 털끝 하나 안 다칠 거라고 믿었다.

그러나 지금은 예상과 달랐다. 임재덕은 북한군이 아니라 일본 해상자위대를 상대로 전투를 벌이는 한국 군함에 타고 있었고, 그것도 미사일전이나 함포전도 아니고 자그마치 총격전 와중에 눈앞에서 고참을 잃은 채 와들와들 떨고만 있었다. 이런 일은 상상조차 하지 못했었다.

- 파파팡! 파파파파파팡!

함수 쪽에서 M60 기관총의 총성이 울렸다. 62총이다. 함수 M60이 일본 배를 쏘고 있었다. 임재덕은 떨리는 몸으로 고개를 들어 난간 너머 태산같이 커다란 일본 배를 응시했다. 오렌지색 빛줄기가 동해의 푸른 하늘을 가르며 일본 배를 향해 뻗어나가고 있었다.

- 투투투퉁! 투투투퉁! 투투투퉁!

일본 배 함수에서 레이저 광선 같은 빛줄기가 쭉 뿜어져 나왔다.

그리고 조금 시간이 지나고 나서 묵직한 총성이 공기를 진동시켰다. 일본 배의 중기관총 총성이었다. 그리고 그 총성을 묻어버리려는 듯이 강렬한 M60 총성이 연이어 울렸다. 거친 바닷바람 속에서도 두 배가 주고받는 기관총 총성이 임재덕의 귀를 거칠게 때렸다.

"일어나! 64총 잡아!"

낯익은 목소리가 임재덕을 질타했다. 교차하는 기관총 빛줄기를 보면서 조금이나마 안정을 찾은 임재덕은 이내 사람을 알아보고 다급히 자리에서 일어났다. 배가 형편없이 요동하는 탓에 하마터면 쓰러질 뻔했지만, 마침 그 부사관이 쓰러지려는 임재덕을 붙잡아 주었다.

"보, 보수관님!"

진주함 보수관 이경식 원사였다. 1980년대 간첩선 사냥에도 참가해 봤고 강릉 잠수함 침투사건 때는 진주함을 타고 대잠초계도 나가 봤다는 진주함의 최고참 부사관이자 역전의 용사였다. 평소에는 사고뭉치 고문관들만 모아 놓은 보수과 수병들과 어울려서 국방부 시계바늘 돌아가는 속도로 농담만 늘어놓던 사람 좋은 장년이었다. 하지만 지금 이경식 원사의 얼굴은 역전의 용사가 보여줄 수 있는 최고의 표정으로 고정되어 있었다. 악마처럼 시뻘건 얼굴에 깃든 자신만만한 웃음에 임재덕은 크게 숨을 들이마셨다.

"함포가 없어서 총질 연습만 들입다 하는 북한 애들도 아니고, 미사일이 하도 많아서 총질 한 번 제대로 안 하는 일본 해자대한테 총질에서 밀릴 거냐? 응? 대한민국 해군이 일본 해자대한테 총질에서 밀릴 거냐고!"

"아, 안 밀립니다! 일본 애들한테는 절대 안 밀립니다아아아!"

"기백 좋고! 그럼 64총은 재덕이 너한테 맡기마. 난 함수로 간다!"

이경식 원사가 빙긋 웃으며 임재덕 어깨를 툭툭 친 다음 K2 소총을 고쳐 잡으며 함수 쪽으로 뛰었다. 임재덕은 사라지는 이경식 원사의 등과, 머리 위쪽을 고스란히 잃은 채 아직도 피를 뿜어내고 있는 장정욱의 시체를 번갈아 보았다. 그리고는 길게 심호흡을 한 다음 64총을 잡아 일본 배를 조준했다.

이미 12.7밀리 보통탄에 완전히 벌집이 된 방패판 너머로, 갑판 위에 줄줄이 나와 있는 해상자위대 소총수들이 눈에 띄었다. 조금 전부터 함수의 12.7밀리 기관총은 불을 뿜지 않았다.

- 파파팡! 파팡! 파파팡!

해군에 입대하고 나서 두 번째로 쏴 보는 총이었다. 처음은 훈련소에서 소총사격을 해 본 것이고, 이번이 두 번째였다. 입대한 지 아직 1년도 되지 않은 임재덕이었기에 직접 쏘는 총성은 아까 장정욱이 쏘는 것을 옆에서 들을 때보다 이상하리만치 무섭게 느껴졌다. 어깨를 파고드는 총의 반동, 힘차게 뛰는 탄피와 금속 링크에 놀라 임재덕은 그만 두세 발씩 끊어 쏘는 실수를 범했다.

기관총은 제압사격이 기본이므로 탄착을 확인하고 나면 한 번에 십여 발씩 쏘아야 한다는 고참들의 가르침이 뒤늦게 떠올랐다. 그러고 보니 탄착도 제대로 확인하지 못했다. 임재덕은 이를 악물면서 다시 한 번 기관총을 조준했다. 가늠자에 일본 배 갑판 위에 늘어서 있는 회색 구명동의 차림의 해상자위대 소총수들을 담기가 무섭게 임재덕이 방아쇠를 당겼다.

- 파파파파팡!

오렌지색 빛줄기가 보일 때까지 방아쇠를 당겼다가 잠시 방아쇠를 놓았다. 예광탄은 멋들어지게 날아가 일본 소총수들이 늘어선 마키나미 후방 함상구조물을 두들겼다. 총격에 놀란 일본 소총수들이 움찔하는 것 같다는 느낌을 받은 순간, 임재덕은 다시 한 번 방아쇠를 당겼다. 이번에는 쓸어버릴 차례였다.

- 파파파파파파팡! 파파파팡!

조금 전에는 두툼한 오렌지색 구명조끼 위로 받아내면서도 깜짝 놀랄 만큼 강하게 느껴지던 반동이었지만, 지금은 가뿐하게 받아낼 수 있었다. 그리고 오렌지색 예광탄 빛줄기는 정확하게 일본 소총수들을 노리며 날아갔다. 멀어서 확실치는 않지만, 일본 소총수 두세 명이 뒤로 벌러덩 나자빠지는 것 같았다. 순식간에 임재덕이 목표로 삼았던 소총수들이 모조리 쓰러지거나 그 자리에 납작 엎드렸다.

"다음엔 기관총을 찾아서!"

일본 기관총은 함수 쪽에 있었다. 그놈은 아까부터 쉬지 않고 함수의 62총을 목표로 집중 사격을 날려대고 있었다. 하지만 이쪽만큼 저쪽 배도 심하게 흔들리고 있어서 그런지 맞는 탄환이 별로 없는 것 같았다. 62총은 아까와 마찬가지로 지금도 힘차게 일본 기관총을 상대로 격렬하게 응사하고 있었다. 임재덕은 기관총을 돌려 62총과 함께 일본 중기관총을 제압하려 했다.

그러나 총을 돌리던 임재덕은 이내 무언가를 발견하고 급히 총구를 돌렸다. 함수 구조물 상단, 윙 브리지에 일본 자위관 두 명이 작은 기관총을 거치하고서 이쪽을 조준하고 있었다. 임재덕이 그들을 조준해서 방아쇠를 당기려는 찰나, 그쪽에서 먼저 총구화염이 일었다.

- 파파파팍! 핑! 씨잉! 파파파파팍! 카캉! 캉!

무지막지한 발사속도로 탄환이 날아들었다. 그러나 탄환 대부분은 이미 걸레가 되다시피 한 64총 방패조차도 뚫지 못했다. 저 기관총, 12.7밀리도 아니고 7.62밀리도 아닌 것 같았다. 말로만 듣던 5.56밀리 분대지원화기일까? 그런 것 같다고 생각하며 반격하려는 순간이었다.

"크악!"

그리고 바로 그 순간 임재덕은 다리를 망치로 얻어맞은 것 같은 충격을 받으며 그 자리에 엎어졌다. 난간 하단에 친 그물과 그 그물에 걸려 있는 장정욱 상병의 피범벅이 된 헬멧 조각이 임재덕 눈에 띄었다.

"아, 씨바!"

격심한 고통에 욕을 하며 임재덕은 다리를 살펴보았다. 새파란 바지가 시뻘건 피로 물들어갔다. 임재덕은 다리를 질질 끌며 뒤로 물러나 탄흔으로 가득한 벽에 몸을 기댔다. 아파서 죽을 것만 같았지만, 진짜 죽은 것은 아니라 다행이라고 생각했다. 이대로 조금만 쉬었다가 함내로 돌아가자. 함내 의무실로 가서 상처를 치료하자. 그렇게 생각하면서 임재덕은 고개를 돌려 함미 쪽을 바라보았다.

멀리 수평선에 자욱하게 초연이 깔려 있었다. 불길에 휩싸여 시커먼 연기를 뿜어내는 군함도 몇 척 있었다. 임재덕은 자기도 모르는 새 손꼽아 세었다. 한 척, 두 척, 세 척. 불타고 있는 군함은 다 합쳐서 열여덟 척이었다. 오렌지색 화염과 시커먼 연기로 뒤덮인 군함들은 아주 낯익은 배들 반, 사진에서나 보던 배들 반이었다. 한국 해군 제1함대의 울산급 호위함과 포항급 초계함들, 그리고 해상자위대 함정들이었다.

현대 군함답게 미사일을 쏘는 함정은 없었다. 함포를 쏘는 배도 보이지 않았다. 다들 기껏 기관총을 쏘거나, 더 가까워 서로 얼굴이 보일 정도면 소총을 쏘아댔다. 서로가 악착같이 싸웠다. 21세기 들어서고도 15년이 넘은 시점에 이따위 해전이라니!

"씨바! 어쩌다가 이렇게까지 된 거야?"

그런 물음에 답해줄 사람은 없었다. 임재덕이 쓰러지고 나서 어딘가에서 갑자기 나타나 기관총을 붙잡고 쏘아대는 동료 수병도, 점점 강하게 오한을 느끼고 있는 임재덕에게 응급처치를 해 주려고 포복으로 다가오는 진주함 의무병도 임재덕과 똑같은 의문을 품고 있을 뿐, 답은 얻지 못했다.

  - 지금 우군이 우리를 도우러 오고 있다! 부산에서 출동한 5전단이 30분 내에 도착하니까, 30분만 버티자! 30분만!

  함정 곳곳에 설치된 스피커에서 함장 장경열 소령의 목소리가 웅웅 울렸다. 하지만 이미 임재덕은 그 내용을 알아들을 수 없었다. 졸렸다. 다리에 급히 지혈대를 묶는 의무병의 손길조차 느낄 수 없게 된 채로 잠들어가는 임재덕은 마지막으로 생각했다.

  '왜 지금 이런 일을 내가 겪고 있는 걸까?'

8월 16일 06:17 독도 동쪽 2km 원주함

  포항급 초계함인 PCC769 원주함은 전열에서 이탈해 표류하고 있었다. 독도에 충돌하지 않도록 항해부에서 필사적으로 노력하는 사이 총격전이 계속됐다.

  "야! 자리 좀 비켜라! 요즘 쌔이들은 빠져갖고 말이야. 고참들이 왔는데 양보해줄 생각을 안 해. 컴컴한 오투데크에서 한 따까리 할까? 앙?"

  권우진 병장이 허리에 손을 얹고 눈알을 부라리며 다리를 까딱거렸다. 함수 좌현 출입문 안쪽에 한 줄로 앉은 수병들이 권우진을 보는 눈길이 곱지 않았다.

  소병기 요원으로 차출된 수병들은 방탄헬멧을 쓰고 부피가 큰 부력방탄복을 입어 머리와 가슴이 극도로 큰 병정개미와 흡사한 모습이었다. 그런데 인원이 많은 포갑부 갑판병이나 보수병은 거의 없고 전기, 전공, 조리, 전탐 등 숫자가 적은 직별 소속들이었다.

"목소리 큰 게 우진이구나. 기관부 악질 독쟁이 놈!"

"이쪽으로 와라. 귀마개는 빼고."

소병기 요원들이 굼뜨게 움직이는 사이 앞에 앉은 동기 수병들이 권우진을 불렀다. 기관실에서 화재 및 침수와 싸우느라 온몸이 새까맣게 변한 권우진을 동기들도 처음에는 못 알아봤다. 상병 이하 수병들이 뒤로 물러나면서 여기저기 불만 어린 투덜거림이 튀어나왔다.

"내가 언제 독 피웠다고. 빽덕이 너 아직 살아있었네? 태선이도. 아! 김주일 수병님, 류기필 수병님. 필승!"

- 찌이잉! 퍼퍽!

총탄이 현측에 박히거나 튀는 소리가 귀를 바늘로 찌르는 듯했다. 권우진이 다른 기관병들과 함께 최병덕이 비워준 빈자리에 앉았다.

"앞자리가 그렇게 좋으면 내 앞에 앉을래? 솔직히 줄 서서 예방주사 맞는 기분이야. 뒷줄로 도망가도 결국은 주사기를 피할 수 없지만, 조금이라도 늦게 맞고 싶은 마음이지 뭐."

"초딩이냐! 맨 앞자리는 사양하마. 분위기 파악도 해야 하니까. 우리 기관부 김태윤 수병님하고 이종규 수병님은?"

"응. 아까 41포로 갔는데, 아직 안 돌아온 걸 보면 멀쩡한가 봐. 말년인데 사이드 피우는 실력이 어디 가겠냐. 걱정 마라. 안 죽는다."

원주함을 포함한 포항급 초계함 후기형에는 메인 데크 앞뒤에 76밀리 함포가, 2층 갑판 앞뒤에 40밀리 2연장 기관포가 있다. 41포는 함수에 위치한 40밀리 기관포다. 두 사람이 말한 기관부 선임 수병들은 파괴된 함수 기관포 뒤에 숨어서 소총 사격을 하고 있었다.

"무슨 걱정? 기관부도 엄청 바쁜데 고참 수병들이 좀 도와줄 것이지, 말년이라고 빠져갖고 말이야. 소병기 요원 차출한다니까 잽싸게 지원하더라. 안 보일 때 신나게 씹자, 씹어!"

"남 말하긴! 너도 힘들어서 나왔으면서. 킬킬!"

"편한 건 당연히 짬밥 순이지. 우리가 지원하니까 주기실장님하고 선하님이 잡아먹으려고 하더라."

다른 수병들도 마찬가지지만, 권우진도 단순히 편한 것 때문에 소병기 요원으로 지원하지는 않았다. 모든 무장이 파괴되고 엔진도 정지해 표류하는 신세인 원주함에서, 그것도 적함이 원주함에 접근 중인 상황에 함 내에서 자체적으로는 되지도 않을 소화방수만 하고 있자니 불안감, 무기력감이 한계를 넘어섰다. 갑판에서 소총이라도 잡고 쏴야 살아있다는 사실을 실감할 것 같았다.

"아, 근데 우리 기수 지대로 꼬였다. 위로 줄줄이 사탕에 육상으로 2차 발령도 못 받고 앵카 제대하나 했더니, 이거 원! 통합병원에서 제대하는 거 아냐?"

"통합병원 제대? 그것도 운 좋으면. 운 나쁘면 보훈병원, 더 나쁘면 국립묘지. 아니면 뺑덕이 너희 누나가 다이빙해서 간 곳. 혹시 알아? 연꽃 타고 돌아와서 여왕님한테 장가들지. 영국 여왕이 칠십 몇 살이더라?"

"용궁은 정말 싫다!"

바깥 분위기에 전혀 어울리지 않는 잡담이 계속되자 선임 수병인 류기필 병장까지 끼었다.

"야, 야! 너희 기수만 꼬였냐? 요즘 내리는 수병들은 많은데 대타가 안 와서 말년 수병님들 퐁당퐁당 서는 것은 안 보여?"

"시끄럽다, 이놈들아!"

갑판장이 걸걸한 목소리로 권우진과 최병덕 등을 나무랐다. 갑판장은 찜질방 사우나에 들어온 것처럼 함수 격벽에 기댄 채 헉헉거렸으나, 관통상을 입고 피를 철철 흘리는 사람을 보면서 웃을 수는 없었다.

"늦게 온 수병들은 나갈 준비나 해."

"예! 똑바로 하겠습니다."

권우진이 CO_2 재킷을 벗은 다음 부력방탄복을 주워 입었다. 바닥에는 주인 잃은 부력방탄복이나 카포크 재킷 대여섯 개가 굴러다녔다. 갑판장에게서 소총과 탄창을 받아온 권우진에게 갑판장 눈치를 살피며 최병덕이 속닥거렸다.

"기관실에 인명피해 많이 났어?"

"풋! 기관실은 지옥이야. 너 불에 타 죽고 싶어, 물에 빠져 죽고 싶어? 거기선 취향에 맞게 선택할 수 있어. 전사자 둘에 3도 화상 환자가 넷이야."

권우진이 고개를 저었다. 화상 환자들은 원주함이 동해항으로 돌아가더라도 끔찍한 고통 속에서 죽어갈 것이 분명했다.

최병덕과 박태선이 권우진을 살피자 권우진이 시선을 아래로 내렸다. 기관실 여기저기 급한 곳마다 뛰어다니다보니 당가리 대신 작업복으로 입은 전투복 바지는 바닷물과 시커먼 기름에 흠뻑 젖었고 온통 그을린 셈브레이는 군데군데 찢겨 나갔다. 권우진이 뺨을 훑으니 손바닥에 피와 그을음이 잔뜩 묻어 나왔다. 최병덕이 도리질했다.

"그냥 총에 맞을래."

"그래. 총에 맞으면 살 가능성이라도 있지."

박태선이 출입문 쪽을 보면서 끄덕였다. 의식을 잃은 수병 하나가

피를 철철 흘리며 실려 들어왔다. 이병과 일병으로 이뤄진 구호조 수병들이 부상병에게서 피 묻은 부력방탄복을 벗긴 다음 다시 들것에 실어 날랐다. '김 병장님. 죽지 마시지 말입니다.' 같은 농담은 나오지 않았다. 공포와 분노 같은 감정도 이미 사치였다. 이제는 긴장하는 수병도 없었다.

"근데 쟤 갑판 아니었냐?"

"엥? 조리인 줄 알았는데. 어쩐지. 조리병이 웬일로 견시까지 서나 했지."

관통상을 입은 수병을 응급처치하는 임해준 일병을 권우진이 가리켰다. 견시, 타수, 전화수는 물론이고 사병식당에서 일하는 모습을 자주 보인 임해준이 원래는 의무병이었던 모양이다.

"갑판장님! 함교에 배치된 소병기 요원 1명 전사, 1명 중상입니다!"

함수전화수였다가 전령으로 보직 변경된 수병이 헐떡거리며 뛰어와 보고했다. 전화는 고장 났고 전성관은 중간이 부서졌으며 릴레이 전송할 인원도 부족했다. 갑판사관은 전사, 갑판장은 중상, 갑판 선임하사 1명은 함수에서 전투 지휘 중이고 함미에서 소병기 요원들을 지휘하던 갑판선임하사는 전사했다. 아홉 명인 갑판병 대부분은 이미 전사하거나 중상을 입고 의무실로 실려 갔다.

"제기랄! 앞에 두 명, 함교로 가! 응? 박태선 K201이네? 진작 말했어야지. 너는 함교 위. 그래. 마스트 뒤로 가라. 여기 유탄 탄통. 소총탄은 가져갈 필요 없을 거다. 쿨럭!"

갑판장이 기침을 하다가 붉은 피를 한 움큼 토해냈다. 대함미사일은 발사할 수 없고 함포와 기관총이 모두 무력화된 지금, 유탄발사기는 현재 원주함이 보유한 가장 강력한 화력이었다. 새로 나온 복합소총은 아직 원주함까지 지급되지 않았다.

"김주일 수병님, 류기필 수병님, 태선아!"

세 명이 일어서자 권우진과 최병덕이 울먹거렸다. 그러나 수병들은 두 사람 어깨를 치고 지나가며 가볍게 말했다.

"죽으러 가는 거 아니다, 임마!"

"다른 함에 비해 나은 거 아닌가? 긍정적으로 생각하자고. 영차! 탄통 되게 무겁네."

선임병들과 동기가 함교로 떠나자 최병덕의 얼굴이 눈에 띄게 하얗게 변했다. 그러나 죽음을 생각할 여유가 없었다.

- 으아아아아! 으아! 으아! 으아아아!

다시 갑판에서 부상병이 실려 왔기 때문이다. 어깨를 가린 손가락 사이로 피가 뭉클뭉클 솟아오르고, 뒤쪽으로 관통됐는지 들것을 누인 자리를 중심으로 피가 스멀스멀 번졌다. 수병이 내지르는 비명소리를 압도하는 목소리로 갑판장이 지시했다.

"다음! 71포 위치다. 탄창 몇 개 더 가져가서 주변 수병들한테 나눠줘."

옆구리에서 피를 철철 흘리며 최병덕을 지명하는 갑판장이 마치 이차대전 때 패배한 군대에서 아군에게 총살을 집행하는 정치 장교 같다는 생각을 권우진은 했다. 최병덕이 벌떡 일어났다.

"병장 최병덕! 다들 잘 먹고 잘 사시지 말입니다! 우진이도 엿 많이 먹어라!"

최병덕이 소총을 등에 메고 함수 격벽을 지나 41포 밑에서부터 포복으로 갑판을 기어갔다. 일본 군함 쪽에서 총소리가 요란히 울렸으나 최병덕은 함수 76밀리 함포까지 무사히 간 것 같았다. 배치된 곳이 출입문에서 가까우니 최병덕에게는 행운이었다.

권우진이 앉은걸음으로 기어가 갑판장 바로 뒤에 앉았다. 푸른 하늘, 파란 동해바다. 밖으로 고개를 내밀자 독도와 주변 바다가 한 눈에 들어왔다. 저 멀리 독도 동쪽 바다에서 황금빛으로 반짝이는 물결을 타고 흘러가는 한국과 일본 군함들 모습은 한 폭의 멋들어진 그림이었다. 원주함이 저곳에 있을 때는 정말 지옥 같았는데, 빠져나와서 보니 왠지 섭섭했다.

아군 함정이 76밀리 함포로 아무리 캉캉거리며 쏴봐야, 일본 함정에서 단속적으로 쏘는 5인치 함포의 화력을 따라잡을 수는 없었다. 시간이 갈수록 불꽃과 검은 연기를 내뿜는 아군 함정들이 늘어났다. 특히 선제공격을 당해 사통장비 일체가 초반에 고장이 난 1함대 함정들은 더욱 고생해야 했다. 광개토대왕함이 이쪽저쪽 도와주지 않았다면 최소 몇 척은 이미 용궁행이었을 것이다. 지금은 모든 함정의 모든 함포가 침묵 중이었지만, 전투는 더 치열하게 전개되고 있었다.

권우진이 고개를 돌려 북쪽을 살피려 했으나, 함교 앞 구조물에 가려 보이지 않았다. 보인다 해도 시커먼 연기를 내뿜는 일본 군함에 반쯤 가려 경치는 그다지 좋지 못할 것이다. 권우진이 소총을 뒤집어 탄창을 확인하고, 조종간을 점사로 돌렸다가 단발로, 다시 안전으로 돌렸다.

- 알림. 각 부서 소병기 근접전투 요원 차출. 각 부서 3명. 차출된 소병기 요원 함미갑판 집합! 이상, 당직사관.

함내방송을 들어보니 함미갑판 쪽에서도 사상자가 속출하는 모양이었다. 함내 스피커는 원주함에서 거의 유일하게 정상적으로 작동하는 기계장치였다.

권우진이 방송에 귀 기울이다가 방탄모 아래 뒷머리를 매만졌다.

비번 때 함미 72포 밑에서 햇볕을 쪼이면서 놀다가 포신 아래 갈고리처럼 튀어나온 쇠꼬챙이에 부딪쳐 다섯 바늘이나 꿰맨 기억에 몸서리쳤다. 76밀리 함포에 왜 그런 위험물이 달려있는지 알 수 없었다.

"갑판장님. 저도 소병기 요원입니다. 배치시켜주세요."

권우진이 여자 목소리에 고개를 돌렸다. 대잠관 최승혜 중위가 방탄모를 눌러 쓰고 서 있었다. 권우진은 새치기하지 말라는 농담을 하려다 말았다.

최승혜 중위가 갓 소위 달고 통신관으로 부임했을 때는 지적이면서도 생동감이 넘쳐서 엘프 소리까지 듣던 미인이었다. 신입생 때 파릇파릇하던 일반 여대생은 3학년부터 삭기 시작한다는데, 사관학교 여생도 고학년이나 소위는 4년 동안 공부와 훈련을 병행해서 그런지 반짝반짝 빛이 나는 것 같았다. 그런 최승혜 중위가 지금은 부부 조업에 나선 어민 아줌마와 별로 다를 게 없었다. 바닷바람을 오래 쐬면 미인이고 엘프고 남아나지 않는다.

"유고 중인 직별장도 많으니 대잠관님은 다른 분들 대리로 뛰어야 하지 않습니까?"

"공격 무기는 물론 모든 센서가 작동 불능입니다. 함교에 갔더니 작전관님이 갑판장님을 도와드리랍니다. 부상 중이신데, 교대해드릴까요?"

부장은 함포전 초기에, 함장은 조금 전에 전사했다. 갑판장이 피로 물든 붕대를 손가락으로 꾹 눌렀다. 피가 울컥 솟아나왔다.

"끄응! 버틸 만합니다. 이곳은 부상자가 지휘해도 충분합니다. 대잠관님은 저쪽 외판 구멍 난 곳에서 적당히 자리 잡고 쏘세요. 제가 쓰러지면, 이곳 지휘를 부탁드립니다."

여성 사관에 대한 배려인지 갑판장은 그나마 안전한 곳으로 최승혜 중위를 보냈다. 최승혜 중위는 외판 구멍에 총구를 내밀고 쏘는 바보짓은 하지 않았다. 그늘 속에서 짧게 단발이나 세 발 점사로 쏘고 위치를 바꿔 다시 쏘는 식으로 잘 싸웠다.

갑판장이 다시 고개를 내밀고 함수 쪽을 살피다가 혀를 쯧쯧 찼다.

"구호조 출동! 다음! 안됐다. 너는 앵카다."

"병장 권우진! 저는 원래 앵카 제대…… 아! 피이일! 승!"

권우진이 기합을 넣어 갑판장에게 경례한 다음 몸을 돌려 기관부 수병들, 그리고 다른 소병기 요원들을 바라봤다. 엄폐물이 별로 없는 함수로 배정받았으니 살 가능성은 뚝 떨어진다. 후임 수병들이 안타까운 표정으로 거수경례를 하자 권우진이 답례했다.

헤어지는 인사는 짧을수록 좋다는 신념을 품고 사는 권우진이 소총을 들고 바로 뛰어나갔다. 함교 구조물을 지나자마자 총탄이 바로 옆으로 스쳐 지나가는 소리가 귀를 울렸다. 이를 악물고 뛰던 권우진은 바닥이 미끄러워 잠시 삐끗했다.

"포복으로 가! 이 멍청아!"

출입구 쪽에서 갑판장이 소리를 내지르자 권우진이 실수를 깨닫고 재빨리 엎드렸다. 소총을 양팔에 얹고 잽싸게 기었다. 함수 함포 뒤에 엎드려서 탄창을 교환하는 최병덕 다리 위를 기어서 넘고, 몇 사람을 더 넘어 지나갔다. 뒤에서 누가 권우진을 향해 욕설을 퍼붓는데, 아마 권우진이 갑판하사의 발목을 밟은 것 같았지만 권우진은 돌아보지 않았다.

- 찡!

앵커 체인에 튕 총탄 소리에 놀란 권우진이 납작 엎드렸다. 포복으로 기느라 까진 팔꿈치가 바닷물에 젖어 쓰라렸다.

조금만 더 가면 함수, 그 밑에 앵커가 달려 있다. 권우진이 몸을 날리는 순간 요란한 소리와 함께 총탄이 튀긴 앵커 체인에서 불빛이 번쩍거렸다. 그리고 바로 그 순간, 아래로 처박혔던 함수가 머리를 들면서 파도가 함수를 휩쓸었다. 앵커 체인에 매달려서 파도에 휩쓸려가는 사태는 간신히 면했지만, 온몸이 흠뻑 젖고 바닷물을 실컷 마시고 말았다.

"헥! 헥! 켈록!"

"구호조 뭐하나? 빨리 와!"

권우진이 교대한 인원은 사관식당 조리병인데, 파도에 쓸려가지 않도록 갑판선임하사가 붙잡고 있었다. 목에 총탄을 맞아 사지가 마비된 조리병은 힘없이 눈알만 굴리며 계속 같은 말을 되뇌었다.

"엄, 엄마. 엄……마. 엄마."

수병들이 달려와 부상당한 조리병을 후송했다. 그러나 구호조라고 해서 안전한 것은 아니었다. 총탄이 빗발치는 함수에서 부상병을 옮기던 수병 하나가 갑판에 나뒹굴었다. 무릎 아래로 덜렁거리는 다리를 손으로 잡고 비명을 지르는 수병을 다른 수병이 잽싸게 덜미를 채서 출입문으로 끌고 갔다. 비명소리가 멀어져 갔다.

"수병아! 너도 쏴라!"

갑판선임하사가 채근하자 멍하니 있던 권우진도 사격자세를 갖췄다. 다른 소병기 요원들은 일본 군함을 향해 총격을 가하고 있었다. 일본 수병이 출입문에서 나오다가 주변에 총탄이 몇 발 박히자 쏙 들어갔다. 복잡한 함교 구조물 사이에서 총을 쏘던 일본인이 천천히 쓰러지는 모습은 마치 영화의 한 장면 같았다.

"임진왜란도 아니고, 21세기 군함에서 웬 총격전이람!"

권우진이 다른 방향으로 목표를 찾았다. 높다란 일본 군함 함교창에서 소총을 겨누는 해자대원이 눈에 들어왔다. 권우진이 총구를 돌려 세 발을 쐈으나 해자대원은 얼른 고개를 숙여버렸다. 권우진이 다시 신중하게 조준하며 반쯤 부서진 함교창 사이로 사람 그림자가 어른거리기를 기다렸다.

바로 그때 원주함 함교 위에서 발사된 유탄이 일본 군함 함교창을 뚫고 안으로 빨려 들어갔다. 곧이어 작은 폭발이 일어나며 일본 함교요원들이 아우성을 치며 뛰어다녔다. 권우진이 연달아 방아쇠를 당기자 몇이 쓰러졌다. 권우진이 쏜 총에 맞았는지 다른 수병이 쐈는지 원래 죽기 직전이었는지 피하려고 엎드렸는지, 알게 뭐람.

일본 군함이 원주함에 접근하면서 천천히 방향을 틀었다. 이제 함교창은 거의 보이지 않고, 함교 위나 견시데크, 부서진 구조물 사이에서 해자대원들이 벌떡 일어나 소총사격을 가하다 숨는 식으로 사격을 해왔다. 권우진은 함교 뒤 반쯤 쓰러진 마스트 철탑에 숨은 해자대원들을 향해 총격을 퍼부었다.

"저 미친 새끼들 아무래도 접현전을 시도하는 것 같은데? 출입문쪽으로 집중 사격해!"

총소리 속에서 갑판선임하사가 고함을 질러댔다. 함수에 229라는 숫자가 붙은 일본 군함이 시커먼 연기를 뿜어대며 점점 가까워졌다. 그리고 출입문에서 알짱거리는 해자대원들은 검은 복장을 갖추고 있었다. 원주함에서 짧은 총격이 가해지자 선두에서 권총을 들고 있던 놈이 쓰러졌다. 무장이나 복장으로 봐서, 분명히 실내 근접전을 상정하고 훈련을 받은 인원이었다.

모든 무장이 무력화된 원주함은 전열에서 이탈해 표류하고 있었다. 그런데 원주함처럼 표류하는 신세인 일본 호위함 아부쿠마가 원주함에 접근해왔고, 마스트에 국제신호 K기를 올리더니 지금까지 이런 어처구니없는 상황이 진행 중이었다. 붉은 색 K기는 '즉각 정선하라, 불응하면 발포하겠다.'는 내용을 담은 국제신호기다.

두 배나 커 보이는 아부쿠마는 원주함보다 높아서 총격전에서도 원주함 쪽이 훨씬 불리했다. 넓고 높은 함교와 견시데크, 함교 위에서 쏘아대는 총탄에 원주함 수병들이 속절없이 쓰러졌다. 인원도 아부쿠마급 호위함이 120명, 원주함이 예전 95명에서 현재는 85명으로 줄었고, 아까 함포전이 진행되는 동안 사상자가 많이 발생해서 원주함이 훨씬 불리했다.

더욱이 지금 출입문에서 나오려는 일본 해자대원들은 북한 공작선 나포를 위해 근접전 훈련을 받은 인원이었다. 지금은 아니더라도 만약 저들이 원주함으로 건너온다면 그때부터 전세는 급격히 기울게 된다. 원주함이 일본 해자대에게 나포될 수도 있다는 이야기였다. 권우진은 그것만은 용납할 수 없었다.

"하픈을 있는 대로 쏴버리지 말입니다! 출동 직전에 네 발을 더 실었는데, 아깝잖습니까!"

기어링급 구축함이 퇴역하고 한국형 대함미사일이 양산되자 예전에는 대함미사일이 없거나 엑조세로 무장하던 포항급 초계함들이 지금은 몇 척 빼고 대부분 하픈 대함미사일로 무장했다. 평시에는 4발 또는 그 이하 숫자를 탑재하는데 상황에 따라 하픈 4발을 추가로 무장 적재하기도 한다. 울산급 호위함은 해성 대함미사일 8발을 탑재한다.

국제적인 군사사이트들은 원주함을 비롯한 포항급 후기형에 여전히 대함미사일이 없다고 설명하고, 최근 국내 군사관련 사이트들 사이에서는 꽤 많은 포항급 초계함이 하픈 4발을 탑재한다고 알려져 있다. 인터넷에 떠도는 원주함 전역자 이야기로는 림팩 훈련에서 하픈 한 발을 발사했으므로 원주함에는 세 발이 남아있다고 한다. 그러나 한국형 대함미사일이 양산되고 나서는 모두 지난 이야기다.

"하픈? 벌써 박살났지. 멀쩡하더라도 너무 가깝잖아. 명령도 없고 미사일을 쏘면 양쪽 다 죽어!"

갑판선임하사가 옆으로 누워 탄창을 교환했다. 참다못해 미사일을 발사하면 원주함은 물론 독도에 온 양쪽 군함 승조원들은 모두 죽는다. 만약 전면전으로 확대되면 대한민국 해군도 다 죽고 독도는 잃고 국민의 자존심도 잃는다.

"군인은 묵묵히 죽어야 할 때가 있다."

갑판선임하사는 소중한 사람들이 뇌리에 떠오른 표정을 짓다가 엎드려 소총사격을 가했다. 그러나 권우진은 억울했다.

"저는 못 죽습니다. 쌀을 50가마나 더 실었으니 다 먹고 죽어야 말입니다."

권우진이 슬쩍 고개를 돌렸다. 처참하다는 말은 원주함 함교를 보면 누구라도 납득할 만했다. 마스트도 너덜너덜했다. 신병들에게 함장 전용 샤워용 물탱크라고 뻥치던 하얀 레이돔도 깨져 속이 들여다보였다. 방탄판이 반쯤 부서진 71포이지만 아직도 자이로와 연동됐는지 롤링과 피칭에 맞춰 포신이 아래위로 허망하게 오르락내리락했다.

71포장과 인양수, 장전수와 탄약수들이 일본 군함으로부터 총탄 세례를 받으며, 그리고 거센 파도에 휩쓸려가면서 필사적으로 함포를 응급수리하고 있었다. 원주함의 희망은 바로 여기, 71포에 있었다. 이 자그마한 희망을 놓치기 싫어서 원주함은 희생을 감수하면서 함수에까지 소병기 요원들을 배치했고, 수병들이 차례로 죽어나갔다.

71포 위, 부서진 41포 뒤에 기댄 채 김태윤 병장이 탄창을 교환하고 있었다. 이종규 병장은 세 발씩 끊어서 사격을 한 다음 몸을 숨기는 식으로 열심히 전투에 참가했다. 한참 전에 소병기 요원으로 차출된 기관부 선임 수병들은 아직 살아 있었다. 10여 년 전 1, 2차 서해교전에서도 참수리 고속정에 탄 수병, 사관들이 죽을 때까지 악착같이 싸웠다는 사실을 권우진은 기억해냈다.

"이종규 수병님!"

권우진이 비명을 질렀다. 이종규 병장의 머리가 터져 나가며 무릎을 꿇은 채로 푸들푸들 떨고 있었다. 끔찍한 장면이었고, 가까운 데에 있었다면 토하거나 겁에 질리기에 충분한 장면이었다. 권우진이 이를 악물고 소총을 겨눴다. 닌자처럼 검은 복장을 한 자위대원이 출입문에서 뛰어 나오다가 픽 쓰러졌다.

- 쿠웅!

꽹음이 울리며 원주함이 크게 흔들렸다. 적은 밖에도 있지만, 안에도 있었다. 함 중간 약간 뒤쪽에서 화염이 솟구쳤다. 기관부 요원들이 물과 불을 상대로 그토록 노력했지만 끝내 기관실 일부가 폭발하는 사태를 막지 못했다. 한솥밥 먹던 수병들이 죽거나 다쳤을 생각을 하니 권우진은 치가 떨렸다.

한국 해군 초계함으로서는 유일무이하게 림팩훈련에 참가하고 하픈까지 실제 발사해봤던 원주함, 각종 전쟁소설에 단역으로나마 빠짐없이 등장했던 원주함의 최후가 가까워오고 있었다.

그런데 최후가 가까워지기는 상대 일본 군함도 마찬가지였다. 함의 데미지 컨트롤이 제대로 안 되는데도 원주함을 나포하기 위해 총격전을 감행한 아부쿠마도 함수부터 조금씩 가라앉았다. 검은 복장을 한 근접전 요원들이 출입구에서 뛰쳐나오려고 더욱 발악했다. 권우진은 저들이 열도침몰을 앞두고 필사적으로 한국을 침략하는 일본군 같다는 생각을 했다.

- 펑!

일본 군함 출입구 안쪽에 정확히 유탄이 들어가 폭발했다. 권우진의 동기 박태선이 나인 볼 황제답게 제대로 한 방 먹였다. 곧이어 함교 난간, 즉 견시데크 바로 뒤에 작은 폭발이 일어났고, 높은 견시데크에서 원주함 수병들을 쏘던 해자대원들이 한꺼번에 쓰러졌다.

"태선이 잘한다! 함교 위쪽도 날려버려!"

권우진이 내지른 소리가 들릴 리 없건만 다음 유탄이 아부쿠마의 함교 위로 날아가 폭발했다. 동기가 잘해주자 권우진은 신이 났다. 간격을 두고 앞뒤로 배치된 아부쿠마의 굴뚝 사이에도 유탄이 날아가 폭발했다.

잠시 후 원주함 함교에서 자그마한 40밀리 유탄이 아부쿠마 함미의 대함미사일 발사관 잔해로 날아갔다. 이미 함포에 맞아 부서진 발사관이나 그 뒤의 20밀리 팰렁스가 아니라, 그 사이에 숨어서 총을 쏘는 해자대원들이 목표였다. 그런데 결과는 뜻밖이었다.

- 펑! 쉬쉬쉬쉬쉭!

일본 함정의 함미 주위가 온통 시뻘건 화염과 새하얀 연기로 뒤덮였다. 몸에 불이 붙은 해자대원들이 비명을 질러대며 바다로 뛰어들었다. 권우진은 얼떨떨했다.

이번 일은 부스터나 추진부 연료가 아니라 아부쿠마급에 탑재된 구형 하푼의 탄두가 문제였다. 최근에는 미사일 탄두에 둔감형 화약을 사용하는 경우가 많지만 개발된 지 30년이 지난 구형 하푼이나 90식 대함미사일, 즉 SSM-1B는 둔감화약이 개발되기 전에 배치됐다.

권우진은 다시 정신을 차리고 총격전에 몰입했다. 일본 함정에서 아까보다 훨씬 많은 사격을 하지만 이곳 함수 쪽으로는 총탄이 거의 날아오지 않았다. 그런데 함교 위에서 어느 수병이 청천벽력 같은 소리를 질렀다.

"함교 위, K201 사수 전사!"

피차 엄폐물이 많은 군함끼리의 총격전에서, 현재로서는 가장 강력한 화력인 K201 유탄발사기 사수는 일본 군함으로부터 심한 견제를 받았다. 결국 박태선은 집중사격에 당하고 말았다.

"이이이이이!"

- 탕!

권우진이 원래 76밀리 함포가 있던 자리에서 고개를 내미는 해자대원을 명중시켰다. 그 직후 대여섯 방향에서 총탄이 이쪽으로 날아왔다. 제대로 엄폐할 곳이 없는 함수에서 권우진은 그저 바짝 웅크릴 수밖에 없었다. 뒤이어 파도가 함수를 덮쳤고, 권우진은 온몸으로 앵커 체인에 매달려야 했다.

"우아앗!"

바닷물이 코로 들어가 고통스러워하는데 권우진의 것이 아닌 비명소리가 터져 나왔다. 권우진이 손등으로 얼굴을 문질러 바닷물을 닦고 고개를 들었다. 동료 수병이 파도에 휩쓸려 앵커 체인을 넘어 난간에 간신히 매달려 있었다.

"올라와! 어서!"

선임하사와 고참 수병들이 다급하게 고함을 질렀다. 하마터면 바다에 빠질 뻔한 수병이 허겁지겁 갑판 위로 올라왔다. 그러나 그 수병은 해자대원들이 집중적으로 쏜 총탄에 맞더니 힘줄 돋은 손을 마지막으로 갑판 아래로 사라졌다.

"으으으으으!"

동료 수병들이 복수의 총탄을 날리는 사이 권우진이 이를 갈며

동쪽으로 고개를 돌렸다. 그러나 원주함을 도와줄 아군 함정은 없었다. 광개토대왕함을 제외하곤 울산급과 포항급으로 이뤄진 1함대 함정들은 배수량과 화력의 확연한 열세 속에서도 필사적으로 싸웠지만 모든 함 무장이 격파된 지금은 단지 머릿수가 문제였다. 척수는 일본 배가 8척, 한국 1함대가 10척으로 많지만 일본 배에는 200명, 300명씩 타서 압도적으로 많았다.

총격전이 계속될수록 원주함에 인명피해가 속출했다. 원래 계획대로 5전단이 제시간에 출동했다면 이런 개 같은 상황은 만들어지지 않았을 텐데, 권우진이 고개를 설레설레 저었다.

- 땅!

- 퍼억!

갑판선임하사가 사격을 하다가 이마를 맞고 픽 고꾸라졌다. 딱딱하고 하얀 것이 데굴데굴 구르고, 물컹한 회색 물체가 갑판에 좌악 퍼졌다. 권우진이 비명을 지르려다가 숨을 멈췄다. 함수가 오르는 순간 권우진이 왼손으로 앵커 체인을 잡고 오른손으로 선임하사의 목덜미를 잡아 눌렀다. 파도가 총과 함께 선임하사의 신체 일부를 휩쓸고 지나갔다.

"으흐으으!"

비명인지 신음인지 울음인지 알 수 없는 소리가 권우진 입에서 터져 나왔다.

8월 16일 06:18 독도 남동쪽 5km 진주함

"퉤! 퉤! 퉤!"

호위함 마키나미의 수뢰사 아카마츠 시로赤松士朗 이등해조가 입에 튄 사람의 피와 뇌수를 필사적으로 내뱉었다. 그리고 앞에 쓰러져 있는, 방금 사살한 한국 해군 수병을 흘끔 내려다보았다. 갑자기 나무 막대기를 휘두르며 뛰쳐나오는 통에 본능적으로 권총으로 머리를 쏴 쓰러뜨렸는데, 권총에 맞아 깨진 머리에서 튄 피와 뇌수가 입에 조금 들어온 것이다.

"똥 같으니라고!"

이 빌어먹을 조그만 군함에 난입하고 나서, 아카마츠 이조가 사람 피 맛을 본 것이 벌써 세 번이었다. 그중 한 번은 앞에 서서 돌입하다가 한국군 기관총에 맞아 걸레가 돼버린 선무장 고마츠 타로小松太郎 일등해위의 것이었고, 나머지 둘은 한국군의 것이었다. 기분이 정말 더러웠다.

- 타타타타타탕!

아주 가까이에서 45구경 단기관총(기관단총) 총성이 쩌렁쩌렁 울렸다. 안 그래도 비좁은 실내에서 요란한 총성이 터지자, 아카마츠는 움찔하면서 귀를 틀어막았다. 권총이건 소총이건 단발 총성은 이제 충분히 익숙해졌지만, 저 시끄러운 자동사격 총성만은 도저히 익숙해질 수 없었다.

"아차!"

계속 움직여야 한다. 앞으로 나가야 한다는 생각에 발걸음을 내딛던 아카마츠는 갑자기 미끄러져서 하마터면 앞으로 고꾸라질 뻔했다. 이것도 처음이 아니었다. 벌써 몇 번째인지도 모르겠지만, 갑판이나 복도에 질퍽하도록 깔린 액체 때문에 몇 번이고 앞으로 고꾸라지거나 뒤로 자빠질 뻔했다. 안 그래도 높은 파고 때문에 요동이 심한데, 여기저기 미끄러운 액체가 잔뜩 흘러서 자칫하면 쓰러지기 십상이었다.

안 그래도 아카마츠는 이미 두 번이나 넘어졌었다. 함께 진주함에 뛰어오른 다른 자위관들도 모두 비슷한 경험을 했다. 어떤 자위관은 미끄러지면서 뒤로 나자빠져 진주함 난간에 허리를 부딪친 다음 그대로 진주함과 마키나미 사이 좁은 틈새로 떨어져 바다에 빠졌다. 그런 다음 물속으로 가라앉아 다시는 올라오지 않았다. 구명조끼를 입지 않은 그 자위관은 헤엄을 칠 줄 몰랐다.

자위관들을 미끄러지게 한 것은 바로 사람의 피, 그리고 사방에 수없이 나뒹구는 탄피였다. 갑판에 널브러진 수십 명 전사자들의 피가 접현한 마키나미로부터 진주함으로 뛰어드는 자위관들을 몇 번이고 엎어지고 자빠지게 만들었고, 쓰러졌다 일어난 자위관들의 몸을 피가 시뻘겋게 물들였다. 참혹했다.

'어째서?'

그런 의문이 순간적으로 아카마츠의 뇌리를 스쳤다. 무엇에 대한 의문인지도 알 수 없이, 그저 '어째서'라는 의문형만이 뇌리를 스쳤다. 왜 한국 군함에 올라서 피 웅덩이에 나뒹굴며 사람을 쏘아 죽여야 하는지에 대한 의문인가? 아니면 왜 이렇게 자꾸 입에 사람 피가 튀어 들어오는지에 대한 의문인가? 알 수 없었다.

도대체 뭐가 어떻게 됐기에 남의 배에 올라서 사람을 죽여야 하는가에 대한 의문일지도 몰랐다. 아마도 그럴 것이라고 아카마츠는 생각했다. 그리고 그 순간 아카마츠는 마키나미 승무원 모두에게 '경비행동'에 필요한 권한만이 주어져 있다는 것을 다시 한 번 깨달았다. 지금 이 시점에서 아카마츠에게 주어진 법적 권한은 경찰관의 그것에 불과했다.

"크아아아악!"

갑자기 바로 앞 격실에서 온몸이 피로 물든 한국 해군 수병 한 사람이 뛰쳐나왔다. 이미 총상을 입었는지, 아니면 조금 전까지 계속됐던 포격전 와중에서 파편상이라도 입었는지는 모르겠지만 정상적인 상태는 아닌 게 분명한 수병이었다. 두 손 모두 빈 손, 그에게 생명의 위협이 될 상태는 아니었다. 수병은 아카마츠의 목을 조르려는 생각인지 그저 시뻘겋게 피로 물든 두 손을 벌리며 달려들었다.

- 탕!

아카마츠는 아무렇지도 않게 권총으로 그 한국 수병을 쐈다. 현재 이 해역에 출동한 자위대원의 법적 권한인 경찰관 직무집행법상으로는 절대 해서는 안 되는 행위지만, 합법 불법을 떠나서 5미터도 안 되는 가까운 거리에서의 발포였기에 빗나갈 일은 없었다. 가슴에 총을 맞은 한국 수병이 뒤로 벌러덩 나자빠지고, 그와 동시에 아카마츠는 권총 탄창이 비었다는 것을 깨달았다. 슬라이드가 뒤로 고정되어 있었다.

- 철컥!

아카마츠는 뭘 하고 있는지도 깨닫기 전에 어느새 권총에서 탄창을 뽑아 버리고는 전술조끼에서 새 탄창을 꺼내 권총에 결합하고 있었다. 슬라이드가 앞으로 전진하고 약실에 탄환이 삽입되는 것과 동시에, 아카마츠는 앞으로 다시 한 발짝 내딛었다. 그리고 그 뒤를 온몸에 피칠갑을 한 다른 마키나미 승무원 한 명이 따랐다.

아카마츠가 맡았던, 원래 4명 1조로 구성된 마키나미 입입조사대 3조는 이제 2명밖에 남지 않았다. 함께 진주함에 돌입한 입입조사대 1조와 2조, 4조도 사정은 별반 차이가 없을 것이다. 입입조사대立入調査隊는 대량살상무기 확산방지구상을 실현하기 위한 공해상 선박 차단 임무에 대비해 해상자위대에서 각 호위함별로 편성한 임검 팀이다.

입입조사대는 희생을 치르면서도 압도적인 조직력으로 진주함을 차근차근 점령해나갔다. 따로 선발되거나 이런 일에 전문적인 능력을 갖춘 인원은 아니나 조직을 갖추고, 함내전투에 적당한 무기로 무장했으며, 이런 상황에 어느 정도 훈련된 인원이라는 점이 특별했다. 그 차이는 결정적이었다.

아카마츠는 한국 수병 여섯 명을 쓰러뜨렸다. 하나같이 비무장이었다. 물론 아예 맨손인 경우는 방금 쓰러뜨린 수병이 처음이었고, 다른 수병들은 모두들 뭔가 무기가 될 만한 것을 닥치는 대로 손에 잡고 있었다. 하지만 그래봤자 권총으로 무장한 입입조사대원들에 비하면 맨몸이나 마찬가지였다. 한국 해군 수병들의 무장은 고작해야 소방용 손도끼나 중간을 부러뜨려 끝을 날카롭게 만든 대걸레 자루, 부엌칼, 심지어 숟가락 따위였다.

물론 숟가락이라고 해도 사람 눈을 후벼 파낼 수는 있으므로, 억지를 쓴다면 무기라고 할 수도 있다. 한국군은 숟가락도 내무실 안에서는 신병이 고참을 해치는 무기가 될 수 있다며 미군 군사원조 시절에 받아쓰던 앞이 뾰족한 포크 숟가락을 모조리 폐기하고 앞이 뭉툭한 숟가락으로 바꿔 공급했다는 소문이 갑자기 기억났다.

그 외에 제대로 된 무기랄 만한 것을 들고 있었던 수병들은 모두 이미 갑판 위에 쓰러져 차가운 시체가 되어 있었다. 접현 직전에 10분에 걸쳐 서로 보유한 소총과 기관총으로 치열한 근접 총격전을 벌인 결과였다. 그렇게 서로 갑판이 청소됐을 때 진주함은 더 이상 무장 인원을 갑판에 내보낼 수 없는 상태였지만, 마키나미 쪽에서는 이런 일에는 전문이랄 수 있는 입입조사대원 16명을 진주함에 돌입시킬 수 있었다. 그 결과가 지금의 일방적인 소탕전이었다.

- 타타타타타타탕!

다시 45구경 단기관총 총성이 울렸다. 조사대 1, 2, 4조는 조장들이 낡아빠진 M3A1 그리스건을 한 정씩 보유하고 있었다. 3조 조장인 아카마츠도 그리스건을 들고 나올 수 있었지만, 일부러 권총만으로 무장하고 나왔다.

이유는 아카마츠도 몰랐다. 선무장이 쓰라고 내민 기관단총을 넘겨받기를 거부하면서 이유를 밝히긴 했는데, 그때 댄 이유는 이제 기억나지 않았다. 다만, 원래 전투가 아니라 임검이 주 임무인 입입조사대의 기본 무장은 전원 권총이라는 것만 기억날 뿐이었다.

어쨌든 아카마츠는 그저 권총을 앞으로 겨눈 채, 좁은 복도를 지나면서 격실 안을 살피는 데 전념했다. 컬럼바인 고등학교나 버지니아 공과대학을 휩쓸었던 총기 살인마가 느꼈을 희열도 없고, 자위관으로서의 의무감도 없었다. 그저 배 안을 뒤지고, 아무런 감정 없이 움직이는 모든 것을 쏘아 죽이고 있을 뿐이었다.

"클리어!"

진주함에 돌입하고 나서 세 번째로 확인한 격실 안에는 아무도 없었다. 다만 방금 사살한 한국 수병이 흘린 핏자국만이 바닥에 점점이 떨어져 있을 뿐이었다.

"전진…… 윽!"

구령과 함께 앞으로 발을 내딛던 아카마츠는 또 고꾸라질 뻔했다. 때맞춰서 배가 크게 흔들린 데다 방금 쓰러진 한국 수병의 몸에서 흘러나온 뜨거운 피를 밟은 탓이었다. 이젠 욕도 나오지 않고, 그냥 짧게 신음하면서 인상만 쓸 뿐이었다. 자빠지기 직전 간신히 균형을 잡은 아카마츠는 권총을 고쳐 잡으며 앞으로 천천히 발걸음을 옮겼다.

3미터 앞에 방수문이 열려 있었다. 앞서 점검한 격실들은 텅 비어 있었으니 이번 격실도 마찬가지로 비어 있을 것 같았다. 이미 진주함은 승무원의 거의 대부분을 잃은 상태가 틀림없고 무장한 인원은 거의 다 죽었으니까. 설사 살아남은 자가 격실에 숨어 있다 하더라도 저항할 수단이 없는 비무장 수병일 것이 분명했다.

그렇다면 그냥 간단하게 사살해 버리면 끝난다. 아카마츠에게는 한국 수병을 사살할 그 어떤 법적 권리도 없지만, 그건 알 바가 아니었다. 아카마츠는 이미 진주함에 뛰어들었고, 벌써 한국 수병을 여럿 사살했다. 이미 저지른 일, 더 저지른다 해서 달라질 것은 전혀 없었다. 아니, 달라질 것이 없다는 사실조차 아카마츠는 전혀 생각하지 못했다.

- 탕! 타앙!

등 뒤, 함수 쪽에서 권총 총성이 들려왔다. 세 번째 방수문 바로 앞에 도달해서 안을 살피려던 아카마츠는 움찔하면서 뒤를 돌아보려 했다. 좁은 배 안에서 울리는 총성이라 가까이에서 터진 총성인지 아닌지조차 구별할 수 없었다. 등 뒤에서 갑자기 한국 수병이 나타나 총으로 쏘는 것이 아닐까 하는 두려움이 순간적으로 들었다. 진주함에 돌입한 후 처음으로 느끼는 두려움이었다.

"죽어!"

그 때, 열려 있는 방수문 안에서 시커먼 그림자가 갑자기 뛰쳐나왔다. 두려움을 느끼기도 전에 먼저 반응한 아카마츠가 권총을 겨누려 했지만, 이미 그림자는 너무 가까이 다가와 있었다. 너무 가까워서 달려드는 그림자에게 눈의 초점조차 맞출 수 없는 상태에서, 아카마츠는 목덜미를 파고드는 뭔가 날카로운 것을 느끼고 비명을 질렀다.

"아카마츠 이조!"

뒤따르던 조원 이마이 슌페이今井俊平 일등해사가 경악에 차 절규하면서 아카마츠를 뒤에서 받쳤다. 그와 동시에 아카마츠는 자기 목을 뭔가로 찌른 한국 수병의 얼굴을 똑똑히 볼 수 있었다. 한국 해군 특유의 카키색 개리슨 캡Garrison cap을 쓴 한국 해군 중위였다. 어딘지 모르게 군인이라는 느낌이 들지 않는 안경을 쓴 젊은 중위의 눈에는 공포와 분노 그리고 증오가 뒤섞인 애매한 눈빛이 떠올라 있었다.

- 탕!

그 애매한 눈빛을 느끼는 것과 동시에 상대의 가슴팍에 권총을 들이대고 방아쇠를 당겼다. 총성과 함께 아카마츠의 목을 찌른 한국군 중위가 뒤로 벌러덩 나자빠지며 길게 신음하더니 이내 움직임을 멈췄다. 조준도 하지 않고 쐈는데 바로 심장에 명중했는지 삽시간에 가슴 한가운데가 시뻘겋게 물들었다.

"아카마츠 이조, 괜찮습니까? 아카마츠 이조!"

"뭐야, 이거."

아카마츠는 뒤에서 안은 채 어쩔 줄 몰라 이름만 불러대는 이마이 일등해사를 무시하면서 목에 박힌 물건을 손으로 뽑았다. 찌릿한 통증이 순간 전기처럼 온몸을 타고 흘렀다. 뭔가 뜨거운 것이 몸에서 뿜어져 나가는 것처럼 느낀 것도 잠시, 어느새 아카마츠는 전혀 통증을 느끼지 않게 되었다.

당황하면서 뒤에서 부르는 이마이의 목소리는 여전히 또렷하게 들렸지만, 실제 사람 목소리보다는 마치 영화 효과음 같았다. 그리고 그 쓸데없이 시끄러운 효과음 속에서, 아카마츠는 방금 자기 목에서 뽑아낸 물건을 보고는 허탈하게 웃었다.

"메스 아냐, 이거."

그의 목을 꿰뚫은 것은 수술용 메스였다. 의관(醫官, 군의관)이나 위생원(衛生員, 위생병)쯤 되면 모를까, 의학에 완전 문외한인 아카마츠가 이게 메스라는 걸 깨닫는 데는 몇 초 정도 시간이 필요했다. 하물며 이게 치수가 몇인지, 어떤 때 쓰는 메스인지는 전혀 몰랐다.

그리고 그게 메스라는 걸 깨닫고 나서, 아카마츠는 온몸의 힘이 빠르게 빠지는 것을 깨달았다. 갑자기 눈앞이 흐릿해졌다. 뒤에서 안아들고 애타게 부르는 이마이의 목소리가 이제는 멀리서 아련히 들려오는 것처럼 느껴졌다.

"의사였구만. 내 목 찌른 개새끼."

서서히 아득해져가는 의식 속에서 아카마츠는 그렇게 중얼거렸다. 해군 장교와 수술용 메스를 연관시켜 생각할 때 떠오를 만한 것은 그것뿐이었다. 그리고 그 직후, 아카마츠는 방금 사살한 군의관의 원래 직무가 사람을 살리는 것이라는 것을 깨닫고 쓴웃음을 지었다.

'멀쩡한 의사가 이 세상에서 마지막으로 한 일이 사람을 죽이려 드는 거였다니.'

이젠 목소리도 나오지 않는 가운데 아카마츠는 그렇게 생각했다. 도대체 지금 이 바다에서 무슨 일이 벌어지고 있기에, 군함 두 척이 바짝 달라붙어 만든 작은 전장이 이렇게까지 미쳐 돌아가는지 알 수 없었다. 그리고 거기까지 생각한 아카마츠의 귀에 아주 멀리서, 아주 멀리서 총성이 두어 발 들려왔다. 권총 총성이었다.

8월 16일 06:25 독도 남동쪽 5km 진주함

- 탕! 탕!

진주함 음탐관 이주원 중위는 71포의 상비탄약고 방수문 너머로 권총을 쏘아 기관단총을 들고 다가오는 자위관들을 바닥에 엎드리게 만들었다. 그리고 자위대원들이 주춤대는 사이 이주원은 방수문을 닫고 필사적으로 문을 잠갔다. 어차피 이쪽에서 잠그더라도 반대쪽에서 열 수 있긴 하지만, 그래도 몇 초 정도는 시간을 벌 수 있을 것이다. 그리고 그 몇 초 동안, 이주원 중위는 함장으로부터 지시받은 사항을 완수하기 위해 최선을 다하려 했다.

조금 전에 전투정보실에서 전사한 함장 장경열 소령은 전사하기 직전 이주원 중위에게 마지막 명령을 내렸다. 이미 진주함에 무장한 해상자위대 자위관들이 여럿 난입했고, 승조원 거의 전원이 갑판에서 전사하거나 비무장 상태로 절망적인 저항을 계속하고 있는 이상, 이제 진주함에는 희망이 없다. 그러므로 음탐관 이주원 중위는 71포 탄약고로 가서 탄약고를 폭파하라. 함장은 그런 명령을 내렸다.

"해적들에게 배를 뺏기느니 자폭하는 게 낫다. 알았냐? 음탐관! 무슨 일이 있어도 폭파해. 폭파해 버려! 해적 놈들하고 같이 죽는 거야!"

악에 받친 함장의 절규가 아직도 귓전에 생생했다. 사실 상대는 해적이 아니라 해상자위대, 법적으로는 군대와 해양경찰의 중간 정도 되는 위치인 어중간한 조직이지만 실질적으로는 일본의 해군이라고 부를 수 있는 자들이었다. 해적 따위는 아니었다.

그러나 함장의 비유, 해적이라는 말이 지금 이 순간만은 그들에게 너무나도 잘 어울린다는 생각이 들었다. 그래서 이주원은 명령을 복창한 직후 폭소를 터뜨리고 말았다. 급박함, 절박함에 가득한 상황에서 폭소를 터뜨리는 것이 비정상적이라는 생각도 들지 않았고, 함장 역시 미친 사람처럼 함께 웃었다.

그 직후였다. 전투정보실 안으로 시커먼 대테러 전투복을 입은 '해적' 세 명이 뛰어들었다. 그들은 대형 통조림에 파이프를 용접해 붙인 것처럼 생긴 구식 기관단총과 권총을 난사해 콘솔과 그 콘솔에 붙어서 최후까지 어떻게든 배를 통제하려던 전투정보실 근무인원들을 닥치는 대로 사살했다. 그 아수라장 속에서 함장은 머리에 총상을 입고 피를 뿜으며 쓰러졌고, 이주원은 함장의 뜨거운 피를 뒤집어쓴 채로 등을 돌려 전투정보실을 탈출했다.

이주원은 그대로 좁은 복도를 달려 탄약고를 향했다. 전투정보실을 피바다로 만든 해적들은 마치 카리브해를 순항하던 범선에 승객으로 타고 있던 가련한 영국 소녀를 뒤쫓는 카리브 해적이라도 되는 것처럼 악귀의 웃음을 얼굴에 가득 띤 채로 이주원을 추격했다. 그리고 이주원은 겨우 몇 미터 차이로 그 해적들을 따돌리고서 탄약고에 도착하는 데 성공한 것이다.

함수 홀수선 아래에 위치한 76밀리 1번 함포, 약칭 71포 상비탄약고에는 76밀리 포탄이 잔뜩 쌓여 있었다. 30분 전에 시작된 해전 초전에서 재수 없게 포탑 가동부에 직격탄을 맞아 전투불능이 되었던 71포였기에 포탄이 늘어서 있는 탄약가대에는 한 치의 빈틈도 없었다.

절로 화가 치밀었다. 이 배가 지금 맞상대하는 마키나미 정도 덩치만 되었더라도 맞는 족족 치명적인 부위에 들어갈 확률은 확실히 줄었을 것이었다. 5분도 채 되지 않았던 함포 교전시간 동안 진주함은 시라네에게 얻어맞은 5인치 명중탄 단 7발만으로 완전히 전투불능, 항해불능이 돼 버렸던 것이다.

첫 명중탄에 71포 콘솔과 탄약드럼이 파손되면서 71포가 작동불능이 된 데 이어, 몇 초 뒤 명중한 두 번째 명중탄에는 전투정보실과 함수 구획 및 무장들을 연결하는 모든 회선이 끊겼다. 연달아 명중한 세 번째와 네 번째 명중탄은 함미 무장들로 이어지는 동력선을 끊었고, 1분 뒤에 맞은 다섯 번째와 여섯 번째 명중탄은 재수 더럽게도 기관실에 맞아 기관원 전원에게 부상을 입혔다. 여기에 덤으로 가스터빈과 디젤엔진들에 연결된 연료도관 대부분도 이 명중탄 때문에 깨져버렸다. 누출된 연료에 불이 붙지 않은 것은 말 그대로 기적에 가까운 일이었다.

"씨발! 차라리 불이나 날 것이지!"

그때 불이 났더라면 진주함은 그대로 끝장이 났을 것이다. 고속항주하느라 공간이 빈 탱크 속의 인화성 가스가 인화되면, 조그만 진주함은 그대로 불길에 휩싸여 침몰할 수밖에 없었다. 그러나 5인치 고폭탄 2발 피탄으로 엉망이 된 기관실 안에서 중경상을 입은 기관원들은 어떻게든 배를 살리려 필사적으로 노력했고, 그 덕에 화재 발생을 성공적으로 막아낼 수 있었다.

그 노력이야말로 만약 이 배가 살아 돌아갈 수 있었다면 국가가 무공훈장과 특진으로도 충분히 보상할 수 없을 만큼 가상한 것이었다. 하지만 지금 진주함, 그리고 이주원 중위를 포함해서 살아서 배에 남아 있을 승조원들에게는 정말 무의미한 노력이었을 뿐이었다. 어차피 이렇게 뺏길 배, 이렇게 사살당할 승조원들이었다면 그때 폭발해서 죽어버리는 게 조금이나마 마음이 편했을 텐데!

그 후 추가 명중탄을 함미 기계실에 명중당해 변침조차 불가능하게 된 진주함은 사실상 항해불능 상태에 빠져든 상태로, 간신히 작동하는 2번 디젤엔진 하나에 의존해서 북북서로 느릿느릿 항진할 수밖에 없었다. 그리고 진주함이 무력화되고 한참 뒤에 경북함으로부터 집중포화를 뒤집어쓴 마키나미 역시 진주함과 거의 똑같은 상태가 돼서 똑같은 방향으로 느릿느릿 항진할 수밖에 없게 되었다.

그 뒤 이어진 전투는 어이없을 정도로 전근대적이었다. 10노트 이하라는 현대전에서는 도저히 찾아볼 수 없는 저속으로 나란히 항해하면서, 두 배는 당장 가용한 모든 화력을 상대에게 퍼부었다. 함포와 CIWS가 모두 무력화된 마키나미는 함상 기관총 총가에 62식 기관총과 M2HB 중기관총을 얹어 진주함을 향해 난사했다.

진주함 역시 갑판 곳곳에 설치된 총가에 M60 기관총과 K6 중기관총을 거치하고 적재한 탄약이 다 떨어질 때까지 쉬지 않고 난사했다. 너무나도 격렬한 총격의 와중에서 벌겋게 달아오른 예비총열을 교체조차 하지 못한 채 그냥 계속 쏘아댔다.

그러는 사이 어느새 두 배는 손을 뻗치면 닿을 만큼 가까이 접근했다. 두 배 모두 서로 방향전환조차 할 수 없는 상태에서 미묘하게 교차하는 진로를 잡고 있었던 탓이었다. 탄약이 거의 떨어진 두 배에서 기관총들은 어느새 마지막 탄띠 한 줄만을 남긴 채 침묵한 지 오래였고, 갑판 위에는 어느새 소총으로 무장한 수병들이 몰려나와 갑판 위에 납작 엎드린 채 사격 명령만을 기다렸다.

그리고 마침내 두 배의 거리가 50미터 이내로 좁혀졌을 때, 소총 수십 정이 한꺼번에 불을 뿜었다. 이미 환하게 밝아진 하늘 아래, 오렌지색 구명조끼와 밝은 회색 헬멧, 눈이 좋은 수병이라면 상대방 눈동자까지도 알아볼 수 있을 법한 근거리에서 소총탄과 기관총탄이 서로를 향해 수없이 날았다. 그러는 사이에도 두 배는 시시각각 가까워져갔고, 두 배의 소총탄과 기관총탄이 모두 떨어졌을 무렵에는 이미 두 배의 뱃전이 서로 맞닿은 상태였다.

그나마 총격전이 벌어지고 있을 때는 19세기 수준이라도 됐었다. 그러나 뱃전이 맞닿은 뒤에는 자그마치 200년이나 후퇴해서 16세기에나 있을 만한 싸움이 벌어지고 말았다. 이미 갑판에 나와 있던 양측 수병 거의 전원이 죽거나 중상을 입은 상태에서, 시커먼 옷을 입고 권총으로 무장한 해상자위대원들이 진주함에 난입한 것이다.

덩치가 큰 만큼 건현이 수십 센티미터 정도 높은 마키나미였기에, 자위대원들은 전혀 망설이지 않고서 진주함 갑판으로 뛰어내렸다. 그리고 자위관들은 갑판에서 어떻게든 저항하려던, 얼마 안 되는 진주함의 생존 수병들을 닥치는 대로 죽이며 배 안으로 난입해 들어왔다.

그 뒤, 배 안을 지배한 것은 피와 살육이었다. 갑판에 나가지 않고서 함내 데미지 컨트롤에 전념하던 나머지 승조원들은 소방용 손도끼를 포함해서 손에 잡히는 것이라면 뭐든지 들고서 진주함에 난입한 '왜구'들을 상대로 필사적으로 싸웠다. 그러나 역부족이었다.

당장 무장에서 밀리기도 했지만, 여기에 일본 해상자위대 자위관들의 핏줄 속에 수백 년 동안 도사리고 있었던 왜구의 유전자가 발현된 것일지도 몰랐다. 그러나 사실은 자위관들이 입입조사대라는 함상전투에 특화돼 훈련된 조직으로써 싸우는 반면, 갑판 아래에서 소화방수작업을 하던 진주함 승조원들은 미처 함상전투에 대비하지 못한 탓이었다. 자위관들은 말 그대로 한국 승무원들을 도륙하면서 진주함 함내를 청소해 나갔고, 10분도 안 되는 짧은 시간 동안 진주함 승무원은 거의 전원이 피를 쏟으며 죽어갔다.

"다 끝장났네, 씨발!"

이주원의 끝장이라는 말에는 여러 가지 의미가 함축돼 있었다. 진주함이 끝장났다는 의미만이 아니었다. 수병들이 다 죽었다는 의미도, 자기 역시 이제 죽은 거나 마찬가지라는 의미도 있었다. 이주원의 해군 복무기록에는 '201X년 독도 인근에서 일어난 한일 해상전투 참전자'라는 기록이 남겠지만, 그래봤자 끝장이라는 사실에는 변함없었다. 여기서 살아 나갈 길은 전혀 없었다. 특히 이주원이 직접 71포 탄약고를 폭파시킨다면 더더욱 그랬다.

"그런데 어떻게 끝내지? 이거."

아주 뒤늦게, 너무나도 뒤늦게 이주원은 정말 배를 직접 끝장낼 수 있을지 여부를 의심하게 됐다. 이주원에겐 탄약 다섯 발밖에 안 남은 권총을 빼고는 탄약고를 폭파시킬 만한 수단이 없었다. 애초에 상비탄약고에는 탄약의 유폭을 막기 위한 장비는 있어도, 탄약을 유폭시킬 장비 따위는 없었다. 이주원의 얼굴에 가득 깃들어 있던 분노와 절망은 순식간에 망연자실한 광소로 바뀌었다.

"으하하하하하!"

이주원이 포탄으로 가득 찬 회전급탄저장대에서 76밀리 함포탄 한 발을 꺼냈다. 평소라면 무섭겠지만, 지금은 터져도 좋고 안 터져도 좋다고 생각하니 무서운 생각이 싹 사라졌다. 잠시 꼭 껴안고 있으니 포탄이 아기나 인형처럼 느껴졌다. 방수문 핸들이 빙글빙글 돌았다.

- 끼이익!

방수문이 열리자 자위대원 두 명이 권총을 앞세우고 상비탄약고로 뛰어 들어왔다. 권총을 발사하려던 자위관들이 깜짝 놀라 뭐라 일본어로 외치면서 뒤로 주춤 물러섰다. 이주원이 방아쇠를 당겼다.

- 타앙! 탕!

자위대원 둘이 쓰러졌고, 밖에서 일본어 비명이 터져 나왔다. 소리로 미루어 탄약고 밖에는 최소한 두 명 이상이 있었다. 이주원이 포탄을 안고 탄약고 밖으로 나왔다. 눈치 볼 것도, 무서울 것도 없었다. 이주원은 이쪽으로 권총을 겨눈 자위관들과 눈이 딱 마주쳤다. 자위관 한 명은 통로 밖으로 뛰쳐나갔고, 한 명은 이주원을 향해 권총을 발사하려 했다.

- 탕!

- 탕!

가까운 거리에서 서로 거의 동시에 쐈지만 자위관은 이주원을 명중시키지 못했다. 자위관은 쓰러지면서도 그 눈은 이주원이 안고 있는 포탄에 가 있었다. 죽어가면서도 안도하는 자위관의 눈빛을 이주원은 참으로 이해하기 어려웠다.

"나를 맞히지 그랬어? 그럼 피차 편할 텐데. 뭐, 총알에 맞아서 포탄이 터질지는 나도 모르겠지만."

이주원이 여전히 포탄을 안은 채 통로를 걸었다. 도망친 자위관이 비명을 지르며 어두운 통로를 뛰어가는 소리가 아련히 멀어졌다.

8월 16일 06:27 독도 북동쪽 2km 삽봉호

"우리 해군 다 죽습니다! 지금이라도 늦지 않았으니 해경도 참전해야 합니다! 제발!"

동해지방해양경찰청 허영섭 청장이 통신기를 잡고 울부짖었다. 준비는 이미 갖췄다. 구난함 24척이 20밀리 벌컨과 40밀리 자동함포를 일본 군함을 향해 겨누고 있었다. 기관총이 총동원 배치되고, 모든 승조원들이 방탄모를 쓰고 부력방탄복을 입은 채 소총을 들고 있었다. 그러나 상부의 허가가 떨어지지 않았다.

- 나도 참전하고 싶소. 하지만, 명령이 없어요!

지금도 갑판을 맞붙인 한국과 일본 함정에서 총격전이 벌어지고 있었다. 해양경찰이 이 싸움에 끼어든다면, 어느 정도 희생은 있겠지만 독도를 확실히 지킬 수 있었다. 일본 함정에도 살아있는 함포가 없었기 때문이다. 문제는 일본 해상자위대가 수적으로 한국 해군을 압도한다는 것뿐이고, 해경이 참전한다면 간단히 뒤집힐 수 있었다.

"그따위 거지같은 명령은 없어도……."

허영섭 청장이 결단을 내리려 했다. 그러자 해양경찰청장이 다급히 만류했다.

- 허 지청장! 잠시 기다리시오. 국가안전보장회의를 연결하겠소. 잠시만 참아요!

허영섭은 상부의 결정이라는 것을 별로 기대하지 않았다. 그런데 의외로 빨리 상부와 연결됐다.

- 뚜우! 동해지방해양경찰청장입니까? 저, 외교안보수석입니다.

아주 높은 사람이 통신에 나왔다. 옆에는 대통령을 비롯한 국가안보회의 참가자들이 이 통화를 듣고 있을 것이다.

"상황을 아시지 않습니까? 참전을 허가해주십시오. 당장 해군을 구해야 합니다. 저희 해경은 독도를 지키겠습니다!"

- 그게 그리 쉽지 않아요. 국제법이라던가, 국내 법률적 문제가 있고. 계엄령을 발동하지 않으면 해경을 군에 배속시키기가 쉽지 않아요.

허영섭 청장이 울컥했다.

"평소에 해경이 간첩선을 때려잡는 것과, 우리 영토 독도를 침범한 일본 군함을 때려잡는 것과 무엇이 다르다는 말씀입니까? 우리 해군을 죽이고 있는 해자대를 때려잡는 것과 뭐가 다릅니까? 시간이 없습니다! 해군 다 죽어요. 대통령님을 바꿔 주십시오!"

- 험! 험! 그게. 외교적 문제가. 잠시요. 뚜우우!

- 해군 참모총장입니다.

"참모총장님!"

잠시 말문이 막혔다. 서로가 미안한 마음뿐이었다.

- 감사합니다, 허 청장님. 그리고 미안합니다. 해경은 할 만큼 했습니다. 힘을 갖추고도, 도발을 당하면서도 끝까지 냉정을 유지한 허 청장님께 존경을 표합니다. 그러나 저희 해군이 약해서 결국 이런 일이 벌어지고 말았습니다.

허영섭 청장은 한숨이 절로 나왔다.

- 해상자위대가 일단 개입한 이상, 해경이 나서기는 여러 모로 곤란합니다. 앞으로도 해경이 할 일이 많으니까요. 그리고 5전단이 오고 있습니다. 지금도 죽어갈 제 아이들에게는 미안하지만, 이번 일은 해군이 처리할 수밖에 없습니다.

"크윽! 알겠습니다."

허영섭 청장이 견시데크로 나왔다. 바닷바람에 매캐한 화약 냄새가 섞여 있었다. 떠오르는 태양 아래 동해바다는 시뻘건 핏물로 들끓는 듯 붉었다. 푸른 하늘을 더럽히는 검은 연기 아래서, 대한민국 해군과 일본국 해상자위대는 치열하게 싸우고 있었다.

허영섭 청장이 고개를 돌렸다. 언제나 그렇듯 독도가 우뚝 서 있었다. 이 섬, 이 바다. 힘이 없으면 빼앗긴다. 준비하지 않으면 젊은 이가 죽는다. 스스로 지키지 못하면 자존심이 무너진다. 단순한 진리가 가슴을 후벼 팠다.

8월 16일 06:30 독도 남동쪽 4km 진주함

　함상구조물 최후방, 40mm 2연장 기관포탑 바로 아래 방수문이 확열렸다. 연료유와 윤활유, 그리고 사람 피로 범벅이 된 근무복 차림의 승조원이 밖으로 뛰쳐나왔다.

　진주함 가스터빈 기관사 김성호 상사. 올해 35세로 해군에서 기름밥 먹은 지 15년째가 된 김성호는 방수문을 뛰쳐나오기가 무섭게 바닥에 널브러져 있는 수병의 시체에 발이 걸려 앞으로 고꾸라졌다.

　"쿨럭, 쿨럭!"

　김성호 상사가 자지러지게 기침을 했다. 분신이라도 되는 것처럼 힘껏 움켜쥐고 있던 쇠 지렛대가 손을 벗어나 미끄러운 갑판 위에 내동댕이쳐졌다.

　"크어, 흐어! 크악!"

　기침을 하는지, 아니면 절규하는지 구분이 되지 않는 괴성을 지르며 김성호는 후다닥 일어섰다. 그리고는 구조물 외벽에 손을 짚고는 그대로 허리를 깊이 숙이며 뱃속에 든 내용물을 모조리 쏟아내기 시작했다. 희고 누런 구토물이 갑판에 쏟아졌다. 이미 바닥에 흩어져 있던 전사자의 피와 뒤섞인 구토물이 기묘한 마블링을 이루었다.

　"쿠어어어어억!"

　별로 먹은 것도 없는데 구역질이 계속됐다. 이제는 멀건 위액 말고는 올라오는 것도 없는데, 그래도 구역질이 멈추질 않았다. 뱃멀미는 절대 아니었다. 갑판으로 올라오기 직전, 기관실에 뛰어든 일본인 두 놈 머리통을 영화에서 좀비 때려잡듯이 쇠지레로 박살내 버렸을 때는 전혀 구역질이 나지 않았으니, 끔찍한 몰골을 보고 견디다 못해 토하는 것도 아니었다. 그냥, 그냥 올라올 뿐이었다.

"아아, 빌어먹으으으을!"

구토가 멈추는 순간, 김성호는 눈을 질끈 감은 채로 누구를, 무엇을 가리키는지도 알 수 없는 욕설을 함미 쪽으로 힘껏 내질렀다. 그러나 그 고함소리는 며칠 전부터 지금까지 끊임없이 동해바다 위를 거칠게 찢어발기던 거친 바람에 묻혀 자기 귀에조차 제대로 들리지 않았다.

그 강풍, 북동쪽에서 세게 불어오는 강풍에 힘차게 펄럭이는 태극기가 김성호 눈에 들어왔다. 함미 깃대에 변함없이 나부끼고 있는 태극기, 그리고 그 너머 수 킬로미터 떨어진 바다 위에 자욱하게 깔린 초연과 연막도 눈에 들어왔다. 완연한 아침햇살이 동쪽 하늘에서 힘차게 뻗어오는 가운데, 진주함의 함미 쪽 수평선 일대에는 초연이 잔뜩 깔려 있었다.

- 타타타탕!

등 뒤, 함상구조물 안에서 기관단총 총성이 크게 울렸다. 진주함에 난입한 일본 자위관들이 쏘아대는 총성이 틀림없었다. 순간 김성호는 싸워야 한다고 생각했다. 함미 쪽에서 전우들이 싸우고 있었다. 함대사령관 김준식 소장부터가 솔선수범해서 광개토대왕 함교에서 일본 이지스함과 목숨을 걸고 싸우고 있는데, 짬밥 15년을 이진주함에서 다 보낸 뱃놈이 가만히 있을 수는 없었다.

하지만 무기가 없었다. 아까 기관실에서 일본놈 두 놈을 때려잡을 때 썼던 쇠지레는 아까 넘어지면서 갑판에서 미끄러져 바다에 떨어졌는지 보이지 않았다. 그 대신 갑판에서 전사한 수병이 떨어뜨린 게 틀림없는 K2 소총이 발에 밟혔다. 김성호는 환하게 웃으며 소총을 들었다. 쇠지레보다 훨씬 묵직한 것이 너무나도 듬직했다.

- 철컥!

장전손잡이를 한 번 당기니 멀쩡한 탄 한 발이 튕겨져 나왔다. 쓸데없이 실탄 한 발을 낭비한 셈이지만, 아깝다는 생각은 전혀 들지 않았다. 김성호는 쓰러진 수병의 시체를 뒤집어서는 남은 탄창이 있는지를 살폈다. 실탄이 가득 든 탄창 두 개가 수병의 배 밑에 깔려 있었다.

"진석이냐."

죽은 수병은 낯익은 놈, 보수과 김진석 일병이었다. 뺀질대기만 하고 시키는 일 하나 똑바로 못 하는 고문관이라 몇 번인가 싫은 소리도 했지만, 그래도 나름대로 정든 놈이었다. 그뿐만이 아니다. 갑판에 흩어져 있는 수병들 중 낯선 놈은 하나도 없었다. 모두 한솥밥을 먹으며 적어도 몇 달 이상, 길면 2년 가까이 동고동락한 식구였다.

"개새끼들!"

식구들을 죽인 일본인들에 대한 증오가 뒤늦게 공포를 압도할 정도로 커졌다. 방금 챙긴 탄창을 바지 주머니에 찔러 넣으면서 김성호는 일본인들을 죽이기 위해 방금 나왔던 방수문으로 다시 들어갔다. 아니, 들어가려고 했다.

- 탕!

컴컴한 방수문 안쪽에서 섬광이 번뜩였다. 김성호는 뒤로 쓰러질 뻔했다가 간신히 중심을 잡아 두 발로 굳건히 섰다. 다시 총성이 울리고, 몸이 굳는 동시에 온몸이 떨려왔다. 소총을 쥔 손에서 힘이 빠졌다.

- 탕!

세 번째 총성이 울리고, 김성호는 앞으로 고꾸라졌다. 그리고 필사적으로 방아쇠를 당겼다. 이대로 쓰러진다면 만신창이가 되면서도 끝까지 싸운 동료들에게 낯부끄러운 일이기 때문이다.

- 타타타타탕!

소총이 이리저리 흔들리며 발사됐다. 방수문 안쪽에서 나오던 시커먼 놈이 쓰러지는 것 같았다. 그러나 김성호는 청각을 제외하고 모든 감각이 끊긴 다음이었다.

- 타탕! 탕!

한참 있다가 총소리가 요란하게 울리더니 갑자기 조용해졌다. 빠른 발걸음이 갑판 위에서 이어졌다.

"김성호 상사! 정신 차려요!"

누군가 김성호를 불렀다. 음탐관 이주원 중위 목소리던가, 잘 기억나지 않았다.

"진주함을 지켜냈어요! 우리가 해냈단 말입니다! 마산함이 구원하러 왔어요. 그러니 김 상사도 꼭 살아남아야 합니다!"

8월 16일 06:30 독도 납동쪽 4km 광개토대왕함

마지막 남은 무장인 골키퍼도 부서지고 전투정보상황실에서는 통신도 되지 않았다. 1함대 사령관 김준식 소장과 광개토대왕함 함장 이승일 대령이 어쩔 수 없이 함교에 올라왔다. 함상전투가 계속돼 총탄이 빗발치듯 날아오는 함교에서 본 것은 부장이 펼치는 수상쇼였다.

제독과 함장은 어이가 없었다. 광개토대왕함이 아타고를 들이받으려고 온 바다를 헤집으며 쫓아다녔다. 훌렁 벗어 제친 웃통을 피문은 붕대로 감싼 부장 김완기 중령이 지시를 내렸다.

"양현 전속! 지금이다! 우현전타!"

함교가 집중포격을 받은 전투 초반부터 타기는 사라지고 없었다. 그러나 함교에서 조함이 불가능한 것은 아니었다. 부장이 휴대전화 두 개를 들고 기관실과 함미 타기실에 직접 지시를 내리고 있었다. 옛날 같으면 수병들을 릴레이식으로 세워놓고 명령을 전달했겠지만 지금은 IT시대였다. 독도에 휴대전화 중계기가 세워진 것이 큰 힘이 됐다.

- 꾸궁!

배수량이 2.5배나 되는 이지스 호위함 아타고가 광개토대왕함에게 들이받히지 않으려고 도망 다니는 것은 코미디였다. 그러나 끝내 함미를 받히고 말았다. 큰 배와 작은 배가 부딪치면 작은 배가 훨씬 큰 피해를 입는다. 그리고 부딪친 배보다 들이받힌 배가 타격이 크다.

결국 광개토대왕함의 함수와 아타고의 함미가 비슷한 피해를 입었다. 아타고는 기관실이 침수되고, 광개토대왕함은 함수 용골이 부러졌다. 바닷물이 쏟아져 들어온 광개토대왕함의 함수 격실이 폐쇄됐다.

"좋아! 한 번 더!"

흡족한 미소를 지은 김완기 중령이 광개토대왕함을 조함해 다시 한 번 아타고를 쫓아갔다. 배기관에서 시커먼 연기를 뿜어내며 아타고가 허겁지겁 도망쳤다.

치열한 전투를 치렀는데도 광개토대왕함의 함교는 엉망이라고 하기에는 상당히 잘 정리돼 있었다. 함교 지붕과 마스트가 아예 없어졌고 콘솔도 대부분 사라졌기 때문에 치울 것도 없었다. 깨끗했다.

전투 중에 함교에 어떤 시련이 있었을지 짐작한 함장이 부장의 어깨를 다독였다. 살아줘서 다행이었다. 죽을 고비를 열 번도 더 넘겼을 김완기 중령은 함장이 어깨를 두드리는 그 작은 손짓에 죽겠다고 비명을 질러댔다.

두 함정의 갑판에서는 치열하게 총격전 중이었다. 기관총을 쏘아대다가 총탄이 떨어지면 소총을 쐈다. 두 배가 가까워지면 광개토대왕함에서 수병들이 화염병을 아타고에 던졌다. 아타고가 다시 멀어졌다.

11. 21세기 미사일 시대의 해전2

8월 16일 06:35 독도 납서 61km 세종대왕함

"으음! 우리가 너무 늦었나."

해군 작전사령관 이웅태 중장이 한탄했다. KNTDS를 보는 5전단 참모들 모두 침통한 분위기에 빠져 들었다. 7시 전에 도착하기 위해 그렇게 노력했지만 잘해야 8시는 돼야 도착하게 생겼다. 그 사이에 얼마나 많은 대한민국 해군이 죽어갈지 몰랐다.

독도 해역에서 움직이는 한일 양국 전투함들의 정보를 KNTDS에 입력하는 함정은 해군이 아니라 해경 삼봉호였다. 1함대 소속 함정 중에서 레이더와 통신기가 살아있는 함정이 단 한 척도 없다는 결론 이었다.

한국 해군에는 함장급 전사자도 속출했다. 함포전 초기에 일본 호위함들이 가장 먼저 집중 공격하는 바람에 울산급 호위함의 피해가 커서, 울산급에 동승한 전대장 세 명 중에서 두 명이 전사, 한 명은 중상이었다. 광개토대왕함에 동승한 1함대 사령관 김준식 소장은 중상을 입어 지금은 생사여부조차 알 수 없다고 했다. 현재 광개토대왕함에서는 일본 함정이 아니라 화재 및 침수와 싸우고 있었다. 함교에 배치된 인원은 절반 이상이 전사했다고 살아남은 장교들이 휴대전화로 알려왔다.

이웅태 중장이 슬쩍 고개를 돌려 TV를 보다가 얼른 외면했다. 차마 볼 용기가 나지 않았다. 함포를 잃은 한일 함정들이 지금은 기관총과 소총으로 서로 총질을 해대고 있었다. TV로 생방송하는 기자들이 울먹이면서 진행하는데 무슨 말인지 알아듣기 힘들 정도였다. 다만 배수량이 크고 인원이 많은 데다가 초반에 인명피해를 적게 입은 일본 함정이 유리한 상황이라는 것만은 분명했다.

5분 전에는 포항급 초계함 한 척이 이지스 호위함 묘코에서 건너간 근접전투요원들에 의해 점거돼 반쯤 부러진 마스트에 욱일승천기가 올랐다. 한 방송사에서 그 과정을 처음부터 끝까지 카메라에 담았는데, 마지막 장면은 결국 대한민국 국민들에게서 눈물을 뽑고 말았다. 일본 함정으로 돌아가는 일본 해자대원들은 처음의 절반으로 줄었고, 중상을 입고 포로가 되어 호송되는 해군 승조원은 세 명밖에 되지 않았다. 나머지는 모두 죽었을 거라고 아무도 말하지 않았지만, 누구나 알 수 있었다.

같은 포항급 초계함 진주함은 엄청난 인명피해에도 불구하고 승조원들이 끝까지 함을 지켜냈다. 함상구조물이 없어지다시피한 마산함이 함미 타기실을 이용해 접근하자 다카나미에서 진주함과 연결된 홋줄을 풀고 허겁지겁 떨어지는 장면이 TV에 비쳤다.

원주함도 큰 피해를 입으면서도 끝내 아부쿠마를 물러서게 만들었다. 원주함을 구원하러 온 부산함이 지금은 거꾸로 아부쿠마에 접현전을 시도하고 있었다. 그러나 엔진이 살아있는 다른 호위함이 황급히 달려와 부산함과 충주함을 견제하는 양상이었다. 함미 3분의 1을 잃은 익산함은 해군 참모총장이 전원 이함 명령을 내렸는데도 아직 꿋꿋이 함을 지켰다.

다들 처절히 싸우고 있었다. 전투장면을 보고 있자면 가슴에서 울컥 치솟는 무언가가 있었다. 기동전단장 최현규 준장이 이를 바득바득 갈며 물었다.

"7호위대와의 거리는?"

"24,965야드입니다."

무장통제사가 EOTS에서 레이저를 쏘아 수평선에 걸린 7호위대 선두함과의 거리를 정확히 측정했다. 평소라면 25킬로야드라고 답했겠지만 언제라도 공격할 것에 대비해 무장통제사는 끝자리 수까지 불렀다.

3호위대군 7호위대에서 묘코를 제외한 나머지 함정 세 척은 사세보에서 독도 해역으로 급거 항진 중이었다. 일본 함정들은 진해에서 출항한 5전단과 시간이 갈수록 가까워졌고, 이제는 수평선상에 일본 호위함들이 실루엣을 확연히 드러냈다.

"침로는 그대로인가?"

"공이십삼도, 변동 없습니다."

"흐흐흐! 저놈들은 대함유도탄을 쏘게 돼 있어. 빨리 좀 쏴라, 이놈들아!"

먼저 공격하면 좋겠지만 5전단은 선제공격을 금지 당했다. 독도 해전에서 선제공격을 당하는 바람에 피해가 커졌으니 이번에는 5전단이 7호위대를 선제공격해야 한다고 해군 참모총장과 합참의장이 건의해도 소용없었다. 정부 입장에서는 어떻게든 확전을 막는 것이 급선무였기 때문이다.

8월 16일 06:40 독도 남남서 59km 유우다치

사세보를 출항한 3호위대군 7호위대는 어젯밤 현해탄을 벗어나면서부터 한국 해군 5전단의 존재를 파악하고 있었다. 5전단도 7호위대 세 척을 파악하고 있을 게 분명했다. 5전단 함정들의 사통레이더가 밤새도록 징그럽게 7호위대 함정들을 추적했고, 그것은 7호위대도 마찬가지였으니까.

한국 5전단은 다케시마 해역까지 일직선 코스를 취했고, 그것은 7호위대도 마찬가지였다. 한국과 일본 함정들은 시간이 갈수록 접근했다.

"대함미사일 사격제원은 입력됐나?"

"예! 매 5분마다 갱신하고 있습니다."

유우다치의 함장으로서 7호위대 세 척의 선임 함장인 하라구치 헤이타로原口 平太郎 이등해좌가 바싹 탄 목소리로 질문했다. 선무장은 절레절레 고개를 저으며 대답했다. 벌써 두 시간째 같은 질문을 스무 번도 넘게 반복했다. 전신장은 함장이 고개를 돌리자마자 보고했다.

"새로운 교전수칙은 아직 내려오지 않았습니다."

하라구치 이좌가 전술지휘화면을 통해 5전단의 움직임을 살폈다. 거센 파도를 헤치며 빠른 속도로 달려 나가는 5전단 함정들의 모습이 들어왔다.

다른 건 몰라도 KD2라는 구축함의 디자인은 정말 말끔하게 잘 빠졌다. 그에 비해 일본 함정들은 마스트부터 시작해 너저분한 인상이 짙었고, 그 강력하다는 이지스 호위함은 머리가 너무 커서 균형이 잡히지 않아 우스꽝스러운 공룡을 연상시켰다.

"함장! 자위함대로부터 위성통신 입전입니다!"
"자위함대에서 왜 나한테?"
전신장이 전문을 들고 달려오자 깜짝 놀란 하라구치 이좌는 한 걸음 주춤 물러섰다. 전신장이 의아한 표정으로 서 있자 쑥스러워진 함장이 이내 전문을 받아 읽어나갔다. 발신자는 자위함대 사령관 미나미 진츠 해장, 수신인은 2, 3, 4호위대군 사령 및 12, 13, 14, 15호위대 사령으로 인쇄되어 있었다.

그런데 특이하게도 수신인 명단 말미에 7호위대 사령 대리라는 임시 직책으로 하라구치 이좌의 이름이 당당히 박혀 있었다. 의아해진 하라구치 이좌가 내용을 읽어나갔다.

"방위출동 명령입니까?"
선무장의 질문에 하라구치는 말없이 고개를 끄덕였다. 06시 30분을 기해 내각이 방위대신을 통해 해상자위대 해당 제대에게 방위출동을 명령했다는 내용이었다. 사태가 이 정도로 확산되자 내각도 결국 두 손을 들고 말았다.

상세한 교전수칙은 한국 정부와 협의 중이라서 아직 정해지지 않았으며, 세부적인 수칙이 확정되면 위성통신으로 하달하겠다는 내용도 들어있었다. 적국인 한국과 무슨 협의가 필요한지는 모르겠지만, 미국 눈치를 살펴야 하는 일본과 한국 입장에서 미국이 화내지 않을만한 적정한 분쟁 수위를 조정하는 것 같았다.

2호위대군과 4호위대군, 요코스카의 11호위대, 구레의 12호위대, 사세보의 13호위대에게 경비출동 명령이 떨어진 것은 다케시마 해역에서 함포사격이 시작된 직후인 06시였다. 그런데 단 30분 만에 방위출동으로 바뀌었다. 13호위대 세 척은 태풍 피해를 입어 출동은 불가능했다.

8월 15일 새벽에 있었던 극우단체 행동대원들의 다케시마 입도 이래 정박 중인 각 호위함 간부들이 승조원들을 긴급 소집했지만 아직 총원에 턱도 없이 못 미쳤다. 영해 경비작전 중이거나 출동준비를 마친 호위함이 절반, 총원 3분의 2가 집합해 출동준비 중인 호위함이 절반이었다.

다케시마 해역에서 전투 중이거나 7호위대와 15호위대처럼 집결 중인 함정을 제외하더라도 해상자위대의 전력은 막강했다. 오늘 오후 한국을 압박하기 위해 대마도 동쪽 현해탄에서 2개 호위대군과 호위함대 직할 2개 호위대의 연합함대가 집결하기로 계획됐다. 이 정도 해상전력이라면 한국 해군이 고속정까지 모조리 동원하더라도 상대할 수 없다는 것이 상식이었다.

2, 4호위대군이 출동한 이후에는 전혀 문제될 것이 없었다. 자위함대나 총리관저에서도 한국으로부터 어느 수준까지 양보를 얻어낼지에 더 관심을 쏟는 분위기였다. 다만 사세보의 13호위대 함정들이 태풍피해를 입어 긴급 수리중이라는 게 문제인데, 구식 하쓰유키급 호위함은 미사일이 중심이 된 현대 해전에서 사실 큰 전력은 되지 않았다.

다케시마 해역에서 벌어진 해전도 해자대가 약간 우세하게 진행되고 있었다. 비록 해자대 함정들이 처참하게 망가지긴 했지만 승리의 깃발을 휘날리는 쪽은 한국 해군이 아니라 일본 해상자위대였다.

그러나 문제는 7호위대였다. 다케시마에서 벌어지는 해전의 주역이 됐어야 할 7호위대는 2007년부터 사세보가 모항으로 지정되는 바람에 증원부대로 격하된 셈이었다. 그리고 한국 해군에서 가장 막강하다는 5전단과 비슷한 코스로 다케시마 해역으로 달려가고 있었다.

한국 5전단은 이지스 두 척을 포함한 방공구축함만으로 구성된 대형 함정 여섯 척이었다. 무라사메급 호위함 겨우 세 척인 7호위대를 지휘하는 선임 함장으로서 이렇게 불안할 데가 없었다.

"유우다치, 기리사메, 아리아케. 이 세 척으로 한국 5전단 여섯 척을 공격할 수는 없지. 아무렴! 그렇고말고. 누구든 동의할 거야."

하라구치 이좌가 혼자 말하고 혼자 공감하는 혼자놀기의 진수를 선보이는 사이 전신장이 다시 달려왔다.

"함장! 3호위대군 사령 대리인 코사카 켄지 일좌에게서 지령문입니다."

코사카 켄지高坂建二 일등해좌는 이지스 호위함 묘코에 탑승한 7호위대 사령이었다. 그러나 그보다 상급자인 호위대군 사령이 있고 3호위대 사령이 선임이기 때문에 코사카 일좌가 3호위대군 전체의 지휘권을 행사할 일은 별로 없었다. 이제 보니 하라구치 이등해좌가 7호위대 사령 대리로 임명된 것도 보통 때라면 있기 힘든 일이었다.

"응? 3호위대군 사령이나 3호위대 사령은?"

전신장은 대답하지 않았다. 두 사람이 탑승한 아타고는 전장의 한복판에 있었다. 두 사람이 어떻게 됐는지 알 것도 같았다. 그리고 어째서 하라구치 이좌에게 자위함대에서 지령문을 보냈는지도 알 것 같았다.

하라구치 이좌가 전보를 읽던 중간에 몸이 뻣뻣이 굳었다. 간신히 정신을 차린 함장이 안경을 벗고 두 눈을 손으로 비빈 다음 다시 읽었다. 그리고 잠시 아무 말도 하지 않았다. 안색이 점점 하얗게 변했다.

"무슨 내용입니까?"

"이 지령문이 사실일까? 혹시 한국에서 통신센터를 해킹했다거나, 아니면 해자대 암호통신 체계가 노출됐다거나 그러지 않았을까?"

선무장이 함장에게서 전문을 받아 읽었다.

"에엑? 7호위대만으로 5전단 함정을 공격하라고요?"

"미쳤어! 이건 말도 안 돼! 무라사메 세 척으로 5전단을 공격하라니! 우린 죽으라는 소리야!"

세종대왕급 이지스 구축함과는 비교할 것도 없었다. 충무공 이순신급 구축함은 배수량에서 무라사메보다 약간 덜 나가지만, 무장은 KD2가 훨씬 우세하다. 무라사메의 함포는 76밀리다. 근접방어무기는 20밀리 벌컨 팰렁스이며 대공미사일은 시 스패로 또는 ESSM이었다. 방공 호위함의 지원 없이 무라사메 세 척만으로 5전단을 공격하는 것은 그야말로 자살행위였다. 5전단은 전원 SM2 대공미사일로 무장했고 함포도 전원 강력한 5인치 함포다.

대함미사일 숫자는 5전단이 64발, 7호위대는 24발이었다. 무라사메급 호위함 세 척이 모두 가라앉는 동안 이순신급 한 척 정도에 피해를 주면 아주 잘 싸웠다고 평가할 수 있었다.

"이런 부당한 명령은 수행할 수 없어! 선무장! 선무장?"

안색뿐만 아니라 머릿속까지 하얗게 변해버린 선무장은 대답하지 못했다.

"전신장!

"예! 함장! 아니, 사령!"

"무슨 놈의 사령? 나는 함장이야!"

"예! 말씀하십시오, 함장!"

전신장이 암호화 통신 콘솔에서 준비를 마쳤다.

"3호위대군 사령 대리, 그러니까 묘코에 탑승한 코사카 켄지 일좌에게 보내! 아니! 자위함대에 보내!"

"내용은 무엇입니까?"

하라구치 이등해좌가 당당하게 말했다.

"일본국 헌법과 해상자위대법, 그리고 국가공무원법에 의거, 부당한 상부 명령은 수용할 수 없다! 또한 자위관으로서 심각하게 부당한 처우를 당한 데 대해 이의를 제기한다! 내용은 이것뿐이다!"

8월 16일 06:45 독도 납서 54km 세종대왕함

"침로 변동이 없습니다. 이대로 독도까지 가려고 저러는지. 원, 참!"

5전단장 최현규 준장이 입맛을 다셨다. 작전사령관 이웅태 중장은 묵묵히 전술화면만 바라보았다.

"옆에서 알짱거리는 놈부터 해치우고 독도 해역으로 들어가야 하는데, 맘대로 안 되는군요."

"저쪽 지휘관은 유우다치 함장이겠지?"

"분명 유우다치 함장이 7호위대 선임 함장입니다."

최현규 준장이 7호위대 함장 세 명의 인사기록 파일을 비교했다. 유우다치 함장 하라구치 헤이타로 이등해좌가 다른 두 함장보다 방위대학 1년 선배에 이등해좌 승진 연도도 2년이나 빨랐다. 연공서열이 중시되는 해상자위대에서 꽤나 빠른 승진이었고, 함장 외에도 호위함대 막료, 해상막료감부 근무 등 엘리트 코스를 밟았다.

"기리사메에서 입전입니다!"

전단 통신참모가 최현규 준장에게 전문을 건넸다. 전단장이 재빨리 읽은 다음 이웅태 중장에게 전문을 주었다. 작전사령관이 묘한 표정을 지었다. 적대행위를 당장 중지하고 다케시마 해역에 접근하지 말라는 경고가 담긴 빤한 내용보다는 발신인이 특이했다.

"7호위대 사령 호소다 토시오 이등해좌? 아까 그, 유우다치 함장이 아니네?"

"호소다 토시오 이좌는 기리사메 함장입니다."

"3호위대군 지휘체계에 변동이 생겼다. 기함인 아타고가 큰 피해를 입었으니 그럴 수 있지. 그런데 유우다치 함장이 아니라 기리사메 함장이 7호위대 사령이 됐다?"

"명령 거부로 인해 유우다치 함장은 호위대 사령뿐만 아니라 함장 직에서도 직위해제됐을 가능성이 있습니다."

"유우다치 함장이 평화주의자라서 그런 건 아니겠고. 알만하군. 기리사메 함장은 명령을 수행하겠다는 쪽이고 그럼 곧 공격이 있다는 뜻이겠지?"

"대응준비는 이미 마쳤습니다, 사령관님."

독도로 가는 동안 서로가 언제 공격할지 모르니 공격 및 방어준비는 철저하고도 넘치도록 했다. 5전단은 몇 가지 상황에 따라 함별로 어떤 행동을 할지 세세한 시간까지 미리 정해놓았다.

"전단장이 기안한 작전 말이야. 특이해. 상대거리, 무장 차이로 인해 지금, 이곳에서, 5전단과 7호위대 사이에서만 유효한 작전이겠지."

"예전부터 이런 상황에 대비해 비슷한 생각을 한 젊은 장교들이 많습니다. 저는 상황에 맞게 조금 수정한 것에 불과합니다, 사령관님."

"하라구치 이좌! 잘 압니다. 알겠습니다. 하지만 지금 중요한 순간
이니 어쩔 수 없습니다. 기다리시기 바랍니다."

기리사메 함장 호소다 토시오 이등해좌가 귀를 틀어막았다. 그러
나 통신기에서 쏟아지는 소리는 끝이 없었다. 함장이나 선배로 부르
지 않고 이좌로 불러 대놓고 무시한다는 것이 하라구치 이좌가 화내
는 이유였다.

"예! 선배. 죄송합니다. 무시하는 건 절대 아닙니다. 하지만 이 공
역에서는 탑재헬기를 이륙시킬 수 없습니다. 아! 물론 한국 해군이
잠수함을 동원하는 반칙을 저지를 것에 대비해서 대잠헬기를 탑재
한 것 아닙니까? 하지만 증거를 확보하기 전까지는 헬기를 이륙시킬
수 없습니다."

함장 직에서 직위해제 됐으니 대잠헬기를 타고 사세보로 돌아가
겠다는 것이 유우다치 함장 하라구치 이좌의 주장이었다. 평소 잘난
척하던 사람이 이렇게 구차해질 수가 없었다.

다케시마 200해리 범위에 들어온 이상 헬기를 띄울 수는 없었다.
미국이 두려운 것보다는, 한국이 일본의 위반사례를 추궁할까 무서
웠기 때문이다. 일본은 겨우 인원수송을 위해 헬기 한 대를 띄웠는
데, 이를 핑계로 한국에서는 대함미사일을 실은 전투기 여러 대를
띄운다면 일본이 손해였다. 규칙위반을 한다면 지금보다는 더욱 결
정적인 순간에 하는 편이 나았다.

"제발 이따가 이야기합시다! 지금 전투를 시작해야 합니다! 유우
다치 함장 대리, 아니 부장에게도 대함공격 절차를 진행하라고 전해
주십시오."

- 야! 이 자식아! 네가 나한테 이럴 수 있어?

호소다 이등해좌가 수화기를 내려놓고 명령을 내렸다.

"대함공격 절차를 진행하라!"

8월 16일 06:55 독도 남서 48km 세종대왕함

"조금만 더 가면 보이겠군."

작전사령관 이웅태 중장은 1함대 승조원들에게 미안한 마음뿐이었다. KNTDS에 나타난 1함대는 진형 없이 뿔뿔이 흩어진 상태였다. 독도 남동쪽 7km 해상에 몰려있는 군함들은 아직도 교전 중이었는데, 특별한 전술부호가 없는 것으로 미루어 소병기 교전 중임을 알 수 있었다.

지금은 TV로 보는 것이 더 정확했다. 몇 세기 전에 벌어졌던 해상전투가 21세기에 재현되고 있었다. 적함에 뛰어올라 근접 총격전을 벌이는 선상전투도 벌어졌다. 전투에 참가한 모든 배가 무장을 잃고 승조원들은 잘해야 기관총, 나머지 대부분은 소총으로 싸우고 있었다. 이 모든 것을 독도 정상에서 TV로 생중계했다.

"7호위대 함정들이 대함유도탄을 발사했습니다! 제2탄 발사! 총 6발! 고도 상승 중!"

작전참모가 차분히 보고했고, 전단장 최현규 준장이 기다렸다는 듯이 즉시 5전단 함정들에게 지시했다.

"독도815 계획에 의거, 작전을 진행하라!"

각 함정에서 함수 수직발사관을 통해 SM2 대공미사일을 발사했다. 일본 함정 세 척에서 발사한 대함미사일 6발이 부스터의 추진력을 받아 상승하는 동안 한국 함정 여섯 척에서 발사한 SM2 12발도 고도를 높여나갔다.

8월 16일 06:57:35 독도 남남서 48km 기리사메

"좌현 발사대, 캐니스터 1번."

- 삑! 삑! 삑!

대함유도탄 정보지시기가 작동해 귀에 거슬리는 소리를 울려댔다. 이어서 콧수염을 기른 자위관이 조종판의 발사스위치를 작동시켰다. SSM-1B, 즉 90식 대함미사일의 내부 전원이 들어오면서 최종 발사 명령이 입력됐다. 미사일의 표적 정보와 비행 계획은 이미 몇 시간이나 검토해서 정성들여 다듬은 결과물이 입력됐다.

"표적 데이터 전달 확인!"

"발사!"

"발사!"

- 쾅!

"발사 완료!"

기리사메 좌현 발사대에서 치솟은 90식 대함미사일은 우현 상공으로 치솟았다. 방향은 남동쪽, 한국 해군 5전단이 있는 곳과 반대 방향이었다.

함정의 대함유도탄 발사대는 대부분 엇갈리게 배치돼 있고 발사구는 함 중앙을 향한다. 그래서 좌현에 위치한 발사대에서 발사하면 미사일은 우현으로 날아간다. 발사대 아래쪽, 즉 미사일 부스터 꼬리에서 뿜어 나오는 발사화염이 함정 바깥으로 나가도록 설치해 함정이 발사화염으로부터 피해를 받지 않도록 한다. 보통은 그렇지만 발사화염을 함정 바닥이 버티도록 설계된 함정들도 있는데 대표적으로 세종대왕급 이지스함이다. 이때 발사구는 함 바깥 방향이다.

"부스터, 분리 완료! 정점고도 도달! 하강 가속!"

부스터를 분리시키고 추진 엔진을 작동시키며 계속 상승하던 90식 대함미사일이 고도 1300피트에 이르자 하강하기 시작했다. 속도가 점점 빨라지며 방향을 북서쪽으로 잡아 선회했다.

"우현 발사대!"

- 삑! 삑! 삐익!

"캐니스터 1번! 표적 데이터 전달 확인!"

"발사!"

"발사 완료! 부스터 분리!"

기리사메에서 발사한 90식 대함미사일 두 발이 5전단 함정들을 향해 날아갔다.

"표적 두 곳에서 강력한 전파방해입니다!"

"90식 대함유도탄을 상대로 ECM이라니? 훗! 무식한 인간이 지휘를 맡았군!"

함장 호소다 토시오 이등해좌가 비웃음을 날렸다. 유우다치에는 상부의 명령을 거부한 멍청이가 있는데, 한국 해군에는 90식 대함미사일의 스펙도 제대로 모르는 자가 지휘권을 잡고 있다고 판단했다.

일본에서 개발한 SSM 계열 대함미사일은 목표 포착과 최종 돌입에 레이더를 사용하지만 후기형은 최종 유도 수단이 레이더 전파와 적외선을 같이 쓰고 둘 중 하나를 선택하는 경우도 있다. 즉 대함미사일 앞부분 탐색기에 포착된 여러 표적 중에서 가장 발열량이 많은 표적을 선택해 공격하는 경우이다. 그리고 유도 과정에서 ECM 신호가 가장 강한 표적을 선택하도록 사전 프로그래밍을 하기도 한다.

그래서 강력한 ECM은 90식 대함미사일의 유도나 목표 포착을 방해하기는커녕, 오히려 SSM 계열 미사일을 불러들이는 효과가 있을 수 있다. 하픈은 전자전에 의해 탐색기나 전파고도계가 작동불능이 된 경우에만 전파방사원을 향해 유도되지만, SSM은 이렇게 능동적으로 찾아가기도 한다.

"ECM 전파를 방출하는 표적은 세종대왕급 두 척입니다!"

"오! 잘됐어. 한국 이지스함의 반사파가 적어 걱정했는데 오히려 이지스에서 유도를 도와주는군!"

그러나 다른 두 함정과 달리 유우다치는 90식 대함미사일이 아닌 하픈 2발을 발사했다. 한국 함정에서 실시한 ECM에 당했는지 유우다치의 함교 위에 설치된 사통레이더가 제공하는 유도를 상실한 하픈 두 발이 제멋대로 날아다니다가 바다에 빠졌다. 각 함이 보유한 통제시스템에 따라 다르지만 일본 호위함 중에서 무라사메급은 하픈과 90식 대함미사일을 혼합 탑재할 수 있다.

"표적들에서 SM2 모두 12발이 발사됐습니다!"

"응? 대함미사일 요격부터 실시할 모양입니다. 하픈을 먼저 발사하는 게 원칙일 텐데 너무 가까워서 그럴까요? 한국 지휘관들이 겁을 먹은 모양입니다. 죽기는 싫을 테니까요. 덕택에 우리에게 유리해졌습니다."

유리해졌다고는 하나, 7호위대가 5전단을 상대로 잘해야 한 척을 잡을 것으로 예상했다. 그 대신 7호위대는 살아남기를 포기해야 한다.

"대함미사일 6발을 요격하기 위해 SM2 열두 발. 일단 숫자는 맞아. 코스도 맞아. 그런데!"

"뭐가 이상하십니까?"

선무장이 물었다. 그러나 함장은 대꾸도 하지 않고 사통사에게 물었다.

"SM2의 고도가 어떻게 되나?"

"700피트입니다."

"90식이나 하픈의 고도는? 아니! 이제 하픈은 없지."

"아직 하강 가속단계입니다. 고도 400피트입니다."

대공미사일이 대함미사일을 요격할 때는 위에서 아래로 공격하는 것이 일반적이므로 딱히 잘못된 것은 없었다. 그러나 뭔가 자꾸 거슬렸다.

하픈과 비슷한 종류인 아음속 대함미사일의 순항속도는 마하 0.8 정도, SM2 대공미사일의 속도는 최고 마하 2.5다. 그래서 90식 대함미사일을 먼저 발사했는데도 5전단과의 중간선을 SM2 미사일이 먼저 지나쳤다. SM2 미사일이 대함미사일 요격에 성공한다면 일본 함정에 더 가까운 곳에서 불꽃놀이를 볼 수 있게 됐다.

"3, 4탄 발사해!"

호소다 토시오 이등해좌가 명령했다. 모든 공격이 성공한다는 보장은 없었지만, 첫 번째로 발사한 여섯 발은 실패할 가능성이 컸다. 유우다치가 하픈에서 90식으로 대함미사일을 교체하지 않은 탓에 앞으로도 공격력 약화를 걱정해야 했다. 해상자위대가 보유한 구식 하픈은 한국 함정의 전자전 시스템에게 너무 취약했다.

"포트 캐니스터 란처 3번 발사 완료! 부스터 분리!"

"스타보드 캐니스터 란처 3번 발사 완료! 부스터 드랍 아웃!"

사통사들의 구령이 빨라졌다. 90식 대함미사일 4발을 노리고 대공미사일 12발이 날아든다면 모두 요격될 가능성이 컸기 때문이다.

제대로 타격을 주지 못한다면 더 커다란 반격을 받게 되니 전투정보실에서 근무하는 승조원들의 마음이 다급해졌다.

새로 발사한 대함미사일 6발에 대응해 한국 함정들에서도 대공미사일을 연달아 공중으로 쏘아 올렸다. 유우다치에서 발사한 하푼은 또 다시 주정뱅이처럼 흐느적거리더니 바다에 빠졌다. 유우다치는 함장도, 함정도 도무지 도움이 안됐다.

기리사메 북쪽 7km 상공에서 양쪽에서 발사한 미사일들이 만났다. 이때 90식 대함미사일 4발은 고도를 낮추며 순항단계에 돌입한 직후였다. 5전단과의 거리가 애매한 탓에 아직 대함미사일의 탐색기가 작동하지 않았다. 만약 거리가 충분히 멀었다면 90식 대함미사일이 확실한 순항고도에 이르러 표적 12해리 전방에서 탐색기를 작동했을 테고, 아예 더 가까웠다면 더 높은 고도에서 탐색기를 작동해 탐지를 시작했을 것이다. 그런데 5전단이 7호위대로부터 12해리 약간 벗어난 거리를 유지하는 바람에 이런 경우가 생기고 말았다.

이 애매한 거리는 또 다른 문제를 일으켰다. 각 함정이 탑재한 하푼 또는 90식 대함미사일 8발을 모두 발사했다가 변침점을 지정해서 표적에 동시에 착탄시키면 명중 확률이 높아진다. 거꾸로 말해 한국 5전단 입장에서는 일본 함정들이 발사한 대함미사일 총 24발을 동시에 요격할 가능성이 많이 줄어든다는 이야기다.

그런데 이 거리에서는 사통레이더가 발사 직후의 대함미사일을 통제하느라 동시에 8발을 표적에 착탄시킬 시간과 거리상의 여유가 없었다. 물론 변침점을 지정해 한참 우회하도록 비행경로를 설정할 수도 있지만 한국 함정들이 뻔히 보면서 대응하는데 그런 짓을 할 이유도, 여유도 없었다. 이 거리에서 일본 호위함은 대함미사일을 기껏 4발까지 발사하는 것이 한계였다.

그런데 두 번째 발사한 대함미사일 두 발이 정점고도에 이르기도 전에 먼저 발사한 2발이 벌써 요격되려 하고 있었다. 목표에서 가까운 거리라면 대함미사일이 고도를 바꾸거나 회피기동을 하는 방법으로 요격될 가능성을 줄이겠지만, 대함미사일이 아직 순항단계라서 지정된 코스로 진행할 뿐이었다.

"접근합니다. 명중…… 아! 교차했습니다. 빗나갔습니다! 한국 해군의 실력은 형편없습니다."

"응? 빗나간 게 아냐! 그냥 지나친 거야! 부장!"

함장이 마이크를 잡았다. 호소다 이등해좌가 질문을 던지기도 전에 함교에서 관측하던 부장의 비명소리가 스피커에서 울렸다.

- 함장! SM2 미사일 다수가 본함으로 돌입하고 있습니다!

"맙소사! ESSM 발사 준비! 아니, 늦었어! CIWS로 요격해!"

"CIWS 자동전환!"

아주 쓸만한 중거리 함대공 미사일인 ESSM은 발사기회를 잃고 말았다. 어느 세월에 대공표적을 할당하고 수직발사기에서 발사, 가속한 다음 SM2 미사일을 향해 유도하겠는가? SM2는 아음속 대함미사일이 아니라 초음속 대공미사일이었다. 요격할 시간도 없지만, 요격할 가능성도 적었다. 기리사메의 사격통제 체제도 ESSM보다는 CIWS를 대응 무장으로 자동 지정했다.

"거리 2500미터!"

20밀리 벌컨 팰렁스의 유효 사거리는 1.5km다. 뒤늦게 자동모드로 전환했지만 이 거리에서 대응하기에는 이미 늦었다. 기리사메와 동료함들이 90식 대함미사일을 발사하기 직전 CIWS의 시스템을 수동으로 전환시켜 놓았다. CIWS가 자동모드일 때는 주변에서 움직이는 물체가 일정한 근접속도와 횡단속도에 달하면 자동으로 발사하기 때문이다. 자함이나 동료함이 발사한 대함미사일을 벌컨 팰렁스가 요격할 우려가 있었다.

"어서 사격해!"

"늦었습니다아아!"

함장이나 사통사나 지시와 보고가 아니라 비명을 질러댔다. 아음속 대함미사일이 아닌 초음속 대공미사일이라 CIWS로 요격을 장담하기도 힘든데 최소 네 발이 기리사메를 노리고 날아왔다. SM2는 최고 속도가 마하 2.5에 달하기 때문에 초당 850미터를 이동할 수 있다. 2500미터면 단 3초에 도달한다.

CIWS의 전원을 끄지 않고 수동모드로 전환시켜 시켜놓았기 때문에 대응은 그나마 빨랐다. 그러나 실제로 사격하기 위해서는 표적 탐지와 추적, 표적 할당, 탄도 분석 등 여러 가지 절차가 필요했고, 그 절차라는 것들은 매번 시간을 잡아먹었다. CIWS가 자동모드일 때도 유효사거리 한참 밖에서부터 표적을 추적하는 이유가 여기에 있다.

함교 앞과 헬기 격납고 위에 배치된 20밀리 벌컨 팰렁스가 몇 가지 발사 전 절차를 마치고 마침내 SM2를 향해 고개를 번쩍 들었다. 그러나 아직 다총신기관총 총열이 회전하지도 않았고, 표적 획득 절차나 표적 탄도 계산은 미처 이루어지지 않았다. SM2 네 발이 공중에서 아래로 내리꽂혔다.

- 콰쾅! 쾅! 쾅! 콰아앙!

기리사메가 폭발섬광에 휘말렸다. 비슷한 시간에 5전단과 7호위대 사이 공중에서 불꽃 네 개가 피어났다. 7호위대에서 발사한 90식 대함미사일이 SM2 대공미사일에 요격당한 증거였다.

그리고 몇 초 후, 불꽃을 뿜고 연기가 솟구치는 기리사메를 향해

SM2 대공미사일 세 발이 다시 내리꽂혔다. 새로운 폭발이 연속 일어났다. 무라사메급 호위함 유우다치와 아리아케도 똑같은 과정을 밟았다.

대공미사일을 대함공격에 사용하는 것은 특별한 일이 아니다. 1960년대에 미국에서 함대공미사일이 개발되고 나서 1970년대 중반에 함대함미사일이 실전 배치되기 전까지 대공미사일은 대함공격용으로 쉽게 전용됐다. 함대함 하푼이 실전 배치된 이후에도 여러 가지 이유로 대공미사일을 대함공격에 사용했다.

1992년 합동해군훈련 중에 미 해군 항공모함 사라토가에서 시 스패로 미사일 두 발을 발사해 터키 해군 구축함의 함교를 박살낸 일이 있다. 이것은 오발이 아니라, 훈련 중 터키 구축함에 대한 시 스패로 모의발사 명령을 하급자가 실전 발사로 오해해 일어난 사건이다. 즉 1990년대에 들어서서도 함대공미사일을 대함공격에 전용하는 전술이 여전히 있었다는 뜻이다. 1988년 걸프만에서 미 해군이 이란 해군 고속정들을 공격할 때도 SM1 대공미사일을 함대함 모드로 발사해 격파시켰다. 수평선 이내에서만 유효하고 탄두 작약도 적다는 단점이 있지만 속도가 빠른 함대공미사일을 정확히 유도해서 적함이 대응할 시간을 주지 않는다는 장점이 있다.

8월 16일 06:58:07 독도 남서 47km 해상

"전단장! 목표를 어디로 했지?"
세종대왕함의 전단상황실에서 이웅태 중장이 물었다. 전술화면에 나타난 일본 호위함들은 시커먼 연기를 내뿜으며 타올랐다.

"세종대왕에서 발사한 첫 발은 마스트, 두 번째는 연돌 사이입니다. 세종대왕과 함께 기리사메를 공격한 최영함에서는 함교구조물 상부와 함미 헬기격납고를 노렸습니다. 목표 각 함에 6, 7, 7발씩 모두 명중했습니다."

KD3 두 척과 KD2 네 척에서 SM2 대공미사일 각 4기씩 총 24발을 발사했다. 일본 함정들이 발사한 대함미사일 4발은 세종대왕과 율곡 이이가 각각 2기씩 요격했고, 나머지 대공미사일 20발은 모두 일본 함정들을 명중시켰다. 세종대왕과 최영함은 기리사메를, 율곡 이이와 대조영함은 유우다치를, 왕건함과 강감찬함은 아리아케를 공격했다.

충무공 이순신함과 문무대왕함은 조선소에서 전면개장 공사를 받고 있어서 이번에 참전할 수 없었다. 중요한 전력이 빠져서 해군에서는 아쉬움이 컸으나, 해군의 미래를 위해 꼭 필요한 일이 이번 오버홀이었다.

"CIWS 때문에 첫 네 발 중에서 한 발쯤은 요격될 줄 알았는데. 상대방 함장들이 너무 안이했어. 곡소리 나겠군."

일본 함정에서 두 번째로 발사한 90식 대함미사일 네 발은 유도를 상실하고 바다에 처박혔다. 두 번째로 발사된 일본 대함미사일을 향해 전자전 시스템을 가동시킨 외에 한국 함정들은 그 어떤 대응도 하지 않았다. 이것도 이미 계산에 들어가 있었기 때문이다.

일본 7호위대, 무라사메급 호위함들은 치명적인 부위 여러 군데를 피탄당했어도 여전히 움직이고 있었다. 온통 찢기고 불타는 처참한 외관에 비해 사상자도 별로 많이 발생하지 않았다. 함대공 미사일의 탄두 폭약이 적기 때문이다. 그러나 호위함들은 전투함정으로

서의 능력을 모두 상실했다. KD2 충무공 이순신급 구축함과 거의 비슷한 배수량인 무라사메급 호위함 세 척은 완전히 무력화됐다.

함교 위 마스트에는 탐색레이더, 사통레이더를 포함한 온갖 센서류가 달려 있다. 함교구조물 위에도 전투에 필요한 각종 전자장비가 배치돼 있다. 무라사메급 호위함 앞뒤 연돌 즉 배기구 사이에는 대공미사일용 수직발사관과 대함미사일 발사대가 위치한다. 헬기 격납고 위에는 함미 CIWS 외에도 각종 안테나가 있다. 5전단은 그런 취약한 부분만 골라서 때린 것이다.

현재 무라사메급 호위함 세 척 중에서 두 척은 함 중간과 함미에서 화재가 크게 번져나갔다. 대함미사일이나 헬기 연료 등 인화성 물질이 불길을 키우고 있었다.

"통신참모! 아까 준비했던 전문을 송신하게."

"예!"

전단장 최현규 준장이 자랑스럽게 지시했다. 통신참모가 함빡 웃으며 내용이 담긴 전문을 통신장에게 넘겼다. 작전사령관 이웅태 중장이 눈을 둥그렇게 떴다.

"회항하라는 경고문 말인가? 저쪽에서 수신할 수나 있으려나."

"그렇더라도 승자의 권리를 행사해야 합니다. 또한 일본 땅에서 수신할 수 있습니다."

최현규 준장이 아까부터 자꾸 입맛을 다셨다. 완전 무력화된 일본 호위함들을 격침시킬 절호의 기회였기 때문이다. 1함대에서 인명피해가 많이 났다는 사실을 알고 있는 다른 참모들도 불타는 호위함들을 보며 주먹을 부르르 떨었다. 그러나 상부 명령을 어길 이유는 없었다.

전술화면에서 잠시 섬광이 쏟아져 나왔다. 일본 호위함 한 척이

함미 쪽에서 대폭발을 일으키고 있었다.

"DD109 아리아케입니다. 헬기 격납고에서 폭발했습니다."

헬기가 폭발했는지, 항공유가 폭발적으로 연소하는지 확인하기 어렵지만, 침몰을 걱정해야 할 정도로 큰 타격을 입었다. 호위함 세 척 중에서 기리사메는 계속 전진하고, 유우다치는 우현으로 급선회해 일본으로 향하고, 아리아케는 멈춘 채 제자리에 떠 있었다.

8월 16일 07:10 독도 남서 43km 해상

"경북함과 군산함이 레이더에 포착됐습니다. 방위 공십이도, 거리 48km. 침로 이백팔십공도 속력 1노트 표류 중입니다. 해경 함정들이 접근하고 있습니다."

5전단 작전참모가 보고했다. 전단상황실이 일순간 침통한 분위기에 빠졌다.

독도 서쪽으로 천천히 흘러가는 울산급 호위함과 포항급 호위함은 1함대 13전대 함정들이었다. 배수량이 압도적으로 큰 데다 대구경 함포를 갖춘 일본 호위함들을 상대하기에는 애당초 무리였다.

그렇다. 무리라는 것은 누구나 알 수 있었다. 그러나 싸우지 않을 수 없었고, 이들은 끝까지 싸우다가 함포 전부와 엔진까지 잃고 하릴없이 표류 중이었다. 어쩌면 승조원 대다수가 전사했을지도 몰랐다. 해군 승조원들이 그토록 지키려 했던 독도와 동해바다가 두 함정을 조용히 지켜보고 있었다.

"독도까지 42km 남았습니다. 아직 한 시간은 더 가야 합니다."

전투현장은 독도 동쪽 바다였다. 한일 함정들이 이곳저곳 분산돼서 싸우는 통에 정확한 거리와 방위를 제시할 수 없을 정도였다. 해경 함정들은 전투현장에서 이탈한 함정에서 사상자를 구조하고 있었다. 정부의 명령이 엄중했으므로 이들 구난함은 독도 동쪽 해역에 접근하지 못했다.

"전 함정에 30노트로 증속하라고 하게. 전투 상황은?"

"임진왜란 이후 최초로 승선전투가 진행되고 있습니다."

적함에 올라타 총을 쏘고 칼을 휘두르는, 서구 해적영화에서 많이 볼 수 있는 장면이 21세기 독도 동쪽 바다에서 펼쳐지고 있었다.

"우리가 오는 것을 모르나? 무선으로 경고해서 일본 함정들을 물러서게 할 수는 없을까?"

"불가능하다고 합니다. 7호위대가 격파된 직후 일본 정부에서 3호위대군과 13, 15호위대에 긴급 귀항을 명령했으나 전 함정이 통신기가 파괴돼 수신 불가라고 합니다. 방금 일본 TV에 나온 이야깁니다. 20분 전까지 통신이 가능했던 묘코에서도 지금은 응답이 없다고 합니다."

"어이가 없군. 한국 해군은 휴대전화로 통하잖아?"

- 장산곶 마아루우에에, 에에에! 북소리 나아드으니이, 이이이 이이이.

클래식 음악을 벨소리로 삼는 사람이 많다.

"험! 음? 김준식 사령관! 살아있었소?"

- 필승! 물론입니다. 저놈들을 다 때려잡기 전에는 죽을 수 없습니다.

"그 사이 왜 나한테 전화하지 않았소? 김 소장이 전사한 줄 알고 걱정했는데."

- 5전단 이동경로 중간은 무선 중계기가 없는 해역입니다. 작전

사령부에 이미 보고해서 작전사령관께서도 아실 줄 알았는데, 해작사 참모들은 제 생존사실을 중요하게 취급하지 않았던 모양입니다?

독도에 휴대전화용 무선 중계기가 있다.

"그럴 리가 있겠소? 하하! 목소리가 밝군요."

- 한 척이 묘코에 나포됐습니다. 그 과정에서 승조원 대부분이 전사했습니다. 결사대를 조직해서 묘코를 나포하려다가 참고 있습니다.

"아까 TV로 봤소. 그놈들, 못 도망가게 꼭꼭 잡아놓으시오. 이제 곧 도착하오. 절대 무리는 하지 마시오!"

그 사이 5전단장은 예하 함정들에게 태극기를 게양하라고 지시했다. 해군 증강을 지지하는 시민단체에서 성금을 모아 제작해 보내준 대형 태극기가 5전단 함정 마스트에 나부꼈다.

일본 해상자위대 15호위대는 독도 동쪽 100km 지점까지 접근했다. 이들도 밤새도록 달려왔지만 5전단이 빨리 도착한 만큼, 아무런 역할도 할 수 없게 됐다.

8월 16일 07:50 독도 동쪽 5km 해상

"이제야 도망가려고? 늦었어!"

5전단 함정들의 출현에 놀란 일본 호위함들이 다급하게 움직였다. 그러나 세종대왕함을 비롯한 5전단 함정들이 퇴로를 차단하면서 국제신호 K기를 게양했다. 정선 명령을 무시한 묘코가 속도를 올리며 틈새로 빠져 나가려는 순간 세종대왕함에서 5인치 함포를 발사했다.

묘코의 승조원들은 갑판과 함교 견시데크에 많이 나와 있었다. 대부분 자동소총을 들고 있는 모습이 마치 임진왜란 때 왜선에 가득

탄 조총병 같았다. 5인치 함포탄이 함교구조물에 작렬하자 해자대 원들이 넘어지고 엎어지며 함내로 도망쳐 들어갔다.

5분 후에 4분의 1쯤 남은 묘코의 마스트에 백기가 올랐다. 다른 호위함에서도 모두 백기를 올렸다. 두 시간 가깝게 지속된 해상 총 격전이 마침내 끝났다.

"인도주의에 의거, 사상자가 많이 발생한 일본 함정 승조원들을 전원 한국으로 호송해 병원에 입원시키겠음. 지시에 따르기 바람."

작전사령관의 통고 내용을 입력하는 통신장의 손길이 경쾌했다.

"범죄에 사용한 결정적인 증거품인 함정은 전부 압수하겠음. 이 내용을 탐조등 신호와 수기 신호로 일본 함정에 보내게."

도망가지 못하고 5전단 함정들에게 붙들린 일본 호위함은 총 8척 이었다. 그 중에 두 척이 이지스함이었고, 심각한 타격을 입고 표류 하는 일본 호위함 두 척은 해경 함정이 예인해왔다. 임진왜란 이후 해군이 거둔 최대 승리였다. 이 모두가 1함대 승조원들이 처절히 싸 워준 덕택이었다.

8월 16일 08:01 서울

이재성은 군 제대 후 복학한 대학생이다. 새벽에 친구로부터 전화 를 받았다. 독도에서 한국과 일본 해군이 싸우고 있다는 내용이었 다. 술이 덜 깬 이재성은 리모콘을 찾을 수 없어 직접 TV 전원을 눌 렀다.

정말 전쟁이 벌어지고 있었다. 독도에서. 낡고 작은 한국 군함들이 거의 일방적으로 얻어맞아 불타올랐다. 용감하게 저항하는 군함도 있었으나 오래 버티지는 못했다. 양쪽이 함포를 모두 잃자 함정들 사이에 총격전이 시작됐다. 그러나 승조원 숫자가 압도적으로 많은 일본에 훨씬 유리하게 전개됐다.

생방송으로 해전을 지켜보던 이재성은 인터넷 뉴스 사이트를 찾고 몇몇 토론 사이트에도 들락거렸다. 중요한 장면, 특히 광개토대왕함이 일본 호위함들을 격파하는 장면을 모아 편집한 동영상이 나돌아 몇 개를 구경했다.

이재성은 답답한 마음을 가눌 길 없었다. 인터넷은 해군을 어떻게 도와줄 방법이 없는지 물으며 발을 동동 구르는 사람들로 넘쳐났다.

해전이 TV로 생방송 중이니 광화문에 모여서 응원하자는 이야기도 나왔다. 해군이 무더기로 죽어가는데 축구경기처럼 모여서 응원하는 게 말이 되냐면서 비난하는 사람이 많았다. 그러나 패할 수밖에 없는 승부도 국민이 지켜봐야 할 의무가 있다는 식으로 주장하는 사람이 더 많았다. TV로 생중계하는 기자와 아나운서들도 해군이 죽어가는 모습을 끝까지 지켜봐달라고 국민에게 호소하자, 지금 당장 광화문으로 가겠다는 사람들이 늘어났다.

친구에게서 다시 전화가 왔다. 광화문으로 가자는 친구 말에 어이가 없었지만, 친구 주장에 승복할 수밖에 없었다. 친구는 이길 수도 있는 스포츠 경기가 아니라, 질 수밖에 없는 전쟁에서 한국 해군을 응원하자고 했다. 국민으로서 책임을 지자는 소리였다. 일본이 독도를 두고 도발할 때마다 화만 냈지 실제로 독도를 지키기 위해 국민이 무엇을 했는지 묻는 친구 말에 이재성은 대답할 수 없었다.

광화문에 도착했다. 사람들이 천 명 남짓 모여 있었다. 출근길에 차를 세워놓고 빌딩에 설치된 대형 전광판을 보는 사람도 많았다. 이재성은 서울시 의회 앞에서 친구를 만났다. 친구는 축구 응원 때처럼 빨간색 티셔츠를 입고 있었다.

처음에 사람들은 그저 TV를 지켜보기만 했다. 함정들 사이에서 진행되는 총격전은 한국에 불리했다. 그러다 어떤 한국 군함에 일본 자위대원들이 뛰어들자 관중들 사이에 비명이 터져 나왔다. 한참이 지나고, 한국 군함에 일본 욱일승천기가 게양되자 비명은 흐느낌으로 변했다. 중상을 입고 일본 군함으로 실려 가는 한국 해군의 모습에 까무러치는 여성들도 있었다.

그러나 지금, 분위기는 완전히 바뀌고 말았다. 한국의 신형 군함들이 나타나자 일본 군함들이 허둥지둥 도망쳤다. 관중들은 감탄사만 내뱉었다. 한국 군함에서 포를 쏘자 사람들 사이에 첫 번째 환성이 일었다. 일본 군함에서 백기가 오르자 광화문에 모여든 일만 여 명의 시민은 열광의 도가니에 빠져 들었다.

"이겼다! 재성아! 우리가 이겼어!"

"그래! 이게 꿈이 아니지?"

"자! 해봐야지? 대에에한 민! 국! 짜작! 짝! 짝짝!"

"대에에한민국!"

출근하던 시민, 이미 출근했던 시민들이 광화문으로 쏟아져 나왔다. 방송국 취재차량들이 도착해 이원방송을 시작했을 때, 광화문에는 10만 명 가까이 모여서 대한민국과 해군을 연호했다.

8월 16일 08:25 독도 동쪽 5km 해상

"포로가 천 명이 훨씬 넘겠네. 이것들을 다 어디에 수용하지?"

"작전사령관님! TV를 보십시오. 국민들이 대한민국과 해군을 연호하고 있습니다!"

"전단장은 TV는 그만 보고 포로수용을 어떻게 할 것인지 먼저 결정하시오!"

행복한 고민을 하는 작전사령관에게 통신참모가 다가왔다.

"대통령님께서 보낸 전문입니다!"

"오호! 축하전문인가?"

"죄송합니다. 일본 호위함들을 나포하지 말라는 명령입니다."

통신참모가 보고하자 작전사령관과 5전단장을 비롯해 참모들 모두가 안색이 돌변했다. 이웅태 중장이 전문을 빠르게 읽다가 집어던졌다.

"뭐야? 쟤들을 다 풀어주라고? 맙소사! 그게 무엇을 뜻하는데! 대한해협에 일본 함정들이 집결하고 있는 것을 대통령은 모르시나? 이렇게 되면 일본이 물러설 것 같아? 일본 호위함대 전체와 싸우게 된다. 승리를 자신할 수 없어!"

5전단장이 전문을 주워들고 몇 번이나 다시 읽었다. 이웅태 중장은 계속 흥분의 도를 높여갔다.

"저들을 포로로 잡으면 전쟁은 끝나! 항구로 데려가기만 하면 돼! 그런데 당장 이곳에서 놓아주라고? 함정에 태운 채로 놓아줘? 미쳤어? 지금까지 수많은 한국 해군이 죽었어. 앞으로 얼마나 많은 젊은 이들이 더 죽어야 하는 거야?"

"하지만 명령입니다, 사령관님."

"이이이!"

전단장 최현규 준장이 어깨를 축 늘어뜨리고 작전사령관이 부들부들 떠는 사이 전단 작전참모가 보고했다.

"15호위대가 접근하고 있습니다! 방위 공구십사도, 거리 71km!"

이웅태 중장과 최현규 준장이 눈을 번쩍 떴다. 15호위대의 위치는 울릉도 상공에서 비행하는 E737 '평화의 눈'에서 시시각각 전해주었다. 잠시 15호위대를 잊었던 전단장이 즉각 명령을 내렸다.

"교전하겠다. 각 함정, 대함미사일 발사 준비!"

"그래! 나포하지만 않으면 되는 거야. 독도 200마일 해상에 들어온 이상 교전 의사가 있다고 봐야지!"

얼굴에 화색이 돈 이웅태 중장이 주먹을 불끈 움켜쥐었다.

호위함 진츠, 치쿠마, 유우기리는 밤새도록 동해를 횡단해 독도에 거의 도착할 때쯤 3호위대군과 14호위대의 비보를 접했다. 7호위대가 전멸한 것도 알았다. 결국 아무런 역할도 못하고 단순 표적으로 전락하고 말았다.

"15호위대가 침로를 바꿉니다. 도주합니다!"

"빨리 대함 교전 절차 진행해! 저놈들이 도망가기 전에."

5전단이 보유한 해성 대함미사일의 사정거리에 비추어, 15호위대 함정들이 도망갈 가능성은 없었다. 대통령이 다시 엉뚱한 명령을 내리기 전에 15호위대라도 격멸시키고 싶은 것이 작전사령관의 마음이었다.

다급해진 이웅태 중장과 최현규 준장이 전투지휘상황실로 나섰다. 세종대왕함의 전투지휘상황실에서는 해성 대함미사일의 마지막 발사절차를 진행하고 있었다.

"좌현 A발사대!"

- 삐익! 삐익! 삐익!

"1번 저장대, 표적 자료 입력!"

"자료 입력 확인!"

이웅태 중장이 침을 꿀꺽 삼켰다. 밤새 독도로 달려올 때보다, 아까 7호위대를 격파할 때보다 지금이 훨씬 초조했다.

현재 15호위대가 5전단을 공격할 가능성은 없었다. 주변에 일본 호위함들이 표류하고 있기 때문이다. 15호위대 함정들이 하픈을 발사하면 한국 함정보다는 대공방어능력을 상실한 일본 호위함에 피해를 입힐 가능성이 훨씬 컸다.

통신참모가 전단상황실에서 뛰쳐나와 보고했다.

"대통령님으로부터 전문입니다! 독도 동쪽 해상에서 접근하는 일본 함정들을……."

"발사해! 어서!"

작전사령관이 고함을 치는 사이 통신참모가 울먹거리며 문장을 완성했다.

"공격하지 말라는 명령입니다."

"난 못 들었어. 어서 발사하라니까!"

"사령관님."

"발사하라고! 그런데 어째서 다른 함정에서도 해성을 발사하지 않나? 작전참모! 네가 상황 전파했지? 왜 시키지도 않은 짓을 했어?"

"사령관님. 제발."

5전단장 최현규 준장과 세종대왕함 함장 박상규 대령, 작전참모가 이웅태 중장 앞에서 고개를 숙였다.

"3호위대군을 놓아주고 15호위대를 공격하지 않으면 이번 사태를 이 정도 선에서 끝낼 수도 있다는 귀띔을 일본 정부로부터 받았겠지. 하지만 거짓말이야! 두고 봐! 내 말이 맞아! 100년 넘게 그렇게 속아놓고도 또 속고 싶은 거야? 빌어먹을! 청와대에 IFF 때려봐! 적인지 아군인지부터 구별해야겠어."

최현규 준장이 기어들어가는 목소리로 보고했다.

"사령관님. 인명구조가 급합니다. 먼저 익수자 구조와 사상자 구호부터 실시하겠습니다."

"맘대로 하게. 내가 무슨 힘이 있나? 지휘관인 전단장이 알아서 다 하게."

작전사령관 이웅태 중장이 의자에 털썩 주저앉았다. 승리한 제독은 힘없이 고개를 젖혔고, 두 눈은 초점을 잃었다.

구조작업은 해군이 아니라 해경 위주로 진행됐다. 해경 구난함은 구조작업에 훨씬 전문적이었고, 보유한 구조장비도 더 우수했다. 단정들이 익수자들을 구조하는 사이 구난함들은 추진력을 잃은 함정들을 예인하기 위해 예인색을 연결했다.

사상자가 너무 많아서 급한 대로 중상자만 태운 3천 톤급 구난함이 먼저 동해시로 달려갔다. 독도 선착장에 집결한 이후 한국 해경이 제공하려는 의료지원을 완강히 거부했던 해상보안청 특수경비대와 오사카 부경 특별급습팀도 순순히 해경 함정에 탔다.

의자에 앉아 정신이 나간 듯했던 이웅태 중장이 갑자기 벌떡 일어섰다. 그리고 남동쪽으로 천천히 항진하는 일본 호위함들의 위치를 확인했다. 기관이 살아있는 배들이 추진력을 잃은 호위함들을 예인해가고 있었다.

"묘코 세워! 묘코에 납치됐던 승조원들은 구출했나?"

"세 명 모두 구출했습니다. 한 명은 이미 전사했습니다만."

작전사령관이 함장에게 뚜벅뚜벅 걸어갔다.

"다른 놈들은 다 풀어주더라도 묘코 이놈만은 절대 안 돼! 묘코 이놈이 80명이 넘는 승조원을 죽였어!"

"명령을 수행하겠습니다."

함장 박상규 대령이 신병처럼 큰 목소리로 대답했다.

잠시 후 세종대왕함이 일본 호위함들을 앞질렀다. 그리고 함포를
쏘아 정지시킨 후, 묘코 승조원들을 다른 호위함에 모두 옮겨 태웠
다. 묘코 승조원들이 세종대왕함을 향해 주먹을 휘두르며 욕설을 하
는 듯했으나, 별다른 저항은 없었다. 사실 일본 호위함들에게는 저
항할 수단이 전무했다. 일본 순시선들은 조금 떨어진 곳에서 세종대
왕함의 눈치를 살피기 바빴다.

묘코의 승조원이 세종대왕함을 향해 뭐라고 항의하듯 외쳤다. 일
본어를 할 줄 아는 장교에게 통역을 시켜보니, 묘코가 마이즈루를
출항하면서 이차대전 직후 마이즈루에서 폭침한 여객선에 탄 조선
인들을 위해 묘코 전 승조원들이 묵념을 올렸다는 이야기였다. 한국
을 미워하는 것도 아니고 그저 의무에 충실했을 뿐인 묘코함에 대해
지나친 처우를 하는 것이 아니냐는 항의였다.

"침략자 주제에!"

작전사령관의 반응은 단순 명쾌했다.

20분이 지나 묘코를 제외한 나머지 배들이 다시 남동쪽으로 움직
였다. 독도 남동쪽 11km 해상에는 이지스 호위함 묘코만 남았다. 여
전히 한국 영해 안쪽이었다.

"내가 생각해도 좀 치졸하지만, 이놈만은 반드시 복수를 하고 싶
네."

"충분히 이해합니다. 저도 전적으로 공감하는 만큼, 작전사령관님
과 동일한 책임을 지고 싶습니다."

"미안하네, 함장."

해류를 따라 천천히 표류하는 묘코를 내버려두고 세종대왕함은

독도로 돌아왔다. 작전사령관이 전단 함정들에게 통하는 통신 마이크를 잡으려할 때 최현규 준장이 만류했다.

"사령관님! 제가 전단장입니다. 제가 지휘하겠습니다."

"아니! 내가 지휘한다. 전단장은 지금 부상병들을 구조하느라 전단 지휘를 못하네. 그렇지?"

"사령관님."

이웅태 중장이 몸을 돌렸다.

"좋아! 작전사령관이다! 독도를 지키기 위해 처절하게 싸우다가 끝내 산화한 1함대 승조원들의 명복을 빌기 위해 조포를 쏘겠다."

5전단 함장들이 그 의미를 되새길 시간을 준 다음 이웅태 중장이 지시했다.

"제물은 묘코. 방위 백십공도. 거리 6해리. 조포는 해성! RBL 모드."

중간에 휴대전화 벨소리가 울렸으나 이웅태 중장은 받지 않았다. 대함유도탄 발사절차가 계속 진행됐다.

"발사 30초 전!"

"작전사령관님!"

전단 통신참모가 전문을 들고 전투정보상황실로 뛰어 들어왔다. 그러나 전단장이 참모를 데리고 조용히 밖으로 나갔다.

- 투웅!

5전단 함정 여섯 척에서 해성 대함미사일이 동시에 발사됐다. 부스터를 분리시키고도 계속해서 하늘로 치솟아 오르던 대함미사일이 천천히 고도를 낮춰나갔다. 미사일은 순항고도에 이르기도 전에 목표를 포착했다.

- 콰콰쾅!

대함미사일 여섯 발이 이지스함 묘코에 동시에 착탄했다. 두 발은 위에서 내려찍고, 네 발은 홀수선 주위를 노려 함에 박힌 다음 폭발했다. 이지스함 묘코가 급속히 오른쪽으로 기울어지다가, 그대로 뒤집혔다. 함수부터 침몰하기 시작한 묘코는 잠시 스크루만 물 위에 남겼다가 이내 사라졌다.

12. 우린 죽으러 간다

8월 16일 08:45 진해

3함대가 목포로, 해군 작전사령부가 부산으로 옮겼어도 여전히 진해에 남아있는 부대나 함정은 있었다. 출동을 마친 함정들이 정박한 사이 휴가를 갔던 장병들이 급히 돌아왔다. 휴가장병들은 독도에서 해경과 순시선 사이에 총격전이 발생한 어제 저녁에 집에서 출발해 부산이나 사천에서 하룻밤 묵은 후 새벽차를 타고 진해에 도착했다.

"야들이 미친나? 안 받겠다카는데 와 자꾸 줄라카나?"

선술집을 겸한 허름한 식당 앞에서 주인아줌마와 수병들 사이에 실랑이가 벌어지고 있었다.

"지금 출동하면 언제 올지 모른다고요. 빨리 받으세요."

"안 된다. 내는 몬 받는다. 그깟 외상값 갔다 와서 주든지 해라."

식당 주인이 문을 닫으려 하자 수병들이 가로막고 돈을 내밀었다.

"아줌마! 급해요. 빨리 가야 한다니까요!"

"언제 올지 모른다니. 못 올지도 모른다는 말 아이가? 내는 돈 몬 받는다. 받으면 내 가슴 찢어질 끼다."

"독도에서 우리 해군이 이기는 거 TV로 보셨죠? 이번에도 우리가 이길 겁니다."

"아이다. 그건 몇 척끼리 싸울 때 이야기지. 왜놈들 전체하고 싸우면 절대 몬 이긴다. 내도 안다."

"안 되겠다. 미안합니다!"

수병들이 지폐 몇 장을 가게 안에 던지고 달려갔다.

"갖고 가그라!"

수병들이 저만치 달려가고 있었다. 섭섭하게도 수병들은 뒤돌아보지 않았다.

"내 안다. 니들 몬 돌아온다. 노잣돈으로나 쓰지 와 나한테 주나."

식당 주인이 보도에 주저앉았다.

"얼라들 다 죽는다! 이건 아이다!"

8월 16일 09:10 서울 청와대

청와대 브리핑실에서 진행되는 기자회견에서 청와대 공보관 얼굴은 무척 상기돼 있었다. 기자 수십 명이 한꺼번에 손을 들었다.

"한국 해군의 인명 피해는 어느 정도입니까?"

"현재 전사자가 632명으로 집계됐습니다만, 중상자가 많아 더 늘어날 것으로 예상됩니다."

1함대 함정 중에서 치열한 함포전과 함상전투 중 승조원이 거의 전멸한 함정도 속출했으나, 애초에 울산급과 포항급은 승조원 숫자 자체가 적다. 전사자 숫자는 한국 해군이 적은 반면 전사자 비율은 해상자위대에 비해 훨씬 높았다.

"일본에서는 해상자위대 전사자 숫자를 860명 정도로 발표했습니다. 한국 해군의 승리라고 봐도 될까요?"

"해상자위대 함정들은 전술 목표를 달성하는데 실패한 반면 한국 해군은 달성했습니다. 한국 해군이 일본 함정들을 독도 영해 바깥으로 쫓아낸 것이 더 중요합니다. 전사자 숫자를 떠나서 그것만으로도 한국 해군은 이미 승리했습니다."

공보관이 답변을 마치자 기자들이 일제히 손을 들었다.

"한국 해군이 패한다고 본 전문가들이 많았습니다. 승리 요인을 든다면 무엇이 있을까요?"

"그것은 불퇴전의 각오로 전투에 임한 1함대 장병들의 역전에 있고, 두 번째는 5전단의 적절한 지원에 있다고 봅니다."

"상대적으로 대형인 울산급보다는 포항급이 훨씬 많은 활약을 한 데에 대한 소감은?"

"선체가 크고 화력이 강한 울산급 세 척이 초기에 집중적인 공격을 받았기 때문입니다. 울산급은 전대 지휘관이 탑승하기 때문에 지휘체계 붕괴를 노린 일본의 의도적인 공격이었습니다."

"골키퍼라는 무기, 대단하던데요. 미사일 요격하는 기관총인 줄 알았다가 군함을 공격하는 것을 보고 깜짝 놀랐습니다. 그래도 되는 겁니까?"

"함정이 보유한 모든 무기는 모든 적을 퇴치하는 데 동원된다고 합니다. 골키퍼, 정말 킹왕짱이었죠?"

브리핑실에 웃음이 터져 나왔지만, 일본인 기자들 얼굴은 딱딱하게 굳어 있었다.

"일본 함정에서 선제공격하는 장면이 생방송 화면을 탔는데요. 어떻게 보십니까?"

"해상자위대의 선제공격은 영토주권을 수호하려는 대한민국 국민에 대한 테러행위입니다! 선제공격을 당한 불리한 상황에서도 끝까지 싸워 침략자를 물리친 해군 1함대의 분전을, 대한민국 정부는 이 자리를 빌어 축하하는 바입니다. 여러분도 생방송을 보셨다시피, 1함대 승조원들의 감투정신은 실로 존경스럽다 아니 할 수 없습니다."

독도해역 해전에서 승리한 일에 대해서는 기자들에게 사전 배포한 보도자료에 사진과 더불어 자세히 설명돼 있었다. 기자들이 새로운 질문을 했다.

"해상자위대 함정들이 대한해협에 집결하고 있다고 일본 방송에서 보도했습니다. 한국 해군도 대응에 나설 계획입니까?"

"대한민국 정부는 영토를 보존하기 위한 국가의 의무를 언제든 수행할 각오가 돼 있습니다. 대한민국 해군은 승패 여부를 떠나서 군의 임무를 수행하기 위해 차분히 준비 중입니다."

외국인 기자가 지명을 받고 간단히 질문했다.

"섬을 두고 벌이는 영유권 분쟁입니까?"

분쟁임을 인정하면, 즉 국제분쟁으로 규정되면 평화적이고 합법적으로 해결하기 위한 유엔 안전보장이사회나 국제재판 등 제3자가 개입할 수 있는 여건이 조성되기 때문에 실효적 지배를 확보하고 있는 한국 입장에서는 분쟁의 존재를 부인하는 것이 유리하다. 한국은 국제사법재판소의 강제관할권을 수락하지 않았기 때문에 일본의 제소에 한국이 응하지 않으면 상관없지만, 만약의 경우도 있는 법이다.

청와대 공보관도 그런 취지로 답변했다.

"절대 아닙니다. 밀입국한 일본인의 신병처리를 두고 한국 정부와 의견이 다른 일본이 내정간섭을 하고 있을 뿐이며, 한국 정부는 단호히 배척하는 중입니다."

오늘 아침 일본 관방장관은 긴급 브리핑에서, 일본 영토인 섬을 탈환하는 작전이 아니라 독도에서 납치, 감금당한 일본 민간인을 구출하는 작전이라고 주장했다. 또한 부수적으로, 구출작전에 참가한 일본 경찰 부상자들을 구조하기 위해 해상자위대 함정들이 인도적인 임무를 수행하는 와중에 한국 해군이 방해해서 일어난 불행한 사건으로 규정했다. 이차대전 종전 이후 전 세계에 일본이 평화국임을 인식시키기 위해 노력한 일본 입장에서도 그 좋은 이미지를 버릴 생각은 전혀 없었다.

유엔헌장에 대한 유권해석인 1970년 우호관계원칙선언에서 모든 국가는 영토 분쟁과 국가의 경계에 관한 문제를 포함한 국제분쟁을 해결하는 수단으로써 무력에 의한 위협 또는 무력 사용을 해서는 안 된다고 돼 있다. 일본은 '불법적으로 한국에 점거된 다케시마를 수복하기 위해 해상자위대 함정을 투입했다.'고 대외적으로 주장할 수가 없다. 그런 주장을 했다가는 일본이 세계를 향해 '나 침략자요.' 하고 자백하는 것과 다를 바 없기 때문이다.

"이번 군사력 충돌 사건은 미국이 한국과 일본의 충돌을 막으려는 과정에서 오히려 더 크게 번졌다고 하는 워싱턴 정가의 관측이 있습니다. 어떻게 생각하십니까?"

"으흠. 미국은 제3자입니다. 일본이 독도에 권리가 없는 것처럼 미국도 이번 사건에 관여할 어떠한 권리도 없습니다. 미국 정부는 엄정 중립을 지키고 있는 것으로 압니다."

"하지만 백악관 안보보좌관이 뒷목을 잡고 쓰러졌다는 이야기가 있습니다."

"그분은 노인이시고 워낙 흥분을 잘하는 분이시니 병원에서 차분히 치료를 받으셔야 하겠지요."

미국 보수 정치인의 장점이라면 음험함에 있다.

"오후에 벌어질지도 모를 해전에서 한국이 이길 것이라고 보십니까?"

"아까도 말씀드렸다시피 정부는 영토주권을 수호하기 위해서는 승패를 불문하고 영토수호 임무에 나서야 합니다. 중요한 것은 바로 그것입니다."

브리핑실의 분위기가 착 가라앉았다. 방송기자 한 사람이 손도 들지 않고 말했다.

"한국이 패할 것으로 보는 관측이 많습니다."

"독도 해역에서도 그랬지요. 그러나 한국 해군은 이겼습니다. 다시 해전이 벌어진다 해도, 또 이길 것입니다."

"해군 작전사령관이 대통령의 명령을 거부했다는 미확인 정보가 들어왔습니다만, 어떻게 보시는지요? 묘코함을 대함미사일로 격침시킨 사건과 관계가 있다고 합니다."

공보비서관이 피식 웃었다. 그러나 이것은 사실 청와대 공보관이 긴장했을 때의 버릇이었다. 공보관을 잘 모르는 기자들은 아주 쉽게 속아 넘어갔다.

"항명 수준까지는 아니고, 군인으로서 충분히 이의를 제기할 만한 상황이었다고 봅니다. 대한민국 해군은 참모총장과 작전사령관 이하 전 장병이 정부의 명령을 충실히 수행하고 있습니다. 그리고 정부는 영토주권을 지키기 위해 나선 해군을 지원할 만반의 준비를 갖추고 있습니다."

8월 16일 10:10 도쿄 신주쿠

도쿄 신주쿠 이치가야에 위치한 방위 청사 A동 지하는 자위대 중앙지휘소다. 총리대신을 비롯한 각료, 통막의장을 비롯한 막료장들이 참석했다. 독도에서 3호위대군이 밀려나는 바람에 해상자위대의 방위출동을 승인하는 임시 국회에서 혼쭐이 났지만 총리대신은 여유가 있었다.

"TV시대요. TV가 없었다면 적절한 시기에 적절한 지시를 하지 못했을 게 분명합니다."

통합막료회의 의장과 해상막료장은 유구무언이었다. 정상적인 단계를 밟아 총리에게 보고하려면 못해도 두 시간은 걸린다. 독도 해역에서 포로가 될 뻔한 자위대원들과 호위함들을 구한 주인공은 다름 아닌 TV 생방송이었다.

"그리고 만약 15호위대가 접근하는 것을 다케시마 정상에서 기자들이 발견하지 못했다면, 으휴! 정말 끔찍한 일이 생길 뻔했소"

총리대신이나 통막의장, 해막장, 자위함대 사령, 호위함대 사령 등 지휘계통에 있던 그 누구도 15호위대를 신경 쓰지 못했다. 한국 5전단이 독도 해역에 등장한 직후부터 충격에 사로잡혀 있었기 때문이다. 그런데 15호위대가 접근하는 것이 TV에 중계됨으로써 총리가 한국 대통령에게 전화를 걸 수 있었다.

소심한 한국 대통령이 일본 총리의 제안을 받아들인 덕택에 호위함 8척이 나포되는 비극을 막을 수 있었고, 15호위대도 전멸을 피했다. 그러나 한국 대통령에게 감사를 표할 이유는 없었다.

총리가 한국 대통령에게 제안한 것은 간단했다. 5전단에 나포된 일본 호위함들을 풀어주면 일한 우호를 저해하는 이 불행한 사태가 이 정도에서 종료될 가능성이 있다고 개인적으로 느끼고 있는데 대통령의 의향은 어떤가 묻는 게 실례가 아닌지 궁금하다는 내용이었다. 어수룩한 한국 대통령은 간단히 넘어갔다. 지금쯤 땅을 치고 후회할 것이다.

5전단에 의해 묘코가 격침될 때도 총리는 전화를 걸었다. 그때 너무나도 착한 한국 대통령은 그렇지 않아도 그 문제로 해군 작전사령관에게 전문을 이미 보냈고, 직접 통화를 시도하고 있다고 답했다. 비록 묘코가 침몰하는 사태를 막지는 못했지만, 한국 대통령은 일본 총리에게 완벽한 호구로 낙인 찍혔다.

총리대신이 여유를 부리는 것은 단단히 믿는 구석이 있기 때문이었다. 새벽의 실패를 기화로 더 큰 기회를 붙잡겠다는 것이 총리의 의중이었다.

"노나카 해장! 정보본부에서 취합한 자료를 여기서 풀어보시오. 한국 해군이 집결했다고 들었는데, 그래도 우리가 이길 수 있겠지요?"

어제까지는 어떤 상황에서든 해상자위대가 질 리가 없다고 생각한 사람이 대다수였다. 그러나 아침에 일본 호위함들이 독도에서 쫓겨난 후 불안감이 커졌다. 현해탄에 일본 호위함들이 집결하고 있지만 한국 해군도 부산에 함정들을 집결시킨다고 했다.

통합막료회의 정보본부장 노나카 해장이 애매한 미소를 지었다.

"결론을 먼저 말씀드려도 되겠습니까?"

"화통하군. 좋소. 말씀하시오."

노나카 해장은 사석에서 선배든 상사든 일단 친한 척 반말로 시작할 사람이었다. 선배가 거부하면 존칭을 쓰면 되고, 받아들이면 맞먹는다. 그래서 총리대신은 노나카 해장을 싫어했다. 총리대신도 같은 스타일이었기 때문이다. 중학생 때부터 동급생에게 존칭을 쓰는 엘리트 멍청이들도 물론 싫었다.

"결단이 빠를수록 일본에 유리합니다!"

"한국 해군의 집결 속도 때문이오?"

"바로 그렇습니다. 그러나 한국 해안에 분산돼 배치됐다가 집결하는 잡다한 함정들이 아니라, 바로 5전단이 문제입니다."

"7호위대를 공격한 바로 그 여섯 척 말이오? 다케시마 해역에서 호위함 8척을 나포할 뻔했었지. 15호위대 세 척을 격침시킬 뻔하고. 그러나 결국 아무것도 하지 못했소. 믿음직한 한국 대통령 덕택에."

언제든 이쪽을 편들어주는 듬직한 우군이 상대방 진영 가장 높은 곳에 박혀 있으니 참으로 행복한 일이었다. 그러나 그 우군이 상대편에 있는 것은 환영하지만, 아예 이쪽 편으로 붙는다면 거절해야 한다고 총리는 생각했다.

"그렇습니다. 5전단은 해자대와 비교해서도 강력한 단위부대입니다. 해자대 1개 호위대군과 동등, 또는…… 에에…… 비슷한 전력으로 평가됩니다. 하하! 한국이 많이 컸지요."

인상을 찌푸리는 해상막료장의 눈치를 살피며 노나카 해장이 웃음으로 얼버무렸다. 새로 편제된 5기동전단이 이지스 3척, 방공함 6척, 독도함 1척으로 완편됐을 때뿐만 아니라 지금처럼 이지스 2척, 방공함 4척인 임시 감편 체제에서도 1개 호위대군 8척보다 공격력과 방어력에서 우세하다.

"방금 들어온 보고에 따르면 5전단 함정들이 남서쪽으로 급거 항진하고 있습니다. 5전단이 3함대에 합류하면 해자대는 승리를 장담하기 어렵습니다."

노나카 해장이 리모콘을 들어서 버튼을 눌렀다. 5전단이 합류할 경우 부산에 집결한 한국 해군 수상함 세력의 전력이 대형화면에 전시됐다. KD3 세종대왕급 이지스 구축함 2척(1척 취역 직전), KD2 이순신급 방공구축함 4척(2척 오버홀 중), KD1 광개토대왕급 구축함 2척(광개토대왕함 대파), 울산급 호위함 6척(3척 대파), 포항급 초계함 16척(6척 대파, 2척 NLL 경비), 동해급 초계함 2척(2척 NLL 경비), 울산1급 신형 호위함 2척, 검독수리 고속함 12척. 총 46척.

"현해탄에 집결중인 해상자위대 전력은 다음과 같습니다."

화면이 바뀌면서 일본 해상자위대의 전력이 나타났다. 한국 해군과 달리 편제 위주였다. 제1호위대군 3척, 제2호위대군 8척, 제4호위대군 8척, 11호위대 2척, 12호위대 3척, 13호위대 0척(3척 태풍 피해). 총 24척.

"숫자는 한국이 훨씬 많구려."

총리대신이 어이없다는 표정을 지었다. 한국 함정 숫자를 확인하고 깜짝 놀라는 대신들도 많았다.

"물론 배수량이나 전투 시스템, 방어력은 해자대가 훨씬 앞섭니다만, 보시다시피 척수는 한국이 압도적입니다. 그래서 한국 3함대에 5전단이 합류한 후에는 전투수행이 불가합니다. 우리가 이기더라도 피해가 엄청날 걸로 추산되기 때문입니다."

대함미사일은 1500억 엔짜리 이지스가 8발을 탑재하는데, 수적으로 많은 한국 포항급 초계함도 동일하게 8발을 탑재할 수 있다. 세종대왕급 이지스는 대함미사일 16발을 탑재한다. 한국 해군이 전체적으로 방어력은 크게 뒤떨어지더라도 공격력만큼은 충분히 갖추고 있었다. 문제는 해상자위대의 방어력을 상회하는 공격력을 한국 해군이 갖췄다는 데에 있었다.

"그래서 한국 3함대에 5전단이 합류하기 전에 각개 격파한다! 좋소. 좋은 작전이오. 다케시마 해역에서 국지전만 하면 좋겠는데. 한국은 확대시키고 싶겠지. 한국이 그렇게 하겠다면 할 수 없지요. 다 없애는 수밖에."

헌법9조가 살아있는 평화헌법 체제에서는 일본이 독도를 수복하려는 시도 자체가 거의 불가능했다. 그래서 독도해역에서 그 난리를 피운 해상자위대와 해상보안청도 직접적으로 독도 수복이라는 기치를 내걸지 못했다.

현해탄에 집결한 해상자위대도 겉으로는 일단 독도 해역으로 갈 예정이었다. 작전목표는 여전히 일본 영토인 다케시마에서 납치, 감금된 일본인 구출 작전이었다. 행동대원 네 명이 한반도로 호송됐다는 언론보도가 계속됐지만 그것은 사실이 아니라 한국 정부의 선전에 불과한 것으로 간주했다.

그런데 부산에서 한국 해군이 집결해 독도로 움직이면, 독도로 가는 해상자위대를 막는 모양새였다. 해전이 일어난다면 대마도 북동쪽 해역에서 일어나게 돼 있었다.

그렇게 될 경우 일본은 법적으로 여러 가지 더 많은 문제에 봉착하게 된다. 일단 한국 해군이 한국 영해선에서 벗어나지 않는 동안에 선제공격은 불가능했다. 영해선에서 벗어난 5전단을 먼저 공격한 다음 3함대가 영해선을 벗어나기를 기다려 공격하기도 어려웠다. 3함대는 척수가 많고, 5전단은 방어력이 너무 강해 둘 중 하나만 공격할 때에도 해상자위대가 가진 모든 공격능력을 퍼부어야 하기 때문이다. 해상자위대가 둘 중 하나에 공격을 집중한 다음, 다른 목표로부터 공격받으면 벌고 벗고 싸우게 된다.

"그런데 1호위대군이 왜 세 척이오?"

"총리대신께서 1호위대군 1호위대의 출동을 금하지 않았습니까? 그래서 1호위대군 5호위대 함정 중에서 사세보가 모항인 세 척만 출동했습니다."

"아! 그렇지요. 북조선에서 탄도탄으로 위협하는 마당에 1호위대까지 출동시키면 도쿄 시민들이 불안해해요."

사실은, 해상자위대원들의 가족들이 총리관저에 민원을 넣었다. 더 정확히 말하자면 임무를 마치고 모항에서 정박 중이던 1호위대군 1호위대에게 출동명령이 떨어지자, 승조원들이 가족을 동원해 국회의원들에게 압력을 넣은 것이다. 3호위대와 14호위대 소속 해자대원들이 독도해역에서 숱하게 죽어갔을 뿐만 아니라 7호위대가 전멸하고 15호위대 해자대 함정들도 한때 큰 위험에 처한 사실을 안 1호위대 소속 자위관들의 가족이 국회의원들에게 눈물로 호소했다. 다른 호위대 승조원들 가족도 지역구 국회의원에게 압력을 넣었지만 함정이 이미 출항한 이후인 경우가 많았다.

"아니! 그전에, 통막에서 누가 1호위대는 출동할 필요가 없다고 하지 않았소? 반드시 이 문제를 짚고 넘어가야 합니다!"

"제가 그랬습니다, 총리대신. 1호위대 휴우가나 시마카제 등은 함 규모가 커서 현시 효과는 좋지만 현대 대함전에 어울리지 않아 쓰시마 동쪽 해역 집합훈련에 참가할 의미가 없다고 했습니다. 차라리 수도권 주민들의 심리적 안정이 중요합니다."

총리에게 대꾸하는 통합막료회의 의장 목소리가 조금 떨렸다. 독도해전에서 이렇다 할 결정권도 주지 않고 책임만 묻는 총리에게 좋은 소리가 나올 리 없었다. 그러나 수십 년을 정치판에서 살아남은 총리는 나이에 비해 훨씬 노회했다.

"시민들의 심리적 안정을 위해서라면 차라리 이지스 호위함 공고가 있는 5호위대가 요코스카에 남는 게 훨씬 낫지 않소? 북조선의 탄도탄 위협이 현존하는 마당에 공고를 빼다니요!"

"그렇다면 이지스함과 신형 호위함들을 집합훈련에 참석시키지 않고 도쿄만에 남겨두라는 말씀이십니까? 쓰시마해협에서 도대체 뭘 가지고 싸우라는 말씀입니까?"

중요한 일을 앞두고 지휘부가 균열되는 조짐을 보이자 정보본부장 노나카 해장이 서둘러 나섰다.

"총리대신! 여기 있는 사람은 모두 총리대신의 명령을 받는 사람들뿐입니다. 책임은 나중에 지우셔도 됩니다. 7호위대를 상대한 한국 5전단의 전력을 분석한 결과 결전은 빠를수록 좋습니다."

"아! 정치가의 버릇이오. 잊어버리시오."

그러나 참석자들은 방금 총리대신이 한 말의 중요성을 놓치지 않았다. 오후에 있을 한국과의 대규모 해전에서 만의 하나 패하기라도 하면 해상막료장이 아니라 1호위대의 출동에 소극적인 통막의장이 그 책임을 지게 된다는 뜻이었다. 통막의장의 의견이 대한해협에 출동하는 호위함들의 전력을 더 올려주는 방안이었지만, 정치에서 진실은 별로 중요하지 않았다.

정치인은 일반 국민과 생각하는 게 많이 다르다. 출신 계층의 편향성이나 정책에서 일반 국민과 괴리가 발생하는 것도 문제지만, 국회의원을 어떻게 보는가에서 가장 극명하게 그 차이가 드러난다. 언론사 조사에 따르면 당적 불문하고 동료 국회의원들이 유능하고 도덕적이며 신뢰할 만하다고 생각하는 인간들이 한국 국회의원이다. 일반 국민들 생각과 안드로메다만큼 떨어져 있다.

일본 국회의원들은 합법적인 선거비용을 너무 적게 책정한 선거법에 문제가 있어서 그렇지, 국회의원들이 부패한 것은 아니라고 주장한다. 그래서 법정 선거비용 이상을 선거에 쏟아 붓는 것도, 부족한 선거자금을 기업에서 협찬 받는 것도 불가피하다고 생각한다.

그러나 주는 게 있으면 받는 게 있고, 밀실에서 중요한 결정이 이뤄지는 일본 정재계에서 정치가들이 부패하지 않을 수가 없다. 그리고 정치가의 부정이 폭로될 경우 비서관 같은 희생양이 대신 자살하며 모든 진실을 묻어버리는 선진 정치 시스템이다.

"그리고 15호위대는 왜 전력에서 빠졌소? 내가 한국 대통령에게 아쉬운 소리해서 겨우 살아남았으면 심기일전, 결사보국해야 할 것 아니오?"

"그게. 대함미사일 경보를 받고 15호위대가 오미나토로 향했습니다."

해상막료장은 15호위대가 무서워서 도망갔다는 말은 차마 하지 않았다. 총리대신이 다시 잘난 척하며 해상자위대에게 빚을 지우려 하는 순간 정보본부장이 구해주었다.

"중간에 해상막료장이 마이즈루로 향할 것을 지시해서 항로를 변경했습니다. 하지만 15호위대가 쓰시마 해협에 도착하려면 최소한 저녁 7시는 넘어갑니다. 그리고 15호위대 세 척보다 한국 5전단 6척이 훨씬 강력한 전력입니다."

"흐음. 일리가 있소."

3호위대군 7호위대 세 척은 모두 무라사메급 범용구축함인데도 그야말로 아무런 힘도 쓰지 못하고 5전단에게 격파됐다. 예전 오미나토 지방대이며 아사기리급 한 척, 하쓰유키급 두 척으로 구성된 15호위대가 별 보탬이 되지 못하리라는 것은 누구나 예상할 수 있었다.

"저 전력이라면 해자대의 승리를 담보할 수 없소. 그래서 5전단이 참전하지 못할 이른 시간에 결전을 이끌어낸다?"

"그렇습니다. 한국 함정 중에서 동해급 2척은 대함미사일을 탑재하지 않습니다. 쓰시마해협과 일본해가 아직 태풍의 영향권 안에 있는 만큼 검독수리 12척도 출항이 미지수입니다. 결국 오후 4시 이전에 결전을 치른다면 한국 해군의 역량은 26척까지 줄어들게 됩니다."

"24척 대 26척이라. 아직도 수적 열세요."

"현해탄에 해자대 이지스가 네 척입니다. 약간 수적 열세이지만 한국 해군에서 이지스가 두 척, 신형 KD3 안용복함이 참전한다 해도 최소한 한 척이 해자대에 많습니다. 공격력의 부족은 방어력으로 메울 수 있습니다. 그런데 5전단이 빠지면 한국에 이지스가 없거나 최대 한 척입니다."

"흠. 구미가 당기는군요."

"대함미사일은 한국 해군이 146발, 해자대가 176발을 쏠 수 있습니다. 일본과 한국 함정들이 다케시마로 가는 도중에 마주치는 쓰시마 북동쪽 해역에서 결전을 감행할 경우 시뮬레이션 결과입니다. 보십시오!"

대형화면에는 반쯤 가라앉은 한국 구축함 모양이 20여 척, 불타면서 검은 연기를 내뿜는 함정 다섯 척이 등장했다. 멀쩡한 군함은 단 한 척도 없었다. 그 다음 일본의 예상 피해가 대형화면에 전시됐다.

"증강된 한국 해군 3함대는 전멸, 그것도 대부분 침몰입니다. 해자대는 절반 이상이 전혀 피해를 입지 않고 대공방어력이 취약한 여덟 척 정도가 대파, 대함미사일이 집중된 두 척 정도가 침몰할 것으로 예상됩니다."

"오호! 그 정도면. 해상자위대가 충분히 밥값을 하겠군요. 110년 만에 재현되는 쓰시마해전이라! 쳇! 그때 러시아는 강대국이었는데. 지금 한국에게 이겨도 그만, 지면 창피 아니오?"

해상자위대의 예상 손실 인원은 독도해전에서 함포전만으로 발생한 전사자 860명을 넘어 1000명 수준으로 예측됐다. 독도 남서쪽에서 발생한 해전에서는 156명이 전사했으니 합산하면 대한해협에서 발생할 전사자 숫자가 오히려 더 적었다. 전멸할 것으로 예상되는 한국 해군은 전사자가 총 2천 명이 넘을 것으로 추산됐다.

총리대신은 인명손실에 대한 부담이 컸지만 여기서 그만두기 곤란했다. 예전 같으면 벌써 해자대 함정들을 회항시키고 외교교섭에 나섰을 것이다. 그러나 이번에는 미국이 지켜보고 있었다.

미국은 만의 하나 무력분쟁으로 치닫더라도 교전 규모를 어떻게든 줄여보겠다는 순수한 의도로 독도 주변해역에 갖가지 제한을 가했다. 그러나 독도해역에서 패한 현재 일본 입장에서는 반드시 일본의 능력을 미국에게 증명해야 한다는 의무감을 느끼게 만들었다.

애초에 미국이 세운 규칙 때문에 항공자위대를 동원할 수는 없었다. 이 교묘한 압력으로 작용하는 교전규칙을 변경하면 좋겠지만, 약체로 평가됐던 한국이 이미 승인한 이상 일본이 먼저 미국에게 하소연하기에는 체면이 상했다. 일본이 항공자위대를 동원할 경우 한국은 일본 본토에 순항미사일을 퍼붓겠다고 협박한 것도 감안할 수밖에 없었다.

"여기서 승리한 후 연합함대는 즉각 사세보와 구레로 돌아가 대함, 대공미사일을 재보급 받은 다음 한국 5전단을 격파하기 위해 다시 출동해야 합니다. 왕복 및 재보급에 소요되는 시간은 24시간, 이 시간은 총리께서 벌어주셔야 합니다."

"시간끌기라면, 우리 일본의 친구 한국 대통령이 협조해주겠지요."

외견상 독도해전에서 패배했으므로 총리대신은 여기서 정치적 승부수를 걸어야 했다. 만약 대한해협에서 패하거나 해전을 회피한다면 그 모든 책임을 일본 정부가 져야 하기 때문이다.

일본 국민의 여론은 전쟁 반대가 60퍼센트 정도, 보복하자는 의견이 25퍼센트 정도였다. 여기서 멈춘다면 내각과 중의원을 해산하고 집권당은 참패할 게 뻔했다. 오후 해전에서 반드시 승리해야 겁에 질렸던 일본 국민들에게 자존심을 회복시켜줄 수 있고, 선거도 참패만은 면할 수 있었다. 독도에서 포격전이 시작된 이래, 선거승리는 애당초 포기하고 있었다.

"좋소! 그 영화는 언제 개봉하는 거요? 다케시마에서는 TV 생중계를 해줘서 좋았는데, 이번에는 그게 어려울 테니 무척 아쉽소 오늘 아침에 의기소침해진 일본 국민들이 무척 좋아할 텐데 말이오."

"기자들을 방어력이 강한 이지스 호위함에 동승시키면 됩니다."

관방장관이 제안하고 방위대신이 동의하자 총리대신도 괜찮은 이벤트라고 생각했다. 그러나 해상막료장이 손사래 쳤다.

"이지스에 태워 TV로 중계하면 우리 쪽 피해만 TV에 나옵니다! 수평선 너머에서 침몰하는 한국 함정들이 훨씬 많다는 사실을 당장은 보도하기 어렵습니다."

"해막장 말씀이 일리가 있겠지만, 무조건 안 된다고 우기기보다는 항공기라든가, 가급적 가능한 방안을 제시하시오."

"한국에도 이지스가 있고, 우리가 항공기를 띄우면 한국이 전투기를 이륙시킬 수도 있습니다. 조기경보기나 초계기에도 취재진을 태우기 어렵습니다."

총리대신이 벌컥 화를 냈다.

"이것도 안 되고 저것도 안 되고 자위대는 참 복지부동이구려. 이지스 호위함에 취재진을 태우시오! 전투에 방해가 안 되는 공역에 방송헬기도 띄우시오 물론 죽을 각오를 하고 탈 사람만 타라고 하시오. 자위대보다 기자들이 훨씬 용감한 것 같다니까!"

사실은 독도에서 일본 경찰이 쏜 총에 죽어가면서도 열심히 취재하고 중계하던 한국과 일본 취재진을 떠올리고 한 말이었다. 몸을 숨기고 총 몇 방 쏘다가 도망친 특수경비대나 특별급습팀보다는 기자들이 훨씬 용감해보였다.

"정확한 시간은 언제요?"

"오미나토에서 출항한 4호위대군 4호위대가 가장 늦게 간몬해협을 통과해 현해탄에 도착합니다. 그 시간이 오후 네 시입니다."

"4호위대가 어째서 오미나토에서 출발한 거요?"

"4호위대군의 주둔지는 구레지만 4호위대 주둔지는 오미나토입니다. 4호위대가 마침 구레로 오는 도중 이번 일이 터져서 그나마 예정보다 빨리 도착하는 겁니다."

총리가 자료철을 뒤져 해상자위대 편성표를 읽었다. 머리가 지끈지끈 아파왔다.

"호위대군 편성을 엉망으로 한 것 같소"

"그때는 나름대로 생각이 있었습니다, 총리대신. 최소 1개 호위대를 계속 작전에 투입하려는 계획의 산물입니다."

"그때 5전단은 어디쯤 있게 되나요?"

"교전 예상해역에 200km까지 접근할 수 있습니다. 그러나 해성 대함미사일 사거리로는 부족합니다."

"흐음. 그걸 감안한 교전 예상 시간이로군. 3함대를 부수고 5전단을 각개 격파한다?"

"그렇습니다. 4호위대는 전투 참가여부가 아슬아슬합니다만, 공격에 참가하지 않아도 사실 부담은 없습니다."

"흐음. 여유가 있군. 기대하겠소. 이번에야말로 잘해봅시다."

총리가 대형화면을 주시했다. 반쯤 침몰한 한국 해군 함정들 그림이 인상 깊었다. 그것이 실제가 될 시간이 멀지 않았다.

"총리대신! 손님이 오셨습니다."

관방차관이 곤혹스런 표정으로 보고했다. 손님은 주일 미국 대사였다. 새벽에 전화 통화하면서 한국과 싸우지 말라고 펄펄 뛸 때는 수상 입장에서 무척 섭섭했는데, 독도해역에서 해자대가 패하고 나자 대사가 거품을 물며 날뛰었다. 해상자위대를 미국의 국방 자산으로 간주하는 미국 대사로서는 당연한 반응이었다.

"통막의장. 같이 갑시다. 설명할 것도 있을 테니."

현 통합막료회의 의장은 육상자위대 출신이었다. 육상자위대가 예산배분은 적게 받아도 인원이 가장 많아서 역대 통막의장 절반 정도는 육자대가 차지한다.

"그게 좀 곤란합니다. 통막의장께는 미 육군 1군단장이 방문했습니다."

"끄응!"

미국 워싱턴주 포트루이스에 있던 미 1군단사령부는 2008년 말 일본의 자마기지로 옮겼다. 자마기지는 주일 미군의 육해공군 작전을 지휘하는 통합사령부 역할을 맡는다. 공식적인 것은 아니지만 일본 자위대와 주일미군의 지휘를 일원화하려는 의도도 있다.

"통막의장. 우리 확실히 합시다. 해자대는 그저 긴급 집합훈련을 하고 있는 거요."

총리가 끝까지 잡아떼라고 당부했다. 이 변명이 먹히지 않으면 일본 영토에서 감금당한 일본인들을 구하는 인도주의적 임무를 수행 중이라고 변명하면 된다.

해상자위대의 거취를 육상자위대 출신인 통합막료회의 의장과 미 육군 1군단장이 논의하는 이상한 모양새가 됐다. 그러나 장성이 출신 병과를 불문하고 다양한 병과로 편성된 제병과 연합부대를 지휘하듯, 고위 장성은 육해공을 아울러 지휘할 역량을 갖춰야 한다.

"물론입니다, 총리대신. 가끔 있었던 해상자위대 집합훈련입니다."

집합훈련이란 해상자위대 함정들이 특정 군항에 불시에 집결하는 훈련이다. 그러나 2006년 봄 독도사태 때 마이즈루에 모인 호위함 20여 척을 호위함대 사령이 통합 지휘했듯이, 실전으로 발전할지도 모를 긴장상황에서 전력을 집결시키는 군사작전이기도 하다.

8월 16일 11:20 서울 정부종합청사

대통령은 정부위원들을 볼 낯이 없었다. 그래서 한탄만 했다.

"믿었는데. 이번만은 진실이라고 믿고 싶었는데."

"믿을 놈이 따로 있지, 어떻게 일본 정치인을 믿었습니까? 몸 주고 돈 주고 뺨까지 맞고. 이게 뭡니까?"

외교통상부 장관의 독설은 거침없었다. 김도형 장관은 무척 화가 나 있었다. 국방장관과 합참의장, 그리고 해군참모총장이 그토록 설득했는데도 대통령은 일본 수상의 사탕발림에 넘어갔다. 그래서 독도에서 벌어진 해전보다 규모가 훨씬 크고 또한 한국에 불리한 해전이 벌어지길 기다리게 됐다.

"해군을 볼 낯이 없소. 이거 한두 번도 아니고. 정말 미안하게 됐소."

"또 싸우고, 또 이기면 됩니다, 대통령님."

"어떻게 이긴단 말이오?"

"독도에서도 우리 해군이 질 줄 아는 사람이 대부분이었습니다. 상식이었지요. 하지만 우리 해군은 이겼습니다. 이번에도 이길 것으로 저는 믿습니다."

"믿을 수가 없소."

외교통상부 장관이 벌컥 화를 내며 끼어들었다.

"아니! 일본 수상 말은 철썩 같이 믿더니 해참총장 말은 개떡같이 안 믿어요? 도대체 어느 나라 대통령입니까?"

"야! 김도형 이 자식아! 친구가 어려움에 처했는데 도와주지는 못할망정 비꼬기만 하나?"

"뭐야? 개자식아! 네가 멍청한 짓만 안했으면 가뿐한 마음으로 낮술 한 잔 거나하게 마실 수 있었어! 일본 총리를 믿어? 차라리 UFO교를 믿어라! 이 개놈아!"

"싸울래?"

"좋다! 오랜만에 한판 붙자!"

"두 분, 싸우시면 안 됩니다."

국무총리가 말리려고 나섰다가 대통령과 외교통상부장관에게 밀려났다. 비서관들이 달라붙어 겨우 말리는 사이 국무총리는 안절부절못했다. 잠시 후, 자리에 앉은 대통령이 씩씩거렸다.

"해참총장."

"예! 대통령님."

"……."

"말씀하십시오."

"미안합니다. 송구하게 됐습니다. 이번에 희생한 해군 승조원들과, 국민들께 사과하겠습니다. 내가 멍청해서 해군의 희생을 헛되게 했어요."

"현해탄에 집결 중인 일본 함정들을 어떻게 대응해야 할지 먼저 결정해주십시오."

"싸우겠다는 거지요? 승인할 수 없소. 싸우면 져요."

전개과정이 빤한 패턴물이다.

"저들을 내버려두면 독도로 향할 겁니다. 독도에서는 아직도 구조작전이 진행되고 있습니다. 피해를 입은 함정을 예인하는 중에 일본 함정들에게 포착됩니다. 어떻게 될지 알 수 없습니다."

"아아!"

"우리 해군이 이길 수 있습니다."

대통령이 한참동안 책상에 머리를 파묻었다. 그리고 자포자기했다. 패턴물에서 벗어나는 순간이었다.

"싸우시오. 그래요. 싸워요. 영토를 지키기 위해 군이 싸워야지요. 그리고 죽으시오 그래요. 싸우다 죽는 게 낫지요. 싸우지 않았다가 독도 빼앗긴 다음 울화병으로 죽는 것보다 차라리 그게 의미 있겠지요."

"감사합니다! 싸우다 죽겠습니다!"

이렇게 해서 독도로 향하는 해상자위대 함정과 교전하기로 결정됐다. 합참의장은 멀뚱멀뚱 쳐다보고만 있었다.

"해군 작전사령관이 5전단에 동승했다면서요? 결사항전을 각오한 제독이라고 언론에서 칭찬을 많이 합니다."

"예! 저도 3함대에 동승할 예정입니다."

"해참총장! 나도! 나도 동승시켜주시오."

대통령은 마치 떼쓰는 아이 같았다. 그런데 외교통상부장관도 눈을 동그랗게 뜨고 지켜보았다. 외교통상부장관도 해군 참모총장을 따라가고 싶어 했다.

"곤란합니다. 위험한 군사작전입니다."

"것 보시오! 이긴다는 말은 거짓말 아니오?"

"이건 전쟁입니다. 적을 죽일 의향이라면, 당연히 이쪽도 피해를 감수해야 합니다."

"나는 죄인이오. 죽어도 싸요. 나는 해참총장만 따라다니겠소."

"으그! 인간아! 민폐 좀 작작 끼쳐라. 대통령을 보호하겠다고 해참총장이 당연히 소극적으로 움직일 거 아냐? 내가 따라갈 테니까 대통령은 안심하고 서울에 남아 있어."

김도형 장관이 말렸으나 대통령은 해군 참모총장을 잡고 늘어졌다.

8월 16일 14:10 부산광역시

해군 작전사령부 부두에 접안한 함정 여러 척에서 수병들이 한꺼번에 내리고 있었다. 타는 게 아니라 내리는 수병들은 현문당직에게 항의를 하기도 했으나, 곧 출항해야 하니 바쁘다는 이유로 항의는 묵살 당했다.

"함장님은 내가 워낙 유능해서 미래를 위해 남겨둔다고 했는데, 주임원사님은 내가 무능하니 그냥 내리래. 섭섭해."

"저희 기관부는 무조건 짬밥 순으로 내렸지 말입니다."

"포갑부에서 갑판은 갑판사관님하고 갑판장님 빼고 다 내렸다. 아? 허영철 중사님은 어째서 내리셨습니까?"

"포술 쪽은 중사 짬밥 중간선에서 잘렸어. 포항급을 20명 미만으로 운용하다니. 이길 생각이 과연 있는 건가?"

수병들은 물론, 기술 해군의 중추를 담당한다고 자부하던 부사관들도 시무룩해졌다. 울산급과 포항급 함정들은 함장을 비롯해 그야말로 최소인원만 탑승해 출항했다.

"어째서 음탐관이 필요 없다는 거야!"

"대잠관도 필요 없답니다. 나는 쓸모없는 놈이었어."

함정에서 내려 낙담한 사람 중에는 젊은 장교도 많았다.

"우리 배가 다시 돌아와야 하는데."

수병들은 부두를 떠나는 배들을 하염없이 지켜보았다. 정들었던 함정을 마지막으로 보게 된다는 것이 더 슬펐다.

8월 16일 15:15 경상북도 포항

내외신 기자 70여 명이 해병대 사령부의 초청을 받아 포항을 방문했다. 이 시점에서 제1해병상륙사단은 그 이름만으로도 육중한 무게감으로 기자들에게 다가왔다.

해병대 장교에게 안내받은 시가전 교장에서는 해병대원들이 헬리콥터로 건물 옥상에 강하하는 레펠 훈련을 받고 있었다. 시끄러운 헬기 로터소리 아래에서 기자들이 젊은 해병대원 하나를 잡고 물었다. 수많은 카메라와 ENG카메라가 그 해병대원을 향했다. 이곳에서 생방송을 진행하는 외국 방송국 취재진도 많았다.

"무슨 훈련입니까?"

"해병 김! 상! 신! 적지에 위치한! 항구도시를 급습해! 상륙 교두보를! 확보하는 훈련입니다아!"

일본인 기자들의 안색이 확 변했다. 대마도 상륙에 대비한 훈련이라는 것을 기자들은 누구나 알 수 있었다. 그러나 기자들의 예측은 틀렸다.

"자신 있습니까?"

"자신! 있습니다! 우리 부대가! 큐슈에 상륙하는! 선봉부대입니다! 필! 승!"

해병대원이 동료들을 따라 힘차게 뛰어갔다. 기자들이 잠시 할 말을 잃었다. 대마도는 물론이고 큐슈까지 상륙하겠단다. 정신을 차린 기자가 안내를 담당한 장교에게 물었다.

"질문해도 되겠습니까?"

"물론입니다. 어떤 질문에도 성실히 답해드리겠습니다."

"아까 오는 길에 MLRS 발사차량도 보이던데, 일본 상륙작전에 동원되는 장비입니까?"

"아! 그건. 말씀드려도 될지 모르겠습니다만."

기자들의 눈빛 공격에 견디지 못한 척 해병대 장교가 뜸을 들이다가 답변했다.

"사실 엠엘알에스가 아니라 에이테킴스입니다. 단거리 탄도 유도탄 에이테킴스 포드의 발사구 전면은 일반 엠엘알에스용 M26 로켓 발사구와 외견상 차이가 없습니다. 발사구가 여섯 개인 것은 위장에 불과합니다."

"그 커다란 에이테킴스로 대마도를 공격한다는 겁니까?"

"대마도를 공격하는 데 그런 무기를 쓸 필요는 없습니다. 여러분이 오시는 길에 K9 자주포도 보셨을 텐데, 대마도 정도는 자주포로 충분한 사거리를 확보하고 있습니다. 에이테킴스는 사거리가 300km입니다. 큐슈 북부와 혼슈 서부를 공격할 수 있습니다."

일본인 기자들의 몸이 경직됐다. 물론 K9 자주포의 최대 사정거리가 40km를 넘긴다지만, 통상탄으로 그 정도 사거리를 보장하는 것은 아니다.

해병대 장교가 너스레를 떨었다.

"현재 모처에서는 현무 단거리 탄도탄과 순항미사일 부대가 발사 준비를 마치고 대기 중입니다. 해병대는 적의 포화를 무릅쓰고 돌진하는 게 로망인데, 다 때려 부순 곳에 가서 깃발만 꽂아야 하니 재미가 없을 것 같습니다."

일본 기자들이 뭉크의 절규를 재현했다.

8월 16일 15:35 거제시 옥포조선소

육중한 헬리콥터에서 대통령을 비롯한 정부 위원들이 내렸다. 대통령 전용 헬기 다음으로 착륙한 헬기에서는 군 관계자들이 내리고 있었다.

대통령 일행은 합동참모본부나 지하 비밀 벙커, 또는 해군 작전사령부 지휘통제실로 가지 않았다. 대신 국가 지휘부가 해전에 직접 참가한다는 상징성을 부여하기 위해 조선소 드라이 도크에서 오버홀 중인 충무공 이순신함에 탑승하기로 결정했다. 동급 2번함 문무대왕함은 오버홀을 중단하고 긴급 출동했다.

드라이 도크로 가는 승용차에 타기 전에 대통령이 경호처장을 불러 사람들과 조금 떨어진 자리로 옮겼다. 얼굴이 벌겋게 달아오른 대통령은 숨을 가쁘게 몰아쉬었다.

"흥분하지 마시고, 차분히 일을 처리해 나가십시오."

경호처장이 안쓰럽다는 눈길로 대통령을 다독였다. 대통령이 손을 내저었다.

"중요한 것은 말이오. 나는 국제 평화주의자라 이겁니다. 날 잘 알지 않소?"

"물론입니다, 대통령님."

경호처장은 대통령과 30년 넘게 개인적인 친분을 나눈 사이였다. 또한 스스로를 드러내지 않아야 하는 경호처장의 임무를 잘 수행하는 사람이었다.

"저 인간들을 보시오! 나를 무슨 벌레 보듯 하고 있어요. 대통령인 나를 말이오."

헬기장 입구, 승용차들이 늘어선 곳에 국가안전보장회의 구성원들이 대통령을 기다리고 있었다. 국무위원과 정부위원들은 대통령을 차가운 눈으로 쏘아보았고, 합참의장을 비롯한 고위 장성들은 시선을 돌려 애써 외면했다. 대통령에게 호의적이지 않은 분위기인 것만은 분명했다.

대통령은 심히 분노했다. 배반감에 치를 떤다는 말이 옳았다. 거제시까지 오는 내내 의기소침했던 대통령은 자기편이라고 확신한 경호처장 앞에서만큼은 큰소리쳤다. 그렇다고 달라질 것은 아무 것도 없으니 사실 하소연하는 것에 불과했다.

"그런데 저 인간들이 나를 전쟁으로 내몰고 있어요! 어쩔 수 없이 허락하기는 했지만 나는 전쟁을 하기 싫소. 질 것이 너무나 확연한 전쟁이란 말이오."

"전쟁이 아니라, 영토를 수호하기 위한 해군 작전이라고 들었습니다."

"처장도 그런 말을 하는 거요?"

"죄송합니다. 그런데 대통령님은 이 자리를 어서 떠나고 싶으신 모양이군요."

"그래요. 여러 가지 부담감이 내 어깨를 짓누르고 있소. 대한민국 영토인 독도, 수많은 젊은이들의 목숨, 국가의 미래. 국민의 자존심. 대통령의 의무!"

경호처장은 대답하지 않았다. 대통령은 어떻게든 이 자리에서 도망가고 싶어 했다. 해군 참모총장을 따라 여기까지 왔는데도 일본과 맞붙는 것을 주저하고 있었다.

"나는 지금까지 정치를 잘해왔다고 생각해요. 전임 대통령들과 달리 재임 중반인데도 국민 지지도가 여전히 높은 편이고. 그런데 이번 일은 정말 감당하기 힘들어요."

정치인이 정치를 잘했는데도 전쟁이 난다는 것은 있을 수 없는 일이다. 전쟁이 일어났다면 외교든 안보든 어딘가 삐걱거리는 부분이 있었다는 뜻이다. 이번 일로 대통령을 비판하는 사람들은 대통령의 소극적인 대응이 오히려 문제를 키웠다고 판단했다. 그런데 그것은 사실에 가까웠다.

"처장은 어때요? 다른 모든 이들이 나를 미워한다 해도 처장은 계속 나를 지켜줄 거지요?"

"물론입니다, 대통령님."

오랜만에 어른에게 칭찬받은 아이처럼 대통령 얼굴이 모처럼 환해졌다. 이번 일에 소극적으로 대처하는 중 치명적인 실수를 거듭해 여론의 질타를 받은 대통령은 급기야 신변의 안전마저 걱정하는 처지가 됐다. 독도해전에서 이겨서 그나마 그 정도지, 여론이나 인터넷 분위기 자체는 무척이나 살벌했다. 만약 이번에 패한다면 어떻게 될지 아무도 몰랐다.

측은한 느낌을 감추지 못한 경호처장이 말을 이었다.

"범죄자도 정식 재판을 받을 권리가 있습니다. 저는 그때까지 대통령님을 경호, 아니 보호하겠습니다."

대통령은 재임 중 형사소추를 받지 않으나, 내란과 외환의 죄는 예외다. 패전 책임이 단지 실수에 국한되지 않고 오로지 대통령의 결정적인 실책에서 비롯되거나 대통령이 처음부터 아예 패전할 작정으로 지휘한다면 외환의 죄 중에서 '대한민국의 군사상 이익을 해하거나 적국에 군사상 이익 제공'을 금한 형법 99조 일반이적죄로 기소될 가능성이 있다.

8월 16일 16:00 부산 동북동 60km 해상

일본의 예상과 달리 한국 해군이 동원한 함정은 50척이 넘었다. 그러나 모두 전투함은 아니었고, 상륙함과 군수지원함, 기뢰소해함 등이 대거 참가했다. 이 배들은 울산급 호위함이나 포항급 초계함보다 훨씬 커서 레이더 스코프 상에 확실히 포착됐다.

한국 해군의 진형은 세 그룹, 보기에 따라서는 네 그룹으로 나뉘었다. 선두에는 독도함과 KD3 안용복함, KD1 양만춘함, 그리고 3함대 소속 함정들이 고속으로 항진했다. 독도함은 탐색레이더를 가동하고 전자전 시스템을 최대 출력으로 가동해 그 위치를 일본 조기경보기에 확실히 알렸다.

두 번째 그룹은 작전사령부 직할 성분전대들, 즉 52기뢰전대의 원산함과 53상륙전대의 고준봉급 전차상륙함 4척, 그리고 55구조전대의 천지급 군수지원함 3척이 가장 느린 16노트로 동쪽을 향했다. 두 번째 그룹 남쪽으로 5km 거리를 두고 검독수리 12척과 신형 울산1급 호위함 2척이 종렬진을 형성해 역시 동쪽으로 항진하고 있었다. 수적으로 가장 많고 배수량이 큰 배들이 두 번째 그룹에 집중돼 일본 조기경보기가 큰 관심을 쏟았다.

세 번째 그룹은 KD1 을지문덕함을 비롯한 2함대에서 증원한 함정들이었다. 여기에 원래 5전단 소속인데 오버 홀을 받다가 조선소에서 뛰어나온 문무대왕함이 가세했다.

3함대 함정들은 침묵 속에서 항해했다. 레이더도 켜지 않고 통신도 하지 않는 완벽한 전자적 침묵이 아니라, 전자방사통제 EMCON 중이었다. 즉 레이더를 분할통제 운용하고 저출력 통신기를 사용하는 식이었다.

레이더 분할통제 즉 sector blanking이란 레이더 탐색 시작 방위와 끝나는 방위를 지정해 특정 구역에 대한 전파 송신을 차단하는 방식이다. 혼슈 서부에 떠 있는 조기경보기 E767에서는 한국 함정들이 송신하는 레이더 전파를 직접적으로 수신할 수 없었다. 그러나 KD 시리즈 함정들은 남쪽을 향해 전자적 감시를 멈추지 않았다.

그리고 골키퍼를 갖춘 함정은 적외선 탐색 및 추적 센서인 IRST로 수면 가까운 남쪽 하늘을 집중 감시했다. EOTS나 LIOD 등 광전자추적기가 최대한 동원되고, 수동표적 조준기마다 작동수가 올라가 남쪽 수평선을 감시했다.

8월 16일 16:05 혼슈 시모노세키

4호위대 소속 호위함 네 척이 간몬교를 지나간 것은 10분 전이었다. 방금 레트로 전망대에서도 호위함들이 통과했다고 보고했다. 그러나 아무 일도 없었다.

"빌어먹을! 탄도탄도, 순항미사일도 안 날아와. 잠수함 공격도 없어! 나는 여기 왜 있는 거냐?"

안 요원이 분통을 터뜨렸다. 오후 네 시 정각에 도착한 메일에서는 그저 대기하라는 말만 있었다. 그 사이 새로 온 메일은 없었다.

- 쾅! 쾅!

"무슨 일이요?"

"체크아웃 안 하세요?"

중년 여성 목소리였다. 여관 종업원인 모양이었다.

"하루 더 있을 거요."

"그럼 중간 정산하세요."

안 요원이 문을 살짝 열고 지폐를 건넸다. 여관 종업원이 문 안쪽을 들여다보려는 것을 몸으로 막았다. 종업원이 신경질적으로 슬리퍼를 끌면서 복도 저편으로 사라졌다.

"세상이 어떻게 돌아가는 건지 손님은 없고 변태들만 들끓어."

"어이! 들려요!"

"들으라고 하는 소리랍니다."

안 요원이 한숨을 파악 내쉬었다. 일본에 와서 되는 것도 없고 이래저래 변태 취급만 당했다.

8월 16일 16:07 대마도 동쪽 75km 해상

DDG178 아시가라는 아타고급 이지스 호위함의 2번함이다. 2호위대군 지휘부는 아시가라의 호위대 지휘통제실에서 대함미사일 발사를 위한 최종 결정을 하고 있었다.

"중요한 것은 3함대 방어력의 핵심인 안용복함이 어느 그룹에 속해 있는지 모른다는 거야. 1그룹에서 독도함을 지키고 있을까? 그러나 독도함이 엄청난 전파를 송신하면서 존재를 드러냈으니 1그룹은 미끼일 가능성이 커."

"2그룹은 숫자가 가장 많고 큰 배와 작은 배가 섞여 있으며 속도가 가장 느립니다. 전파 통제도 가장 잘 되어 있습니다. 위장이 철저하니 핵심 그룹은 2그룹으로 파악해야 합니다."

"바로 그 점에서 오히려 2그룹이 미끼일 가능성도 있습니다."

"3그룹은 눈에 띄지 않는다는 점에서 오히려 안용복이 숨어있을 가능성이 큽니다. 1, 2그룹은 너무 눈에 띕니다."

끝없이 이어지는 막료들의 갑론을박을 지켜보다가 참다못한 2호위대군 사령이 나섰다. 다카야나기 요시히사 해장보가 탁자를 쾅쾅 치며 소리를 질렀다.

"시간이 없다! 어서 표적 배분을 해야 해! 허즉실이냐, 허허실실이냐. 그것이 문제야. 안용복이 있는 곳은 반드시 집중을 해야 해. 어설프게 똑같은 비율로 나눠서 공격했다가는 전혀 피해를 못 줄 수도 있어."

사령과 막료들 모두 입술이 바싹바싹 탔다. 5전단이 접근 중이었다. 시간이 없었다.

"그러나 위치를 모르니 어쩔 수가 없습니다."

"시간이 없습니다. 5전단이 본함에서 200km 범위 내에 들어왔습니다."

문제는 4호위대가 간몬을 조금 전에야 겨우 통과했다는 것이었다. 3함대와 5전단을 한꺼번에 상대하느니 차라리 4호위대를 전력에서 제외하는 편이 나았다.

"끄응! 해성 대함미사일의 정확한 사거리를 모르니."

고민할 것은 많은데 시간이 없었다. 사실 대함전을 위한 함대 진형도 제대로 갖추지 못했다. 두 그룹으로 나누긴 했지만 그룹 사이의 거리는 물론, 같은 그룹 내에 함정 간의 거리도 너무 가까웠다. 그러나 모든 것이 완벽히 준비된 상태에서 전투를 실행할 기회는 없었다.

"할 수 없다. 허허실실이라 가정하고, 1그룹에 50퍼센트, 숫자가 많은 2그룹에 30퍼센트, 3그룹에 나머지 20퍼센트를 배분한다. 즉각 계산해 실행에 옮겨라. 4호위대군 사령에게도 통보하도록."

대마도 동쪽에 모인 해상자위대 함정들에서 대함미사일 발사절차가 진행됐다. 이 과정에서 발생한 전파 신호는 한국의 조기경보기가 포착해서 3함대에 알려줬을 것이 분명했다.

"표적의 두 번째 그룹에 변화가 있습니다! 아주 작은 점 10여 개.

유도탄고속함 12척과 신형 울산1급 호위함 2척으로 추정되는 집단
이 두 번째 그룹에서 분리돼 남쪽으로 움직입니다!"

울산1급 호위함과 윤영하급 유도탄고속함은 작지만 신형에 공격
력도 높아 해상자위대 입장에서도 고가치 표적으로 분류되는 함정
들이었다. 당연히 2호위대군 막료들이 건의했다.

"곧 지정된 탐색 범위를 벗어납니다. 이들에게도 표적 배분을 해
야 합니다."

그러나 다카야나기 해장보는 부정적이었다. 일단 해자대에서 발
사하는 대함미사일 그룹의 표적을 네 개로 나눌 시간이 부족했다.
한국 해군 5전단이 지금도 시시각각 접근하고 있었기 때문이다.

또한 대함미사일 그룹을 더 나누면 독도함이 있고 이지스함 안용
복이 포함됐을 가능성이 큰 첫 번째 그룹에 대한 공격력이 약화되
고, 결과적으로 별다른 피해를 주지 못할 우려가 있었다. 그리고 울
산1급과 윤영하급 고속함에 대해 공격을 가해도 명중시킬 자신이
없었다.

"조기경보기에서 보내준 데이터인데도 표적이 워낙 작아. 미사일
을 발사해도 명중시킨다는 보장이 없다. 더 이상 시간도 없어. 무시
해!"

90식 대함미사일의 후기형은 최종 유도를 적외선 유도방식에 의
존한다. 그래서 고속정 같은 작은 목표는 제대로 포착하지 못하는
단점이 있다. 검독수리처럼 작은 데다 스텔스 디자인이 가미되면 명
중하리라는 기대는 하지 않는 편이 낫다.

호위대군 사령이 5전단의 위치를 확인했다. 4호위대가 좀 더 북상
하면 미사일 공격에 참가할 수 있겠지만, 더 이상 시간을 끌 수 없었
다. 결국 호위대군 사령이 예하 함정들에 명령을 내렸다.

"발사!"

각 함정의 전투정보실에서 발사절차가 진행됐다. 이제 실전이고, 각 함정의 함장과 승조원들이 움직일 때였다. 2호위대군 사령 다카야나기 해장보는 잠시 할 일이 없었다.

"농담 하나 할까?"

막료가 눈을 둥그렇게 떴다.

"대함미사일 발사 중에는 이지스 레이더가 별로 필요 없잖아?"

"그렇기도 합니다만."

대함미사일을 발사할 때도 이지스 레이더를 사통레이더로 사용할 수도 있다. 그러나 다른 사통레이더도 있으니 굳이 위상배열레이더를 쓸 필요는 없다.

"적 미사일이 이쪽에 도달하려면 최소 4분은 걸리고 그래서 말인데, 전파통제도 할 겸 전기도 아낄 겸, 아시가라와 초카이의 이지스 레이더를 잠시 꺼두면 어떨까?"

"지, 지금 끈다는 말씀입니까? 2분 후부터 대함미사일을 요격해야 하는데요?"

막료가 거품을 물고 쓰러졌다. SPY1D 레이더는 다시 작동시키는데 20분이 필요하다. 사령이 눈 하나 깜빡하지 않고 덧붙였다.

"농담이라니까? 담이 약하군."

8월 16일 16:11 울산광역시 동쪽 59km 해상

독도함의 전단상황실은 3함대 사령관 박원길 소장이 지휘했다. 상부로부터 선제공격해도 좋다는 허락을 미리 받았지만 그 권리를 함부로 쓸 생각은 없었다. 3함대는 가급적 공격을 늦추는 것이 좋았다. 시간이 갈수록 5전단과 가까워지니까.

"빨리 좀 와라. 주력 전투함 속도는 역시 70노트는 돼야 해."

박원길 소장이 초조하게 대형전술화면을 지켜보았다. 미치도록 보고 싶은 5전단, 그리운 5전단이 저만치에서 달려오고 있었다. 그러나 지금은 남쪽 바다에서 달려오는 불량배가 더 가까웠다. 3함대 함정들은 5전단과 만나기 위해 최고속도로 가속했다. 선두 그룹의 포항급 함정들은 자그마치 36노트로 가속했다.

"일본 4호위대가 간몬해협을 통과했습니다."

"2, 4호위대군이 대공방어 윤형진을 완전히 갖췄습니다. 2호위대군까지 거리 81km, 4호위대군이 중심인 그룹은 92km입니다."

일본 해상자위대의 진형은 북동쪽 선두 그룹에 11척, 남서쪽 후미 그룹에 9척이 배치됐다. 간몬해협을 방금 통과한 4호위대는 아직 참전할 거리가 되지 않았다. 1그룹은 2호위대군 8척, 12호위대 3척, 합 11척으로 이뤄졌다. 2그룹은 4호위대군 8호위대 4척, 1호위대군 5호위대 3척, 11호위대 2척, 합 9척이었다. 한국 해군보다 적은 20척이지만 신의 방패라는 이지스가 무려 네 척이었다.

"흐음. 슬슬 일본이 공격할 때인가? 4호위대가 공격에 참가하지 못하더라도 5전단 때문에 더 이상 늦추지는 못하겠지. 공격 준비는 마쳤나?"

"표적 제1, 제2 그룹에 대한 지정시간 공격 준비 완료됐습니다. 함정별, 유도탄별 표적 배분과 비행경로 배분 완료! 초계함에서 발사할 유도탄 1, 2그룹의 탐색형태는 BOL, 1, 2그룹을 제외한 모든 유도탄의 탐색형태는 RBL, 탐색패턴은 미디엄입니다."

3함대 모든 함정이 독도함으로부터 5분 단위로 대함미사일의 사격제원을 받았으나 아직 미사일에 입력하지 않았다. 3함대는 2호위대군으로 추정되는 1그룹과, 그 남서쪽에 10km쯤 떨어져 항진하는 2그룹에 대함미사일의 숫자와 종류, 비행경로를 세세히 배분했다. 해상자위대 함정들의 거리와 침로는 명확히 파악하고 있었다.

대함미사일의 공격방법에는 여러 가지가 있다. 2초 간격으로 복수의 대함미사일을 계속 쏘는 것이 연속발사다. 다수 표적에 각기 나눠서 공격이 되도록 하는 공격 방법을 분산공격, 다수의 함정에서 다수의 미사일을 발사해 동일 표적에 동시에 도착하도록 하는 것을 지정시간 공격, 같은 발사대에서 발사된 복수의 유도탄이 동시에 도착하도록 하는 것이 동시공격이다.

3함대 함정들은 각 함정이 대함미사일 8발씩을 표적 네 개에 나눠서 쏘아, 그룹 단위에서 거의 비슷한 시간에 미사일이 도달하도록 조정된 사격제원을 받았다. 이를 위해서 안용복함의 슈퍼컴퓨터를 동원해 계산하고, 독도함이 3함대 각 함정에 분배했다.

초기에 도입된 소수의 하픈 Block1A형은 사거리가 짧고 비행고도가 높아 조기에 포착된다. 1980년대 이후에 도입된 하픈 Block1B형은 저고도 해면비행 기능을 추가하고 사거리가 약간 늘었으나 변침점 설정을 못한다. 한국 해군이 보유한 것은 하픈 Block1C나 신형인 해성 대함미사일이 다수라서 동시공격에 큰 문제는 없었다.

미 해군의 주력 대함미사일인 하픈은 해성 대함미사일이나 일본의 90식 대함미사일보다 성능이 떨어진다. 항모 탑재 전투기를 비롯해 다양한 해상타격수단을 보유한 미 해군은 하픈 Block1D 같은 신형 타격수단을 채용할 필요가 없었다. 1980년대에 개발된 하픈 구형보다 1993년 실전 배치된 90식이나, 2005년에 배치된 해성 대함미사일의 성능이 뛰어난 것은 당연하다.

"평화의 눈으로부터 보고! 적 함대 사통레이더 전파 탐색! 전파 방사원 물표 총 20!"

"잡음 재밍 실시! 유도탄 1그룹은 좌현 전타!"

"적 탐색레이더에 대한 잡음 재밍 실시합니다!"

전자전 지휘관이 보고하면서 전자전 시스템을 갖춘 전 함정이 일본 함정의 탐색레이더 전파와 같은 주파수를 남쪽으로 송신했다. 한국 함정들의 위치와 침로, 숫자를 속이기 위한 전자적 기만책이었다.

그리고 포항급 초계함 중에서 하픈 블록1A형을 보유한 함정들이 서쪽으로 급히 침로를 변경했다. 하픈 블록1A형은 전방위 발사가 되지 않으므로 침로를 바꿔가면서 발사해야 한다.

"평화의 눈으로부터 보고! 적 전파 방사원에서 유도 신호 발생이 탐지됐습니다! 유도탄 경보! 대함유도탄 발사 경보입니다! 숫자가 늘어납니다! 침로는 아 함대를 향함!"

"전자공격 실시! 변침점 설정 같은 건 없나? 기만일 가능성은?"

독도함과 3함대 함정들은 전자공격으로 하픈 대함미사일과 90식 대함미사일 시커와 고도 측정레이더 전파에 대한 공격을 실시했다. 대함미사일은 보통 전파고도계를 이용해 고도를 유지한다. 그러나 해자대가 발사한 대함미사일이 발사 직후 레이더 시야에서 곧 사라졌기 때문에 효과는 없었다.

"해상자위대에도 구식 하픈이 많습니다. 변침점을 설정할 거리상 여유가 없을 것 같습니다."

조기경보기에서 송신해준 일본 미사일의 이동상황을 분석한 참모가 의견을 제시했다. 해상자위대 함정들이 보유한 하픈에도 몇 종류가 있고, 90식 대함미사일도 시기별 생산량에 따라 약간씩 하드웨어 또는 소프트웨어적 변경이 가해졌다. 사거리가 짧고 아예 변침점을 설정할 수 없는 미사일도 다수 있을 것으로 추정됐다.

"전 함정, 전시 통신 주파수로 전환!"

3함대 사령관 박원길 소장이 전 함정에 통하는 마이크를 잡았다.

"전 함정, 지정된 표적에 대함유도탄을 발사한다! 지정시간은 대통령님이 발사명령을 내린 순간이다! 대통령님! 명령을 내려주십시오!"

거제도 옥포조선소에서 전면 개장 공사를 받는 충무공 이순신함이 통신으로 연결되고, 대통령이 마이크를 잡았다.

- 사랑하는 국민 여러분! 그리고 대한민국 해군 여러분! 저 대통령입니다. 에에. 나는 대한민국 대통령으로서 대한민국 영토를 수호하고 일본의 부당한 침략을 물리치기 위해서 이 자리에 서서 많은 고민을 해왔습니다. 그런데 오늘……

- 빨리 발사명령이나 내리지 뭐합니까? 지금도 미사일이 날아오고 있어요! TV중계한다니까 연설부터 하는 겁니까?

다급한 외교통상부 장관 목소리였다. 대통령 좌승함인 충무공 이순신함에서 TV로 전국에 생방송되고 있었다. 대통령이 잔뜩 실망한 목소리로 명령을 내렸다.

- 발사!

그러나 발사명령이 내려진 직후 전 함정이 발사한 것은 아니었다. 사격 제원을 입력하고 미사일 발사준비를 마친 함정 대부분은 일단 대기하고, 크게 우회경로를 잡은 미사일부터 먼저 발사했다. 미사일에 변침점 설정 기능이 없어 직선으로 발사하거나 짧은 우회경로를 배당받은 함정들은 나중에 발사했다.

특히 포항급 초계함 일부가 적재한 하푼1A형은 전 방위 발사가 불가능하기 때문에 초기 발사 그룹에 합류해 좌현 4발을 먼저 발사했다. 좌현 4발 발사를 마친 포항급들은 다시 침로를 동쪽으로 잡아

나머지 4발을 발사했다. 포항급에서 8발을 발사하는 동안 안용복함에서는 해성 대함미사일 16발 모두를 발사하고 그 사이 수직발사관에서 대지 공격용 천룡 순항미사일 32발을 발사했다.

해성미사일은 기존 포항급이나 울산급 함정의 사통장비에도 쉽게 통합된다. 그래서 이번 사태에 대비해 울산급 전부와 일부 포항급 함정은 해성 대함미사일을 탑재했다. 광개토대왕함과 같은 KD1급인 을지문덕과 3함대의 원래 기함인 양만춘도 해성을 탑재했다.

한국 해군 함정들은 하픈 대함미사일을 주로 무장했다가 해성 대함미사일이 개발된 다음부터는 차차 해성 대함미사일로 무장을 바꿔나갔다. 그래서 예전에 하픈 Block1C를 운용하던 광개토대왕급이나 Block1B를 운용하던 울산급 호위함은 해성 대함미사일을 장비하고, 하픈 Block1A 4발 또는 대함미사일을 장비하지 않던 포항급 초계함들은 도입 시기에 따라 다양한 종류의 하픈을 4발에서 8발까지 탑재하게 됐다.

해상자위대 함정은 필요할 때 필요한 만큼 미사일을 장비하기 때문에, 미사일을 탑재하지 않고 활동하는 호위함 사진을 흔히 볼 수 있다. 해자대 함정들은 평소 좌우현에 2발씩 총 4발을 탑재하는 경우가 가장 많다. 그러나 각 현 3발씩 6발, 또는 통틀어 달랑 한 발만 탑재하기도 한다. 물론 오늘 같은 날에는 8발씩 채워서 나왔다.

8월 16일 16:11:30 울산광역시 동쪽 59km

이지스 구축함 안용복함의 전투지휘상황실에 아연 긴장감이 돌았다. 경주 상공에 떠 있는 조기경보기에서 경보를 발령했기 때문이다.

"대함유도탄 경보! 방위 170에서 195 사이에서 대함유도탄을 발사했습니다! 시간이 갈수록 숫자가 늘어납니다!"

"이번에도 선제공격을 놓쳤군."

함장 김태곤 대령이 씁쓸한 웃음을 지었다. 작전관 최재형 소령이 보고했다.

"대함유도탄 발사를 준비하라는 3함대 사령관님의 명령입니다! 유도탄 발사를 마친 함정은 공사십도 잡아! 전시 통신 주파수로 변경! 통신 채널을 개방해 함내방송에 연결합니다!"

함내방송에 갑자기 대통령의 연설이 흘러나왔다. 이 다급한 시점에 무슨 일인가 싶었는데 외교통상부 장관 목소리가 끼어들고, 대통령이 내키지 않는 목소리로 발사 명령을 내렸다. 초조하게 기다리던 전투체계관이 즉각 사통사들에게 지시했다.

"사격 제원 입력!"

김태곤 대령이 전투지휘상황실 중앙에 위치한 함장석에 앉았다. 함장 앞 대형화면에는 한국과 일본 함정들의 위치와 속력, 침로가 표시된 배치도가 전시됐다. 전투체계관 앞의 대형화면에는 3함대의 대함미사일 공격계획과 안용복함의 시간별 해성 대함미사일 발사계획표가 떠 있었다.

전투가 시작되자 안용복함의 전투상황실이 활발하게 움직였다. 전투체계관의 지령과 무장사들의 복창이 이어졌다. 전투지휘상황실을 가득 메운 30여 명은 바짝 긴장한 채 담당업무에 전념했다. 함장 앞쪽 우측과, 오른쪽 사통사들이 특히 바빴다.

함장이 세부적인 명령을 내릴 필요는 없었다. 모든 것은 시간을 감안한 사전계획에 따라 철저히 집행됐다.

"좌현 제1 발사대, 우현 제3 발사대 지정!"

- 삐이이익! 삐익! 삐익!

"제1 발사대 1번 저장대, 제3 발사대 1번 저장대 표적 자료 입력!"

"자료 자동 입력 확인!"

"좌현 1번 발사!"

"좌현 1번 발사!"

- 콰앙!

"우현 1번 발사!"

"좌현 1번 발사 끝! 우현 1번 발사!"

- 쾅!

"우현 1번 발사 끝!"

공중으로 솟구치던 해성 대함미사일 두 발이 부스터를 분리하고 고도를 낮추면서 남서쪽으로 방향을 틀었다. 다른 함정에서도 대함미사일을 발사하고 있었다. 바다에 떨어진 부스터에서 뿜어내는 하얀 연기가 뭉클뭉클 하늘로 치솟아 올랐다.

8월 16일 16:13 울산광역시 동쪽 60km 해상

"유도탄 발사를 마친 함정은 공사십도 잡아! 대공미사일을 보유하지 않은 함정은 즉각 이함을 실시한다!"

3함대 사령관 박원길 소장이 독도함의 전투정보실에서 예하 함정들에게 지시를 내렸다. 해군 작전사령부에서 입안해 합참의장이 승인한 작전계획에 따라 모든 게 사전 계획된 시간표대로 진행됐다. 기본계획은 물론 부록과 별지까지 갖춰진 완전형 작전계획은 톱니 바퀴처럼 빈틈없이 맞물려 돌아갔다.

사실 3함대 사령관이 지시를 내릴 것도 없었다. 3함대 위치와 일본 호위함들의 위치가 밝혀지고 대통령이 공격명령을 내리자 함정별로 대함미사일 사격 제원과 발사 시간까지 세세히 규정된 별지가 자동으로 모든 함정에 전송됐기 때문이다.

일부 하픈1A형을 보유한 포항급 초계함들이 우현 발사대에서 나머지 하픈을 발사한 다음 가장 마지막으로 침로를 변경했다. 3그룹으로 나눠 종렬진을 형성해 동쪽으로 항주했던 3함대는 횡렬진으로 함대 진형을 바꾸며 북동쪽을 향했다.

"독도함도 즉각 이함 실시하라!"

"사령관님!"

독도함의 함장이 망설였으나 3함대 사령관은 단호했다.

"어허! 함장은 참모총장님 명령을 어길 셈인가?"

키는 고정돼 있었다. 승조원들이 썰물처럼 빠져 나간 전투지휘상황실에는 3함대 사령관과 계급이 중사인 전자사, 그리고 젊은 통신관만 남았다. 오들오들 떠는 통신관에게 박원길 소장이 물었다.

"대함유도탄이 두렵나?"

"그 따위 것은 전혀 무섭지 않습니다!"

소위인 통신관이 의외로 힘차게 대답했다.

"그런데 왜 떠나?"

"사령관님이 무섭습니다. 죄송합니다."

"그래?"

박원길 소장이 한참 웃었다. 전자전을 준비하던 중사도 킥킥거렸다. 통신관과 전자사는 제비뽑기에서 걸려 남았다.

"초짜 통신관이 경력이 쌓이면 대잠관이 되고, 더 삭으면 음탐관이 됐다가 늘어가면서 포술장, 작전관, 시어머니 부장을 거쳐 능구렁이 함장이 된다네. 진짜 무서운 사람은 부장이나 함장이지. 책임이 크니까. 전대장이나 전단장, 함대사령관 같은 뒷방 퇴물은 전혀 무서워할 필요 없어."

그러나 윗사람 한마디로 계급에 따라 줄초상 나는 게 한국 군대다. 간부가 갈구면 병장이 장난처럼 상병 뒤통수를 후려치고, 쪼인트 까인 일병은 분노의 이단옆차기를 이병에게 날린다. 통신관은 얼른 화제를 돌렸다.

"독도함은 그 이름만으로도 상징성이 큽니다. 이렇게 중요한 함을 미끼로 쓰다니, 너무 아깝습니다."

"침몰하면 어때? 새로 만들 항공모함에 이 이름을 붙이면 되겠지."

예산 줄 사람은 전혀 생각도 안 하는데 한국 해군은 항공모함을 보유할 꿈을 꾸고 있다. 한국 같은 지리적 위치에서 항공모함은 당장 필요한 무기체계가 아닐지도 모른다. 그러나 항공모함을 보유함으로써 얻는 전술적, 전략적 이점이 매우 크다.

"그래! 그렇게 웃게. 웃어야 건강에 좋다네."

통신관이 입을 다물었다. 지금은 건강을 걱정할 때가 아니었다.

8월 16일 16:13:10 울산광역시 동쪽 50km 해상

울산급 제주함에 함내방송이 요란하게 울렸다.

- 알림. 비상 이함을 실시한다. 문서파기, 무기파기 절차는 없다. 함내 총원 즉시 이함하라. 구명동의만으로 입수할 것. 별 명이 있을

때까지 구명정과 구명벌에 타지 말고 비워둘 것. 이상 당직사관.

방송이 끊기기 전에 부장 목소리가 흘러 나왔다.

- 함장님 이함! 이거 꼭 해보고 싶었어.

이함은 배를 버리고 떠난다는 뜻이다. 현문을 통해 정상적으로 타고 내리는 승함, 하함과 달리 침몰하는 함정에서 빠져 나오는 것이다. 함장에게 실례 되는 말이지만 수병들이 곧잘 하는 실수 중 하나다.

"장난치지 말고 빨리 뛰어 내려! 2분 이내에 함에서 최대한 멀어져야 한다!"

함장이 버럭 성질을 냈다. 갑판으로 뛰어가며 부장이 중얼거렸다.

"이차대전 전사를 보면 함장은 끝까지 남던데 말입니다."

바로 그것이 일본이 전쟁에 지는데 기여했다. 초급 장교를 장기간의 교육과 훈련을 거쳐 함장까지 만드는데 수십 년 걸린다. 실전경험까지 겪은 함장은 더욱 소중한 존재다.

아무리 유능한 함장이라도 여러 가지 피치 못할 사정으로 함이 침몰하고, 이함해야 할 경우도 생기는 법이다. 고장이 난 전투기가 민가에 추락하지 않도록 조종사가 끝까지 노력하지만, 낙하산으로 비상탈출해 다시 전투기 조종간을 잡는 것이 공군에 이익이 되는 것과 같다. 함과 마지막을 같이 하는 함정은 보기에만 멋있지 전혀 의미가 없을 뿐만 아니라, 해군에도 손해다.

"적 유도탄에 피탄한 후에도 함에 남은 함장과 부장은 일계급 강등시키겠다는 참모총장님 명령이 있다. 부장은 강등되고 싶나?"

"아닙니다!"

팽창식 구명벌이 바다 위에 펼쳐졌다. 함미에 예인되고 있던 구명정도 로프가 끊겼다. 시퍼런 바다 위로 자줏빛 구명동의를 입은 승조원들이 삼천궁녀처럼 줄줄이 뛰어내렸다.

13. 대한해협 해전

8월 16일 16:13:30 울산광역시 동쪽 61km 해상

안용복함은 단 2분 만에 해성 대함유도탄 16발을 모두 발사했다. 1970년대에 대함미사일 발사속도는 사통레이더에 의한 유도 시간을 포함해 30초에 두 발 비율이었다. 그러나 그 사이 과학이 많이 발달했고, 무기과학기술은 특히 빨리 발전했다.

마지막 대함유도탄에 전파지령을 발신한 직후, 안용복함은 대공요격 태세에 돌입했다. 위상배열 레이더의 소자들이 해수면 주위 남쪽 하늘에 감시를 집중했다. 레이더 소자 일부분은 일렬로 길게 늘어선 울산1급 호위함과 윤영하급 고속함에 배당됐다.

상식과 달리 위상배열 레이더는 수평탐색 및 구역탐색을 통해 정밀한 해상수색이나 수평선 감시 임무도 수행한다. 해면밀착 비행하는 대함미사일을 탐지해야 하므로 배를 탐지하는 것은 일도 아니다.

위상배열 레이더에 배는 보통 불필요 반사파인 클러터로 처리되지만 때에 따라 저속 목표를 추적하도록 지정될 수도 있다.

일본 함정들이 발사한 대함미사일은 아직 안용복함의 레이더에 포착되지 않았다. 그럼에도 불구하고 안용복함은 대공미사일을 발사하는 절차에 들어갔다.

김태곤 대령이 함장석에서 발사금지 스위치를 발사가능 위치로 돌렸다. 조기경보기로부터 받은 위치정보를 기반으로 대함미사일 교전 독트린이 자동으로 개시되고, 발사계획이 할당됐다. 대공미사일이 초기화되면서 수직발사관의 해치가 열렸다.

- 콰콰쾅!

SM2 대공미사일 세 발이 한꺼번에 수직발사관을 떠났다. 함포 뒤쪽에 자욱한 연기가 사라지기도 전에 다시 세 발이 함수 수직발사관에서 거의 동시에 하늘로 치솟았다. 스탠더드 대공미사일은 흰 꼬리를 길게 끌면서 남쪽을 향해 날아갔다.

수직발사관의 셀 해치와 반대편 작은 통풍 해치 세 개씩이 새로 열리고, 캐니스터 안에서 점화된 미사일이 수직으로 상승했다. 수직발사관의 미사일 발사간격이 2초 미만이라고 된 자료가 있는데, 미국 이지스함에서 3발을 동시에 발사하는 동영상도 인터넷에 공개돼 있다.

잠시 후 수평선을 가득 메운 대함미사일의 대군이 나타났다. 골키퍼에 달린 적외선 센서가 미사일을 탐색하면서 안용복함에 경보를 발령하는 사이에도 수직발사관에서는 대공미사일이 차근차근 발사됐다.

한국 해군의 함정들 세 그룹을 노리고 날아온 해상자위대 미사일은 총 152발이었다. 통합막료회의 정보본부장이 추산한 176발에 미치지 못한 것은 간몬해협을 통과한 4호위대가 미사일을 발사하지 못한 탓이었다.

152발이 삼각형 형태로 배치돼 항진하는 3함대 세 그룹을 향해 날아갔다. 한국 해군이 대응에 나섰다. 가장 먼저 안용복함과 독도함, 양만춘함의 전자전 시스템에 의한 전자공격에 의해 하픈 계열 10여 발이 고도를 유지하지 못하고 바다에 추락해 폭발했다. 다른 그룹으로 향하던 하픈도 전자공격에 무력화되며 줄줄이 추락했다. 그러나 아직 대함미사일은 충분히 많았다.

나머지 대함미사일을 향해 안용복함에서 발사한 SM2 대공미사일이 쇄도했다. 문무대왕함도 교전에 나섰다. 대함미사일들이 차례로 시커를 활성화켰다.

8월 16일 16:15:30 울산광역시 남동쪽 58km 해상

수평선을 가득 메우며 새카맣게 날아오는 것은 일본 해상자위대 함정들이 발사한 대함미사일의 대군이었다. 이 미사일들이 처음 맞닥뜨린 한국 군함은 이지스 구축함 안용복이 아니었다.

"거리 20000야드! 왜선 500척을 명량해협에서 막아낸 충무공의 정신을 이어받아 적 유도탄을 막는다! 전자공격 실시!"

3함대 남쪽으로 10km까지 달려온 윤영하함 함교에서 정두원 소령이 검독수리 고속함 12척에 명령을 내렸다. 윤영하함을 제외한 나머지 유도탄고속함들의 함교에 붙은 전자전 시스템이 남쪽 하늘을 향해 강력한 전파를 토해냈다.

명량대첩에 참전한 왜선 숫자는 사료에 따라 제각각이다. 충무공은 난중일기에 왜선 133척이라고 적었지만 해협 안쪽에 들어와서 싸운 왜선만을 적시했을 가능성이 크다. 충무공과 동시대인이며 류성룡의 반대 당파인 백사 이항복은 명량해전에 참전한 왜선이 5, 6백 척이라고 백사집에 명시했다. 이항복은 임진왜란 기간 동안 주로 병조판서를 담당했으므로 과장된 정보를 믿을 사람은 아니다. <간양록>에서 '배로 무안까지 간 자'라고 명시된 왜장들의 군세를 합하면 600척을 훌쩍 넘어선다.

"좋아!"

대함미사일 10여 발이 한꺼번에 레이더 스크린에서 사라지자 정두원 소령이 환성을 질렀다. 표적을 따라 계속 방해전파를 쏘아냈으나 90식 대함미사일은 전자전이 먹혀드는 경우가 드물었다. 그러나 하픈에는 확실히 잘 먹혀 다시 몇 발이 바다로 추락했다.

가장 먼저 대함미사일 요격 전과를 올린 것은 안용복함에서 발사한 SM2 대공미사일이었다. 북쪽에서 날아와 검독수리 고속함들의 상공을 지난 다음 공중에서 내리꽂힌 대공미사일이 대함미사일 바로 앞에서 폭발해 파편을 표적 방향으로 쏟아냈다. 대함미사일의 본체가 산산 조각나며 공중과 바다에서 연이어 폭발을 일으켰다. 하늘에는 불꽃이 잇따라 피어나고, 바다에는 물기둥이 줄줄이 치솟아 올랐다. 치솟는 물기둥은 시간이 갈수록 윤영하급 고속함에 가까워졌다.

다시 날아온 SM2가 천천히 고도를 낮추던 대함미사일의 본체 위에서 터졌다. 미사일이 공중에서 폭발하며 파편을 바다에 뿌렸다. 안용복과 문무대왕함에서 발사한 SM2 대공미사일이 지속적으로 대함미사일을 요격했다. 울산1급 두 척에서도 램 미사일을 아낌없이 발사해 대함미사일을 요격했다.

　거리가 멀어 지금까지 전자전만 실시하고 있던 검독수리들에게
도 드디어 기회가 왔다. 표적은 충분히 많았다. 90식 대함미사일 다
수와 하픈 소수로 이뤄진 미사일의 대군이 3함대 12해리 남쪽에서
탐색기를 가동시킨 직후였다.

　"거리 6500야드! 70포 발사!"

　윤영하함의 함수에 달린 둥그런 76밀리 함포가 불을 뿜었다. 윤영
하함을 제외한 나머지 검독수리들은 날렵한 스텔스 함포였다. 울산1
급 호위함들도 함포를 쏘았다. 함수 함포를 발사한 지 몇 초 되지도
않아 정두원 소령이 다시 명령을 내렸다.

　"거리 4500야드! 40포 발사!"

　- 파바바바바방!

　윤영하함 함미에서 노봉 40밀리 기관포가 허공을 향해 탄환의 비
를 쏟아냈다. 고속함이 장비한 우수한 3차원 대공레이더와 사통장
비, 정밀한 함포 덕택에 대함미사일 요격도 충분히 가능했다.

　가능하다는 이야기는 말 그대로 그렇게 할 수도 있다는 이야기다.
함포로 대함미사일을 요격하는 것은 적당한 수단이 없을 때나 선택
할 수 있다. 1990년대 이전까지 거의 대부분 국가 해군이 대함미사
일이 접근할 경우 함포로 요격하는 교리를 갖고 있었지만, 시간이
갈수록 대공미사일을 탑재하는 길을 선택했다.

　"아싸! 잡았다! 우리가 잡은 거야!"

　40밀리 함포 무장사가 환성을 질렀다. 함마다 담당 공역을 구분했
기 때문에 누가 요격에 성공했는지 알 수도 있었다.

　거리가 더 가까워지자 울산1급 호위함에서 골키퍼를 발사했다.
푸른 하늘은 새카맣게 날아오는 대함 미사일, 그리고 이 미사일을

잡으려고 날아가는 대공미사일, 함포탄, 기관포탄으로 가득 찼다.

검독수리급 유도탄 고속함은 1분 전까지 해성 대함미사일 8발을 발사했다. 평소 4기를 탑재하지만 진해에 들러 4기를 추가 탑재해 발사관이 8개가 됐다. 포항급 초계함도 하픈 또는 해성을 8발씩 발사했다. 일본의 계산은 처음부터 빗나갔다.

"70포도 하나 해치웠다! 오오! 또 떨어진다!"

안용복함과 문무대왕함에서, 그리고 울산1급과 윤영하급 고속함에서 계속 요격 전과를 올렸다. 울산1급 2척은 램 21발씩을 모두 발사했다. 일본 대함미사일의 대군은 아직 순항단계에 머물렀기 때문에 고도는 적당히 높고 회피기동도 없었다. 요격하기에는 절호의 기회였다.

그러나 일본 미사일은 아직 숫자가 많이 남았고, 거리를 점점 좁혀왔다. 미친 듯이 발사하는 함포 굉음 사이로 정두원 소령이 지지 않고 외쳤다.

"신에게는 아직 검독수리 유도탄고속함 12척이 있습니다! 76km 함포는 대 행성파괴 우주전용 함포입니다!"

76mm를 76km로 잘못 쓴 것은 많은 사람들에게 즐거움을 선사했다.

대함미사일들이 3함대 남쪽 7해리 거리에서 3함대 함정들을 락온한 다음 고도를 점차 낮췄다. 대함미사일의 떼가 윤영하급 고속함들이 늘어선 바로 앞까지 날아왔다.

그러나 해상자위대 역시 3함대 함정들의 위치를 제대로 파악하고 3함대의 예상 이동 해역을 목표로 설정했으므로 울산1급 두 척과 검독수리 12척은 목표로 인식하지 않았다. 선두 미사일 집단이 40밀리 노봉 기관포의 포화를 받으며 검독수리 앞뒤로 낮게 날아갔다. 1km 간격으로 벌여선 검독수리들 중간에서도 대공미사일과 대함미사일이 충돌해 폭발했다.

해상자위대 함정들이 발사한 대함미사일 152발 중에서 전자전과 기타 요인에 의해 30발, 이지스 안용복과 KD2 문무대왕, 울산1급 두 척이 발사한 대공미사일에 의해 현재까지 30발이 요격됐다. 그리고 검독수리 고속함의 함포에 의해 13발이 요격됐다.

해상자위대 함정들이 발사한 미사일 중에서 검독수리 고속함들이 설정한 선을 지난 것은 79발이었다. 90식 대함미사일 위주인 79발 중에서 1그룹에 40발, 2그룹에 22발, 3그룹에 17발이 쇄도했다. 이를 향해 안용복과 문무대왕에서 발사한 SM2 대공미사일과 을지문덕과 양만춘에서 발사한 시 스패로 미사일이 충돌코스로 돌입했다.

8월 16일 16:15:50 울산광역시 동쪽 51km 해상

문무대왕함의 전투정보실 근무자들은 정신이 하나도 없었다. 대부분이 원래 2함대 소속인 3함대 3그룹을 노리고 처음에 날아온 대함미사일은 30발이었다.

그 중에는 8호위대 이지스함 기리시마와 아사기리급 또는 호위함대 직할 호위대에서 발사한 것으로 추정되는 하픈이 있어서 전자전에 무력화됐다. 사격통제장치에 따라 일부 해상자위대 함정들은 미국에서 수입한 초기 하픈만 무장할 수 있었고, 하픈은 한국 해군이 장비한 전자전 시스템에 극히 취약했다.

3함대 3그룹에게는 실로 행운이었다. 그러나 3그룹을 지킬 방공 능력을 가진 함정이 문무대왕함과 을지문덕함밖에 없다는 것이 가장 큰 문제였다. 문무대왕함이 SM2를 꾸준히 발사해 대함미사일을 요격했지만 거리는 확 줄었는데도 아직 17발이나 남아 있었다.

- 퉁!

"램이 발사됐습니다!"

사통사가 보고했다. 해상자위대가 발사한 대함미사일들이 어느새 10km 선까지 접근해왔다. 을지문덕도 계속 시 스패로를 발사했다. 뻔히 알면서 긴장감만 높인 사통사를 함장이 힐난했다.

"신경 꺼! 맞으면 맞는 거지!"

램 미사일이 표적에 접근하기도 전에 다시 램이 발사됐다. 한꺼번에 방공구역을 뚫고 들어온 미사일은 세 발이나 됐다. 한 발은 을지문덕에서 쏜 시 스패로에, 한 발은 문무대왕에서 발사한 램 미사일에 요격됐다. 다른 한 발은 추가로 발사된 램을 뿌리치고 문무대왕으로 향했다.

- 빠바바바방!

골키퍼가 자동 교전하는 소리가 전투정보실까지 파고들었다. 대함미사일이 그만큼 가까워졌다는 증거였다. 해면에 밀착한 채 뱀처럼 좌우로 움직이며 접근하던 대함미사일이 기관포탄에 맞아 세 토막이 나며 바다에 떨어졌다.

그 사이에도 SM2 대공미사일은 꾸준히 대함미사일을 요격했다. 문무대왕함에 탑재된 조사기 2기가 쉴 새 없이 움직였다. 문무대왕에서 발사한 램과 을지문덕에서 발사한 시 스패로도 요격 전과를 올렸다. 그러나 피탄 당하는 함정이 나타났다.

- 콰쾅!

"XX함 피탄! 기동에는 지장 없습니다."

함교에 미사일이 명중해 함교구조물 절반이 사라졌으나 검은 연기만 날 뿐, 포항급 초계함은 계속 북동쪽으로 항진했다. 울산급 함정 뒤쪽 바다에 울긋불긋한 안개 같은 것이 떠서 천천히 움직였다. 붉은 안개를 향해 90식 대함미사일이 내리꽂혔고, 거대한 물기둥이 치솟았다.

8월 16일 16:16:00 울산광역시 동쪽 62km 해상

"전투 배치! 대공 전투 배치! 방위 175, 적 유도탄 거리 1200!"

3함대 사령관이 함내방송용 마이크를 잡고 감회에 젖었다. 젊은 시절 울산급 호위함이나 포항급 초계함에서 박원길 소장이 당직 사관을 지낼 때 훈련하던 장면 같았다.

전자사는 유인체를 독도함 우현 상공에 쏘아 보내느라 정신이 없었고, 골키퍼와 램을 자동모드로 전환한 통신관만 함대사령관이 추억을 되삼키는 장면을 주시했다.

"미스트랄 발사! M60 기관총 쏴! 거리 800. 소병기 요원 조준! 거리 400. 소병기 요원 사격 시작!"

- 빠다다다당!

드디어 독도함의 램과 골키퍼가 요격에 나섰다. 이지스함 안용복과 KD1 양만춘이 지켜주는데도 독도함은 스스로를 보호하는 일에 직접 나서야 했다. 끔찍한 일이었다.

"겨우 15년 전 이야기네. 소병기 요원 대공사격 훈련은 지금도 하고 있겠지?"

"하고 있습니다."

통신관이 힘차게 대답했다. 소총을 쏘아 대함미사일을 떨어뜨리겠다는 발상 자체가 처절하다. 바로 얼마 전까지, 그리고 지금도 여전한 한국 해군의 현실이었다.

"그래. 이지스와 소병기 요원 대공사격이 공존하는 현재야. 조만간 다 바뀌겠지. 그렇게 돼야 하고말고."

전자사는 대 유도탄 기만체계를 작동시키고 있었다. 일본의 대함 미사일은 레이더 유도방식인 하픈과 90식 초기형, 레이더 유도방식과 적외선 유도방식을 혼용하고 강력한 전자전을 수행하는 함정을 선택적으로 공격할 수 있는 90식 후기형이 있다. 최종 유도방식이 다양하므로 전자사도 채프 같은 레이더 유인체와 적외선 기만체는 물론, 장거리용 전자로켓까지 다양하게 발사할 수밖에 없었다.

독도함의 우현 전방에 거대한 전자구름이 만들어졌다. 전자구름은 바람을 타고 서서히 움직이며 레이더 스코프로 보면 마치 항공모함 같은 거대한 가짜 표적을 만들어냈다. 전자사가 이미 형성된 전자구름을 향해 슈트케이스B를 지속적으로 쏘아 보내 전자구름의 레이더 단면적을 증가시켰다. 전자구름에 이끌린 미사일이 바다 속으로 처박혔다. 좌우로 꿈틀거리는 회피기동을 하면서 해면 밀착비행을 하던 미사일은 전자구름을 지나친 다음 자폭했다.

대함미사일이 날던 초기 독도함에서 발사한 적외선 유인체는 어느새 독도함 뒤쪽 바다에 떠 있었다. 화학성분이 적외선을 뭉클뭉클 피워내고, 90식 대함미사일은 적외선 유인체를 향해 다이빙했다. 전자로켓은 독도함에서 저 멀리까지 날아가 대함미사일을 꼬드겼다.

8월 16일 16:16:10 울산광역시 동쪽 62km 해상

안용복함 주위에도 대함미사일이 날아들기 시작했다. 안용복함은

SM2로 원거리에서 저고도 순항 비행하는 대함미사일을 요격하고, 근거리에서 회피기동하거나 팝업기동하며 접근하는 대함미사일은 골키퍼로 응수했다. 함수 5인치 함포는 10km 남짓한 중거리를, 램은 그 안쪽을 담당했다.

안용복함의 현재 전투체계는 오토매틱도 아니고, 오토매틱 스페셜 모드였다. 표적 탐지부터 무장 선택과 발사까지 모든 것이 자동화됐고, 전투체계관과 사통사들은 통제패널에서 아예 손을 뗐다.

램과 골키퍼는 물론, 대공미사일까지 운용요원의 인가를 받지 않고 완전 자동으로 발사됐다. 조금 전까지는 울산급과 포항급 함정들이 있는 방향은 무장발사 제한구역으로 설정됐으나, 이제는 골키퍼가 대함미사일을 쫓아 아군 함정 방향으로도 발포했다. 안용복함에서 발사한 기관포탄에 몇 발 얻어맞던 3함대 함정에 대함미사일이 명중했다.

"XX함 피탄! 의 침몰합니다."

대함미사일 단 한 발에 침몰하는 배는 작은 포항급이 아니라 오히려 배수량이 큰 울산급이었다. 울산급 호위함은 함령도 오래 됐지만 KD 시리즈가 취역하기 전까지 오래도록 최대급 전투함인 1급함이었던 까닭에 나쁜 해상상태에서도 계속 작전을 나가야 했고, 결국 구조적으로 문제가 생겼다.

"XX함 피탄했습니다. 함교에 명중, 화재."

해군 함정에서 수병으로 근무하는 동안 하도 고생해서 그쪽 방향으로는 오줌도 안 누겠다고 결심한 해군 예비역도 소설에서나마 자기가 탔던 함정이 피격됐다고 하면 섭섭해 한다. 제대로 활약도 못하고 격침당했다면 더욱 섭섭할 것이다. 그래서 피탄당한 함 이름은 XX로 모자이크 처리한다.

피해는 독도함과 안용복함, 양만춘함에서 멀리 떨어진 함정에서 주로 발생했다. 독도함을 중심으로 방어전을 전개하는 3함대 입장에서는 어쩔 수 없었다.

저고도로 해면비행하는 대함미사일은 파도치는 바다라는 무지막지한 불필요 반사파를 배경으로 움직였다. 독도함과 다른 함정들이 실시하는 전파방해와 함정들이 쏘아올린 채프도 전파 잡음을 평소보다 몇 배나 증가시켰다. 직접적인 전파방해는 받지 않았지만 일본 함정에서 송신한 전파도 마구 수신됐다. 심지어 바다 위를 날아다니는 갈매기도 순간탐지 표적으로 나타났다가 사라졌다. 이 모든 것들이 이지스 레이더의 기능을 떨어뜨리는 잡음이었다.

다행히 안용복은 불필요 반사파 제거 기능이 강화된 SPY1D(v) 레이더를 탑재했다. 자동 적응모드 제어기능은 파도치는 바다 위에 낮게 깔려서 접근하는 대함미사일을 포착했고, 펄스 도플러 포착 및 추적 모드는 채프에 가려진 대함미사일을 추출해냈다.

"음. 독도함이 피탄했습니다!"

작전관이 신음을 흘렸다. 핵심 방공구역에도 급기야 구멍이 나버렸다. 안용복함과 독도함에서 램과 골키퍼로 대응에 나섰지만, 대함미사일의 시커에 커다란 표적으로 떠오른 독도함을 노리고 자그마치 30여 발이 날아왔다. 그나마 다행이라면, 대함미사일이 어느 정도 시간차를 두고 날아온다는 것이다.

가장 먼저 독도함에서 소나타 전자전 시스템을 동원해 실시한 강력한 전자방해로 마지막까지 남은 하픈 대함미사일 다섯 발이 바다로 떨어졌다. 다른 함으로 향하던 90식 두 발은 전자공격으로 인해 탐색이 불가능해지자 무작정 독도함을 향해 날아왔다.

검독수리 고속함들이 설정한 저지선을 넘어 1그룹으로 날아온 40발 중에 안용복함에서 새로 발사한 SM2와, 독도함과 구역을 반씩 나눠 실시한 램과 골키퍼 사격으로 10여 발을 요격했지만 독도함을 노리고 쇄도하는 대함미사일은 아직 열 발 넘게 남았다.

90식 대함미사일 중에서 두 발은 Home on Jamming 모드로 전환돼 독도함이 실시한 강력한 전자방해원을 목표로 유도됐다. 높이 치솟아 올랐다가 독도함을 향해 줄줄이 내리꽂히는 90식 대함미사일 다섯 발의 탄두 탐색기는 적외선 추적 장치가 가동 중이었다. 거의 동시에 날아온 세 발은 수면비행을 계속했다. 이렇게 열 발이 독도함을 거의 동시에 노렸다.

독도함 뒤에 반쯤 숨은 안용복함은 전자전시스템을 전자방해가 아니라 전자기만 기능을 사용해 함미 방향으로 허위표적을 만들었다. 90식 대함미사일 두 발이 엉뚱한 방향으로 날아갔다. 목표를 포착했다고 착각한 대함미사일 한 발은 텅 빈 바다를 향해 급강하했다. 수평으로 비행하며 허위표적을 지나간 다른 한 발은 안용복에서 램 대공미사일을 날려 격파해버렸다.

- 콰앙!

독도함에 또 미사일이 명중했다. 함장 김태곤 대령이 신음을 흘렸다.

"독도함은 서너 발 정도까지는 맞아도 괜찮아!"

그러나 함교에 명중해 램이 작동을 멈추는 바람에 독도함의 교전 능력은 뚝 떨어졌다. 곧이어 두 발이 동시에 독도함에 착탄했다. 함교와 비행갑판에서 연속 폭발이 일어났다. 그 와중에도 독도함의 골키퍼는 응전하고 있었다. 독도함 상공에서 폭발이 일어났다.

90식 대함미사일이 상승한 다음 위에서 내리꽂히는 급강하 방식으로 독도함에 타격을 가하면 배수량이 큰 독도함은 어떻게든 버틸 수 있었다. 그러나 대함미사일 세 발이 독도함의 흘수선을 노리고 거의 동시에 날아들었다.

한 발은 양만춘함이 요격했다. 근접방어는 시 스패로 대공미사일과 골키퍼 2기를 풀가동한 양만춘이 지금까지 잘해 주었다. 원거리에서 대함미사일 대부분을 요격한 것은 안용복이었으나, 근거리에서 독도함을 비롯해 울산급과 포항급 함정들을 지킨 것은 KD1 양만춘이었다.

대함미사일 한 발은 안용복함에서 골키퍼로 요격했다. 그러나 마지막 운명의 한 발이 독도함의 흘수선을 뚫고 5미터나 파고 들어가 중심에서 폭발했다. 거대한 독도함이 크게 진동했다.

다시 공중과 수면으로 두 발이 접근했다. 함교로 돌입하는 미사일은 양만춘이 막아냈으나 사각으로 들어간 90식을 놓치고 말았다.

- 쿠와아앙!

8월 16일 16:16:20 울산광역시 동쪽 58km 해상

- 빠다다다당!
- 콰앙!

문무대왕함의 함미 골키퍼가 포항급 초계함의 흘수선을 노리고 접근하는 90식 대함미사일을 요격했다. 뱀처럼 좌우로 요동치며 해수면 위를 아슬아슬하게 비행하던 미사일 탄두는 30밀리 미사일관통탄 단 한 발에 박살나 공중 폭발했다.

골키퍼 추적 레이더의 특징이라면 이중 대역 추적을 한다는 것이다. 감쇄율이 낮고 빔폭이 넓은 I 대역 주파수로 표적을 획득하고, 35기가헤르츠의 Ka 대역 주파수로 정확한 추적을 실시한다. Ka 대역은 빔폭이 좁아 대함 미사일을 추적한 전파가 수면에 반사되어 이중표적으로 나타나는 거울 이미지 현상을 방지할 수 있다. 또한 골키퍼라는 이름에 걸맞게 축구공만한 작은 탄착점을 형성한다. 미사일의 예상 비행경로에 탄착군을 형성하는 전통적인 대공포의 교전 방식과 비슷한 벌컨 팰렁스 Block1A와 달리 골키퍼는 포탄 분산도가 매우 낮다.

골키퍼의 가장 큰 특징은, 30밀리 탄환이 대함미사일 탄두의 확실한 격파를 목표로 한다는 점이다. 대함미사일 맨 앞부분은 탄두가 아니라 시커, 즉 탐색기라 불리는 장치다. 30밀리 탄환은 시커를 뚫고 탄두에 도달해 탄두까지 파괴하는 방식이다. 이와 달리 20밀리 벌컨 팰렁스는 미사일 통제 시스템의 파괴를 목표로 하는 요격 체계라 확실한 파괴를 보장하려면 더 많은 탄환을 명중시켜야 한다.

교전 중에도 탐색레이더는 계속 회전해 우선순위가 높은 새로운 위협을 지정하고, 골키퍼가 다시 교전에 들어갔다. 골키퍼가 다른 미사일과 교전하는 사이 문무대왕함 2500미터까지 접근한 90식 대함미사일이 새로운 표적이었다.

- 부아아아악! 따다다다당!

골키퍼가 그 미사일을 포착하고 탄환을 퍼부었다. 그러나 대함미사일은 해수면 가까이 낮게 비행하며 뱀처럼 꿈틀거리는 교묘한 회피기동으로 피해냈다. 골키퍼가 곡선 비행궤도 예측 기능을 최대한 활용했으나 대함미사일은 아슬아슬하게 탄도에서 비껴나갔다. 결국 문무대왕함 전방 700미터 지점에서 명중해 폭발했다. 골키퍼가 다음 표적과 교전하기 위해 포신을 돌렸다.

이번에는 급강하 공격하는 90식 대함미사일이 목표였다. 높이 치솟아 오른 90식 대함미사일이 소용돌이를 그리면서 날아왔다. 거리는 어느새 1500미터까지 접근했다. 골키퍼가 포구 방향을 수정하며 명중지점을 자동으로 보정했다. 그러나 탄환은 아슬아슬하게 계속 빗나갔다. 90식 대함미사일이 탐색기 가동을 중단하고 최종 돌입모드로 문무대왕함에 돌진했다.

이때 4초나 계속 탄환을 퍼붓던 골키퍼가 사격을 멈췄다. 그 말은, 최종 수비수인 골키퍼가 표적 요격에 결국 실패했고, 곧 문무대왕함에 대함미사일이 명중한다는 뜻이었다. 함장이 팔 받침대를 꽉 쥐었다.

"충격에 대비해!"

- 콰앙!

전투정보실이 크게 흔들리는 와중에도 전투체계관은 대공요격 임무에 전념했다. 작전관이 함내방송 마이크를 잡았다.

"피해를 확인하라! 피탄 부위는?"

- 함미입니다! 함미 헬기 갑판에 명중!

- 기관실 화재! 사상자 다수 발생!

90식 대함미사일 중에서 함의 엔진 부위를 노리도록 세팅된 것이었다. 덕택에 문무대왕함은 SM2 미사일을 계속 유도할 수 있었다. 추진력도 잃지 않았다.

"다행이다."

기관병들이 죽은 것은 불행이었지만 문무대왕함의 승조원 전체가 일단 살아남으려면 대공미사일을 유도해 계속 요격해야 하고, 그것을 위해서는 함교구조물에 맞는 것보다는 나았다.

골키퍼와 램이 계속 발사됐다. 문무대왕함의 방공구역을 뚫고 들어온 대함미사일의 숫자가 그만큼 많다는 증거였다. 을지문덕에서도 시 스패로 대공미사일이 수직발사관에서 연달아 치솟고, 골키퍼 2문이 쉴 새 없이 불을 뿜었다.

"골키퍼 잔탄 62발!"

남은 탄환은 1회, 그것도 딱 1초 정도 쏠 분량이었다. 골키퍼의 준비탄약은 1200발이 안 된다. 한 번에 평균 2초, 140발 정도를 쏜다고 가정하면 미사일 요격 기회는 10회 미만이다. 방금 함미에 명중한 대함미사일 때문에 실탄을 허비한 것이 치명적이었다. 그러나 이 정도씩이나 교전했다면 골키퍼는 제 역할을 충분히 해준 셈이었다.

- 부아아아악!

- 콰아앙!

"명중!"

골키퍼 사통사가 불안하게 보고했다. 함에서 상당히 가까운 거리에서 대함미사일이 요격되는 바람에 파편 일부가 함의 센서에 타격을 가했을지도 몰랐다. 역시 사통사들이 이곳저곳 피해를 보고했다.

그 사이에도 SM2와 램 미사일은 계속 발사됐다. 골키퍼 갑판 아래에서는 탄약수들이 탄약을 장전하느라 정신이 없었다. 그러나 벌크 트레이 방식으로 급속 장전하더라도 최소 9분이나 걸린다. 대함미사일 요격전에서 더 이상 문무대왕함의 골키퍼가 활약할 일은 없었다.

"대함미사일이 접근합니다!"

골키퍼 사통사가 보고했다. 골키퍼가 장전 중이라도 탐색레이더는 계속 작동한다. 90식 대함미사일이 문무대왕함 1km까지 접근하고 있었다. 이때 램은 문무대왕으로 접근하는 다른 미사일 2기를 포착해 교전 중이었다.

이번 미사일은 흘수선을 노려 해면비행으로 돌입했다. 문무대왕함을 완전히 포착한 대함미사일의 탐색기가 작동을 멈추고 우현을 꿰뚫으려는 순간이었다.

- 콰쾅!

진동은 예상보다 훨씬 적었다.

"을지문덕에서 요격에 성공했습니다!"

"끄응!"

함장이 탄식했다.

주변 하늘은 채프와 플래어, 미사일과 파편, 기관포탄으로 가득 찼다. 레이더 성능도 급격히 떨어져 탐색레이더와 추적레이더가 표적을 놓치는 일이 자주 발생했다. 그 와중에 램은 제 할 일을 다했다. 적외선 유인체로 향하는 척하다가 막판에 방향을 틀어 문무대왕함을 향하던 대함미사일이 램에 요격됐다.

8월 16일 16:16:50 울산광역시 동쪽 62km 해상

- 빠바바바방!

- 콰앙!

독도함을 향해 돌입하던 대함미사일이 안용복함과 양만춘함에서 발사한 골키퍼 총 3기에 의해 공중에서 폭발했다. 독도함 갑판에 파편이 뿌려졌으나 더 이상 독도함이 피해를 입는 것은 의미가 없었다. 거대한 독도함은 침몰하는 중이었다.

독도함은 광개토대왕함처럼 실험함으로서의 성격을 갖고 있었다. 시행착오 없이 처음부터 완벽하게 실전에 도움이 되는 함을 건조해

내기란 불가능하고, 그건 엄마 친구 아들이나 가능하다. 시행착오에서도 교훈을 얻는다면 미래를 위해 충분히 가치 있는 일이다. 애초부터 요구는 너무 많았고, 예산은 적었다.

바로 옆 양만춘함의 골키퍼 2기 모두 사격을 그쳤다. 양만춘은 골키퍼로 엄청난 일을 해냈지만, 실탄이 떨어졌으니 시 스패로와 함수 127밀리 함포만으로 대함미사일과 교전해야 했다. 안용복함의 함장, 김태곤 대령이 물었다.

"잔탄 몇 발이나 남았나?"

"750발입니다."

그 사이에도 골키퍼가 발사되면서 잔탄을 줄여나갔다. 해수면에 바짝 붙어 날아오던 대함미사일이 물에 처박히며 폭발했다.

골키퍼의 준비탄약은 1200발 이하이지만, 신형 골키퍼는 탄창이 두 개다. 안용복함의 골키퍼는 이미 1500발 넘게 발사했다.

정신없던 안용복함의 전투정보실에 어느새 고요가 찾아왔다. 지시나 복창도 없었다. 다들 의아해서 고개를 들었을 때 함장이 전투체계관을 불렀다.

"전투체계관! 보고하게."

전투체계관이 함장에게 보고했다.

"하늘이 무척 맑습니다."

"와아!"

전투정보실 근무자들이 일제히 일어나서 함성을 질렀다. 안용복함 주위 하늘을 나는 것은 아무 것도 없었다. 독도함과 몇몇 함정에서 내뿜는 시커먼 연기만이 하늘을 장식할 뿐이었다.

"독도함으로 접근! 구조작업을 실시한다. 작전관은 단정 하강 작업을 지휘해! 아니! 내가 가겠다."

김태곤 대령이 갑판으로 나갔다. 독도함은 함미 일부만 남기고 물에 잠기고 있었다. 3함대 사령관 박원길 소장과 통신관, 전자사는 침몰하는 독도함에서 빠져 나오지 못했다.

3함대에서 발사한 대함미사일이 전과를 얼마큼 올릴지는 알 수 없다. 김태곤 대령은 침몰하는 독도함을 허탈하게 바라보았다.

8월 16일 16:17:00 울산광역시 납동쪽 58km 해상

정두원 소령은 검독수리 고속함들을 네 척씩 나눠 각 그룹으로 보냈다. 구조작전을 시작할 때였다. 정두원 소령이 탑승한 윤영하함은 2그룹으로 향했다.

해군 작전사령부 직할 전대 소속 대형 함정들은 처참한 피해를 입었다. 기뢰모함인 원산함은 대함미사일 다섯 발을 맞고 침몰했다. 고준봉, 비로봉, 향로봉, 성인봉 등 전차상륙함 네 척도 모두 침몰했다. 군수지원함 천지함은 대파됐고, 뒤쪽에 있던 대청함과 화천함은 다행히 중파에 머물렀다.

가장 큰 피해를 입은 것은 미끼 역할을 담당한 두 번째 그룹이었다. 배수량이 크고 갑판에 크레인 등 온갖 장비들이 널려있어 레이더 반사 면적도 커서 대함미사일의 시커를 피할 방법이 없었다. 채프와 플레어 등 각종 유인체를 허공에 살포했으나 대함미사일 숫자도 많았다. 전자전 시스템을 최대한 가동한 것이 하픈에는 유효했으나 90식 대함미사일을 끌어들인 요인이었다.

울산급과 포항급 함정도 마찬가지였지만 53상륙전대와 55구조전대 소속 함정들에도 최소 인원이 탑승한 채 출항했다. 대함미사일

경보가 울린 직후에는 함을 정지시키고 기만장치를 작동한 다음 나머지 인원도 모두 이함했다. 그래서 사상자는 없었다.

윤영하함을 비롯한 고속함 네 척은 구명벌과 단정에 탄 승조원 100여 명을 구조했다. 집을 잃은 승조원들이 천하에 다시 없을 몹쓸 작전이라며 몹시 투덜거렸다.

1그룹에서는 사상자가 발생했다. 울산급과 포항급 함정들은 두 명씩 탑승해 키를 돌리고 기만장치를 작동하는 역할을 했다. 울산급 1척, 포항급 2척이 침몰하고 다른 두 척이 대파됐다. 그리고 특별히 세 명이나 탑승한 독도함에서는 3함대 사령관을 포함해 전원 전사했다. 전사 11명, 중상 1명, 경상 1명이 1그룹이 입은 인명 피해였다.

2함대에서 지원한 3함대 3그룹에 가장 큰 인명 피해가 발생했다. 울산급과 포항급 각각 두 척씩 침몰하고 두 척이 대파됐으나 전사자는 네 명에 그쳤다. 그런데 문무대왕함 함미가 피격당하는 바람에 기관병 여덟 명이 전사했다.

전사 23명, 중상 15, 경상 5명이 이 날 3함대가 입은 인명피해였다. 함정 손실은 독도함 침몰, 울산급 3척 침몰, 포항급 4척 침몰에 4척 대파, 기뢰함과 전차상륙함 5척 침몰, 군수지원함 3척 대파 또는 중파, KD2 문무대왕함 중파. 침몰한 함정은 총 13척, 침몰은 면했으나 중파 이상 피해를 입은 함정은 8척이었다.

이제 일본 해상자위대 함정들이 당할 차례였다.

8월 16일 16:17:01 대마도 동쪽 75km 해상

해상자위대 2호위대군 소속 이지스 호위함 아시가라의 지휘통제실이 술렁거렸다. 2호위대군 막료들이 잔뜩 당황해 사령에게 보고했다.

"적 대함미사일 제1제파 접근! 전자전이 안 먹힙니다!"

"저건 미제 하픈일 텐데, 한국이 장난을 쳐놨나?"

한국 해군이 보유한 대함미사일은 하픈 Block1C형과 해성 대함미사일로 대별된다. 하픈 도입 전에는 엑조세를 운용했고, 미국에서 여러 차례 도입하는 과정에서 하픈 블록1A와 하픈 블록1B도 들여왔다. 한국 해군이 가장 많이 보유한 하픈1C형이라고 해도 일부는 재공격 기능이 추가된 수출형 버전인 하픈1G형이다.

현재 2호위대군에 정면으로 접근하는 대함미사일은 포항급 초계함에서 발사한 하픈 블록1A형과 블록1B형이었다. 사거리가 짧고 순항고도가 높아 일찍 탐지되는 단점이 있다. 대전자전 능력 즉 ECCM 능력이 낮다는 단점도 있다. 블록1A가 사거리가 짧다고는 하나 그래도 92km나 되고, 2호위대군을 상대로는 충분히 사거리 안쪽이었다.

미제 무기는 구매협정상 엄격히 규제돼 함부로 개조할 수 없다. 그런데도 전자전이 안 먹힌다는 것은 다른 문제가 있었다. 전자전에서 전자공격은 대함미사일의 고도계 전파를 교란시키는 방법과, 소형 레이더 중심으로 구성된 미사일 탐색기에 전파 잡음을 잔뜩 수신시켜 탐색을 못하게 하는 방법 등이 있다. 그런데 전자적인 방법으로 기만하려면 대함미사일의 탐색기, 즉 시커가 작동 중이어야 한다. 한국 해군이 발사한 하픈의 탐색기는 아직 작동하지 않았다.

하픈의 발사방식은 거리와 방위 데이터를 모두 알고 입력해 발사하는 RBL(Range and Bearing Launch)과 방위만 알고 발사하는 BOL(Bearing Only Launch), LOS(Line of Sight)가 있고, 표적에 접근한 다음 가동하는 탐색형태는 탐색범위 또는 탐색각도 등을 단계별로 혹은 수동으로 발사 전에 세밀하게 조정할 수 있다. 그리고 BOL 모드일 때는 수동으로 하픈 탐색기의 시동 지점을 지정할 수 있다.

선두로 날아오는 하픈은 BOL 모드이거나, RBL 모드에서 탐색범위를 중간으로 설정해서 아직 탐색기가 작동하기 전이었다. 당연히 탐색기에 대한 전자적 기만책이 통하지 않았다. 호위함 전자전 작동수들은 당황하지 않고 계속 전자전을 실시했다.

일본 이지스 호위함들은 40km 거리에서부터 SM2 대공미사일로 요격하기 시작했다. 상대적으로 높은 고도를 비행하던 하픈 블록1A가 집중적으로 요격됐다. 곧이어 미사일과 호위함의 거리가 더 가까워지자 탐색기를 작동시키는 하픈의 숫자가 늘어났다. 더 강력한 전자전이 호위함들에 의해 실시됐고, 이에 따라 탐색기가 작동 불능이 된 하픈도 늘어났다.

그러나 탐색기가 전자전 공격을 받은 하픈들은 200피트로 상승한 다음 전자전을 실시하는 호위함으로 유도됐다. 전자전이 제대로 먹혀 고도계까지 기능을 상실한 하픈은 전자전을 수행하는 함정을 향해 일직선으로 비행했다. 전자전에 의해 만들어진 허위 표적을 향해 돌입하는 하픈도 있었다. 이 와중에 대공미사일이 날아와 대함미사일을 차례로 요격했다.

통합막료회의 정보본부가 추산한 3함대의 대함미사일 보유 탄수는 146발이었다. 그러나 훨씬 많은 비행물체가 레이더 스크린에 포착됐다. 이지스 시스템에서 위협 표적으로 분류한 비행물체는 최소 300발 이상이었다. 200여 발이 2호위대군으로, 나머지 100여 발이 4호위대군으로 향했다.

일본의 추산치에는 오류가 있었다. 3함대에 속했거나 임시 배속된 포항급 초계함이 16척이고, 검독수리 12척이 참전했다. 그런데 이들은 하픈이나 해성 대함미사일을 4기가 아니라 8기를 탑재했다. 여기서 112발이나 차이가 났다. 그렇더라도 총 258발이 돼야 하는데, 현실은 달랐다.

　"어째서 대함미사일이 300발을 넘는단 말인가!"

　2호위대군 사령 다카야나기 해장보는 아직 모르고 있었지만, 안용복함과 문무대왕함이 대함미사일 외에 추가로 발사한 것이 있었다. 천룡 순항미사일 32발과 16발, 총 48발이었다. 천룡은 지대지 또는 함대지 미사일이라 함정에 직접적인 위협은 되지 않았지만, 마치 대함미사일처럼 순항고도로 낮게 날아오고 레이더 반사특성도 대함미사일과 크게 다르지 않았기에 지금 당장은 대함미사일로 분류될 수밖에 없었다.

　총 306발, 발사 초기에 유도를 잃고 바다에 추락한 2발을 제외한 304발이 날아오고 있었다. 미국 항모전단이 타이컨디로거급 이지스 순양함 2척, 알레이 버크급 이지스 구축함 2척, 기타 대공미사일을 갖춘 프리깃을 거느리고도 한꺼번에 쇄도하는 대함미사일 200발 이상은 감당하지 못한다고 평가된다.

　"비열한 한국 해군은 미국 항모전단도 전멸할 공격력을 2호위대군에게 쏟아 부었다!"

　그게 어째서 비열한 행위인지는 몰라도 2호위대군 사령을 비롯한 막료들은 모두 그렇게 느꼈다. 각 함정에서는 이지스를 중심으로 본격적인 대공요격 체제에 들어갔다.

　한국 해군이 발사한 대함미사일은 동서남북 모든 방향에서 날아왔다. 특히 정면인 북쪽에는 2개 그룹이 시간차 공격을 시도했다. 대부분 구형 하픈으로 추정되지만, 중간에 순항미사일이 섞여 있다는 사실을 몰랐다.

해상자위대 이지스함 두 척의 지휘관들은 초기에 발사되고 상대적으로 높은 고도를 비행하는 하픈보다, 해수면 비행을 하는 미사일을 더 높은 위협으로 간주했다. 해성 대함미사일을 요격하기가 더 까다롭기 때문이다. 그러나 도달시간은 고도가 높은 하픈이 앞서기 때문에, 이지스 전투체계는 하픈을 먼저 요격했다.

논리적으로는 이지스함의 전투체계가 옳았다. 하픈에 맞든 해성에 맞든 함정 입장에서는 매우 아프다. 상대적으로 높은 고도로 비행하는 하픈이 더 요격하기 쉬우니 나중에 어떻게 되든 일단은 최대한 숫자를 줄이는 것이 중요했다.

30미터 고도를 비행하던 하픈 블록1A와 그보다 낮은 고도로 비행하던 하픈 블록1B에 하나씩 명중했다. 그런데 상대적으로 높은 고도를 날던 하픈을 SM2 대공미사일이 요격하기 직전, 하픈이 추락했다. 30년 가까이 된 하픈 블록1A가 몇 가지 고장을 일으켜 작동중지 상태에 빠진 것이다. 목표를 놓치고 다른 목표를 찾던 SM2가 그마저 놓치고 공중 폭발했다.

8월 16일 16:20:05 대마도 동쪽 86km

대잠헬기가 디핑소나를 물에 담그고 있었다. 한창 해전 중에 가능 잠수함이라는 판정이 난 목표의 등장에 신경을 쓰느라 수평선을 채운 작은 점들을 신경 쓰지 못했다.

- 갈매기 3호! 041 방향에서 대함미사일 또는 순항미사일이 다수

접근 중이다!

2호위대군의 대잠전을 지휘하는 6호위대 사령이 이지스 호위함 초카이에서 통보했다. 기장은 의아했다.

"갈매기 3호입니다. 관측해드릴깝쇼?"

- 피해! 멍청아!

"우리가 왜요? 좀 위험하더라도 가능 잠수함을 포착하는 일에 몰두하겠습니다."

2호위대군은 이곳에서 10km 넘게 떨어져 있어 헬기가 위험할 일이 없었다. 나름대로 직무에 충실한 답변이라고 생각했는데, 부조종사가 비명을 질렀다.

"으악! 기장! 미사일이 정면에서 접근합니다!"

기장이 놀라 고개를 들었다. 북동쪽 하늘에 웬 작은 점들이 날아오고 있었다. 점은 점점 커졌다. 3함대에서 발사된 다음 동쪽으로 크게 우회한 대함미사일 집단이었다.

"이익! 수면에 붙어서 회피를……"

기장이 대잠헬기의 고도를 낮췄다. 그러나 기장은 최악의 선택을 했다. 하필 이때 미사일도 고도를 낮추고 있었다. 탐색기를 가동해 목표를 포착한 하푼과 해성 대함미사일이 고도를 바짝 낮추며 해면 밀착 비행을 시작했다.

기다란 미사일이 대잠헬기 방풍창 정면으로 접근했다. 기장이 헬기를 급선회시켰다. 사색이 된 기장과 부기장은 공중에서는 대함미사일 신관이 작동하지 않을 수도 있다고 기대하는 것이 할 수 있는 모든 것이었다.

대함미사일이 대잠헬기의 방풍창을 뚫고 들어와 헬기 미익 부분 동체를 뚫고 나갔다. 대잠헬기 조종사의 생각이 맞을 수도 있는 상황이었다.

- 콰쾅!

웬만한 대공미사일보다 탄두 폭약이 세 배 이상 많은 대함미사일이 헬기 미익 부위에서 폭발했다. 정규 구축함을 한 발에 무력화시킬 수 있는 대함미사일이 대잠헬기를 그야말로 가루로 만들었다. 대한해협 해전에서 발생한 해상자위대의 첫 번째 희생자, 한국 해군의 첫 번째 전과는 이렇게 하늘에서 생겨났다.

대함미사일은 순항고도로 하강하면서부터 탄두가 무장 상태가 되므로 중간에 항공기 등 비행물체와 부딪치면 폭발한다. 이를 맹목충돌이라 한다. 또한 대함미사일을 발사할 때 표적이 작은 고속정이 아니라면 일반적으로 지연신관을 선택한다. 충돌 후 1000분의 14초 지나서, 관통 후 약 5미터에서 폭발한다.

8월 16일 16:20:35 대마도 동쪽 75km

2호위대군 호위함 아시가라에서 미리 띄워놓은 대공미사일들이 조사기에서 송신한 전파의 유도를 받아 북쪽에서 날아오는 미사일에 하나씩 돌입했다. 미사일들이 회피기동을 하지 않아 명중률은 놀랍도록 높았다. 이지스 전투체계와 SM2 개발사에서 홍보에 이용하고 싶어 할 정도였다.

대공요격 임무에 나선 함정은 아시가라뿐만 아니었다. 이지스 호위함 초카이를 비롯해 19DD 2척, 다카나미급 함정 2척이 SM2나 ESSM을 발사해 한국 미사일의 숫자를 착실히 줄여나갔다.

미 해군의 대공원형진은 이지스 순양함과 이지스 구축함이 1대2

비율로 상정됐을 때 중심에 항공모함을 놓고 이지스 순양함이 12시와 6시 방향, 이지스 구축함이 2시, 4시, 8시, 10시 방향에 위치한다. 각 함의 거리는 방공무기체계의 사거리가 약간 중첩되는 수준에서 결정된다. 대양에서 각 함이 SM2 Block3 함대공 미사일 시리즈로 무장하고 적으로부터 핵공격을 받는다고 상정한다면 함대 진형의 반경은 100km다. 그러나 수평선이나 통신, 대잠방어도 염두에 두어야 한다. 개함방공용 시 스패로 대공미사일의 유효사거리 15km를 함정 간 간격의 기준으로 삼아도 미 해군 항모전투단은 엄청나게 넓은 진형을 형성할 수 있다.

2호위대군은 한국 3함대의 위치를 미리 파악하고 있었으므로 위협 방향인 북쪽과 북서쪽 방향에 중점적으로 대응하는 진형을 갖췄다. 즉 이지스 호위함 아시가라가 2시, 초카이가 8시 방향을 맡고 중간은 19DD와 다카나미급 호위함 각 2척씩이 집중 배치됐다. 대공방어력이 부족한 하쓰유키급 세 척은 동쪽과 남쪽으로 빠졌다. 그리고 4호위대군이 따로 원형진을 형성했으므로 2호위대군 예하 함정들은 거리를 넓게 띄울 필요가 없어 상대적으로 밀집방어 형태를 이루었다.

아타고와 아시가라에 탑재된 위상배열레이더 SPY1D(v)와 이지스 시스템 베이스라인 7.1은 세종대왕급에 탑재된 것과 동일하다. 대양보다는 연안전 환경에 특화된 이지스인 셈이다. 이곳은 연안보다는 대양환경에 가깝지만 오늘처럼 파도가 높아 각종 불필요한 반사파 등 클러터가 심한 환경에서는 더욱 우수한 성능을 발휘할 수 있었다.

이지스 호위함 아시가라의 대함미사일 교전은 Mk8 무장통제체계에 의해 이뤄졌다. 수직발사관에서 발사된 SM2 대공미사일은 초음속에 도달한 이후 발사 함정인 아시가라의 위상배열 레이더에 포착됐다. 이때 다운링크를 통해 미사일의 자체 비행정보가 이지스에 전달됐다. 무장통제체제로부터 위상배열 레이더를 경유해 중간 지령 유도 명령을 수신한 대공미사일은 비행경로를 최적화해 충돌코스로 진입했다.

이 모든 것은 사격통제용 조사기를 가장 효과적으로 사용할 수 있는 사전 사용계획을 기반으로 설정됐다. 나머지 과정은 단순한 수행절차에 지나지 않았다.

대함미사일로부터 반사된 전파를 포착한 SM2 대공미사일은 종말 유도단계에 들어섰다. SPG62 조사기가 대함미사일에 지속적으로 전파를 쏘고, 표적을 탐지한 SM2가 포물선 궤도로 급강하며 대함미사일 정면에서 폭발했다. 탐색기와 동체가 파괴된 대함미사일이 바다로 추락했다. 짧은 시간에 손상평가가 이뤄진 직후 조사기가 다음 목표를 향했다.

이 과정이 계속 반복됐고, 이지스 호위함 초카이도 서쪽에서 날아오는 대함미사일 40기를 상대로 동일한 임무를 수행했다. 그러나 북쪽과 서쪽에서 날아오는 표적 80개와 40개를 미처 다 처리하지도 못했는데 동쪽과 남쪽에서 미사일 40기씩이 더 날아왔다. 이지스함 2척만으로는 처리 불가능한 대량공격이었다.

해상자위대 입장에서는 무척 다행스럽게도, 2호위대 소속 19DD 1번함과 2번함, 6호위대 소속 다카나미와 오오나미는 ESSM을 탑재해 충분한 방공능력을 갖추고 있었다. 이들 네 척은 이지스 호위함들이 담당한 북쪽과 서쪽 미사일 그룹에 대한 대응을 중단하고, 동쪽과 남쪽에서 날아오는 미사일을 우선 요격했다. 그 중에는 교전목표가 중복돼서 허공에서 자폭하는 경우도 있었지만, 갑작스런 대응 목표 변경 상황이라 담당 공역이 일정한 정도 중복되는 것은 피할 수 없었다.

협동교전능력은 베이스라인 7.1의 특징이었다. 그러나 다른 함정에서 발사한 대공미사일을 이지스가 최종 유도한다는 이상적인 전투개념을 실현하려면 아직 연구할 시간이 더 필요하고, 다만 정확한 표적 정보를 공유할 수 있는 수준이었다. 보통 전단 단위에서 여러 함정이 제각각 파악한 표적을 수집해 전술화면에 합치면 원래 표적 숫자의 두 배가 넘게 된다. 통합적인 대응은 아예 불가능하다. 원래 표적의 1.3배 이하가 되면 우수한 협동교전 전술체계다.

대공방어를 아무리 잘해도 단 한 번만 실패하면 함의 피격으로 연결된다. 최신형이라도 20억 원에 불과한 대함미사일 한 발이 1500억 엔짜리 일본 이지스 호위함을 무력화시킬 수 있는 것이 해전이다. 대함미사일이 값비싼 전투기로 가득 찬 원자력 항모의 갑판이나 흘수선에 명중한다면 그 이상 효과를 낼 수도 있다.

현대 대함미사일의 특징은 저고도 비행으로 접근해 함정에게 대응시간을 주지 않는다는 것이다. 최종 돌입속도 마하 0.9, 해면고도 3미터로 돌입해오면 함정의 반응시간은 50초에 불과하다. 회전식 레이더는 표적 탐지 및 추적 확정에 8초 이상, 침로와 속력 등 표적 데이터 획득에 8초 이상 소요된다. 대공미사일 발사대를 표적 방향으로 지향하고 표적 데이터를 입력한 다음 발사해서 대공미사일이 미처 요격 위치에 도달하기도 전에 대함미사일은 이미 함정에 돌입하고 있다. 대함미사일 속도가 마하 2라면 19초에 대응해야 하는데, 기존 시스템으로는 대응이 아예 불가능하다.

이런 대함미사일의 위협에 대응하기 위해 이지스 체계가 만들어졌고, 수십 년 동안 발전해왔다. 가장 큰 문제는 대량의 대함미사일 공격으로부터 함정 또는 함대를 지키는 일이다. 수천 개의 위상배열 레이더 소자가 독립적으로 탐색, 추적하고 그 정보를 통합하는 강력한 레이더, 모든 정보를 취합해 빠르게 처리하고 대응방법을 결정하고 대응수단을 통제하는 전투체계가 핵심이다. 대공미사일을 신속히 대량 발사할 수 있는 수직발사체계도 도움이 된다.

이지스의 미사일 동시대응능력은 일루미네이터, 즉 조사기의 최종유도 시간과 조사기의 수가 직접적으로 관계된다. 함에서 발사한 대공미사일의 중간유도는 위상배열 레이더가 하고 조사기 당 소요되는 최종유도 시간은 6초에서 15초 정도 걸린다. 세종대왕급이나 아타고급, 공고급 이지스는 조사기 3대를 탑재한다.

이상적인 교전각도로 함이 배치돼 조사기 3기를 모두 가동할 수 있고, SM2 대공미사일 15발을 미리 띄워놓아 최적의 경로로 표적을 향해 비행 중이고, 반대로 최악의 가정이지만 수평선에서 대함미사일이 한꺼번에 날아온다면 동시대응능력은 어떻게 될까? 미사일의 중간단계 순항고도가 30미터일 때 탐지거리는 33km이고, 해면 밀착 비행인 고도 3미터일 때 15km다. SM2 대공미사일의 사거리가 150km를 넘더라도 수면에 바짝 붙어 낮게 비행하는 대함미사일은 이 거리부터 요격할 수 있다.

100퍼센트 명중하는 것으로 가정하고 최초 15초에 3기를 요격하는 동안 대함미사일의 집단은 4.5km를 전진한다. 최종유도에 필요한 조사시간은 거리가 가까워질수록 줄어들지만, 그 사이에 대함미사일은 더 접근한다. 중간에 조사기가 다음 목표로 이동하는 데 소요되는 시간을 감안하더라도 이런 식이면 조사기 1대당 5발에서 10

발까지 요격 가능하다고 전문가들은 평가한다.

아타고급이나 세종대왕급은 조사기가 3대이므로 15기에서 최대 30기까지 대함미사일 요격이 가능하다는 뜻이다. 대함미사일이 한 꺼번에 이지스에 도달하지 않고 어느 정도 시간차가 존재하므로, 동시대응 능력이 더 늘어날 것으로 가정한 계산이다. 대함미사일의 접근 정보를 자함에서 직접 포착하기 전에 조기경보기를 통해 미리 입수하고, 대함미사일이 수평선에 나타나기 전부터 대공미사일을 띄워놓으면 더욱 효율적인 요격을 할 수 있다.

그러나 공격자 입장에서는 조사기의 효율을 최대한 떨어뜨리는 방법으로 공격을 계획한다. 즉 사방에서 날아와 동시에 이지스함에 대함미사일이 도달하도록 하는 방법이다. 대함미사일이 해면밀착비행을 하는 것은 원래 최대한 늦게 탐지되기 위해서인데 조사기의 효율까지 떨어뜨리는 부수적인 효과도 발생시킨다.

SM3와 SM6는 표적에 돌입하는 최종유도 단계에서 미사일 자체의 능동탐색기나 적외선을 이용하고 함정의 조사기가 일정 시간 유도 해줄 필요가 없으므로 동시대응 능력은 무한대, 또는 대공미사일 보유 숫자 만큼이다. SM6는 수평선 너머, 이지스의 위상배열레이더가 포착하지 못하는 표적도 공격할 수 있다. 최종 유도를 위상배열레이더만으로 하는 능동형 위상배열레이더에는 조사기가 따로 필요 없지만, 아직 개발 중이거나 성능상 한계가 있다.

2호위대군에는 이지스 2척, 19DD 2척, 다카나미급 2척, 무라사메급 1척이 있어서 대공방어력은 매우 우수한 편이었다. 2호위대군 전체가 보유한 대공미사일도 대함미사일 210발을 요격하기에 충분한 수량이었다.

그러나 요격할 시간이 없었다. 군인이 휴대하는 실탄은 적 1개 중대와 비슷한 숫자이지만, 총격전에서 죽는 사람 대부분은 총알이 부족해서 죽는 것이 아니다. 문제는 대함미사일이 한꺼번에 사방에서 쇄도한다는 것이었고, 2호위대군의 방공능력을 분명히 넘어서는 공격력이었다.

대함미사일의 집단이 대공미사일에 꾸준히 요격 당하면서도 2호위대군과 12호위대 함정들에게 점점 접근했다. 급기야 채프, 플레어가 난사되고, 20밀리 벌컨 팰렁스가 사방으로 발포하는 난장판으로 변했다.

8월 16일 16:20:50 도쿄 신주쿠 이치가야

"어째서 미사일이 이렇게 크게 우회하는 거냐!"

총리와 대신들은 모두 얼어붙었고, 해상막료장만이 길길이 날뛰었다. 통합막료회의 의장과 정보본부장이 고개를 설레설레 저었다.

대함미사일이 2호위대군 남쪽에서 날아든다는 것은 의미가 컸다. 2호위대군과 한국 3함대의 교전 거리는 80km다. 2호위대군 위치에서 탐지되지 않도록 수평선 너머로 크게 우회해야 하므로 총 우회거리는 교전거리의 두 배 이상이 필요했다.

"해성 대함미사일의 사거리가 150km, 또는 160km 아니었던가요?"

"확실히 넘어요. 최소 180km입니다!"

해성 대함미사일은 기존 하픈보다 크고 아름다울 뿐만 아니라 길이도 길고 재공격 기능까지 보유해서, 모름지기 남자가 갖춰야 할 모든 조건을 훌륭히 갖춘 미사일이다. 해성의 사거리는 언론 발표보다 길 것으로 추정된다. 참고로 하픈 Block1D는 기존 하픈의 동체를 연장하고 연료량을 늘려 사거리를 240km로 늘리고 재공격 기능을 추가했다.

하쓰유키급 호위함들은 남쪽으로 크게 우회한 대함미사일들을 맞이해 능력 이상으로 분전했다. 그러나 대공능력을 초과하는 압도적인 숫자로 밀고 들어오는 대함미사일들이 하쓰유키급 호위함들을 하나씩 무력화시켰다. 대함미사일을 나타내는 전술표지가 호위함과 합해질 때마다 해상막료장이 움찔거렸다.

"이러다 지는 거 아니오?"

불안해진 총리대신이 자신 없는 목소리로 말하다가 참석자들의 눈총을 받고 찔끔했다. 통막의장이 해탈한 스님처럼 차분히 대꾸했다.

"지금 우리가 할 일은 지켜보는 것밖에 없습니다!"

8월 16일 16:21:01 대마도 동쪽 75km

SM2 대공미사일이 요격에 실패하거나, 사전 조사기 사용계획에 따라 처음부터 침투표적으로 지정돼 SM2로 아예 요격하지 않은 대함미사일이라도 아시가라의 위상배열 레이더는 끝까지 추적했다. 위상배열 레이더 소자 일부는 해성 대함미사일의 추적 데이터를 최소 추적거리가 될 때까지 20밀리 벌컨 팰렁스에 계속 업데이트시켰다. 벌컨 팰렁스는 무장통제체제에 의해 사전에 미리 대응무장으로 지정돼 있어서 계속 그 미사일을 추적해왔다.

해성 미사일이 3km까지 접근하자 위상배열 레이더의 추적이 완전히 끊기고, 벌컨 팰렁스가 단독으로 추적했다. 해성은 그 낮은 고도를 비행하면서도 불규칙한 소용돌이를 그리면서 아시가라에 접근했다.

- 빠바바바방!

아시가라에 탑재된 팰렁스 Block1B의 6총신 기관포 2기가 연사했다. 추적레이더는 미사일과 벌컨 탄환을 동시에 추적했고, 적외선 영상 추적 방식을 이용해 대함미사일을 정확히 포착하면서 포신이 미세하게 방향을 바꿔갔다. 십자포화에 걸려든 해성 대함미사일이 세 발을 맞고도 계속 아시가라로 접근했으나, 다섯 발을 더 맞고는 탄체가 네 조각으로 붕괴됐다. 탄두는 폭발하지 않고 파편이 바다에 흩어졌다.

문제는 이지스의 방공망을 뚫고 들어오는 이런 침투표적이 시간이 갈수록 점점 늘어난다는 것이었다. 아시가라와 초카이의 벌컨 팰렁스가 작동하는 시간이 많아졌다.

가장 먼저 피해를 입은 함정은 대공방어력이 부족해 남쪽에 배치된 12호위대 함정들이었다. 남쪽에서도 해성 대함미사일이 날아왔고, 야마유키, 마쓰유키, 세토유키 세 척은 채프를 뿌리고 시 스패로를 날리며 응전했다.

그러나 대함미사일 40발은 이들의 대응능력을 충분히 넘어섰다. 15km 거리부터 요격을 시작해서는 해면 밀착 비행을 하는 대함미사일 40발을 모두 요격하는 것은 불가능했다.

거리가 가까워지자 다카나미급 두 척과 19DD가 도와줬으나 하쓰유키급 세 척은 차례로 대함미사일에 명중했다. 세토유키가 두 발, 나머지 두 척은 네 발씩 맞았다. 세 척을 목표로 하지 않은 해성 대함미사일은 침몰하는 함정들을 제쳐두고 이지스와 19DD, 다카나미로 이뤄진 대공방어진으로 향했다.

남쪽에서 날아온 대함미사일은 북쪽에서 날아온 첫 번째 그룹에 비해 겨우 몇 초 늦게 2호위대군에 도착했다. 이지스함 두 척은 북쪽과 서쪽 그룹을 방어하느라 여력이 없었고, 19DD급과 다카나미급 2척씩이 남쪽 미사일 그룹을 요격했다.

레이더가 우수한 19DD급이 미사일을 많이 격추시키고 다카나미급도 두세 발씩 요격했다. 전자전에 채프, 플레어는 물론 벌컨 팰렁스와 함수 함포까지 총동원돼 방어에 나선 결과였다. 그러나 중간에 위치한 19DD 2번함이 대함미사일 세 발을 한꺼번에 맞고 침몰 위기에 빠졌다. 남쪽 그룹의 마지막 미사일은 아시가라가 벌컨 팰렁스로 간신히 요격했다.

이어서 동쪽에서 미사일 집단이 도착했다. 대잠헬기를 공중 폭발시킨 그룹이었다. 2호위대군에서 이지스를 제외하고 교전 가능한 함정 다섯 척이 모두 동쪽 그룹 요격에 나섰다.

북쪽과 서쪽 미사일 그룹은 거의 요격했지만 북쪽에서 두 번째 미사일 그룹이 20km까지 접근했기 때문에 이지스 두 척은 여전히 여력이 없었다. 북쪽 하늘에 대공미사일 15발씩을 띄워놓고 미리 계획된 교전 스케줄에 따라 조사기를 작동시키고 있는 이지스 호위함들이 전혀 새로운 방향에서 나타난 위협에 대응하기는 어려웠다.

여기서 2호위대군의 운명은 결판났다. 낡았지만 배수량이 큰 구라마가 가장 먼저 피격됐고, 이어서 오오나미가 불꽃에 휩싸였다. 다카나미가 연속된 폭발 섬광 속으로 사라진 순간 19DD 1번함도 함교와 함미에서 검은 연기를 내뿜었다.

그 연기를 뚫고 갑자기 나타난 미사일이 아시가라를 향해 접근했다. 아시가라는 19DD 1번함에 가렸다가 다시 나타난 미사일에 대응할 시간이 없었다. 벌컨 2기는 다른 대함미사일과 교전 중이었다. 텅스텐으로 탄두 외피를 감싼 해성 대함미사일은 20밀리 기관포탄에 강해서 몇 발 맞고는 격파되기 힘들었다.

대함미사일 접근 경보가 울리고 모든 승조원들이 경악하는 순간 미사일은 아시가라의 함미 헬기 갑판 위로 그냥 날아 지나갔다. 다시 하루사메 함교 앞을 지나가며 승조원들을 까무러치게 만든 미사일은 계속 서쪽으로 향하다가 커다란 원을 그리며 방향을 틀었다. 해성 미사일이 재공격 코스에 접어들었다고 판단한 이지스함 초카이에서, 미리 발사한 SM2 대공미사일을 유도해 그 말썽꾸러기 미사일을 요격했다.

그러나 미사일의 정체는 천룡 순항미사일이었다. 현재 북쪽에서 날아오는 미사일 그룹은 포항급에서 2차로 발사한 하픈 Block1A와 Block1B, 그리고 안용복과 문무대왕에서 발사한 천룡 순항미사일이 대부분이었고, 동쪽에서 날아온 미사일 그룹에도 천룡 미사일이 많이 섞여 있었다. 천룡 순항미사일은 연료가 떨어질 때까지 2호위대군 주위를 돌아다녔다. 호위함의 벌컨 팰렁스들이 천룡을 노렸으나 유효 사거리 내에 들어오지 않고 유령처럼 주변을 배회했다.

북쪽에서 날아온 미사일들이 탐색을 마친 다음 고도를 낮췄다. 강력한 전파가 미친 듯이 대함미사일 탐색기를 향했고, 전자전에 약한 하픈 Block1A 미사일 10기 가량이 줄줄이 추락했다. 최종적으로 하픈 Block1B를 중심으로 살아남은 나머지 9발이 아시가라로, 7발이 초카이로 향했다.

이지스함들은 자함에게 위협순위가 높은 순서로 요격했기 때문에 아직까지 살아남을 수 있었지만, 새로운 위협에 대비하기에는 거리가 너무 가까웠다. 아시가라가 2발, 초카이가 3발 요격한 것을 마지막으로 한국 미사일은 이지스의 위상배열 레이더 최소 탐색거리 안쪽으로 들어와 버렸다. 이제 SM2 대공미사일로 요격할 수 있는 한국 미사일은 없었다. 표적을 잃은 SM2 대공미사일 여러 발이 줄줄이 공중에서 폭발했다.

아시가라와 초카이의 함수 함포와 벌컨 팰렁스가 쉬지 않고 불을 뿜었다. 아시가라의 이지스 전투체계는 벌컨 팰렁스 한 기에 미사일 하나씩과 교전하도록 잘 배정했다. 그러나 두 발을 잡고, 다른 두 발과 새로 교전하는 사이 나머지 세 발이 한꺼번에 달려들었다.

해성 대함미사일은 배기관 사이를 목표로 급강하 공격을 시도했다. 하픈은 해면 밀착 비행으로 아시가라의 좌현을 노렸다. 가장 먼저 아시가라에 접근한 한 발은 함수 함포 위로 스쳐 지나갔다. 천룡 순항미사일이었다.

폭발은 배기관 사이와 우현 갑판 아래 전투정보실이 위치한 곳에서 연속 일어났다. 섬광에 이어 화염이 피어났고 파편이 함 내부 곳곳을 휩쓸었다. 우왕좌왕하는 갑판 아래 승조원들 머리 위로 바닷물이 쏟아졌다. 벌컨 팰렁스의 요격을 피한 하픈 한 발이 가장 늦게 헬기 격납고 지붕을 파고든 다음 폭발했다.

아시가라에 비하면 초카이는 운이 좋은 편이었다. 아시가라보다 적은 일곱 발만 상대하면 됐고, 거리가 멀어 시간 여유도 조금 더 있었다. 그래서 위상배열 레이더 최소 탐색거리 전에 세 발이나 요격할 수 있었다. 그러나 해면밀착비행과 종말회피기동을 하는 해성 대함미사일에 대응하기에 팰렁스 Block1A는 무력했다. 벌컨 팰렁스 2기는 겨우 하픈 1기를 잡는 데 그쳤고, 결국 아시가라와 똑같이 세 발을 맞아 빈사상태에 빠졌다.

초카이의 불운은 여기서 끝나지 않았다. 승조원들이 함을 구하려고 분투하는 사이, 코스를 바꿔가며 주위를 배회하던 천룡 순항미사일이 날아오더니 초카이의 함교를 직격했다. 일반적인 대함미사일보다 훨씬 거대한 폭발이 일어났다.

함대지 천룡 순항미사일은 대함미사일 공격 능력은 없으나 미끼로서 역할을 충분히 다했다. 저고도로 비행하는 천룡을 무시할 이지스는 없었다. 회피기동을 하지 않았기에 천룡 대부분이 쉽게 요격됐다. 그러나 최후의 순간까지 계속 변침하면서 초카이 근처를 어슬렁거리던 마지막 천룡은 이렇게 기회를 잡았다.

2호위대군에 대한 3함대의 대함미사일 공격은 아직 끝나지 않았다. 채프에 속아 2호위대군 함정들을 지나쳤던 해성 대함미사일 두 발이 선회하다가 각각 목표를 포착했다. 목표는 대파돼 바다에 떠 있는 6척 중 가장 적은 레이더 반사파를 내는 19DD 1번함과, 아직도 전자전 시스템이 가동 중인 오오나미였다. 함정과 바다에 동시에 섬광이 번졌고, 그 직후 거대한 폭발이 일어났다.

하쓰유키급 세 척, 이지스 초카이, 19DD 1번함, 다카나미가 침몰하고, 이지스 아시가라를 비롯한 나머지 5척이 대파됐다.

8월 16일 16:21:40 대마도 동쪽 65km

4호위대군도 2호위대군과 거의 동시에 공격을 받았다. 4호위대군 함정들을 목표로 삼은 미사일 숫자는 110발로 2호위대군이 받은 공격의 절반에 불과했지만, 전자전에 약한 하픈 Block1A가 거의 없었다. 미끼 역할을 하는 천룡 순항미사일은 10발에 불과했고 나머지 미사일 대부분이 해성과 하픈 Block1C였다.

해성과 천룡, 하픈 블록1C는 모두 변침점을 설정할 수 있다. 이지스 2척을 포함한 9척을 향해 여덟 방향에서 미사일이 날아왔다.

대함미사일 요격 과정은 2호위대군과 크게 다르지 않았다. 8방향에서 날아온 대함미사일에 대해 이지스 호위함 기리시마와 공고가 대공요격에 나섰다. 무라사메급 호위함 이나즈마와 사미다레가 시스패로보다 사거리가 길고 기동성이 좋은 ESSM을 발사해 요격을 돕는 것도 비슷했다. 그러나 다카나미급은 1척이고, 아사기리급 사와 기리가 끼어 있다는 것이 좀 달랐다. 레이더가 우수한 19DD가 한 척도 없다는 것이 가장 큰 차이였다.

기리시마와 공고의 이지스 전투체계는 수직발사관을 통해 대공미사일을 발사하면서, 이와 동시에 대함미사일로 추정되는 표적 110개를 도달 시간에 따라 분류해 20여 개씩을 추려냈다. 그리고 교전 스케줄에 따라 하나씩 요격해나갔다.

천룡 순항미사일은 아주 쉽게 요격됐다. 하픈 1C도 저고도 순항고도에서는 비교적 잘 맞았다. 그러나 해성 대함미사일은 변침점을 10여 개 넘게 설정해 수시로 비행경로를 바꾸어서 요격에 애를 먹었다.

대함미사일이 탐색을 시작하고 종말회피기동에 들어갔을 때, 8호위대와 5호위대, 11호위대에게 비로소 지옥이 시작됐다. SM2도, ESSM도 표적을 놓치는 경우가 많아졌다. 맞았다 싶으면 천룡이나 하픈이었다. 해성 대함미사일은 해면 밀착비행 중에 종말회피기동을 하고 일부는 팝업 비행을 실시했다.

기리시마의 전투정보실에 비명이 터졌다. 대공방어망이 줄줄이 새며 침투표적이 너무 많이 발생했다. 뱀이 기어가는 듯한 종말회피기동 때문에 해성 대함미사일의 방향이 수시로 달라졌고, 기리시마와 공고 두 이지스함이 동시에 대응하는 표적도 다수 생겨났다.

대응하기 어려운 표적 다수를 상대로 기리시마와 공고는 충분히 제 역할을 다했다. SM2 대공미사일로 20발 가까이씩 요격하고 벌컨 팰렁스로 2, 3기씩 잡았다. 무라사메급이나 다카나미급 호위함도 5, 6발씩 요격에 성공했다. 11호위대의 오요도와 센다이도 2기와 3기씩 요격했다. 8호위대를 중심으로 한 그룹은 기대 이상으로 분전했다.

그러나 접근하는 미사일 110발 중에서 요격에 성공한 미사일은 75발, 결국 35발이 9척을 향해 쇄도했다. 아홉 척은 거의 동시에 피격됐고, 그것도 평균 네 발 가까이 명중했다.

이지스 호위함 기리시마, 사미다레, 사자나미, 오요도가 줄줄이 격침되고 나머지 다섯 척이 대파됐다. 대파된 함정들은 함교구조물이 거의 사라지고 간신히 물 위에 떠 있는 수준이었다. 맹렬히 화염을 내뿜는 이지스 호위함 공고의 함미는 사라지고 없었다.

그러나 아직 전투가 끝난 것은 아니었다. 10분 넘게 대파된 호위함들 주위를 맴돌던 천룡 미사일이 사와기리를 직격해 결국 침몰시켰다. 함을 구하려는 승조원들의 노력에도 불구하고 센다이마저 30분 후에 침몰했다. 최종적으로 여섯 척이 침몰하고, 세 척이 대파됐다.

대마도 동쪽 해역에 집결한 해상자위대 연합함대는 총 12척이 침몰하고 8척이 대파되는 엄청난 피해를 입었다. 그 중에 이지스함 네 척이 끼어 있었다. 해상자위대는 사실상 전멸했다.

8월 16일 16:27 대마도 동쪽 63km

"함교는? 아! 안 돼!"
함장 소메야 다카이치 일등해좌가 비틀거리며 이지스 호위함 공고의 함교로 올라섰다. 불타는 함교 계단 출입구를 향해 방화조 승조원들이 소화기를 뿌리고 있었다. 구호조는 아직 함교로 진입하지 못하고 계단 아래에서 대기 중이었지만, 함교가 입은 피해가 워낙 커서 생존자가 있을 것으로 기대하는 승조원은 없었다.

보고에 따르면 공고 승조원의 절반 이상이 전사했다. 함미 쪽 승조원들은 거의 전멸하고 말았다. 살아남은 승조원들은 부상자들을 구호하고 함을 구하기 위한 소화방수 작업에 전원 투입됐다.

"함장! 위험합니다!"

승조원들이 말렸으나 소메야 일좌는 주저하지 않고 함교로 올라섰다. 대함미사일 공격을 두 번이나 받은 함교는 아예 반쪽이 났고, 함교 내부는 새카맣게 탄 시체들이 널려 있었다.

"부장!"

함교 오른쪽 함장석에 앉은 채 불에 탄 시체는 사와이 히로야스 이등해좌가 틀림없었다. 사와이 이좌가 몸을 돌린 방향에는 호위함들이 시커먼 연기를 내뿜으며 불타고 있었다. 또한 침몰한 함정에서 이함한 승조원들이 살았거나 죽었거나 바다 가득 떠 다녔다. 함장이 처참한 광경에서 눈을 돌렸다.

함교 안에는 죽은 자들이 차곡차곡 쌓여 있었다. 그러나 이들은 그나마 운이 좋았다. 함수와 함미 쪽에서 근무하던 승조원들은 대부분 시체도 건지지 못했다.

"가와하라 일위! 오다 삼조!"

파편의 폭풍과 화염이 쓸고 간 함교에 남은 것은 많지 않았다. 쓰러진 위치와 시체의 체형으로 희생자의 신원을 간신히 판별할 수 있었다. 함장이 시체를 하나씩 더듬어갔다.

"이와오 상! 이와오 상!"

그러나 아직 함장이 찾는 사람은 발견하지 못했다. 함장이 미친 듯이 시체들을 뒤졌다. 콘솔 너머에서 숨 가쁜 목소리가 함장을 불렀다.

"함장. 저를 찾습니까?"

"이와오 상! 살아 계셨군요! 아니, 이와오 마사유키 이등해위!"

기쁨에 겨운 소메야 일등해좌가 콘솔 너머로 달려갔다. 함교 구석, 무너진 항해데이터 캐비닛에 깔려 피투성이가 된 젊은이가 숨을 몰아쉬고 있었다.

"구호조! 생존자다! 빨리 들어와!"

"함장. 괜찮습니다. 저는 됐습니다."

"자네는 꼭 살아야 해!"

구호조원들이 뛰어 들어와 무너진 캐비닛을 들어서 옆으로 치웠다. 그러나 항해사 이와오 이등해위는 가망이 없었다. 이와오 이위 주변에 고열로 인해 말라붙은 핏자국은 모두 한 사람에게서 나온 것이었다.

"함장은 그 동안 저를 신경 쓰지 않는 척하면서도 꾸준히 저를 돌보셨지요. 고맙다는 인사를 드리고 싶습니다."

"자네가 죽으면 안 돼! 나는 자네 아버지와 약속을……"

"아버지는 그런 약속을 하지 않았습니다. 함장이 스스로 한 약속일뿐입니다."

소메야 일등해좌가 무릎을 꿇었다.

"이와오 상! 저는 죄를 지었습니다. 당신을 지켜주지 못했습니다!"

"그렇지 않습니다, 함장. 저는 전투위치에 있었을 뿐입니다."

"하지만! 하지만! 나는!"

"감사합니다, 함장. 그런데 전투는 이겼습니까?"

"무, 물론입니다! 이겼습니다! 한국 해군은 단 한 척도 살아남지 못하고 모두 격침됐습니다!"

"다행입니다. 저는 우리가 진 줄 알았습니다."

이와오 이등해위가 마지막으로 씁쓸한 미소를 지었다.

"이와오 상! 이와오 상!"

소메야 일등해좌가 흐느꼈다. 이와오 이등해위의 아버지와 함장의 사이를 어렴풋이 깨달은 승조원들이 눈시울을 붉혔다. 함장이 공과 사를 구분하지 못한다느니, 이와오 이등해위를 특별 대우하느니 하는 비난은 없었다. 침몰 위기에 몰린 함을 구하기 위한 작업을 지휘하라고 함장을 채근하는 승조원도 없었다. 공고의 승조원들은 오히려 불길을 뚫고 들어와 은인의 아들을 구하려 한 함장을 칭송했다. 모두들 일본인다웠다.

"죄송합니다. 죄송합니다. 당신의 아버지에게 신세를 졌던 제가 당신을 지키지 못했으니 저는 인간으로서 실격입니다."

함장은 잠시 목이 메었다.

"그리고 죄송합니다, 이와오 상! 우리는 한국 해군을 이기지 못했습니다. 이웃 나라와 사이좋게 지내길 바란 이와오 선생의 바램도 지켜드리지 못했습니다. 자위함대 1, 2, 4호위대군은 자위도, 호위도, 국제우호도 모두 실패했습니다."

8월 16일 16:31 울산 북동쪽 183km 세종대왕함

"쳇! 어제 오늘 계속 죽어라 기동만하고 제대로 된 전투에는 참가하지 못했군. 이 강력한 전력을 갖고도 전혀 밥값을 못했어!"

대한해협 해전의 결과를 통보받은 해군 작전사령관은 불쾌한 기분을 감추지 않았다. 5전단 참모들이 의아한 눈으로 이웅태 중장을 바라보았다.

"원래 작전은 5전단을 희생시켜 호위대군 두 개와 공멸시킨다는 계획이었는데. 도대체 내가 왜 세종대왕함에 탔지? 똥개 훈련만 했어."

"왔다 갔다 해야 기동전단 아닙니까?"

"그건 그렇군."

전단장 최현규 준장의 농담에 작전사령관이 모처럼 환하게 웃었다.

"해자대에 남은 전력이 뭐가 있지?"

"4호위대, 1호위대 외에는 잠수함과 초계기입니다."

"4호위대가 간몬해협을 통과했고, 흐음. 1호위대는 신경 쓸 필요가 전혀 없겠군."

"4호위대는 내버려둡니까?"

전단장이 기대에 가득 찬 눈빛으로 물었다. 어느새 전단상황실에 들어온 세종대왕함 함장 박상규 대령도 눈을 반짝반짝 빛냈다.

대한민국 해군의 대승리에 기여한 게 별로 없는 5전단으로서는 이번이 마지막 기회였다. 앞으로 다른 함정들이 함교 옆에 온전한 킬 마크를 달고 다닐 때, 5전단 여섯 척은 이지스 묘코의 12분의 1, 그리고 무라사메급의 절반만 그려 넣고 다녀야 했다.

생선 반 토막에 꼬리지느러미라고 놀림 받을 생각을 하니 박상규 대령은 눈앞이 캄캄했다. 다른 함정을 방문할 때마다 함장들이 함교에 그려진 킬 마크를 보여주며 자랑하는 꼴을 어떻게 본단 말인가? 그러나 이웅태 중장의 결정에 전단장과 함장은 크게 실망하고 말았다.

　"전투는 사실상 끝났으니 이제 나머지는 정치가들에게 맡겨야지. 4호위대는 구조작업이나 해야 할 거야. 다른 명령이 없으니 내버려 두세."

14. 우리의 승리

8월 16일 16:32 거제 옥포조선소

충무공 이순신함의 전투지휘상황실에서 만세소리가 울려 퍼졌다. TV에서는 믿지 못할 승리를 축하하며 기뻐하는 시민들의 인터뷰가 계속됐다.

시민들이 태극기를 흔들며 거리로 쏟아져 나왔다. 광화문과 시청 광장은 인파로 넘쳐난 지 오래였다. 광화문 앞부터 남대문을 넘어 서울역 광장까지 태극기가 물결쳤다. 각 지방도시마다 전무후무한 인파가 모였다.

"이겼어요! 이겼어! 우리가 이겼단 말이오!"

"해군, 정말 대단합니다. 총장도 수고하셨어요."

국무총리와 외교통상부 장관이 번갈아 해군 참모총장의 손을 잡아 흔들었다. 그 사이 대통령의 눈빛이 묘하게 달라졌고, 눈치 챈 해참총장이 대통령 앞으로 가서 고개를 숙였다.

"대통령께서 결단을 내리신 덕분에 이렇게 승리할 수 있었습니다. 승리를 축하드립니다, 대통령님."

"하하하! 내가 뭘. 그저 해군이 마음 놓고 싸우도록 부담감을 덜어 준 것뿐이오. 해참총장도 수고하셨소."

"감사합니다."

한 조직을 책임 진 수장은 경우에 따라 권력 앞에 얼마든지 비굴해질 수 있어야 한다. 개인의 영달을 위한 것도 아니고, 해군과 해군의 미래를 위한 행동이었다.

"그런데 우리는 아직 완벽한 승리를 얻지 못했소. 완벽한 승리를 쟁취해 차후 일본의 도발 가능성을 원천봉쇄, 발본색원해야 합니다."

대통령의 이해하기 어려운 발언에 외교통상부 장관이 반문했다.

"무슨 말씀이십니까? 전투는 끝났습니다!"

"저기 화면을 보시오. 일본 군함들이 물 위에 떠있지 않소? 완전 격침시켜야 우리의 승리를 굳게 지킬 수 있어요."

전술화면에 나타난 일본 함정은 절반 이하로 줄어들어 있었다. 20척 중에서 12척이 완전히 격침됐다. 한국 함정들도 피해가 큰 것은 마찬가지였으나, 전혀 피해를 입지 않거나 대함미사일에 피격됐더라도 아직 살아서 움직이는 함정이 더 많았다. 더 중요한 것은 한국 해군에는 강력한 5전단이 여전히 살아있다는 사실이었다.

"우리 함정은 13척이 가라앉은 반면 일본 함정은 12척이 격침됐으니, 일본인들이 정신승리법을 구사할 수 있어요."

누가 봐도 한국 해군의 승리였다. 해상자위대는 독도해역을 제압한다는 전술목표 달성에 실패했고, 한국 해군은 해상자위대의 독도

해역 진입 저지에 성공했다. 인명피해나 차후 작전에 끼치는 영향으로 봐도 한국 해군의 압도적인 승리였다. 그러나 침몰한 함정이 한국에 한 척 많다는 사실 때문에 뒷말을 남길 우려가 작으나마 있었다.

"그런 아큐들이 있긴 있지요."

국무총리나 정부위원들은 대통령의 말이 정확히 무엇을 의미하는지도 모른 채 일단 동의했다. 전술화면을 구경하고 벅찬 가슴을 안정시키기에도 정신이 없었기 때문이다.

일본 쪽을 비춘 전술화면에서 멈추거나 느릿느릿 움직이는 전술부호는 대파된 일본 함정을 나타냈다. 화재와 침수와 싸우고 사상자를 구호하는 힘든 작업이 진행되리라는 것은 누구나 알 수 있었다.

잠시 시간이 흐르고, 대통령이 말한 뜻을 알아채고 정부위원들이 기겁했다. 그 사이 대통령실 직원이 전화기를 내밀었다.

"대통령님! 일본 총리대신으로부터 전화입니다!"

올 것이 드디어 왔다며 대통령이 거만하게 고개를 끄덕였다. 그러나 전화는 받지 않고 해군 참모총장을 불렀다.

"후훗! 바쁘다고 하시오. 해참총장! 초음속 대함미사일 발사 명령을 내리시오! 그런 좋은 것이 있었으면 진작 써야지 말이오 오늘 새벽에 독도를 지키다 죽어간 해군의 복수를 위함일 뿐만 아니라, 대한민국의 미래를 위한 결단이오."

물론 해군 참모총장은 작전 명령권자가 아니다. 대통령에서 국무총리, 국방장관, 합참의장, 작전부대로 이어지는 것이 한국군의 군령권 체계이고, 해군 참모총장은 이 작전 라인에서 벗어나 있다. 해군 참모총장은 해군 작전사령부와 해병대 사령부라는 작전부대를 행정적으로 지휘하는 군정권을 갖고 있을 뿐이다. 두 사령부는 육군으로 치면 군단에 해당한다.

합참의장의 부하는 삼군총장이 아니라, 정보참모본부장 같은 부서장들이다. 이들로부터 도움을 받아 육군 군단이나 해군 작전사령부 등 예하 작전부대들을 작전적으로 지휘하는 것이 합참의장의 일이다.

그리고 해군 참모총장이 발언할 수 있는 것은 국가안보회의에서 위촉한 정부위원 자격이었다. 그러니 원래라면 대통령은 합참의장에게 작전 명령을 지시했어야 했다. 그것을 알고도 해군의 입장을 세워주기 위해 대통령이 지시한 것이고, 합참의장 등도 그런 상황을 알기 때문에 묵묵히 있었다.

"대통령님. 이건 아닙니다. 저들은 저항력을 잃고 그저 물 위에 떠 있는 조난자에 불과합니다. 해군은 일반 해양종사자들과 마찬가지로 저들을 구조할 의무가 있을 뿐, 공격할 권리는 없습니다. 제가 정치에 대해 발언할 권리는 없지만, 우방국인 일본과의 관계와 미래를 고려해주시기 바랍니다."

"어허! 죽어간 해군 수병들을 생각하세요! 그들이 죽어갈 때 해참총장은 뭘 했소?"

대통령이 해군 참모총장에게 핀잔을 주자 김도형 장관이 발끈해서 나섰다.

"그때 해참총장이 뭘 했냐고요? 해군 참모총장은 국무총리에게 무릎 꿇고 눈물로 호소했지요. 제발 선제공격만 당하지 않도록 해달라고, 1함대 승조원들을 살려달라고 말입니다. 그때 대통령은 잔다는 핑계로 책임을 국무총리에게 떠넘겼었지요!"

대통령은 못 본 척, 못 들은 척 말을 돌렸다.

"험! 험! 해참총장이 반대한다면 어쩔 수 없지. 합참의장! 공격명령을 내리시오!"

"예!"

합참의장이 휙 돌아섰다. 그리고 충무공 이순신함의 전단상황실에 모인 해군 작전사령부 참모들에게 명령을 내렸다.

"해군 작전사령관과 3함대 사령관이 전투현장에서 지휘 중이기 때문에 본관이 합동참모본부 의장 자격으로 해군 작전사령부에 직접 작전명령을 하달한다. 해작사는 충무공 이순신함과 문무대왕함에게 대한해협에 존재하는 일본 해상자위대 함정에 초음속 대함미사일 공격을 가하도록 지시하라! 발사예정 시간은 1635시."

3함대 사령관이 전사한 사실은 이미 해군 작전사령부에 알려졌으나 공식 언론발표는 아직 하지 않았다.

"합참의장! 이래서는 안 됩니다!"

해군 참모총장이 반발했다. 그러나 합참의장은 빙긋 웃었다.

"욕은 우리가 먹읍시다. 이 좋은 기회를 놓치기 아깝소. 대통령님 명령도 받들어야 합니다."

"지금까지로 충분합니다. 이건 과잉방어입니다! 완벽한 승리에 먹칠을 하게 됩니다."

흥분한 해군 참모총장은 합참의장이 눈을 찡긋거리는 것을 미처 보지 못했다.

"해참총장! 우리 국민들이 앞으로 15년쯤 발 뻗고 편히 잘 수 있습니다. 일본은 우리 눈치를 봐야 될 겁니다. 우리는 마음 편히 예편할 수 있어요."

"저항능력을 상실한 조난자들을 학살하고 마음이 편할 수는 없습니다! 대통령님! 비인도적인 행위라고 국제적으로 비난 받고, 고립되고 맙니다! 미국도 원하지 않을 것입니다."

미국이 원하지 않는다는 말에 대통령이 움찔했다. 그러나 순발력이 빠른 정치인답게 대응논리를 금방 개발했다.

"미국이 동아시아에서 일본에게 맡겼던 역할을 한국이 대신하면 됩니다. 한국의 위상이 몰라보게 올라갈 겁니다."

반발하려는 해군 참모총장을 부관이 말렸다. 그리고 조용히 속닥거렸다. 해군 참모총장의 표정이 조금은 풀어지며 고개를 끄덕거렸다.

"합참의장님! 발사 준비를 마쳤습니다. 예정시간에서 12초 전!"

충무공 이순신함의 전투정보실이 음성통신으로 연결됐다. 이순신함의 함장은 전혀 고민하지 않고 단호하게 명령했다.

- 예정시간에 쏴!

- 5! 4! 3! 2! 1! 쏴! 쏴!

8월 16일 16:34 울산광역시 동쪽 54km 해상

문무대왕함 전투정보상황실에서 전술화면편집장이 무장통제 패널에 뜬 정보를 통째로 대형 전술화면에 연결했다. 수직발사관에 초음속 대함미사일 16발이 발사 대기상태에 있음을 알려주었다.

문무대왕함은 출항 전에 KVLS에서 대잠미사일 등을 빼고 초음속 대함미사일 16발을 장입했다. 거제도 옥포조선소에서 오버홀 중인 충무공 이순신함은 수직발사관 48셀을 모두 초음속 대함미사일로 채웠다. 명령만 떨어지면 발사할 수 있었다.

"이겼다! 우리가 이겼어!"

"대한민국 만세! 해군 만세!"

함교나 갑판에서는 승조원들이 만세를 부르고 서로 껴안고 난리가 아니었다. 그런데 문무대왕함의 전투정보상황실에서는 대함공격

절차가 진행되고 있었다.

"전투가 끝났으니 더 이상 공격할 필요가 없지 않습니까? 몹시 당황스럽습니다. 이럴 바에는 차라리 전투 초기에 초음속 대함미사일을 발사하라고 명령할 것이지 다 끝난 마당에 왜 이제 와서 발사명령을 내리는지 이해할 수가 없습니다."

작전관이 항의했다. 함교에서 부장이 구조작전을 지휘하고 있었다. 함장도 불만을 가진 것은 틀림없으나 내색하지는 않았다.

"정부에서 내린 정치적인 판단이야. 정치는 전략에 우선한다."

"상황에 따라 비인도적인 명령이 될 수 있고, 외교문제를 일으킬수도 있습니다. 물론 외교문제야 군인이 신경 쓸 일은 아니지만, 해군의 명예를 실추시킬 수 있는 문제입니다."

"책임 문제를 떠나서, 내 이성은 발사를 반대하고 있어. 그런데 감정은 어서 쏘라고 재촉하지. 나도 어쩔 수 없는 한국인인가 봐. 침략자에게 죽음을! 쪽발이는 지옥으로!"

작업에 몰두하던 전투정보실 요원들이 일제히 함장을 바라봤다. 뻘쭘해진 함장이 한 마디 덧붙였다.

"지금은 분명히 교전 중이니 비인도적인 명령은 절대 아냐! 그리고 정치적 책임은 정치가들이 지게 되니까 우린 신경 쓸 필요 없어. 우린 명령을 수행할 뿐이야! 저것들은 교전 지역에 들어온 표적일 뿐이야."

"아까 실시한 대함전 작전계획에서 어째서 초음속 대함미사일 항목이 빠졌습니까?"

작전관이 묻자 함장이 간단한 문제라는 듯 시큰둥하게 답했다.

"그것까지 쓸 필요가 없었으니까. 보다시피, 안 쓰고도 이겼잖아? 사실, 2호위대군은 지상발사형 해성의 사거리 안에 있었지만 일부러 발사하지 않았지."

고민하는 작전관에게 함장이 놀리듯 추가했다.

"히든카드라고 할까. 아니면 실력의 5푼은 항상 감춰두라는 금언을 따랐다고나 할까?"

"무협지입니까?"

전투체계관의 지시에 따라 초음속 대함미사일 발사절차가 진행됐다. 한국형 수직발사관의 해치가 차례로 열리자 전투체계관이 잇따라 발사 지령을 내렸다.

"예정시간입니다. 쏴! 쏴!"

8월 16일 16:38 대마도 동쪽 75km 해상

후지TV 방송헬기는 불타는 자위대 함정 위를 비행하고 있었다. 시커먼 연기를 내뿜는 배들 사이로 팽창식 구명보트가 떠다녔다. 카메라맨들이 승강구 좌우에서 촬영하는 사이 방송헬기 기장이 기자를 부르더니 앞을 가리켰다. 저 멀리 높은 곳에서 뭔가 자그마한 것들이 새까맣게 날아왔다.

"히익! 미사일! 미사일이 날아옵니다! 떼를 지어 날아옵니다!"

기자가 카메라맨들 어깨를 치며 앞을 가리켰다. 헬기가 오른쪽으로 선회하면서 왼쪽 문에 걸터앉은 카메라맨이 미사일을 화면에 담았다.

"엄청나게 빠릅니다! 한국에 있는 것으로 의심됐던 초음속 미사일이 드디어 그 정체를 드러냈습니다! 그런데 왜 하필 바로 지금에서야 등장합니까? 이해할 수 없습니다."

미사일은 2호위대군 함정들이 대파된 바다로 똑바로 날아왔다. 고도는 아직 높았지만, 일본 호위함을 공격하기 위해 날아온 것이 분명했다. 기자가 분개해 외쳤다.

"미사일이 대파된 자위대 호위함을 노립니다! 한국이 미쳤습니다! 저 호위함에는 아직 많은 자위관들이 남아서 함을 구하기 위해 화재와 싸우고 있습니다."

2호위대군 함정들은 이미 해상자위대 호위함이라는 이름에 맞지 않았다. 스스로 지킬 능력, 즉 자위능력이나 다른 함정을 지킬 능력, 즉 호위 능력이 없었다.

"시청자 여러분! 일본 국민 여러분! 해자대원들 다 죽습니다! 이미 패한 함대를 공격하다니! 한국은 너무 잔인합니다. 한국인은 역시 비열합니다! 우리는 오늘 일을 결코 잊지 말고 반드시 복수해야 합니다!"

흥분해서 울부짖다가 잠시 숨을 고른 기자가 조금 전과 정반대 멘트를 날렸다.

"지금 수천 명이 죽을 위기에 처했습니다! 수상은 당장 한국에 항복하시오! 미사일 공격을 멈추도록 요청하시오! 한국 대통령에게 무릎 꿇고 빌기라도 하란 말이오!"

카메라가 미사일을 따라갔다. 그러나 예상했던 폭발은 없었다.

"아? 미사일들이 그냥 다 지나갑니다. 저 멀리 있는 4호위대군을 노리는 걸까요?"

카메라맨이 줌을 당겨 남서쪽에 떠 있는 4호위대군을 화면에 담았다. 미사일은 대파된 함정들 위로 그냥 날아갈 뿐이었다.

"또 그냥 지나갑니다. 다만 위협이었을까요?"

기자가 갸웃거렸다.

"그나마 다행입니다. 한국이 비열하다는 말은 일단 취소하겠습니다. 그러나 혹시라도 일본 본토가 폭격 당하는 일은 없으면 좋겠습니다. 총리는 어서 한국 대통령과 통화해 이 미친 전쟁을 끝내기를 바랍니다. 아까 제가 흥분해서 총리에게 항복하라고 했는데, 그 말은 지금도 유효한 것 같습니다. 더 이상 싸울 의미가 없습니다. 이길 수도 없습니다."

8월 16일 16:40 혼슈 시모노세키 북서쪽 22km 해상

충무공 이순신함과 문무대왕함에서 발사한 초음속 대함미사일 64발은 4호위대군 상공을 지나면서 남동쪽으로 코스를 바꿨다. 간몬해협에서 현해탄으로 들어선 4호위대 함정 네 척과, 그 외에 다른 곳에서 움직이는 또 한 척이 목표였다.

해군이 대통령의 명령을 어긴 것은 아니었다. 대통령은 분명히 '물 위에 떠 있는 일본 군함들'을 공격하라고 했을 뿐이다. 합참의장이 발사 명령을 내릴 때 전술화면에 떠 있는 4호위대를 직접 손으로 가리켰고, 해군 참모총장은 부관이 귀띔해줘서 발사 전에 알게 됐다.

4호위대는 구레에 정박 중이던 헬기호위함 DDH182와 방공함 하타카제, 그리고 오미나토에서 구레로 향하던 나머지 두 척이 세토내해에서 집결해 오후 4시 간몬해협을 통과했다. 그 두 척은 19DD 3번함인 DD117과 우미기리였다.

"대함미사일 경보! 초음속 대함미사일입니다!"

조기경보기로부터 초음속 대함미사일 경보를 받은 4호위대 함정

들이 즉각 반응했다. 그러나 4호위대에 이지스 호위함은 없고 방공
호위함인 하타카제는 함령 30년이 다 된 구식 방공함이라서 대공방
어 작전은 19DD 3번함을 중심으로 이뤄졌다.

"ESM! 대함미사일 신호를 수신했습니다. 분석 중!"

"본함의 위상배열 레이더에 포착됐습니다! 거리 92km!"

고고도로 비행하는 초음속 대함미사일이 명백했다. 전자전 사관
에 이어 전투체계관이 하얗게 탈색된 얼굴로 보고했다.

초음속 대함미사일 54발이 4호위대 네 척을 향해 날아오고 있었
다. 함장의 명령은 비명에 가까웠다.

"대응하라! 대공미사일 발사! ECM 실시!"

"전자전 체계 가동! 영향이 없습니다!"

"대공미사일 발사합니다! 1, 2탄 발사. 3, 4탄 발사! 5, 6탄 발사!"

19DD와 헬기호위함의 레이더는 소형 이지스에 준하는 수준이었
다. 그런데 대공 미사일은 SM2에 비해 사거리가 짧은 ESSM뿐이었
다. ESSM은 속도가 빠르고 기동성이 좋아 개함방공용으로는 아주
훌륭한 미사일이다.

대함미사일이 접근하기 전에 19DD의 함수, 헬기호위함의 함미에
위치한 수직발사기에서 대공미사일이 차례로 솟구쳤다. 하타카제도
SM1MR 대공미사일을 발사했다. 우미기리는 시 스패로의 사거리가
짧아 아직 발사하지 못했다.

표적은 고고도로 비행해 마하 3에 가까운 속도였다. 19DD와 헬기
호위함에서 발사한 대공미사일인 ESSM도 표적보다 빠르지 못했다.
지금 발사해야 ESSM의 최대 사거리 근처부터 요격을 시작할 수 있
었다. 그런데 문제가 생겼다.

"30발 정도가 고도를 낮춥니다! 아! 표적이 사라졌습니다. 현재 25

발 추적 중!"

"끄응!"

함장이 신음을 흘렸으나, 이미 발사한 대공미사일을 나머지 표적으로 전환하면 문제는 없었다. 그러나 수평선 아래로 사라진 대함미사일 29발이 문제였다. 초음속 대함미사일이 해면비행으로 접근한다면 단 한 번밖에 교전기회가 없었다. 그것도 수십 발이 한꺼번에 쇄도한다면 방어하기 무척 어려운 정도가 아니라, 불가능하다.

우미기리에서도 드디어 시 스패로 함대공 미사일을 발사했다. 4호위대 네 척이 최선을 다해 교전한다면 고고도 비행 중인 초음속 대함미사일 25발은 어떻게 요격할 가능성은 있었다. 19DD와 헬기호위함 16DDH의 뛰어난 방공능력 덕택이었다.

그런데 또 문제가 생겼다.

"고고도 비행 표적들이 북쪽으로 선회합니다! 고도를 낮추며 도망갑니다!"

대함미사일이 겁이 나서 도망갈 일은 없다. 다만 발사 전에 비행경로가 그렇게 입력됐을 뿐이었다. 또한 순항단계에서는 고고도로 비행하다가 목표를 앞두고 해면밀착 비행하는 것이 러시아식 초음속 대함미사일, 특히 야혼트 계열 미사일의 일반적인 비행방식이다.

사거리가 짧은 대공미사일들은 표적을 놓치고 헛되이 자폭하거나 추락했다. 19DD의 함장이 머리를 감싸 쥐었다. 요격할 시간도 부족한데 한국 해군이 이런 트릭까지 준비했으니 완전히 당하고 말았다.

"대함미사일 29기가 재 포착됐습니다!"

29발은 처음에 사라진 서쪽이 아니라 남쪽에서 수평선 위로 떠올랐다. 25발은 북쪽으로 멀리 우회한 다음 동쪽 하늘로부터 4호위대를 향해 쇄도했다. 15발 정도가 다시 고도를 높이고, 나머지는 고도를 더욱 낮췄다. 그리고 4호위대를 향해 미칠 듯이 꿈틀거리며 다가왔다.

대함미사일의 종말회피기동은 의미가 있다. 대함미사일이 방향을 조금씩만 틀어도 대응하는 입장에서는 참으로 난감해진다. 대공미사일을 충돌코스로 유도해야 하는데 적절히 방향을 잡기 어렵다. 이지스가 아니라면 중간유도를 조사기로 해줘야 해서, 다목표 동시대응을 어렵게 만들기도 한다. 근접방어무기는 헛되이 탄환만 날리게 된다. 방어하는 측에서도 이에 대응해 발전하겠지만, 옛날처럼 레이더와 대공미사일의 정밀도와 속도를 높인다고 해결되는 일이 아니다.

다시 발사된 대공미사일이 고고도로 날아오는 초음속 대함미사일을 하나씩 요격해나갔다. 빗나가는 경우도 있었지만, 기대했던 것보다 명중률이 높았다. 저고도로 접근하는 대함미사일은 속도가 약간 느렸기 때문에 이에 대한 대응은 뒤로 미뤄졌다.

"현재 본함에서 2기 요격! 4호위대에서 총 5기 요격!"

19DD와 헬기호위함이 요격하기 까다로운 초음속 대함미사일을 상대로 엄청난 능력을 발휘했다. 그러나 초음속 대함미사일은 49기나 남았는데 거리는 어느새 7km 남짓했다. 대함미사일이 최종 가속해 속도가 높아져서 고고도에서 급강하하는 미사일들은 속도가 마하 3에 달했다. 7초면 도달한다. 함정 네 척에서 발사된 채프와 플레어가 주변에 떠다녔다.

- 쿵!

승조원들이 깜짝 놀랐다. 그러나 함수 5인치 함포가 요격에 나서면서 낸 소리였다. 5인치 함포탄은 초속 800미터에 불과하고, 대함미사일은 포탄보다 빨리 날아왔다.

"명중! 현재 본함에서 4기 요격! 총 9기 요격! 45기 남았습니다! 고고도 6기, 저고도 39기!"

함장이 의자 팔걸이를 꽉 붙잡았다. 고고도로 비행하며 미끼로 사용된 15기도 채 요격하지 못했다. 저고도로 날아오는 대함미사일 주력 집단은 아예 신경도 쓸 수 없었다.

"충격에 대비하라!"

함장의 마지막 명령과 거의 동시에 CIWS가 공회전했다. 그리고 이내 허공으로 탄환을 퍼붓기 시작했다. 다른 함정에서도 벌컨 팰렁스가 총신을 번쩍 들어 하늘을 향해 발포했다. 탄환의 빛줄기와 반대 방향으로 하늘에서 초음속 대함미사일의 비가 쏟아졌다.

이때 초음속 대함미사일은 단순히 급강하만 하는 것은 아니었다. 미묘한 각도로 나선형으로 돌면서 4호위대 함정들에게 내리꽂혔다. 벌컨 팰렁스가 자랑하는 미래위치 예측 기능이 작동했으나 이것은 기상대가 일기예보하는 것과 비슷했다. 모든 자료를 슈퍼컴퓨터에 입력해 계산 및 시뮬레이션하고 검증된 최신 과학적 기법으로 예측해도 예보는 빗나갈 수 있는 법이다.

- 콰앙!

첫 목표는 대함미사일의 시커에 큼직하게 자리 잡은 16DDH였다. 헬기호위함은 단 한 발을 맞았는데도 그 큰 몸체를 크게 기우뚱거렸다.

- 콰쾅! 콰앙!

배수량이 큰 하타카제 대신 엉뚱하게도 우미기리가 대신 피격됐다. 우미기리는 함 중앙을 초 단위로 두 발이나 연속 얻어맞고 함체가 둘로 부러졌다.

- 쿠와아아앙!

급기야 19DD에도 명중했다. 전투정보실까지 폭음이 진동했으나 함에 큰 피해를 준 것은 아니었다. 마지막 순간에 벌컨 팰렁스가 요격한 덕택이었다. 대함미사일에서 쏟아져 나온 파편이 함교 주위를 타격했다. 다른 한 발은 헬기호위함이 요격했고, 마지막 한 발은 채프로 형성한 가짜 표적으로 향했다. 바다에 거대한 물기둥이 치솟았다.

물론 공격은 이것으로 끝나지 않았다. 고고도로 날아와 급강하하는 대함미사일이 사라지자 이번에는 저고도로 해면밀착 비행하는 대함미사일의 내습이 시작됐다. 아직 살아남은 배들에서 벌컨 팰렁스가 미친 듯이 불을 뿜었다. 초음속 대함미사일이 폭발하며 파편을 사방으로 흩뿌렸다.

가장 먼저 19DD가 맞았다. 대함미사일이 전투정보실을 직격해 함장과 승조원들이 파편의 폭풍에 휩쓸렸다. 헬기호위함도 계속해서 흘수선이 뚫리며 내부에서 연속 폭발했다. 방공함 하타카제는 좌현과 우현을 동시에 뚫고 들어와 폭발한 대함미사일에 의해 두 조각 났다. 이미 둘로 분리돼 가라앉는 우미기리의 함수와 함미 부분을 향해 여전히 대함미사일이 날아와 폭발했다.

마지막 순간 요격된 2기를 제외한 대함미사일 37기가 호위함 네 척에 골고루 명중했다. 둘 또는 셋으로 분리된 호위함 네 척의 주갑판이 수면 아래로 잠길 때쯤에는 상부 구조물은 남아나지 않았다.

4호위대 함정 네 척은 현해탄에 침몰했다. 생존자는 모두 합해 열 명도 되지 않았다. 호위함들이 침몰하는 바다 서쪽 30km 해상의 하늘에서는 초음속 대함미사일 10여 발이 동쪽으로 코스를 바꿔 날아가고 있었다.

"스벌! 공격하지도 않을 거면서 뭐하러 찍으래?"

안 요원이 투덜거리면서 창밖으로 비디오를 내밀고 촬영했다. 수송함 오오스미가 간몬해협을 통과하고 있었다. 고가치 표적인 4호위대가 간몬해협을 통과할 때도 공격하지 않았으니 이번에도 공격하지 않을 거라고 안 요원은 확신했다.

해상자위대 특별경비대 SGT 3개 소대 60명을 태운 오오스미는 원래 기회가 되면 독도에 헬기로 강습해 독도경비대를 무력화시키는 작전에 투입될 예정이었다. 그러나 2, 4호위대군 연합함대가 전멸하자 긴급히 구조작전에 나섰다.

안 요원은 비디오 LCD를 통해 오오스미를 포착하면서도 망원경을 들어 오오스미 갑판을 살폈다. 오오스미는 간몬교 아래를 느릿느릿 움직여 통과했다. 갑판에서는 헬기들이 날아오를 준비를 마치고, 갑판요원들이 바삐 뛰어다녔다. 아무 일도 없을 것 같았다.

그런데 뭔가 번쩍하더니 오오스미 갑판에 붉은 화염이 확 퍼졌다. 함교구조물이 부서지며 파편이 되어 사방으로 날아다녔다. 헬기도, 갑판요원도 가랑잎처럼 날아갔다. 처음에 안 요원은 오오스미 갑판에서 폭발물 사고가 일어났다고 생각했다.

그러나 하늘에서 뭔가가 날아오고, 오오스미의 폭발은 계속됐다. 이번에는 간몬해협을 따라 수면에 바짝 붙어 날아온 뭔가가 오오스미의 현측을 연달아 때렸다. 거대한 폭발이 계속 일어났다.

얼이 빠진 안 요원이 폭발을 열 번쯤 세었을 때 더 이상 폭발은 일어나지 않았다. 그러나 오오스미는 보이지 않고, 시커먼 연기만 간몬교 아래 바다에서 뭉클뭉클 솟아났다.

"쿨럭! 저기 수심이 별로 깊지 않은데. 다 날아갔나 보네."

임무는 끝났다. 안 요원이 서둘러 장비를 챙겼다. 생방송 영상을 인터넷에 공개했다면 단 5분 내에 경찰이 이곳으로 들이닥쳤을 것이다. 그러나 도주할 시간을 빼앗기는 바보짓은 하지 않았다. 이것은 심리전이 배제된 순수 군사작전의 일환이었다.

8월 16일 16:43 도쿄 신주쿠 이치가야

"총리대신! 다시 통화를 시도해보시지요."

"한국 대통령이 안 받아요!"

총리와 관방장관은 어쩔 줄을 몰랐다. 그러나 놀랄 일은 또 있었다.

"TV를 보십시오. 오오스미가 간몬교 아래에서 침몰했습니다."

간몬해협에서 해상자위대 함정들이 지나가는 장면을 녹화하던 TV방송팀이 여럿 있었다. 이들이 생방송으로 전환해 생생한 영상을 일본 전국에 방영했다. 오오스미가 초음속 대함미사일에 연속 피격돼 격침되는 장면을 보면서 총리가 이를 갈았다.

"일본 내해에서 공격행위를 감행하다니! 유엔 안보리에 한국 규탄 결의안을 상정해야 합니다!"

외무대신과 관방장관은 맞장구를 쳐주지 않았다. 영해 안쪽이라도 함정에 대한 공격이 가능하도록 한국 대통령과 교전규칙을 정한 것은 총리대신이었다. 한국 해군 함정들이 영해 안쪽으로 도망갈 것에 대비해 규칙에 동의했는데, 바로 그것이 일본의 발목을 잡고 말았다.

요코스카에 남은 1호위대 함정들도 언제든 공격받을 수 있었다. 이지스는 다 가라앉거나 대파되고 일본 해상자위대 통틀어 주력 호위함은 몇 척 남지 않았다.

"됐소. 다 끝났소."

침울한 표정으로 총리가 수화기를 들었다. 총리관저에서 총리실 직원들이 전화를 받았다. 한국 대통령이 전화를 받을 때까지 계속 통화를 시도하라고 지시한 다음 총리가 전화를 끊었다. 총리가 분통을 터뜨렸다.

"5전단은 뭐야? 초음속 대함미사일은 뭐야? 그걸 빼고도 해상자위대를 상대했다니."

대한민국 해군이 해상자위대와 싸우면 한나절에 전멸할 것이라는 추산은 이제는 옛날이야기다. 한국 해군은 이지스 구축함이 실전 배치되지 않은 2008년 기준으로도 공격력만큼은 충분히 강했다. 다만 수상전에서 대함미사일을 방어하는 방어력은 KD 시리즈를 빼고는 거의 전무하다시피 했다. 한국 해군은 공격력이 강한 반면 방어력이 약하고, 해상자위대는 방어력이 강하고 공격력은 부족했다. 그런데 둘 다 공격력과 방어력이 압도적으로 강하지 않기 때문에 싸우면 다 죽는다.

그러나 KD 시리즈 구축함들이 속속 취역하면서 일본과의 격차를 급속하게 줄였다. 아직은 부족하지만 세종대왕급 이지스 구축함 세 척이 취역하면서 대공방어력을 기하급수적으로 상승시켰다. 공격력은 여전히 강했고, 새로운 대함미사일이 도입되면서 더 강해졌다.

아직 한국 해군이 갈 길은 멀었다. 특정 상황에서만 통하는 트릭을 쓰지 않고도 외국의 해상위협으로부터 안심하려면 더 많은 증강이 필요하다. 대한민국의 젊은이들이 죽지 않고도 외부의 위협을 몰아낼 수 있을 정도가 되려면 국민들이 앞으로도 꾸준히 관심을 가져 줘야 한다.

"분쟁은 사실상 끝났는데, 그게 뭡니까?"

간신히 통화가 됐고, 의기양양한 한국 대통령 목소리를 듣고 총리가 발끈해서 항의했다.

- 그게 뭐냐고요? 아! 대장군전2 말인가요? 극초음속 대함미사일이라나. 마하 8이 넘는다고 하네요.

한국 대통령은 두 가지를 착각했다. 한국 해군이 4호위대를 공격한 것에 대해 일본 총리가 대통령에게 항의한 것인데 대함미사일의 정체를 묻는 것으로 알았고, 공격에 투입된 초음속대함미사일이 아니라 아직 개발 중인 미사일을 언급했다. 한국 대통령이 의도적으로 착각하는 척하면서 한 대답인지 일본 총리는 알 수 없었다.

"우리도 초음속 대함미사일을 개발했어요!"

- 공대함 초음속 대함미사일 ASM3를 배치했다는 이야기는 들었습니다. 함대함 버전은 언제 예산 배정해서 언제 개발해서 언제 배치할 건가요?

"관둡시다. 이번 일은 내가 잘못했소. 외무차관을 서울로 보낼 테니 교섭을 하든지, 삶아먹든지 마음대로 하시오!"

- 배상은 어떻게 할 거요? 수백 명이 죽었고, 침몰한 배도 많소. 독도에서 일본 경찰의 불법적인 총격으로 사망한 기자들 유족에게도 배상하시오.

"끄응! 두 가지 모두 현금 배상을 원칙으로 합시다."

- 풋! 국채나 먼저…… 아, 참! 함정 피해는 현물 배상이 원칙 아니오? 잘못해서 손해를 끼쳤으면 더 좋은 걸로 바꿔주는 것이 최근 국

제관례요.

총리가 외무대신에게 눈짓하자 외무대신이 얼른 고개를 끄덕거렸다. 1992년 미국과 터키 사이에 그런 사례가 있긴 있었다. 총리가 불안해진 목소리로 물었다.

"설마 모두 이지스로 바꿔달라는 이야기는 아니겠죠?"

- 오! 어찌 알았소? 바로 그거요! 침몰과 대파, 중파. 대한해협에서 일본의 불법적인 선제공격으로 인해 피해를 입은 함정이 스물한 척, 독도 해역에서 열 척이오 이지스 서른한 척을 내놓으시오! 아! 해경이 입은 피해가 빠졌소.

"흐엑!"

총리대신이 뒤로 나자빠졌다. 한국 대통령이 소심해서 문제가 됐지만 협상에는 선수였다.

8월 16일 18:05 독도경비대 막사

강수선 책임 PD가 일본 방송기자에게서 받은 복사본 테이프에 한국어 자막을 넣는 작업을 감독하고 있었다. 어제 아침에 박대인 상경과 일본 극우단체 행동대장이 독도를 주제로 벌인 토론이 녹화된 테이프였다.

"박 상경이 연구 많이 했네. 역시 독도경비대원이야. 훌륭해!"

"감사합니다. 대부분은 선임들한테 배운 겁니다."

토론에 참가했던 박대인 상경이 편집 작업을 도와주고 있었다. 강수선 PD가 한국어 자막이 삽입된 화면을 보며 고개를 끄덕였다. 토론 자체는 결코 길지 않으나 생각할 거리는 많았다.

"조선 정부는 공도정책을 실시해 수백 년간 섬을 방폐했습니다. 다케시마가 아닌 울릉도 이야깁니다."

일본 극우단체 행동대장 이나바 가즈오가 포문을 열었다.

일본에서 조금이라도 독도 영유권을 주장할 수 있는 자료는 17세기 초반 이전에는 없다. 삼국사기 등 한국 사료는 독도가 아닌 울릉도에 관한 사료가 대부분이다. 다만 세종실록지리지와 고려사에서 우산도와 무릉도를 나열하며 맑은 날에 두 섬이 서로 보인다고 언급해 독도에 대한 영토 인식이 이미 15세기부터 있었음을 보여준다.

물론 일본에서는 우산도와 무릉도는 울릉도와 인근 부속도서를 지칭한 것뿐이라고 주장하며, 울릉도와 독도가 맑은 날에 <한반도에서 보인다>는 뜻이라고 우긴다. 그러나 '二島相去不遠, 風日淸明, 則可望見'이라는 내용을 구태여 한반도에서 보인다고 해석할 이유가 없다. 숙종실록 1694년 8월 14일자에 인용된 회서 중, "본도本島는 봉만峰巒과 수목을 내륙에서도 역력히 바라볼 수 있고, 무릇 산천의 굴곡과 지형이 넓고 좁음 및 주민의 유지遺址와 생산되는 토산물이 모두 우리나라의 <여지승람輿地勝覽>이란 서적에 실려 있어, 역대에 전해 오는 사적이 분명합니다."라는 내용을 일본인들이 다른 울릉도 기록들과 연결시켜 한반도에서 보인다고 해석해야 한다고 우긴다. 그러나 삼척 소공대나 포항 수진사 기타 태백산맥 높은 곳에서 울릉도를 바라볼 수 있다는 사실은 한반도와 울릉도의 거리가 가깝다는 증거로 내세운 것이고, 결정적으로 여지승람을 인용 또는 해석한 문장도 아니다. 또한 실록 같은 날짜에 울릉도로 파견한 장한상의 개인 기록에서 보듯이 울릉도 정상에서 멀리 보인 것은 독도다. 결정적으로, 독도는 태백산맥에서 보이지 않는다. 울릉도 동쪽에 붙은 현대 죽도를 말한다면, 울릉도에 가려서 안 보인다. 두 섬을 울릉도와 독도로 보지 않으면 해석이 불가능하다.

참고로 울릉도와 독도를 표시한 한국 몇몇 고지도에는 우산도가 울릉도 서쪽에 있거나 울릉도 바로 동쪽에 붙어 있는데, 고지도에서 그런 오류는 흔하다. 물론 울릉, 우산도를 언급한 사서에서 이름을 혼동하거나 울릉도 도동 북동쪽의 죽도를 우산도로 혼용한 경우도 있다. 일본도 혼동하기는 마찬가지다.

그런데 두 섬이 서로 멀리 떨어지지 않아 맑은 날에 보인다고 한 세종실록지리지 내용은 울릉도와 독도 외에는 설명할 길이 없다. 안용복과 같은 시기인 17세기 박세당이 쓴 <서계잡록>에도 두 섬은 큰바람이 한 번 불면 닿을 수 있을 정도로 가깝고, 아주 맑은 날에 울릉도 정상에서 독도가 보인다고 했다. 1694년 9월 조정의 명에 의해 울릉도를 조사한 삼척첨사 장한상이 쓴 <울릉도 사적>에서도 성인봉에서 진방 즉 북쪽을 12시로 놓았을 때 4시 방향 300리 거리에 울릉도 1/3 미만 크기인 섬이 있다고 기록했다. 박세당과 장한상의 기록이 비록 독도를 영토로 간주했음을 직접적으로 증언하지는 않는다 해도, 17세기 조선 사람들이 독도의 존재를 인식하고 울릉도로부터의 거리를 확인했던 사실 만큼은 확실하다. 즉 세종실록지리지의 내용이 울릉도와 인근 부속도서라는 일본인들의 주장은 틀렸고, 두 섬은 바로 울릉도와 독도임이 다른 사료들로부터 확실하게 증명된 셈이다. 가와카미 겐죠는 울릉도에서 절대로 독도가 보이지 않는다고 우겼지만, 1919년 조선총독부 울릉도 식물조사서를 작성한 일본인 학자는 맑은 날 독도가 보인다고 했다. 지금도 울릉도에 가면 독도가 보이기 때문에 옛 기록은 필요도 없다.

그리고 결정적으로, 조선인들은 독도가 우산도로서 조선 영토이며, 당시 일본인들이 송도松島라고 부르는 섬이 바로 그 우산도, 즉 독도라는 사실을 명백히 인지하고 있었다는 사실이다. 안용복 개인의 서술이 인용된 실록 내용이 아니라, 국왕이 비변사에 명하여 편찬한 행정용 문서인 만기요람 군정편 4, 해방海防, 동해 조에 인용된 <문헌비고 울릉도 사실>에는 인용 각주로서, "여지지輿地志에, '울릉鬱陵, 우산于山은 다 우산국于山國 땅이며, 이 우산을 왜인들은 송도松島라고 부른다.'고 되어 있다."는 내용이 있다. 해동역사 속집 13권에 인용된 문헌비고에도 우산도는 일본인들이 송도라고 부른다 했다. 조선 사서에 우산도 등으로 표시된 독도가 울릉도 바로 동쪽에 붙은 죽도라고 일본인들이 아무리 주장해봤자, 만기요람과 문헌비고에 대응해 독도를 당시 송도로 명백히 지칭한 일본의 각종 기록 앞에서는 헛된 망상에 불과하다. 또한 19세기 후반 일본인이 편찬한 지리지인 朝鮮國地誌摘要나 신찬조선지리지에서도 동해에 울릉도와 별도로 우산도가 존재한다고 적었으니, 우산도가 없다거나 우산도는 울릉도에 붙은 섬이라는 일본인의 주장은 당장 허구로 드러난다.

만기요람 동해 조에는 동래수군 안용복의 활약상이 숙종실록보다 더 자세히 기록돼 있다. "(울릉도에서) 용복은 앞에 나서서 꾸짖기를, '어찌 하여 우리 영토를 침범하느냐?' 하니, 왜인은 대답하기를, '본시 송도松島로 가려던 길이니 가겠노라.' 하였다. 용복은 송도까지 쫓아가서 또 꾸짖기를, '송도는 곧 우산도芋山島다. 너희는 우산도가 우리 영토라는 말을 못 들었느냐?' 하고는, 몽둥이를 휘둘러 가마솥을 부수니 왜인들은 매우 놀라 달아나 버렸다. 용복은 그 길로 백기주伯耆州로 가서 그 사실을 말하니, 태수는 그들을 모조리 잡아서 치죄하였다. 용복은 자기가 울릉도와 자산도의 감세관監稅官(숙종실록에는 鬱陵子山兩島監稅, 일본 돗토리현 박물관 소장 竹島考 기록에는 朝鬱

兩島監稅將)이라고 사칭하고 당상에 올라가서 태수와 서로 대등한 예를 치르고서 큰 소리로 말하기를." 이하 자세한 내용은 생략한다.

만기요람에는 우산도芋山島라고 했지만 숙종실록과 일본 기록에는 우산도于山島가 아닌 자산도子山島라고 기록됐다. 위의 내용은 성호사설 3권, 오주연문장전산고 경사편 5에도 비슷하게 실려 있다. 만기요람, 해동역사, 성호사설, 오주연문장전사고 등은 모두 국역되어 옛날 민족문화추진회, 현재 한국고전번역원 사이트에 공개돼 있다.

1696년에 안용복이 일본에 갔을 때의 일본 기록은 더 자세하다. 특히 <元祿九丙子年朝鮮舟着岸一卷之覺書>에서 안용복은 울릉도와 독도가 강원도에 속한다고 명확히 밝히면서 조선 본토와 울릉도, 그리고 울릉도와 독도까지의 거리는 물론 조선 본토에서 울릉도와 독도를 경유한 오키섬까지의 일정과, 울릉도는 일본에서 죽도라 일컫고 독도 즉 자산도는 일본에서 송도라고 부른다고 명시해 오해의 여지가 없도록 아예 확실히 못을 쾅쾅 박았다. 물론 일본인들은 '江原道, 此道中竹嶋松嶋有之'를 '강원도, 이 도에 죽도와 송도가 있다.'라고 해석하지 않고 생뚱맞게도 '강원도, 이 도道에 가는 도중道中에 죽도와 송도가 있다.'고 해석해야 맞는다고 벅벅 우긴다. 道 한 단어를 두 번 해석하고 道中은 途中의 뜻으로 쓴 용례가 일본에 있다고 우기는데, 참으로 구차하다.

안용복은 정말 용기 있는 사람이다. 무시무시한 왜군 이야기를 듣고 자란 17세기 말 조선인으로서, 비록 민간인이더라도 왜인 수십 명을 울릉도에서 추방하고 일본 땅으로 들어가 외교교섭을 진행한다는 것이 말처럼 쉽지 않다. 임진왜란 때 '왜선을 만나면 기뻐서 함성을 지르던' 조선 수군이라서 가능했을까? 안용복은 동래부 수군으로서 격군이었다.

오직 안용복의 노력만으로 울릉도와 독도 문제가 끝났다. 무능한 조정 대신들은 안용복이 이룩한 외교성과를 날로 먹고, 일본 눈치를 살피며 안용복을 사형에 처하라고 길길이 날뛰다가 결국 귀양 보냈다. 이미 알고 있는, 지겹도록 들은 이야기다. 그런데 과연 진실일까?

사실과 전혀 다르며, 한국인의 유전적 열등성을 강조하기 위해 의도된 역사왜곡이다. 성호사설에서도 당시 조정을 비판하고 안용복을 칭송했지만 진실을 왜곡할 정도는 아닌 단순 과장에 불과하다.

고산자 김정호가 오로지 국가를 위한 충심에서 대원군에게 대동여지도를 바치자 오히려 국가기밀을 누설한다는 누명을 쓰고 옥사했다는 이야기는 다들 알고 있을 것이다. 그러나 그 이야기는 1934년 총독부 간행 조선어독본에 실린 한국인 유전자 혐오 소설로 역사적 사실이 식민통치 선전도구로 동원되면 어디까지 왜곡될 수 있는지 보여준다. 1997년 새 교과서에는 역사적 사실에 맞게 내용이 바뀌었지만, 참고서나 어린이 위인전에는 여전히 김정호가 옥사하고 조정에서 대동여지도 판목을 불태운 것으로 잘못 돼있다. 식민교육의 폐해를 고치는 데 얼마나 많은 세월이 걸리고 또한 어려운지 알 수 있다. 식민시대 교과서의 김정호 이야기는 서사구조를 안용복 이야기에서 표절한 것이다.

조정의 명에 의해 안용복이 귀양 간 것은 분명히 맞다. 그것도 한 번이 아니라 1693년과 1696년 두 번이다. 그러나 울릉도와 독도를 지킨 안용복을 귀양 보낸 조정 대신들을 비난할 이유가 없다. 안용복은 나라의 허가 없이 외국으로 월경했으며, 정부 관리를 사칭해 외국과 외교교섭을 진행하는 큰 죄를 범했다. 정부 조직과 사법 체계를 갖춘 국가라면 안용복 같은 국사범을 사형에 처하는 것이 오히려 당연하다.

실제로 당시 안용복을 사형시키라고 주장한 대신도 있었지만, 영의정 유상운과 좌의정 윤지선 딱 두 명뿐이고, 나중에 비슷한 사례가 나올까 우려한 때문이었다. 사헌부에서 안용복을 처형하자고 계속 주장한 것도 그것이 원칙이기 때문이다. 나머지 모든 대신들은 바로 그 일본 때문에 오히려 안용복을 처형하면 안 된다고 했다. 울릉도와 독도를 슬쩍하려던 일본 몇몇 번들의 야욕을 폭로하고 일본을 공개된 외교의 장으로 이끌어낸 공을 인정해, 그리고 안용복을 처형하면 울릉도와 독도가 일본 영토라는 근거로 삼을 것을 뻔히 알기에 숙종 임금과 대신들은 안용복에게 귀양이라는 상대적으로 가벼운 처벌을 내렸다. 지사 신여철은 직설적으로 '국가에서 못한 일을 안용복이 해냈다.'는 식으로 어전회의에서 옹호했다.

당시에는 난파 위험이 있는 먼 섬에서의 고기잡이를 금했고, 이미 3년 전인 1693년에도 안용복과 함께 울릉도에 갔던 몇몇 조선인들에게 먼 섬에서 고기잡이를 했다는 바로 그 이유로 귀양 등 처벌을 했었다. 그러므로 1696년 안용복을 다시 귀양 보냈더라도 월경을 범한 죄와 관리 사칭 및 사사로이 외교교섭을 한 죄는 사실 처벌하지 않은 것이나 마찬가지로 보일 수도 있다. 그러나 안용복과 함께 1696년 일본에 갔던 사람들 10명은 모두 석방했으니 확실히 안용복만 관리 사칭 등 범죄로써 처벌한 셈이다. 또한 만약 안용복을 처벌하지 않으면 조선 조정에서 시켜서 안용복이 일본에 건너갔던 것으로 일본이 의심할 우려가 있기 때문에 처벌하지 않을 수도 없었다.

조선과 일본 사이에서 외교교섭 창구를 자임한 대마도는 1614년처럼 조선 조정과 일본 막부 양쪽을 속이고, 일본과 100년의 우호 상실 즉 전쟁 가능성 운운하며 1693년부터 1695년까지 조선 조정을 협박했다. 그러나 울릉도와 독도를 훔치려던 일본의 기도는 영토를 지키기 위해서 전쟁 가능성까지 감수한 남구만과 윤지완 등 조정 관료들에 의해 좌절됐다. 당시 한국과 일본의 외교 기록을 살펴보면, 1614년과 1695년 전후에 울릉도와 독도를 지킨 것은 조선 외교사상 가장 빛나는 승리였음을 알 수 있다.

외교문서가 조선과 일본을 오가며 조선 조정에서 파견한 도해역관이 에도막부로 가는 등 몇 년에 걸쳐 울릉도와 독도를 두고 벌인 외교전은 결국 일본 막부가 1696년 1월 28일 울릉도가 조선 영토임을 확인하며 도해금지령을 현재의 시마네현인 호키슈伯耆州 등에 내리고, 이 사실을 대마도를 통해 조선 조정에 통보하는 것으로써 1697년 2월에 끝났다. 1699년까지 계속 외교문서가 오갔으나 후속 처리 과정에 불과했다. 1907년 재간이 발행된 <대일본지명사서>에 따르면 이때 일본 막부가 조선의 결연한 주장에 굴복하고 화해했다고 평가했다.

안용복이 2차로 일본에 가서 호키슈 태수와 만난 것은 1696년 6월이니 안용복이 막부의 결정에 영향을 준 것은 아니다. 안용복의 진정한 공로는 1693년 울릉도에 갔다가 일본인들에게 납치당하면서 조선과 일본 사이에 외교전을 촉발시킨 것으로 봐야 한다. 일본이 외교문서에서 일본 영토 운운한 죽도가 사실은 울릉도임을 명확히 밝혀 그때까지 소극적이었던 조선 조정이 1694년부터 대일 강경책으로 돌아서게 한 사람도 바로 안용복이었다. 독도를 단지 울릉도의 부속도서로만 평가했던 당시 조선과 일본의 지리적 인식과 달리 독도를 울릉도로부터 분리해 조선 영토임을 명백히 밝힌 선각자이기도 하다.

막부의 도해금지령이 내려진 이후인 1696년 6월 안용복의 2차 도일도 무의미한 것은 결코 아니다. 안용복이 도일함으로써 막부의 결정사항을 움켜쥐고 조선에 전달하지 않은 대마도, 도해금지령에도 불구하고 계속 울릉도와 독도에 갔던 일본 어민들, 그리고 이들을 방조했던 혼슈 북서부 영주들에게 심각한 경각심을 불러일으켰다. 애써 막부 결정을 모른 체하며 조선 조정이 스스로 울릉도와 독도를 포기하길 기다리던 일본인들은 안용복으로 인해 마지막 희망을 버리게 됐다. 물론 조선 조정은 울릉도를 포기할 의향이 전혀 없었고, 2년마다 수토사를 울릉도에 보냈다.

조선 역관 2명이 막부의 결정사항을 대마도에서 전해들은 것이 1696년 12월이다. 이때 대마도는 조선 예조에 보내는 정식 외교문서 내용과 달리, 이 문서가 안용복의 1696년 5, 6월 도일과 관련해 막부에서 내린 명령에 의거한 것이라고 거짓말했다. 대마도의 책임회피용 거짓말 때문에 조선 조정에서는 이 모든 것이 안용복의 공인 것으로 오해하게 되었다.

어쨌든 17세기 말 울릉도와 독도를 둔 외교전은 조선의 승리로 끝났다. 대마도에서는 지금까지의 모든 잘못을 전 도주에게 뒤집어씌우고, 신임 도주가 조선을 위해 에도막부에 주선을 잘한 공이라고 낯 뜨겁게 자화자찬했다. 100년 우호의 상실 운운하며 전쟁 가능성을 들며 협박한 것은 어느새 잊어먹고, 일본은 조선과의 100년 우호를 돈독히 하기 위해 작은 섬 따위는 신경 쓰지 않는다는 식으로 큰소리쳤다. 조선 조정에서는 비웃어주고 말았다. 영토의 귀속은 국가 간에 체결된 조약 또는 특정 국가의 실효적 지배행위에 의해 결정된다는 사실을 감안하면 안용복의 용기 못지않게 당시 조선 조정 대신들의 역할이 컸다.

잠깐. 현재 한국 정부에, 독도를 지키기 위해 일본과 전쟁할 각오를 하고 외교교섭에 나설만한 정치가나 외교관이 있을까? 썩어빠진 유교 관료들도 해냈던 일을 21세기 대한민국 정부가 과연 해낼 수 있을까?

정말?

"공도정책을 실시한 자체가 조선 정부가 울릉도에서 행정권을 행사한 증거입니다. 여러 번 주민을 쇄환하고 이후에도 꾸준히 순찰활동을 했거든요. 기타자와 마사노부가 작성한 <죽도판도소속고>에서도 주민쇄환을 비롯한 공도정책을 영유권의 행사로 인정하고 있습니다."

"기타자와 마사노부라고요? 풋! 기타자와 세이세이입니다. 중요한 인물 이름도 제대로 모르면서 무슨 토론을 한다고. 제대로 알고나 말하세요."

"쳇! 일본인 이름이 다 그렇지요, 뭐. 한자 이름을 보고도 발음을 묻는 게 제대로 사용하는 문자인가. 그 보고서 내용에 대해 반론하세요."

1881년 일본 외무성에 보고한 <竹島版圖所屬考>에서 기타자와 세이세이北澤正誠는 한중일 3국의 여러 가지 사료를 일본에 실컷 유리하게 해석해놓고도, 아깝지만 울릉도는 한국령이라는 결론을 내린다. 그리고 울릉도 외에 달리 죽도라 칭하는 섬이 있을지라도 부근의 작은 섬에 불과하다고 단언한다. 일본은 막부의 도해금지령, 태정관 지령문에 이어 죽도판도소속고로 울릉도와 독도가 일본 땅이 아니라는 결론을 내렸다. 가미가제 특공대의 나라답게 3연타석 자폭이다. 1870년 조선국교제시말내탐서는 1869년 태정관이 조선에 파견되는 외무성 관리들에게 울릉도와 독도가 조선에 부속된 시말을 조사하라는 명령에 따른 보고서로서, 정부 내부문서이기는 하지만 일본 정부가 독도는 한국 땅임을 인식하고 있음을 보여준다.

"고작 19세기 인물이 내린 판단 따위는 믿을 수 없습니다. 공도정책이 국가의 영유권 행사라는 주장에 대한 문서적 근거를 제시해보세요."

"그럼 먼저 당신이 조선 정부의 공도정책이 섬을 방폐하는 것이라는 주장의 문서적 근거를 제시하세요. 그리고 일본 정부가 한때 오가사와라에 공도 정책을 폈는데, 이 섬을 버린 행위인가요?"

"박 경관 씨는 문서적 근거를 제시할 수 있나요? 풋! 광우병 쇠고기를 먹었어요? 불가능한 것을 우기지 마세요!"

이나바 가즈오가 도리어 코웃음 치자 박대인 상경이 휴대전화를 꺼내 액정화면을 펼치더니 몇 가지 버튼을 누른 다음 내밀었다. 작은 화면에는 조선왕조실록 원문이 떠 있었다. 조선 조정에서 꾸준히 관리를 파견해 울릉도를 조사하고 주민을 육지로 쇄환했다는 내용들이지만, 이나바는 끝까지 읽지 않았다.

박대인 상경이 문서로써 근거를 제시할 수 있다는 사실을 알게 된 이나바 가즈오는 아까보다 훨씬 신중해졌다. 근거 없이 함부로 우기지 못하게 된 것이다.

"다케시마는 일본인들이 17세기 초부터 어로활동을 했고, 오타니, 무라카와 두 가문이 1618년 막부로부터 도해면허를 발급받아 울릉도를 실효적으로 경영한 증거가 문서로 남아 있습니다. 울릉도를 일본인이 경영했으므로 조선반도에서 더 멀리 떨어진 다케시마가 조선 영토라는 것은 어불성설입니다. 게다가 1661년에는 다케시마, 당시 이름 마츠시마에 대한 도해면허도 발급했습니다."

이나바가 국가의 영토 취득 요건인 '지속적이고 실효적인 지배'라는 말은 하지 못하고 실효적으로 경영했다는 말로 에둘렀다. 늦어도 17세기 중반부터 독도에 대한 영유권을 확립했다는 것이 현재 일본 정부의 공식 입장이다. 그러나 이 주장은 허점이 많은 정도가 아니라 한국에게 유리한 증거를 오히려 일본에게 유리한 증거로 삼으며 거짓말한 것이다. 욕심 많은 꼬마가 다른 꼬마가 가진 장난감을 가리키며 "내꺼야!"라고 우기는 수준보다 못하다.

실효적 지배(effective control)가 성립하려면 주민이 거주하거나 군이 주둔하거나, 최소한 국가의 행정권이 어떤 방법으로든 그 영역에 미쳐야 한다. 국제사법재판소에서는 '평화롭고 계속적인 국가권한의 행사'가 국가권한의 실질적인 행사가 뒤따르지 않는 영유권 취득의 권원에 우선한다고 판결했으니 영토 귀속여부에서 핵심 중의 핵심 사안이다. 예를 들어 어느 섬을 A국이 자국 영토로 선언한 다음 전혀 관리를 하지 않고, 세월이 흐른 다음 B국이 그 섬에서 행정권을 꾸준히 행사했다면 섬은 B국의 영유로 판결난다. 수백 년간 공도정책을 실시했던 한국을 상대로 독도 영유권을 주장하는 일본 입장에서 실효적 지배란 꽤나 솔깃한 국제법 개념이다.

그러나 일본은 정부 차원에서 독도를 지속적이고 실효적으로 지배한 사실이 없다. 현대 일본인들은 17세기 막부가 어민들에게 울릉도, 독도 도해면허를 발급한 사실을 독도 영유권 주장의 핵심 증거로 내세우지만, 바로 그 뒷이야기는 절대 하지 않는다. 안용복이 등장하는 순간부터 도해면허를 발급한 사실마저 일본에 지극히 불리하게 돌아가기 때문이다.

일본 막부는 1696년 오타니, 무라카와 두 가문에게, 엄밀히 말하자면 돗토리번과 주변 해안지방에 울릉도 도해금지령을 내리면서 조선에도 그 사실을 알렸고, 또한 울릉도 영유권을 두고 조선과 다툴 의사가 없음을 공식적으로 밝혔다. 계속해서 1699년까지 조선과의 외교문서 왕래를 통해 울릉도가 조선 영토임을 재확인했다. 그래서 두 가문 일본인들은 이후 울릉도는 물론 당시 울릉도의 부속도서로 간주된 독도에도 가지 않거나, 1696년에 간 일 때문에 호키슈 태수에게 처벌받았다. 결국 그 전에 두 가문이 막부로부터 받은 울릉도, 독도 도해면허는 독도의 영토 귀속여부에 있어서 일본 측 주장에 아무런 도움이 되지 못한다. 오히려 외교 과정에서 조선과 일본 두 나라 정부가 울릉도는 조선령이라는 공식 입장을 확인하고, 울릉도와 독도에 간 일본 어민들이 지방정부로부터 처벌을 받고, 울릉도는 물론 독도도 조선 영토라는 안용복의 주장에 대해 전혀 이의를 제기하지 않음으로써, 결과적으로 국제법적으로 독도가 조선 영토라는 확실한 근거가 된다. 1696년은 국제사법재판소에서 말하는 결정적 시점(critical date)이다.

결국, 17세기에 막부가 도해면허를 발급함으로써 일본이 울릉도를 실효지배했다고 주장할 근거가 조금은 있지만, 그 이후 막부가 일본인들에게는 도해금지령을 내리고, 동시에 울릉도가 조선령임을 인정함으로써 일본이 독도를 실효지배했다고 인정받을 가능성을 완전히 배제해버렸고, 미래에 인정받을 가능성의 싹도 잘라버렸다. 당시 조선에 사신으로 왔던 귤진중橘眞重이나, 1881년에 <죽도고증竹島考證>과 외무성 보고용으로 <죽도판도소속고竹島版圖所屬考>를 쓴 기타자와 세이세이北澤正誠는 17세기 말까지 일본인들이 80년간 울릉도를 이용해왔는데도 조선의 영유권을 인정하게 된 것을 무척이나 안타까워했지만, 이미 막부가 조선에 외교문서를 보낸 마당에 다른 방법은 없었다.

그런데 일본은 도해면허를 발급하고 80년 간 울릉도를 이용한 사실로써 그 기간에 일본이 실효지배했을 약간의 가능성조차 주장하지 못한다. 태정관 지령문 부속문서1호는 17세기 말에 막부가 도해금지령을 내릴 당시의 과정을 기록해 '구 정부 평의의 주지旧政府評議の主旨'라고 불린다. 여기서 일본 고위 관료들은 울릉도에 어민이 건너간 것은 단순히 고기잡이일 뿐, 조선의 섬을 취하고자 한 것이 아니라고 해서 울릉도에 대해 일본이 영유 의사가 없음을 분명히 했다. 또한 울릉도가 원래 일본 섬이 아니므로 조선에게 돌려주는 것도 아니라며 울릉도에 대한 일본의 영유권 주장 가능성을 명백히 부정했다는 사실이다.

그리고 도해면허 자체가 일본인이 외국 영토를 왕래하는 것을 특허한 주인장이다. 조선 통신사 이경직의 항의를 받고 1620년 울릉도에 숨은 야자에몬弥左衛門과 진우에몬仁右衛門을 체포할 때도 막부는 울릉도에 가까운 다른 번이 아니라 조선과의 외교관계를 수행하는 대마도주에게 명령했는데, 이것도 울릉도가 조선령임을 인식했기 때문이다. 1655년 통신사 종사관으로서 일본에 갔던 남용익의 문견별록에서도 일본의 은기주를 설명할 때 조선 땅인 울릉도와 가깝다고 적었다. 원문은 <隱歧州 在北海中 西有箕島 近我國蔚陵島>이다.

현대 일본인들은 막부가 처리한 사건명 <죽도1건>이 울릉도에 국한된 사건처리라고 우긴다. 그러나 고종의 울릉도 개척이나, <죽도 외 1도>에 대한 태정관 지령서, 조선국교제시말내탐서에서 보듯이 근세에 조선과 일본 공히 울릉도와 독도를 계속 한 묶음으로 처리했다. 더욱이 태정관 고위 관료들은 막부가 처리한 <죽도1건>을 참고해 울릉도는 물론 독도의 영유권도 일본에 있지 않다고 결론을 내렸다. <죽도1건>에는 17세기 말 쇼군의 명령은 물론 당시 조선과 일본이 주고받은 외교문서도 첨부돼 있으니 충분한 자료인 셈이다.

19세기 후반이나 1903년 전후에 일본 어민이 독도에서 어로활동을 한 것은 개인적인 경제행위, 특히 불법어로 행위에 해당하는 범죄에 불과하다. 최근 중국 저인망어선이 떼로 몰려와 한반도 서남해안 일대 어장을 황폐화시키는 것과 다를 바가 하나도 없다. 이것은 영토를 취득하고 계속 유지하려는 국가권한의 행사가 아니다. 최근 들어 한국 낚시꾼들이 무인암초인 일본령 도리시마에서 낚시를 많이 한다 해도 도리시마가 한국 영토로 편입되지 않는 것과 같다.

근세 일본 민간에서 독도를 일본 땅으로 알고 쓴 책도 있지만 일부 한국인이 대륙삼국설을 믿는 것처럼 개인적 인식에 불과하고, 영토주권의 귀속여부에 아무런 영향을 미치지 않는다. 17세기 명나라의 武備志 日本考와 기타 몇 가지 서적에 울릉도가 일본 영토로 표시된 것으로 해석될 만한 문장이 있는데, 당시 일본 쇼군이나 고위관료老中들도 인정하지 않은 일본의 울릉도 영유권을 중국인이 인정한다고 해서 달라질 것은 전혀 없다. 1905년 전후 일본이 독도는 물론 울릉도까지 빼앗으려 획책했지만, 이것은 제국주의적 침략이며 대한제국으로부터 독도와 울릉도를 빼앗더라도 반환의 대상이 될 뿐이다.

1905년 러일전쟁 직후 독도에 망루를 설치한 것은, 1904년 2월 1차 한일의정서에 의해 대한제국 영토를 일본이 군사적으로 이용할 권리를 취득한 때문이지, 독도가 일본 영토이기 때문이 아니다. 당시 대한제국 영토인 울릉도의 두 지점에도 일본이 망루를 설치했으니, 독도에 망루를 설치한 사실을 근거로 독도가 일본 영토임을 주장하거나 실효적 지배의 증거로 삼을 수 없다. 물론 일본은 독도에 망루를 설치하는 등 러일전쟁에 대비해 군사적으로 독도를 이용하기 위해 영토로 편입했지만, 이미 러일전쟁은 끝난 이후였다. 그리고 독도를 다급하게 영토로 편입하는 과정에서 수많은 무리수를 두어 결국 영토 편입과정 자체가 무효다.

일본 행정부가 1954년 독도에 광업권을 허가하고 일본인에게 광구세를 징수하면서, 1959년 이 과세행위가 적법하다고 일본 사법부가 판시해 외형적으로 일본 정부가 독도에 국가권한을 행사한 것처럼 보인다. 하지만 이런 것은 누가 봐도 사기에 불과하며 실효적 지배의 증거로 삼을 수 없다.

많이 봐줘도 1905년 이후 일본 어민 세 명에게 독도 독점어업면허를 허가한 행위 정도를 실효적 지배의 증거로 일본이 주장할 수 있는 정도다. 그러나 독도를 무주지로 간주해 일본 영토에 편입한 행위 자체부터 대한제국의 반대로 인해 무효이니, 이를 실효적 지배의 증거로 삼을 수 없다. 게다가 지속적인 지배라고 하기에는 너무 짧은 기간이다. 강치는 남획으로 인해 씨가 말랐고, 러일전쟁이 끝나면서 군용 가죽 수요도 급감해 강치 어업은 오래 유지되지 못했다.

한국전쟁 기간이나 휴전 직후에 순시선과 어업지도선들이 독도를 침탈하려고 몇 차례 시도했지만 울릉도 주민들이 주축이 된 독도의용수비대에게 총격을 받고 즉각 쫓겨났으니 여기서도 일본의 실효적 지배 주장은 완전히 부정된다. 1953년 전후 순시선들이 독도 침탈 시도를 하다가 독도의용수비대로부터 총탄과 포탄이 얻어맞는 치열한 저항에 직면했는데, 순시선이 가끔 독도에 간 것을 두고 '평화롭고 계속적인 국가권한의 행사'라고 일본이 우길 수는 없는 일이다.

반면에 조선은 정부가 꾸준히 울릉도 주민쇄환 등 공도정책과 순찰을 실시해 영유권 행사를 확실히 했다. 그리고 안용복이라는 민간인(수군이지만 외교권을 가진 정부 관리가 아니라는 뜻에서의 민간인)이 활동함으로써 울릉도와 독도가 조선 영토임을 일본 막부가 인정하는 문서를 외교경로를 통해 조선 정부에 전달, 협정을 국제법적으로 유효하게 만들었다. 또한 1900년 대한제국 칙령에 의해 독도의 행정관할이 울도군에 있음을 밝히고 관보에 게재했다.

조선과 대한제국은 섬 영유권 분쟁의 국제재판 판례에서 요구한 '공개적이고 공식적이며 일정한 기간 동안 계속적이고 평화적으로 국가 권한을 행사'했으므로 독도를 실효적으로 지배했음이 증명된다. 대한민국 건국 이후 수십 년 동안 등대를 운영하고 경찰이 주둔하며 투표소를 설치한 것도 계속적이고 평화적으로 국가 권한을 행사했다는 증거가 된다.

그리고 조선이나 이를 계승한 대한제국과 대한민국 임시정부 및 대한민국은 독도를 포기했다는 어떠한 의사도 밝히지 않았다. 국제재판 판례에 의하면 적극적으로 권한을 행사하지 않더라도, 완료된 영토 취득에 대한 권리의 박탈을 의미하지 않는다. 조선조의 공도정책이나, 오랫동안 한국인이 독도에서 경제활동을 하지 않았다는 사실은 영유권을 증명하는 데 전혀 하자가 되지 않는다. 더구나 숙종 대부터 2년 혹은 3년에 한 번씩 조정의 명에 의해 삼척영장과 월송만호가 교대로 수토하고 울릉도 특산품을 비변사에 공납했으니 개인적 경제활동이 아니라 국가적 영유권 행사를 했다는 확실한 증거다.

독도에서 경제활동한 기록은 한국이나 일본이나 피차 거의 없지만, 한국인들이 울릉도에서도 경제활동을 하지 않은 것으로 오해할 여지가 있어서 확실히 밝히겠다. 오주연문장전산고 5권을 보면 평해, 울진 등 주민들이 울릉도에서 채취한 향료를 강원도 여러 사찰에서 사용한 기록이 있고, 같은 책에 문헌비고를 인용해 호남 연해 주민들이 울릉도에 거주하면서 경제활동을 한 기록이 있다. 또한 다산 정약용이 1801년 경상좌도 장기현(포항)에 유배를 당했을 때 지은 기성잡시鬐城雜詩에는 '울릉도 갔던 배가 이제 막 돌아왔네. 만나자마자 풍랑이 험한가는 묻지도 않고, 가득 실은 대쪽만 보고 웃으면서 기뻐하네. (중략) 근년에는 해구신 값이 미친 듯이 뛰어올라, 서울에서 재상들이 편지를 자주 보낸다네.' 이런 내용이 있다. 다산 시문집 1권 '두치진에서'라는 시에는 울릉도에서 잡힌 생선이 경상도 남서쪽 끝 하동 두치진으로 들어온다는 내용, 다산시문집 4권 '탐진어가'에 전라도 남해안 지방 어민들이 울릉도로 출항하는 내용, 6권 '송파수작'에 삼척에서 울릉도 죽순을 먹는다는 내용(그 다음 구절이 무릉武陵에서 꽃구경하는 내용인데 무릉을 독도라고 단언하기 어렵다), 9권 책문에 울릉도에서 대나무를 배로 실어 나른다는 내용 등 등 19세기 전후에 울릉도에서 경제활동을 했다는 풍부한 사례가 기록돼 있다. 성호사설 8권에도 울릉도에서 대나무와 미역을 채취한다고 기록돼 있다.

반면에 일본은 어땠는가? 1837년 아이즈야 하치에몬會津屋八佑門이 도항금지령을 어기고 울릉도에 갔다가 처형당하고 그와 연루된 수십 명이 할복을 한 사건에서, 일본 막부는 일본인이 울릉도에 가면 안 되는 것은 물론 연안을 넘어서도 안 된다고 판결했다. 그리고 일본 해안 곳곳에 이 사건을 알리며 다른 나라로 도해하는 것을 금하는 경고판高札을 세웠다. 숙종 이후에 일본인들이 간간히 울릉도에 가서 어렵 등 경제생활을 한 것은 조선과 일본의 기록에 남아 있으나, 일본인이 울릉도에 가는 것 자체가 사형을 당할만한 중범죄였다.

조선의 꾸준한 공도정책과 수토가 섬을 계속 영유하겠다는 국가적 의지를 드러내는 적극적인 주권 행사인 반면, 일본의 도항금지령은 울릉도와 독도를 조선 영토로 인정하는 소극적인 주권 행사였다. 도쿠가와 막부의 일관적인 울릉도, 독도 정책은 독도 영유권 문제에 있어서 한국에게 절대적으로 유리하게 작용한다.

"잘 말씀하셨습니다. 일본인 두 가문은 울릉도 도해면허를 받고 나서 40여 년 뒤에야 독도 도해면허를 신청했습니다. 어째서 일본에서 더 가까운 독도 도해면허를 훨씬 나중에 신청했을까요? 참! 울릉도 도해면허는 봤는데 독도 도해면허의 실체가 있나요? 있으면 알려주세요. 일본 사료이니 일본인이 더 잘 알겠죠?"

박대인이 휴대전화 스크린을 확인하면서 되물었다. 두 가문이 독도 도해면허를 신청할 무렵이라는 1660년 9월 5일자 오타니 가문이 무라카와 가문에 보낸 편지에는 '내년부터 竹島之內松島에 귀하의 배가 건너가게 되면'이라는 기록이 있다. 그 전까지 일본인들이 독도에 들어가지도 않았고, 또한 일본인들은 독도를 울릉도의 부속도서로 인식하고 있었다는 증거다.

"그리고 비슷한 시기 문서인 온슈시초고키에서 일본 영토의 한계를 온슈로 한다는 기록은 왜 빼세요?"

박대인이 빙긋 웃었다. 지금까지 발굴된 독도 관련 사료는 한국보다 일본에 조금 더 많다. 그런데 독도가 일본 땅이라는 기록보다 일본 땅이 아니라는 내용이 훨씬 더 많다는 것이 중요하다.

1667년 작성된 온슈시초고키, 즉 은주시청합기隱州視聽合記의 핵심 내용을 현대적 지명으로 바꾸면, '독도와 울릉도에서 고려를 바라보는 것이 이즈모雲州에서 오키섬隱州을 바라보는 것과 같다. 그러므로 일본의 북서쪽 한계는 이 주까지로 한다.'로 해석된다. 당연히 '이 주州'는 문서 제목으로 등장한 은주, 오키섬이다. 물론 일본인들은 이 내용을 일본에 유리하도록 마구 비비꼬아 해석해 당시 무인도였던 울릉도나 독도를 억지로 '이 주州'라고 우긴다.

물론 州라는 한자는 드물게 섬이라는 뜻으로도 사용된다. 그러나 안됐지만 은주시청합기의 증보판격인 1823년 오키국고기집隱岐國古記集은 이 부분을 '이 국國'으로 표기해, 은주시청합기의 州가 섬이 아닌 행정단위임을 명백히 했다. 게다가 '이곳(울릉도)에서 조선을 바라보면 은주에서 운주를 바라보는 것보다 가깝다고 하는데 지금은 조선인들이 와서 산다고 한다.'라는 내용을 넣어서 울릉도와 독도는 일본 영토가 아님을 분명히 했다. 그리고 이케우치 사토시池内敏 교수가 조사한 바에 따르면 은주시청합기에서 66번 사용된 州는 단 한 개를 빼고는 모두 행정단위를 뜻하고, 나머지 하나는 불분명하다.

이나바가 잠시 꿀 먹은 벙어리 행세하자 박대인이 다른 주제를 꺼냈다.

"1948년과 1952년 미 공군의 독도 폭격훈련에 대해 할 말 있으시지요?"

"물론입니다! 그것은 다케시마가 일본 영토라는 명확한 증거입니다. 미일합동위원회는 일본 국내 영역만을 협의 대상으로 하므로 독도를 폭격훈련 장소로 정한 것은 미국이 국제법적으로 다케시마를 일본 영토로 인정한 증거입니다."

1948년 미 공군기가 독도를 폭격한 일로 인해 한국 어민들이 당시 신문보도로는 14명, 생존자 증언으로는 150명 정도가 사망했다. 극동 미 공군은 B29 폭격기가 독도에서 고공폭격훈련을 했다고 밝혔지만 생존자들은 폭격은 물론 폭격기들이 저공비행하면서 한국 어선에 접근해 기총 사격을 가했다고 증언해 차이가 크다.

"무고한 어민들이 죽어간 비극인데도 당신은 신났군요."

박대인이 힐난하자 이나바가 항의하려다가 그만두었다. 미국이 히로시마와 나가사키에 핵폭탄을 투하한 사건을 인도주의로써 비난하는 일본인이, 독도에서 조업하다가 미군 폭격으로 사망한 한국 어민들이 남의 영해에 들어왔기 때문에 죽어 마땅하다고 주장할 수는 없었다. 일본인들은 히로시마와 나가사키가 민간인 거주지역이라는 이유로 미국의 부도덕성을 지적한다. 그러나 히로시마는 구레의 배후도시이고 나가사키는 사세보의 배후도시이니, 두 도시 주민들이 일본 해군의 주요 군항과 어떻게든 관계를 맺었다고 볼 수 있고, 미국은 핵공격을 할 이유가 있었다.

"미일합동위원회의 결정을 인정하면 독도를 일본 영토에서 배제한 훈령677호나 훈령1033호 맥아더라인도 인정해야 합니다. 독도는 1953년에 극동미군의 폭격 구역에서 해제됐고, 훈령677호와 1033호는 이후에도 해제되지 않았습니다. 그래도 훈령677호와 미일합동위원회 결정을 동시에 인정하겠습니까?"

"아, 아니요. 절대로."

일부에서는 일본이 독도 영유권의 근거로 삼기 위해 미 공군이 독도를 폭격하도록 일본인들이 유도했다는 의혹을 품고 있다. 미일합동위원회는 일본 국내시설 또는 구역을 협의대상으로 삼으므로, 일본이 독도를 미일합동위원회에 폭격훈련 구역으로 제공한 사실을 독도가 일본 국내라는 근거로 삼으려 했다는 것이다. 그러나 미일합동위원회의 결정은 국제협약이 아니라 행정협정 수준이기에 일본 영토를 획정할 권한이 전혀 없다. 거기에 더해 한국 영토인 독도를 미일 두 나라가 주권국인 한국을 배제한 채 협의한다는 것은 원천무효다.

"최고사령부 훈령이나 미일합동위원회 같은 영토영유권과 관계 없는 결정은 논의에서 배제합시다. 저는 실효적 지배를 이야기하고 싶습니다. 독도 폭격훈련에 의해 희생당한 사람들은 일본인이 아니라 한국인 어부들과 해녀들입니다. 1948년에 폭격했을 때는 독도에서 한국 어민들이 어로작업을 하고 있었고, 1952년에는 학술조사를 하고 있었지요. 중요한 것은, 한국 정부의 항의를 받아들인 미군이 1953년 이후 독도에 대한 폭격 훈련을 중단했다는 사실입니다. 1952년 전후, 그리고 이후에도 쭉 한국인이 독도를 실효 경영했다는 증거입니다."

독도 폭격사건에서 중요한 것은 당시 어민들이 독도에서 어업활동을 했기 때문에 독도 영유권이 한국에 있다는 것이 아니다. 대한민국 정부가 폭격사건을 미국에 항의하고, 미국이 한국 정부의 항의를 받아들여 폭격을 중단시키고, 또한 이 사건이 국내 신문에 대대적으로 보도되어 한국인들의 공분을 일으켰다는 사실이 중요하다. 영토로 인정받기 위해서는 한 국가의 지속적인 지배가 필요한데, 독도 폭격사건 이후 한국의 대응은 이를 증명하는 적당한 사례다. 1696년 전후, 또는 19세기에 일본인들이 독도에서 어업을 했다 해도 민간차원이고, 일본 정부가 이를 불법으로 규정했기 때문에 일본인의 어업행위 자체만으로 독도 영유권을 주장할 수 없다. 오히려 일본 정부의 반응은 한국이 영유권을 주장할 수 있는 근거가 된다.

상식과 달리, 옛날에 어느 나라 사람들이 어느 지역에서 한때 경제활동을 했다든지 그 지역을 군사적으로 점령했다든지 하는 사실은 영유권을 다룰 때 결정적 요소가 되지 못한다. 한나라 시대에 어부들이 어로활동을 했기 때문에 남사군도가 중국 영토라고 중국이 주장하는데, 옛날에 당나라에 조공을 바쳤으므로 신라는 중국의 속국이며 백제 지역은 당나라가 점령했으므로 언젠가는 중국이 옛 한반도 남부 영역을 수복해야 한다는 주장만큼이나 지나치다. 중국은 남중국해 무인도의 영유권을 주장하기 위해 옛날 중국 동전을 섬 근처 해안에 뿌리기도 했다. 몽골공화국이 옛 몽골제국 때의 최대 판도를 되찾겠다며 실지 회복을 선언한다면 재미있는 농담이 될 것이다. 그러나 중국의 어처구니없는 주장은 전혀 농담이 아닌 현실이다.

일부 한국인들의 입에 오르는 만주수복론도 마찬가지다. 백두산 정계비에서 언급한 토문강의 위치나, 한일합방 이후 일본과 중국 사이에 체결된 만주협약에 의해 상실된 간도 지역을 문제 삼는다면 몰라도, 옛 고구려 영토 전체를 수복하겠다고 나선다면 중국 및 러시아와 전쟁하겠다는 소리밖에 되지 않는다. 물론 대한민국이 평화적으로, 혹은 외국의 국내사정을 틈타 합법적으로 영토를 취득하는 것과는 전혀 다른 이야기다.

"아! 도해면허에서 그게 빠졌네요. 해당 번이 아니라 막부가 도항면허, 그러니까 도해면허를 발급한 사실 자체가 일본인들이 독도를 외국 영토로 인정했다는 증거입니다. 일본 국내에서 어로활동을 하는데 막부가 도해면허를 발급한 사례가 있나요?"

"에에…… 잘 모르겠습니다."

"당연히 모르시겠지요. 도해면허는 외국무역허가서인 주인장朱印狀이니까요. 게다가 1회용입니다. 1696년 1월 막부가 돗토리번에 도해금지령을 내렸을 때, 78년 전에 발급한 1회용 주인장을 이용해 계속해서 도해하고 있음을 힐책하고 있습니다. 막부의 도해금지 명령은 아시죠?"

막부가 돗토리번에 도해면허를 발급하고, 번에서 일본 어부들에게 간접적으로 도해를 허가하는 방식인데, 일본 어부들은 1625년 딱 한 번밖에 울릉도 도해면허를 받지 못했다. 독도 도해면허는 오타니, 무라카와 두 가문이 신청했을 거라는 추측만 하는 것에 불과하고, 발급받거나 사용한 기록이 전혀 없다.

도해금지령을 내리기 직전인 1695년 12월 24일 막부는 울릉도에 대해 여러 가지 질문을 돗토리번에 했는데, 내용이 꽤 재미있다. 돗토리번 즉 이나바因幡와 호키伯耆에 속하는 죽도(울릉도)는 언제부터 속하게 됐느냐는 질문에 돗토리번은 울릉도가 두 지방에 속하지 않는다고 솔직하게 답변했다. 돗토리번은 막부에 답변하는 과정에서 독도의 존재를 노출시키는 바람에 1696년 1월 25일 다시 독도(당시 일본명 송도)에 대한, 특히 항로상 각 지점과의 상대거리에 대한 집중적인 질문에 답변하게 된다. 막부는 그때까지 독도의 존재 자체를 몰랐을 가능성이 크다.

돗토리번은 여기에 더해 막부가 묻지도 않은 질문을 별지에 답했는데, 독도는 일본의 어느 지방에도 속하지 않는다고 했다. 또한 당시 일본인들의 지리적 인식 탓에 독도에서 호키까지는 120리, 독도에서 조선까지는 80에서 90리 거리라고 들어서 안다고 보고했다. 거기에 독도는 울릉도에 가는 길에 위치해서 울릉도에 가는 어민들이 중간에 들러서 강치를 사냥하고 전복을 채취한다고 변명했다. 이 답변 내용으로 미루어 두 가문이 받았을 것으로 일본 학자들이 추정하는 독도 도해면허는 그 실체 자체가 없었을 가능성이 매우 크다. 이

자료를 공개한 일본 다케시마 연구회는 매우 양심적이거나, 아니면 머리가 아주 나쁜 학자들로 구성된 모양이다. 울릉도와 독도는 조선 영토이고, 막부가 독도의 존재를 몰랐으니 독도 도해면허를 발급하지 않았다는 증거가 이 문서에 모두 담겨 있다.

일부 연구자들은 안용복이 2차로 일본에 건너간 1696년 5, 6월 당시 막부의 도해금지령이 아직 해당 번에 도달하지 않았을 것이라고 추정한다. 그러나 돗토리번과 막부가 문서를 주고받은 시간은 길어야 한두 달이고, 안용복에 의해 울릉도와 독도에서 쫓겨난 일본인들이 호키슈 태수에게 처벌받은 것으로 미루어 도해금지령은 해당 번에 이미 도달했다고 봐야 한다.

"예. 하지만 그것은 당시의 다케시마, 즉 현대의 울릉도에 대한 도항금지일 뿐입니다."

"당시 독도는 울릉도로 가기 위한 중간 기착지 역할이었습니다. 일본 어부들이 울릉도에 가지 못하게 됐으니 독도에 갈 이유도 없었던 거죠. 어쨌든 그 이전의 어로활동은 무효네요. 그리고 막부의 도항금지 명령이 유효한 19세기까지 계속 무효입니다. 자! 반론해보세요."

"막부 시대는 어쨌든 좋습니다. 그러나 19세기 후반 막부가 무너지고 메이지 정권이 성립된 근대 초기, 일본 어부들은 다케시마를 적극 이용했습니다."

"불법어로일 뿐이지요. 1877년 태정관 지령문을 아시죠? 태정관이 일본의 판도 외로 정한 다케시마 외 1도에 대해 할 말 있으면 하세요. 물론 태정관 지령문에서 언급한 다케시마는 현대 울릉도입니다."

태정관 지령문은 독도 문제에서 일본에 지극히 불리한 일본 자료로 일본인들이 논리 전개를 할 때 가장 큰 약점으로 작용한다. 일본인들은 이에 대응하기 위해 아전인수, 문맥무시 등 온갖 비논리를 동원한다. 독도가 일본 영토라고 우기는 일본인들 대부분이 이 문서의 존재를 알고 있는 덕택에 박대인 상경이 구태여 여기서 설명할 필요는 없었다.

"예. 하지만 '다케시마 외 1도'에서 1도는 마츠시마, 즉 현대의 다케시마가 아니라, 울릉도 동쪽에 붙은 작은 섬입니다."

"시마네현과 내무성의 질의서에 첨부된 문서는 울릉도와 독도에 대한 언급뿐입니다. 첨부된 지도도 독도와 울릉도가 중심입니다. 어째서 문서에 언급되지 않은 울릉도 동쪽 작은 섬을 말합니까? 잠시요."

박대인 상경이 휴대전화를 조작해 태정관 지령문 부속 문서와 지도를 찾아 화면에 띄웠다. 방송카메라가 줌을 당겨 화면을 촬영했다.

"그리고 시마네현이 내무성에 보낸 질품서에서 울릉도에 대한 설명 이후에 <차 1도는 송도라고 부른다. 둘레가 30정町 정도이며 죽도와 동일 선로에 있다. 은기隱岐와 거리가 80리 정도이다. 나무나 대나무는 드물다.> 이거 명백히 독도 아닙니까? 자! 태정관 지령문에 따라 1877년 이전 일본의 독도 영유권 주장은 무효입니다. 그 이후 명령이 유효한 기간 역시 무효입니다."

"으으! 그것은 당신의 개인적 의견일 뿐입니다. 한국인들이 한자를 잘 몰라서 오역하는 경우가 많은데, 차 1도는 외 1도가 아녀요! 그리고 논의할 것은 많습니다."

이나바 가즈오가 되지도 않을 소리로 벅벅 우기다가 얼른 주제를 바꿨다. 태정관 지령문을 두고 논의를 진행하면 할수록 일본에 불리하다.

2006년 <연합뉴스>가 일본 외무성과 각 정당에 태정관 지령문과 관련해 서면 질의하자 다들 답변을 피하거나 궁색한 변명으로 일관했고, 외무성은 <연합뉴스>로부터 독촉을 받은 후에야 겨우 '자료를 조사, 분석 중이라서 현재로서는 답변할 수 없다.'고 얼버무렸다. 이 문서는 1980년대 초에 알려졌으니 일본 정부가 25년 동안 조사하고도 부족해 앞으로 2,500년은 더 조사해야 결론을 내릴 듯하다. 비열한 인간들이다.

1696년 일본 막부가 울릉도를 조선 영토로 인정한 것은 1693년부터 안용복이 울릉도와 독도부터 시작해 오키섬과 일본 서해안을 온통 들쑤시고 다닌 덕택이다. 그리고 1877년 당시 태정관과 내무성이 울릉도와 독도가 일본 영토에 포함되지 않는다고 결론을 내린 것은 17세기 말 일본 막부와 조선 사이에 오간 외교문서를 조사했기 때문이다. 이 태정관 지령서는 1905년 일본이 무주지 선점의 원리를 도용해 독도를 일본 영토로 편입한 행위가 무효임을 폭로한다.

한 사람의 용기가 300년 이상 지속적으로, 그리고 결정적으로 영향을 미치는 경우는 무척 드물다. 충무공 이순신은 한민족 최고의 장군이며, 안용복은 한민족 제1의 수군 병사다. 조선 수군은 일개 격군도 이 정도다.

"1905년 무주지 선점 차원에서 정부가 고시했습니다. 이것이 결정적입니다. 다른 것은 그저 정황증거에 불과합니다."

"무슨 말씀을? 일본 정부는 고시하지 않았습니다. 고시했다는 증거가 있습니까? 없죠? 다만 시마네현에게 고시하라고 각의에서 명령을 내린 것뿐입니다. 그런데 시마네현에서 고시했다는 물적 증거가 있나요? 역시 없지요?"

잘 모르는 사람에게 일본은 정부가 나서서 당당히 공식 발표했고 한국은 전혀 반응하지 않은 것처럼 들린다. 그러나 사실과 전혀 다르다. 만화 <혐한류>에서는 한 발 더 나아가 당시 한국인들이 독도의 존재 자체를 몰랐으니 반응하지 않은 것이라고 우긴다. 역시 사실이 아니다. 거짓말 벅벅 우기기는 쉬운데 일일이 근거를 제시해 반박하려면 사실 피곤한 일이다.

"물론 공표 여부는 무주지 선점에서 필수적인 요소는 아닙니다. 그런데 대한제국 정부는 알고도 일본 정부에 항의하지 않았습니다. 이것은 조선 정부가 다케시마를 선점한 일본의 권리를 인정했다는 결정적 증거입니다."

"풋! 일본은 다른 섬을 편입했을 때는 꼬박꼬박 신문으로 고시해 놓고 독도만 예외로군요. 그런데 영토로 편입한 각의 의결은 조선에 통감부가 설치돼 외교권을 빼앗은 이후입니다. 이토 히로부미가 대한제국의 영토주권을 지키기 위해 일본 정부에 항의하는 코미디를 보고 싶었습니까? 그리고 울릉도 군수와 강원도 관찰사는 물론 조선 정부의 내부內部에서도 강력히 반발했습니다. 현대 일본인들은 전혀 모르거나 혹시 알더라도 이 사실을 절대 언급하지 않더군요."

그러나 일본인들이 게시판 토론에서 같은 건으로 여러 번 깨지다 보면 일단 사실관계를 수용한 다음 대응책을 마련하게 된다. 아니면 근거 있는 반론을 무시한 채 무한 게시판 도배에 들어간다.

"에에? 당시 울릉도는 울도라는 이름이었고 강원도 관찰사는 춘천 군수가 대리했습니다. 당신은 그것도 모릅니까? 토론 종료입니다! 논파 완료!"

"아! 이 인간. 알면서도 대화를 쉽게 하기 위해 생략한 거 아뇨? 그런 사소한 걸 트집 잡고 늘어지는 것을 보니 정상적인 토론을 할 자신이 없는 건가요?"

섣불리 승리선언하고 도망치려던 이나바 가즈오가 뒷덜미를 잡했다. 이나바가 카메라를 힐끗 보더니 토론을 계속했다.

"고종황제 칙령 41호에서 울도군의 영역으로 언급된 석도를 한국인들은 다케시마라고 주장하는데, 석도는 다케시마와 전혀 관계없고 울릉도에 접한 작은 섬이었을 것입니다."

"한국어 돌이 한자 석과 대응하며 사투리로 독이라 한다고 아무리 말해도 소용이 없겠군요. 한국지명총람에, 특히 울릉도 초기 이민의 다수를 차지한 전라도에 무수히 많은 사례가 있어요. 독고개는 석현, 독다리는 석교, 독골은 석동, 독매는 석산, 독배기는 석전동이나 석치평."

"믿을 수 없습니다."

박대인이 한국지명총람 해당 내용을 스크린에 띄우고 들이밀자 이나바가 고개를 휙 돌렸다.

독도에 대한 일본의 영유권 주장은 여러 가지가 있으나 17세기 초 이래 역사적 영유권을 가졌다는 일본의 주장은 1696년 막부의 도해금지령으로 인해 전면 부정된다. 1696년 이전 일본인의 울릉도 도해 및 어업활동은 조선 영토를 침범한 불법행위였다고 일본 막부가 자인했으며, 이후로는 외국 영토라는 이유로 금지됐기 때문이다. 당시 일본인들에게 독도는 울릉도로 가는 중간 기착지에 불과했으므로 도해금지령 이후 울릉도는 물론 독도도 일본인들에게 잊혀졌다. 물론 세종실록지리지와 여지승람, 문헌비고 등 여러 문서에 기록된 대로 조선은 울릉도와 독도에 대한 영토의식을 갖고 있었다. 조선 어부들이 독도 근해에서 꾸준히 물고기를 잡지 않았다고 해서 조선 정부가 독도를 버린 것은 아니다.

19세기까지의 일본 영유권 주장은 1877년 메이지 정부의 태정관 지령문에 의해 자체 부정된다. 일본 정부 최고 기관인 태정관과 내무성에서 1696년 전후 막부의 외교문서인 <죽도1건>을 분석한 다음 울릉도와 독도를 일본 땅이 아니라고 공문서로 인정해놓았으니 일본 입장에서는 도무지 변명의 여지가 없다.

이것이 그냥 내부 논의로 그쳤으면 모르겠지만, 독도가 일본 땅이 아니라는 결정이 국가의 공식적인 행정행위로써 일본 국내에 행사된 것이 결정적이다. 지적 측량 및 편찬 사업을 하던 시마네현은 이 결정으로 인해 조선 영토라고 인정된 울릉도와 독도를 지적에 편입시키지 못했다.

반면에 비슷한 시기인 1882년 4월 7일, 독도는 울릉도에서 30, 40리 떨어져 있으며 독도와 울릉도 주변 부속 도서를 모두 합쳐 울릉도라고 고종이 말하는 등 당시 조선은 독도에 대한 확고한 영토 인식을 갖고 있음을 알 수 있다. 고종이 울릉도를 개척하도록 검찰사로 임명한 이규원을 떠나보내면서 논의한 내용이며 승정원일기에 실려 있다. 이 날짜 승정원일기 내용은 독도 영유권 문제에서 결정적인 증거다. 그런데 검찰사 이규원은 이 날 어전에서나, 돌아온 다음 보고서에서나 우산도가 울릉도와 같은 섬 이름 또는 울릉도에 붙은 섬인 줄 알아 고종과 인식이 전혀 다르다.

현재 일본인들은 태정관 지령문에 첨부된 시마네현 문서 부록 중 '의죽도(울릉도) 약도' 즉 '다케시마 외 1도島의 지도'에서 1도를 독도가 아닌 다른 섬이라고 우긴다. 하지만 애초에 시마네현이 내무성에, 그리고 내무성이 태정관에 질의한 내용 자체가 다케시마(현재의 울릉도)와 마츠시마(현재의 독도)의 일본 영토 귀속 여부이다. 거리는 부정확하지만 오키섬으로부터 독도와 울릉도까지의 거리 비율도 비교적 정확하고 친절하게도 지도까지 첨부해놓았다. 또한 울릉도와 독도를 다방면으로 조사한 내용이 질의서에 첨부돼 있다.

그래놓고도 이제 와서 '다케시마 외 1도'가 명백히 독도를 지칭한 것은 아니라고 우긴다. 심지어 내무성 부속문서 내용에 '또 한 섬(次一島) 즉 마츠시마(松島)'라는 내용이 명백히 있는데도 '외 1도'는 '또 한 섬'이 아니며, 송도 즉 독도를 가리키는 것은 아니라고 주장한다. 그럼 일본 영토가 아닌 '외 1도'는 오키섬이나 혼슈本州란 말인가? 결정적으로, 서쪽에 조선 동해안과 남쪽에 오키섬 북단 일부가 포함된 이 지도에서 울릉도와 독도 주변에만 바다 표시를 도드라지게 함으로써 다케시마 외 1도는 울릉도와 독도임에 다른 해석의 여지가 없다.

1905년 시마네현의 독도 편입조치는 그 전인 1900년의 고종 칙령, 그 직후인 1906년 조선 정부 내에서 독도가 울릉군 소속이라는 각종 기록이 있으니 무주지 선점이라는 국제 원칙 자체에 해당사항이 없다. 일본의 독도 무주지 주장은 1905년까지 독도가 일본 땅이 아니었다는 증거가 될 뿐이다.

그리고 태정관 지령문에서 독도가 일본 영토가 아니라고 결정한 지 불과 30년도 안 된 사이에 잊어먹었다면 일본은 국가적 치매에 걸린 상태라고 할 수 있다. 180년 전의 막부 기록까지 뒤진 다음 독도가 조선 땅이라고 인정한 일본이다. 겨우 30년 사이에 까먹은 척하는 것은 독도가 한국 영토임을 알고도 훔치려 했다는 뜻이다.

그리고 독도 강치어업을 청원한 일본 어부 나카이 요사부로는 애초에 일본이 아니라 대한제국에 신청하려고 일본 내무성에 교섭해주도록 청원했다. 나카이 요사부로가 독도를 한국 영토로 인식한 이유가 있다. 일단 당시 어업에 종사하는 일본인들의 일반적인 인식이었고, 독도에서 조업할 때는 당연하다는 듯이 울릉도에서 출항했다.

중간 보급도 울릉도에서 받았고, 태풍이 불어오면 오키섬이 아니라 더 가까운 울릉도로 피했다. 어느 모로 봐도 독도는 울릉도의 부속 도서였다.

내무성은 독도가 한국 영토이며, 일본이 조선을 침략한다는 오해를 불러일으킬 수 있다는 이유로 나카이 요사부로의 청원을 거절했다. 나카이는 다시 농상무성에 청원했는데, 이때 일본 해군성 수로부장이 독도는 무주지일 가능성이 있으니 일본 정부에 청원하도록 독점 어업권을 미끼로 어부를 설득했다. 그런데 일본 해군 수로부라는 곳은 동아시아 해도를 만들면서, 1897년판 일본수로지에는 독도를 넣지 않았고, 1899년판 조선수로지에는 울릉도와 리앙쿠르암 즉 독도를 넣었던 기관이다. 수로부에서는 독도가 대한제국 영토임을 명백히 알고 있었다는 뜻이다. 또한 나카이를 지원했던 농상무성 관료가 서문을 쓴 1903년 한해통어지침韓海通漁指針에는 조선 강원도에 속하는 섬 울릉도와 그 부속 리앙쿠르라는 내용이 있다. 나카이를 지원했던 외무성에서는 최신한국실업지침最新韓國實業指針이라는 가이드북을 발간했는데, 마찬가지로 독도를 한국 영토로 봤다. 그런데도 무주지 선점 운운한 것은 일본 정부나 어민 공히 독도가 한국 땅임을 알면서도 러일전쟁을 앞두고 급히 독도를 강탈하기 위해 짜고 치는 고스톱을 한 판 벌였다는 소리다.

일본인들은 독도 편입조치 당시 대한제국으로부터 항의가 없었다고 우기지만, 일개 현에서 했는지 안 했는지도 모를 발표를 어떻게 알고 항의하겠는가? 정부 관보에 실은 것도 아니고 신문에 발표한 것도 아니라, 시마네현 현청 관리들 몇몇이 회람한 내용을 알아차리고 대한제국 정부가 즉각 대응에 나서야 했다고 주장한다면 이미 제 정신이 아니다.

그리고 1906년 일본이 본격적인 독도 침탈에 나섰을 때 울도군수 심흥택이 '본군 소속 독도가⋯⋯'로 시작하는 보고서를 강원도 관찰사를 통해 의정부 참정대신에게 보고하고, 참정대신과 내부대신이 지령문을 강원도 관찰사에게 내렸으니 대한제국이 전혀 대응에 나서지 않았다는 일본 주장은 거짓이다. 일본 학자들은 심흥택의 보고서가 존재하지 않는다고 주장한다. 오키도사 히가시부미 다스오요東文輔와 사무관 가미니시 유타로 등 일본인들을 심흥택이 정중히 접대해줬기 때문에 그런 보고를 한다는 자체가 모순이라는 것이 그 이유다. 참으로 창의력이 풍부한 일본인들이다.

심흥택의 3월 5일자 보고서 내용은 알려져 있지만 보고서 원문은 한국에 남아있지 않을 수도 있다. 그러나 강원도 관찰사 대리 이명래가 심흥택 보고서를 인용해 참정대신에게 보고한 문서는 서울대 규장각 소장 문서로서 지금도 현존한다. 내용은 다음과 같다.

- 울도군수 심흥택 보고서에, '본군 소속 독도가 본부 외양 백여 리 바깥에 있사온데, 이달 초 4일 9시경에 증기선 1쌍이 우리군 도동포에 도착하여 정박하였고, 일본 관인 일행이 관사에 도착하여 스스로 말하기를 독도가 이번에 일본령 땅이 되었기에 시찰차 나온 것이다 하는바, 그 일행은 일본 도근현 은기도사東文輔와 사무관神西由太郎, 세무감독국장吉田平吾, 분서장 경부影山巖八郎과 순사 1인, 회의원 1인, 의사와 기술자 각 1인, 그 외에 수행원 10여 인이고, 먼저 가구, 인구, 토지와 생산의 많고 적음을 물어보고, 인원과 경비 등 제반 사무를 조사하듯 적어 갔으니, 이에 보고하오니 살펴 헤아려주심을 엎드려 바라옵니다.'라고 하므로 이에 의거해 보고하오니 살펴 헤아려주심을 엎드려 바라옵니다. 광무10년(1906) 4월 29일. 강원도 관찰사서리 춘천군수 이명래.

'살펴 헤아려주심을(원문 照亮시믈) 엎드려 바라옵니다'라는 말이 연거푸 두 번 나왔다. 이는 심흥택 보고서를 처음부터 끝까지 인용하고 이명래는 자기 의견을 전혀 첨부하지 않았다는 뜻이다. 즉 심흥택 보고서 원본 100퍼센트를 고스란히 올린 셈이다.

심흥택 보고서는 당시 여러 곳에서 인용됐다. 황성신문은 그 보고서를 기사에 실었고, 대한매일신보는 보고서를 요약한 다음 울릉도 소속 독도를 일본 속지라고 칭하는 것은 도저히 이치에 닿지 않는다고 반발하는 내부대신의 지령문 형식을 빈 발언을 기사로 썼다. 황현도 매천야록에 일본이 독도를 침탈해갔다고 기록했다.

그러나 때는 이미 통감부가 조선의 외교권을 강탈한 이후라서 외교적 항의는 불가능했다. 헤이그 밀사사건을 이유로 고종을 강제 퇴위시켰던 통감 이토 히로부미가 대한제국의 영토주권 수호를 위해 일본 정부에게 핏대 올리며 항의하는 장면은 상상하기 어렵다.

이렇게 태정관과 내무성 등 일본 정부 최고위 관료, 일본제국의 핵심 장교, 민간인인 어부들까지 모든 일본인이 독도가 한국 땅임을 알고 있었다. 당시 일본인들의 영토 인식이 이러했는데도 독도가 일본의 고유 영토라고 우기면 안 된다. 막부의 도해 금지령, 태정관 지령문, 삼국접양지도, 20세기 전반에 발간된 각종 교과서 등에서 일본인들 스스로 줄줄이 자폭해놓고도 독도가 역사적으로 일본 고유의 영토라고 우기는 일본인들의 정신 건강이 심히 우려된다.

1951년 대일본강화조약이 체결되는 지루한 과정 끝에 일본 고유의 영토가 아닌 섬 항목에서 독도가 결국 빠진 것은, 미 국무부 일본 정치고문 시볼트의 주장이나 러스크 문서에 기록됐듯이 독도를 군사 목적으로 사용하려는 미국 입장이 반영된 것이다. 당시 한국은 전쟁 중이었으므로 독도를 일본 영토로 두는 편이 미국에 유리하다. 그러나 한국은 샌프란시스코 강화조약 참여 자체가 배제됐으니, 어느 섬을 일본의 영토에서 제외하는 것이라면 몰라도, 한국의 어느 섬이 일본 영토에 속한다는 식의 조약 내용은 한국과 일본의 영유권 다툼에 아무런 영향을 줄 수 없다. 더욱이 조약 자체에서는 독도에 대한 언급을 아예 생략했으니 생략한 것을 이유로 독도가 일본의 영토로 인정된 것도 아니다.

그 이후에도 미국은 표면상 중립적 입장을 견지하면서도 은근슬쩍 일본 입장을 두둔하는데, 한국이 독도를 실효 지배하는 동안 미국은 비공식적으로 일본 편을 들기가 쉽다. 그러나 미국은 독도 영유권 논쟁의 당사자가 아니다. 러스크 국무성 차관보나 시볼트 이후 미국의 무지로 인해, 또는 캐나다와 섬 영유권을 두고 다투는 입장이 일본과 비슷한 미국의 국익을 위해 진실을 왜곡하는 방식의 간섭은 거부돼야 한다.

참고로, 독도를 일본 영토로부터 배제한 1946년 1월의 연합군 최고사령부 훈령 677호나 독도를 한국 영토에 포함시킨 훈령 1033호 즉 맥아더라인은 독도 영유권 논쟁에서 참고할 가치가 크지 않다. 한국 어민들이 독도 근해에서 고기잡이하는 것을 보고 결정한 합당한 조치라 해도, 점령군 사령부는 피점령국의 영토를 처분할 권한이 없고, 훈령 자체가 단지 일본 정부만을 상대하는 대내용이기 때문이다. 이는 훈령 677호의 단서조항에도 명시돼 있고, 1954년 쿠릴열도 남단에서 B29 폭격기가 소련 전투기에 의해 격추됐을 때 미국 정부가 국제사법재판소에서 주장한 바 있다. 남쿠릴열도 4개 섬, 즉 일본에서 말하는 북방4도가 명백히 일본 영토에서 제외된 연합군 최고

사령부 훈령과 1949년까지 작성된 샌프란시스코 강화조약 초안 부속지도를 믿고 안심하고 있던 소련 입장에서는 아닌 밤중에 홍두깨 격이겠지만, 훈령이 영토 경계선을 결정한 것이 아니라는 미국 정부 주장이 옳다.

이 소설은 한국과 일본이 독도를 두고 전투를 벌이는 가상전쟁소설이다. 독도영유권 주장에 대한 한일 양국의 논리는 각종 책자나 인터넷에서 쉽게 찾을 수 있으니 이 소설에서는 관련 논제 대부분에 대한 자세한 설명을 생략한다. 독도 관련 각종 공식 비공식 사이트도 좋고, 몇몇 유명 블로그에도 독도 관련 자료 정리가 잘 돼있다.

독도에 대해 전혀 모르고 그저 감정적으로 독도는 우리 땅이라고 일본인에게 우기면, 일본인이 제시한 사료를 전혀 반박 못하고 크게 깨지게 돼 있다. 간혹 그렇게 당한 사람들 일부가 새로 깨달은 진리를 우매한 한국 대중에게 전도해야 한다는 사명감을 안고 독도가 일본 땅이라고 한국 인터넷에서 떠드는데, 더 호되게 깨진다. 주장을 하려면 먼저 진실을 알아야 한다. 사실 역사적, 국제법적 논리 대결은 이미 승부가 났고, 지금은 일본이 상호 모순되는 변명으로 일관하고 있다. 부유하고 예의바른 일본인들의 주장이 당연히 옳겠거니 여기는 일부 서양인들의 의견은 참고할 가치가 별로 없다.

"1936년 일본 육군 참모본부에서 작성한 지도를 아십니까? 메이지 이후 일본이 새로 획득한 영토로 독도가 표시됐습니다. 당시에야 한반도 전체가 천년만년 일본 영토가 될 줄 알고 자랑스럽게 최근에 획득한 영토로 독도를 기록했겠지만, 현재 독도 영유권을 주장하려는 일본 입장에서는 완벽히 자폭한 셈입니다. 네. 침략자는 벌을 받아야 하고, 침략한 타국 영토는 게워내야 합니다. 그런데 1939년에 발간된 소학국사회도에 독도가 여전히 한국 영토로 돼 있네요? 이두 가지 지도를 비교해봅시다. 제국주의 일본 입장에서 독도는 새로 획득한 영토인가요, 아니면 여전히 한국 영토인가요? 어쨌든 일본 고유의 영토가 아닌 것은 분명하군요. 1940년 국제지리협회에서 발간한 '최근조사 일본 분현 지도와 지명총람'은 어때요? 독도는 일본 어느 현에도 속하지 않았는데요."

박대인 상경이 이나바 가즈오를 몰아붙였다. 그러나 이나바 가즈오는 박대인이 들고 있는 휴대전화가 무서워 함부로 근거 없이 반박하지 못했다. 박대인이라는 이 한국 경찰은 주로 일본 자료를 활용해 일본의 주장을 깨뜨리고 있었다. 한국 자료라면 신빙성이 떨어진다고 우길 수 있으나 이미 공개된 일본 자료를 일본인인 이나바가 가짜라고 우길 수도 없었다.

"1905년 7월 31일자 부산 주재 영사관의 울릉도 현황 보고서는 어떻게 생각하세요? 1910년 박애관에서 발행한 조선전도는 무시할래요? 일본 해군성 수로부에서 발간한 일본 수로지 6권에 독도가 조선령으로 표시된 데 대한 감흥은 어때요?"

휴대전화기에 저장된, 독도가 한국 땅임을 증명하는 문서는 넘치고 넘쳤다. 박대인이 계속 몰아붙였지만 이나바는 대답하지 않았다. 이나바 가즈오가 장고에 들어가자 카메라 기자가 작은 소리로 이나바 가즈오를 채근했다.

"이나바 씨. 대답하세요. TV녹화중입니다."

토론에 몰두하는 동안 두 사람은 카메라를 거의 의식하지 않았는데 이제 보니 일본 기자들이 바짝 긴장한 채 토론을 녹화하고 있었다. 이나바 가즈오가 울컥해서 박대인의 정체를 물었다.

"그런 지도나 총람 따위는 뭡니까? 몰라요! 그런데 도대체 당신

일반 경찰 맞아요? 어떻게 다케시마 청년 포럼의 행동대장보다 많이 압니까? 혹시 오늘 같은 날 토론에 나설 목적으로 한국 정부에서 파견한 공무원 아닙니까? 요리사라는 것도 수상합니다. 어떤 영화를 보니까 특수부대 출신이 미 해군 전함에서 요리사로 있다가……"

"저는 군대 대신 대체 복무하는 평범한 전투경찰입니다. 제 동료들은 저보다 훨씬 많이 알고 있습니다. 나는 당신들이 말하는 이른바 하반신 친일이지만 독도 영유권 관련해서 이 정도는 압니다."

이나바 가즈오가 박대인 상경을 힐끗 보더니 외면했다. 토론은 끝났다. 카메라가 계속 촬영하고 있었지만 이런 장면은 편집 과정에서 잘려나갈 것이 분명했다.

"잘난 체하는 게 중요한 것이 아닙니다. 진실로 독도가 일본의 영토이며 당신이 그 사실을 믿는다면 진실로써 한국인들을 설득해야 합니다. 그러나 당신은 잘 알지도 못하고, 억지만 부리고 있습니다."

"억지가 아니고 역사적 사실입니다!"

"뭐가 역사적 사실입니까? 일본인이 작성한 사료만으로도 일본의 독도 영유권 주장은 자체 부정되는데요."

일본의 불행은 바로 여기에 있다. 일본의 독도 침탈이 본격화된 1906년 시점에서 독도에 대한 역사적 근거 자료는 한국보다 일본에 더 많다. 그러나 일본의 독도 관련 사료는 독도가 일본 영토가 아니며, 오히려 한국 영토임을 증명하는 것이 대부분이다.

8월 16일 19:10 독도 접안시설

독도에 도착한 해경 503함에서 수많은 기자들이 내렸다. 기자들은 접안지에서 내리자마자 계단을 향해 뛰었다. 좋은 화각을 확보해더 빨리 본사에 송고하려는 욕심에서였다. 일간신문은 호외를 발행하고 저녁 가판을 내고도 기사마감 시간을 최대한 늦추고 있었다. 해가 지기 전에 괜찮은 사진을 건지려는 욕심이 기자들을 초조하게 만들었다.

503함을 타고 돌아가는 기자들도 있었다. 일본인 기자들은 시무룩한 표정이었다. 한국 기자들은 마지막으로 503함 앞에서 생방송을 진행하며 승리의 멘트를 날리고 있었다.

"하루 동안 정말 많은 일이 있었네요. 수고하셨어요, 대장님."

독도해역에서 벌어진 해전을 생방송한 것에 대해서는 지금도 토의가 진행되고 있었다. TV 생방송이 장점만이 있었던 것은 아니기 때문에 정부기관 토론에 참가한 정부 각 부처 담당자들은 조심스러웠다. 국방부나 합동참모본부에서는 의외로 괜찮았다는 반응이었다. 그러나 다음에 비슷한 사건이 일어났을 때 생방송을 허가할지는 미지수였다.

국민들 사이에서도 찬성과 반대가 반반으로 나뉘어 격렬한 토론이 진행 중이었다. 이틀 동안 강 건너 불구경한 외국에서는 당연히 반응이 좋았다. 동영상 사이트에서는 절반 이상이 이번 독도 관련 영상이 차지했다. 한국의 승리에 놀란 외국인들의 토론이 이어졌다.

간신히 자리에서 일어났던 백악관 안보보좌관이 TV뉴스를 보다가 다시 뒷목을 잡고 쓰러졌다. 미국 국가안전보장회의는 장고에 장고를 거듭했고, 이번 사태에 대한 미국 국무부나 백악관 대변인의 공식논평은 아직 나오지 않았다.

"수고하셨습니다. 그래도 우리가 이겨서 다행이네요."

독도경비대장 조병민 경위가 웃으며 기자들과 악수를 나눴다.

"해전에서 졌다면 독도경비대는 어떻게 됐을까요?"

"저희야 뭐, 최후의 일인까지 저항하다가 전사했겠죠."

독도경비대로서 독도에서 근무하는 사람들은 다른 길을 생각할 수 없었다.

"독도경비대인 경찰도, 해경도, 해군도 모두 자기 임무를 충실히 수행했어요. 결과를 떠나서 그것만으로도 충분하다고 생각해요. 다들 멋졌어요."

"기자분들도 열심히 하셨습니다."

이상철 기자가 끼어들었다.

"결과도 좋았으니 참 다행입니다."

김미겸 기자가 고개를 돌려 동도 정상을 바라봤다. 이 작은 섬을 지키기 위해서 큰 싸움이 있었다. 하얀 갈매기들이 죽은 자의 넋인 듯 독도 하늘을 날며 구슬피 울었다.

"너무 많은 사람이 죽었어요."

해군 구조함이 익산함에서 분리돼 가라앉은 함미 부분에서 전사자 유해를 찾는 작업을 진행하고 있었다. 주변에 해경 함정들도 미처 수습하지 못했던 유해를 수색했다.

"결과는 예상보다 좋았지만, 애초에 이런 일은 없었어야 했는데."

이상철 기자가 눈물을 뿌리며 503함에 탑승했다. 독도 선착장 주변에 이슬비가 내리고, 멀리 동해 바다에 자그마한 무지개가 떴다.

<끝>

『독도왜란』보록

7. 디스 이스 대한민국!

언론의 자유

자유민주주의 국가 헌법이 보장하는 언론의 자유는 언론사의 취재 및 보도의 자유가 아니라, 국민이 의사표현을 할 자유이다. 반복해서 강조하지만 언론의 자유는 정치 경제 사회 종교 등 모든 분야에서 보장된 국민의 자유다. 그래서 상법이나 언론 관련법이 아니라 국민의 자유와 권리를 규정하는 헌법에서 언론자유를 보장하는 것이다.

언론의 자유는 영어로 freedom of journalism도 아니고 freedom of press도 아닌, 오역 가능성이 전혀 없는 freedom of speech다. 그토록 영어를 좋아하는 한국 언론사들이 '언론의 자유'만큼은 영어 원어를 밝히는 경우가 드물다. 언론 매체가 정부의 탄압을 받거나 자유로운 취재활동이 보장되지 않는 경우 press freedom이 침해됐다는 표현을 사용하나, 보도의 자유는 국민이 향유하는 언론의 자유에 부속된 개념일 뿐이다.

freedom of press나 freedom of publication도 언론사의 자유가 아니라 국민의 자유인 출판의 자유다. 언론자유의 수단이 되는 출판의 자유는 책이나 잡지, 신문을 편집, 발행, 판매하는 출판사나 잡지사, 신문사의 자유가 아니고, 기자나 편집인, 혹은 신문사 소유주의 자유도 아니다. 출판의 자유는 국민 개개인의 사상을 편지나 전단지와 책 같은 인쇄물로 만들어 다른 국민들에게 알리는 국민의 자유다.

언론과 출판의 자유(freedom of speech and press)라는 용어가 종종 오해되는 것은 국민의 사상을 표현할 자유를 사람 대 사람의 대화(speech)와, 전단지 또는 책을 인쇄(press)해 배포하는 것만으로 국한해 생각할 수밖에 없었던 18세기의 한계 때문이다. 21세기인 현재, 인터넷 개인 홈페이지나 블로그, 각종 포털사이트의 독자게시판에서 국민이 개개인의 사상 즉 생각과 주장을 자유롭게 떠드는 것은 국민이 언론과 출판의 자유를 만끽하는 것이다. 집권 전 히틀러가 저녁나절 공원 벤치에 앉아 산책객들과 정치토론을 하거나, 대한제국으로 왕정복고하자고 최근 인터넷 일부에서 주장하는 것도 언론의 자유에 부합한다.

자유민주주의 국가와 거리가 멀지만 조선시대를 예로 들자면 사관의 기록행위나 비판이 아닌, 사대부, 부녀자, 양인, 천민들이 국왕과 관료들을 비판하거나 기타 온갖 내용을 담아 제멋대로 올리며 그 과정에서 토론을 수반하는 상소가 바로 언론이다. 사헌부, 사간원, 홍문관 소속 언관들이 임금은 부덕하고 대신들은 무능하며 지방수령은 부패했다고 씹어대는 것도 당시에는 언론이라고 불렸지만, 이것은 해당 직책을 수행하는 관료의 책임이라서 자유민주주의 헌법에서 말하는 언론은 아니다.

언론인과 언론매체의 취재 및 자유로운 보도 행위를 돕는 여러 가지 법적 장치와 사회적 배려는 일단 국민의 알 권리를 보장함으로써 결과적으로 국민의 정치적 의사표현의 자유, 즉 자유민주주의 헌법이 보장하는 언론의 자유에 기여하기 위한 수단에 불과하지만, 그럼으로써 더더욱 언론매체의 중요성과 공공성이 부각된다. 언론매체가 제공한 '정확한' 정보를 바탕으로 국민이 실컷 내키는 대로 떠들어대는 언론의 자유를 누림으로써 각종 토론을 수반하며 이윽고 성숙한 여론을 형성하고, 이 여론이 정당이나 선거를 통해 국가정책에 반영되는 것이 현대 민주주의 정치의 흐름이다. 이렇게 언론자유는 소극적인 자유가 아니라 민주정치의 적극적인 구성원리로서 의미를 갖는다.

정확한 보도가 일단은 중요하지만 신문과 방송으로 대표되는 현대 언론매체는 특정 사안에 대해 국민들의 관심을 환기하는 의제설정 agenda setting이 더 중요한 임무다. 또한 언론매체는 그 자체로써 국민이 정치적 의사를 표현하는 통로가 되기도 한다. 그런데 출판사, 벽보, 동네 사랑방, 인터넷 게시판도 이와 똑같은 언론매체 역할을 한다. 시대가 발전할수록 뉴미디어의 등장, 통신과 미디어의 통합 등으로 인해 언론매체의 다양성은 증가한다.

표현의 자유, 즉 언론 출판 집회 결사의 자유는 지식인이나 지역 사회에 강력한 영향력을 가진 사람들의 자유가 아니라 일반 국민의 자유다. 대한민국 헌법 제21조는 어떤 사안에 대해 국민들이 떠들고(언론의 자유), 전단지를 만들어 뿌리고(출판의 자유), 비슷한 생각을 가진 사람들이 모여 떠들고(집회의 자유), 그 사람들이 단체를 결성해 활동하는(결사의 자유), 지극히 평범하고 기본적인 자유를 보장하는 조항이다. 이 자유를 얻고 지키기 위해 역사상 수많은 사건들이 있었고 숱한 사람들이 피를 뿌렸다.

그런데 어느새 언론자유가 언론사의 자유인 것처럼 오해되고 있다. 현재는 언론의 자유 일부를 언론사가 국민으로부터 위임받은 것이 아니라, 아예 언론의 자유 전체를 국민에게서 강탈한 셈이다. 그러나 엄밀히 따지자면 언론사는 국민이 누리는 언론자유의 수단인 매체media에 불과하다.

신문사나 방송국에서도 잘 알기 때문에 언론의 자유가 보도의 자유라거나 취재의 자유라는 식으로 직접적으로 말하지 않는다. 다만 익명의 시민이나 언론과 거리가 먼 지식인의 입과 글을 빌어 언론 자유가 언론사의 취재 및 보도의 자유인 것처럼, 심지어 왜곡보도로 인한 책임이나 세금 등 사적 기업으로서 마땅히 져야 하는 경제적 책임으로부터 면제되는 것처럼 국민을 호도한 사례가 다수 있다. 집단적인 표현의 자유인 집회 및 결사의 자유가 제한되는 것은 당연시하면서도 언론의 자유는 너무나 숭고해서 국가권력이 침해하면 안 된다고 우긴다. 그러나 언론 자유도 국민의 자유다.

흔히 언론 탄압을 헌법상 보장된 언론의 자유를 정부 또는 특정 세력이 탄압하는 것으로 오해하지만, 명백히 규정짓자면 언론사라는 기업과의 충돌에 불과하다. 물론 법인인 언론사도 언론의 자유를 누릴 자격은 있다. 하지만 원래 국민의 자유를 몰래 빼앗아 지금은 언론사가 언론의 자유를 독점하는 것처럼 보인다. 정부나 언론사가 언론의 자유를 언론사의 자유인 것처럼 오도하거나 기존 국민이 가진 오해를 모른 척 외면하는 것은 국민의 자유를 심각하게 침해하는 반민주주의적 범죄행위다.

어째서 전쟁소설에서 언론자유를 설명해야 하는가? 언론 자유는 국민에게 돌려주고, 정부와 언론매체는 국민이 언론 자유를 최대한 누릴 수 있도록 도울 의무가 있다. 만약 국민의 언론자유를 빼앗거나 제한하려고 시도하는 세력이 있다면, 자유민주주의의 적이다.

상급자의 불법적인 명령을 수행한 하급자의 책임

상급자가 모든 책임을 진다면서 강압적으로 명령하고 하급자는 상급자 명령을 단순히 수행만 했다고 해서 하급자 책임이 면제되는 것은 아니다. 말단 병사나 실무자는 상급자 명령을 거부하거나 태업했을 때 본인이 입을 피해가 피해자의 생명 또는 기타 본질적인 권리보다 크지 않다면 당연히 형사책임을 진다. 그래서 일본군이 운영하는 포로수용소에서 간수로 근무한 조선인들이 종전 후 도쿄전범재판에서 전범으로서 책임을 졌다.

민간인학살, 포로학대, 여성과 미성년자 학대 등 비인도주의적 범죄에 연루되면 책임에서 벗어날 가능성이 거의 없다. 만약 옆에서 구경만 하고 동료들을 말리지 않았다면 방조범으로서 정범보다는 적지만 그래도 형사책임을 져야 한다.

군대나 행정조직의 상명하복, 명령복종은 합법적인 명령일 때나 유효하다. 문명국가에서는 비무장 민간인을 학살해도 된다는 법이 없으니 전쟁 중이라도 그런 명령이 합법적일 수가 없다. 그리고 그 합법의 기준이 되는 법이 그 나라 헌법정신이나 국제적으로 용인될 수준이 아니라면 그 법에 호소하지도 못한다.

동료의 죽음으로 분개한 나머지 교전 상대방과 전혀 상관없는 꼬마 아이를 총으로 쏴버렸다거나, 상대가 저항하지 않는 비무장 민간인임을 알고도 살벌한 부대 분위기에 맞춰 어쩔 수 없이 과도한 폭력을 행사했다고 주장한다면, 냉혹한 법정의 무자비한 판결을 피할 수 없다. 부대 분위기나 상급자의 강압, 며칠 잠을 못 자고 진압작전에 투입되기 직전에 부대 지휘관이 돌린 술을 마셨다고 '인간적으로' 변명한다 해도 소용없다. 비열한 범죄자가 홧김에, 술김에, 혹은 짜증나서 살인이나 폭행을 했다고 변명한 것과 전혀 차이가 없기 때문이다. 상급자의 명령대로 행동했다 해도 그것은 결코 합법적인 공무집행이 아니라 저열한 범죄행위에 불과하다. 상급자가 하급자 등 뒤에서 총을 들이대며 생명을 위협했다는 사실을 증명하지 못한다면 정상참작의 여지도 없다.

이것이 민주주의다. 사실은 민주주의 이전의 문제로, 문화를 영위하는 인간 사회에서는 당연한 논리적 귀결이다.

물론 상급자의 명령을 수행한 하급자 입장에서는 억울할 것이다. 인간은 사회적 동물이고, 동료들과 융화하려고 노력한다. 전기충격 실험에서 드러났듯이 상급자나 교수 등 권위에 쉽게 순응하기도 한다. 인간으로서 자연스런 반응이다.

그런데 그것은 상급자도 잘 알고 있다. 그래서 격앙된 분위기에서 상급자가 모호한 명령을 내리기만 하면, 하급자는 평소 인간으로서 쉽게 저지르기 어려운 행위를 조직의 익명성 뒤에서 해치울 수 있다는 사실을 이용한다.

베를린장벽 경비대 지휘관들은 경비대원들 분위기가 규정된 법규와 달리 시민을 사살하는 방향으로 흘러왔으며 베를린장벽에서만 약 200명, 국경 전체를 통틀어 천 명이나 되는 시민들이 사살 당했다는 사실을 알고도 시민을 사살한 대원에게 휴가를 주면서까지 방조했다. 장벽을 넘는 시민들에게 적개심을 갖도록, 조국을 배반한 자들은 죽어 마땅하며 그런 자들을 사살하는 것은 정의로운 행동이라는 인식을 갖도록 부대 분위기를 조성하는 것도 잊지 않았다.

그러나 베를린 장벽을 넘는 동독인을 발견하고 부하들에게 발포 명령을 내린 장교는 법정에서 이렇게 변명했다. '총을 쏘라고 명령한 것은 법규(군법과 형법, 베를린장벽 경비대 복무규정)에 따라 먼저 하늘을 향해 공포를 쏘아 월경하는 동베를린 시민에게 경고하고, 부득이한 경우 생명과 관계없는 다리 부위를 조준 사격해 월경행위를 저지하라는 뜻이었다. 법과 규정이 그렇고, 경비대원들에게 평소 그렇게 교육한 사실을 누구나 알고 있다. 그런데도 저 살인마 같은 부하 병사가 비무장 시민의 상체에 조준 사격해서 죽여 버렸다.' 장교가 부하들을 철저히 이용하고 책임을 떠넘긴 것이다.

그러나 장교가 내린 발포명령 자체는 분명히 합법이었고 사살명령은 아니었는데, 부하 병사가 자의로 살인죄라는 중범죄를 범한 것으로 판결이 났다. 단순히 명령에 복종한다고 생각하며 총을 쏜 병사는 그저 동료들에게 칭찬 받거나 단 며칠간의 휴가를 얻기 위해 시민을 살해한 비열한 자로 처벌받았고, 그 장교는 책임을 면했다. 만약 그 장교가 단순한 발포명령이 아닌 사살명령을 내렸더라도 위법한 명령이기에 명령에 따라 시민을 사살하면 병사도 범죄자가 된다.

처벌받은 부하 병사는 억울할까? 천만에 말씀이다. 하급자는 상급자가 시키는 대로 움직이는 로봇이 결코 아니다. 점령지역 여성 집단 성폭행을 예로 들어보자. 장교가 제지한다고 병사들이 고분고분 말을 듣는가? 전혀 아니다. 오히려 고참 병사들이 제지하는 장교에게 현실을 모른다느니, 부대원 사기를 생각하라느니 하면서 반발한다. 장교가 끝까지 제지하면 전투 중에 뒤통수 조심하라고 협박한다. 현실이 이런데, 모든 책임을 장교에게 미루는 것은 불가능하다.

혹자는 부대마다 특유의 분위기가 있고, 일개 부대원이 전체 부대 분위기를 거스르는 일을 하기 어렵다는 현실론을 제기하기도 한다. 그러나 조직폭력배의 일원으로서 동료들과 좋은 관계를 유지하기 위해서, 혹은 겁쟁이로 낙인찍히지 않기 위해 어쩔 수 없이 범죄에 가담했다고 해서 법정에서 인정해줄 것 같은가? 무죄선고는커녕 감형조차 못 받는다. 주범이 아닌 종범으로서 양형에 조금 차이가 있을 뿐이다. 결국 군인이든 공무원이든 조폭이든 불법행위냐 아니냐가 중요하지 신분은 전혀 관계없다.

사람을 쏘아 죽인 베를린 장벽 경비대원들을 처단한 독일 연방법원의 판결문 중에 아주 의미심장한 내용이 있다. '베를린 장벽을 넘은 동베를린 시민이 2만 명이나 되지만 2백 명에 불과한 소수를 제외하고는 죽지 않았다. 명중률이 높은 자동소총을 보통 30미터 이내 가까운 거리에서 발사했는데 왜 이런 결과가 났을까? 경비대원들이 법규를 준수해 하체를 조준했거나, 대부분은 일부러 시민에게 명중시키지 않았기 때문이다. 피고는 상체에 총탄이 명중하면 사람이 죽는다는 사실을 알면서도, 법규를 위반하면서까지 고의로 상체에 명중시켜 비무장 시민을 죽였다.' 상급자의 직접, 간접적인 사살 명령이나 부대 분위기에도 불구하고 정상적인 대부분 경비대원들은 인간으로서, 군인으로서 올바른 선택을 했다. 올바르지 못한 선택을 한 경비대원들은 5년 6개월 금고형을 언도받았고, 미성년자인 경비대원은 반액 할인 혜택을 받았다.

물론 당시 독일은 휴전 중인 한국과 상황이 전혀 다르다. 남북한이 아직도 전쟁상태인 휴전 중에, 휴전선을 북에서 남으로 넘어오는 대부분이 무장 간첩일 게 뻔한 상황에서 혹시나 비무장 민간인인지 수하를 통해 확인하는 것 자체가 사치다. 그래도 휴전선에서는 심심치 않게 귀순용사가 남쪽으로 넘어오는데, 대개는 DMZ 수색대나 철책 초병의 유도를 받아 안전하게 후방으로 넘어온다. 아무리 휴전선이라도 상대가 명백히 비무장 민간인으로 확인되거나 귀순의사를 확실히 밝히면 사살하지 않는다.

그런 점에서, 2008년 7월 금강산 특구에서 대한민국 관광객을 사살한 북한은 변명의 여지가 전혀 없다. 충분히 식별 가능한 시간에, 과거에도 종종 출입금지 지역에 관광객이 들어갔다가 잠시 억류 후에 풀려난 사례에 비추어, 치마를 입은 중년 여성을 몇 백 미터나 쫓아가서 기어이 사살한 것은 현대 문명세계에서 도저히 있을 수 없는 일이다. 특정한 정치적 목적을 위해 인명을 쉽게 살상하는 북한은 비열한 범죄 집단이라는 증거에 다름 아니다.

통일 전 독일과 비슷한 사례로 휴전선 철책을 넘어 월남하려는 귀순용사나 압록강과 두만강을 건너 탈출하는 북한 주민을 북한군이 사살했을 때의 문제를 들 수 있다. 비무장 주민을 사살한 북한군을 처벌해야 인도주의에 합당하기 때문에, 대한민국은 통일에 대비해 독일 연방법원의 판결을 충분히 검토해야 한다. 통일 후 한국 정부가 고도의 정치행위 또는 통치행위라고 변명하며 사면할 수 없는 비인도적 범죄 행위다.

문제가 되는 것은 사례가 드물긴 하지만 대한민국이 서독이 아니라 거꾸로 동독 입장이 되는 것이다. 즉 휴전선이나 NLL을 넘는 월북자에 대한 대응이다. 비무장 월북자를 국군 초병이나 해군 함정에서 발포해 사살한 사례가 알려진 바는 없지만 만약 사살할 경우 초병 복무수칙과 경찰관직무집행법을 원용하더라도 민주주의 헌법정신과 괴리가 발생할 소지가 있다. 휴전 중인 한국의 입장을 감안하고 정당방위나 합법적인 임무수행으로 판단될 경우가 훨씬 많더라도, 무조건 총격을 가하고 나서 법적 책임을 면제 받는다면 앞으로 처벌 받아야 할 북한군과 형평상 문제가 생길 우려가 있다. 대한민국은 북한에 대한 도덕적 우위를 포기할 이유가 없다.

14. 우리의 승리

독도의 근대 일본 이름 송도에 대해

부산, 인천, 보령, 사천 등 한국 해안 곳곳에 송도松島가 있듯이 일본 연해에는 다케시마竹島라는 섬이 꽤 흔해서 미야기현, 아이치현, 야마구치현에도 같은 이름을 가진 섬이 있다. 그리고 몇 년 전만 해도 독도, 일본 이름 다케시마의 위치를 모르는 일본인이 다수를 점했다. 이런 무지한 일본인들에게 독도가 한국령이라고 설득하는 것은, 서울 한복판 여의도가 일본 땅이라고 한국인들에게 주장하는 것처럼 일본인들 입장에서는 어처구니없는 일이었다. 그러나 1990년대 말부터는 일본인들도 독도의 위치를 대충 알게 됐다. 그럼에도 대부분의 일본인은 여전히 무관심하다. 일본인들은 19세기 이전까지 독도를 마쓰시마松島, 울릉도를 다케시마라고 불렀다.

한국에서 한자 표기 송도松島, 원래 이름 솔섬은 소나무가 무성한 섬이라고 연상하기 쉽지만, 한반도 해안에 수없이 많은 솔섬 계열 이름을 가진 섬의 절반 이상은 소나무와 전혀 관계없다. 국어사전 표제어 '솔다(폭이 좁다)'가 있고 오솔길, 솔솔바람, 솔골짝, 솔개그늘의 예에서 보듯 솔섬은 이름 없는 작은 섬이라는 뜻이다. '솔찮이'라는 말은 '수월치 않게'에서 온 방언이 아니라 '적잖이' 즉 '적지 않게', 또는 '작지 않게'라는 뜻이다. 멀쩡한 순우리말을 사투리로 몰아 죽이고 있다.

솔섬이 뜻 그대로 소도小島로 표기됐다가, 소가 한자가 아닌 줄 알고 다시 우도牛島로 변하기도 했다. 그런 다음에는 소가 바다를 건너가 섬에 살았다는, 별 의미 없는 우도의 전설이 탄생한다. 솔개와 소리개의 관계처럼 솔섬을 소리섬으로 오해하면 한자로 연도鳶島나 명도명도島鳴島, 발음도發音島가 된다. 결국 무수히 많은 이름 없는 작은 섬들이 세월이 흐르면서 각자 솔섬, 송도, 소도, 소섬, 우도, 연도, 소리도, 명도, 발음도 등등 자기 이름을 갖게 된다.

작은 섬이라는 뜻의 솔섬을 한자로 바꾸면 송도松島와 소도小島 외에 자산도子山島라고 표기할 수 있다. 흑산도나 한산도처럼 섬 이름에 산이 흔히 붙는다. 물론 우산국에서 따온 우산도于山島를 잘못 표기한 것일 수도 있지만, 한국에서 독도를 자산도라고 부른 적이 전혀 없었다고 볼 수도 없다. 안용복이 일본 돗토리번 등에서 활동한 내역을 기록한 일본 문서에서는 안용복이 일관되게 독도를 자산도라고 지칭했다. 송도는 발음만 따거나 잘못된 뜻풀이에서 비롯된 한자 이름이며, 소도와 자산도는 제대로 된 뜻풀이로 한자 변환된 이름이다.

숙종실록 22년 9월 25일자, 안용복의 비변사 공초 내용에 언급된 독도의 옛 이름 자산도와 송도는 결국 같은 말이다. 안용복은 독도를 송도라 칭하는 일본인들에게 송도는 곧 자산도로서 우리 땅이라면서 일본인을 추방했다. 그리고 일본까지 가서 돗토리번에 송사를 하는 등 막부의 도해금지령에도 불구하고 계속된 일본의 독도 침탈 기도를 좌절시켰다.

당시 왜인들이 소나무 한 그루 자라지 않는 독도를 송도라 칭할 이유가 없다. 최근 일본인들은 별 의미 없이 송죽매松竹梅 순서로 이름을 붙인다고 주장하지만 송도와 죽도가 일본에 꽤 많아도 그렇게까지 흔한 섬 이름은 또 아니다. 한국어에서 솔섬, 즉 송도가 작은 섬을 뜻하므로 송도라는 당시 독도의 일본 이름 자체도 한국어에서 유래됐을 가능성이 있다.

그러나 이름은 중요하지 않다. 고서 중에서 민간 문서가 아닌 실록 등 옛 정부 문서에 기록된 이름이 무엇이건 독도라는 특정 섬을 지칭한다는 명확한 증거가 있어야 한다. 한국이나 일본이나 울릉도와 독도 이름은 숱하게 변했고, 서로 거꾸로 바뀐 적도 많다. 우산국이 있던 곳이니 원래 우산도는 삼국사기나 세종실록지리지 기록처럼 울릉도이고, 독도는 무릉도였다. 태종실록에서는 울릉도가 1416년 기록에는 무릉도, 1417년 기록에서는 우산도로 기록됐다. 우산, 무릉을 같이 묶어서 우릉도가 되고, 이것이 변해서 울릉도가 됐다. 세종실록지리지 등 이후 기록에서 독도는 원래는 울릉도 이름이었던 우산도가 됐다. 이렇게 지명은 한 가지 이름으로 고정되는 것이 아니다.

조선 말기에서 대한제국 시기에 독도 동쪽에 붙은 작은 섬 이름이 우산도로 돼 있는 한국 지도가 많아 현대 우산도가 독도가 아닌 증거라며 일본인들이 신나게 인용한다. 독도는 대한제국 정부가 언급한 석도로서 한국 땅이라는 군정 당시 한국 주장에 대해, 독도는 현재의 죽도인 옹도甕島, 즉 pot-shaped island가 아니냐는 미 군정의 반응은 참고할 만하다. 물론 무지에서 비롯된 군정의 반응이기는 하나, 사실을 잘 모르는 제3자에게서 나올 수 있는 반응이라는 점에서 유의해야 한다. 단순한 섬 이름이나 고지도, 개인이 작성한 문서를 독도 영유권의 증거로써 주장하면 이런 이유로 극히 위험하다.

『독도왜란』에 등장하는 한·일 함정들

한국 해군 주력 함정

- 세종대왕급 이지스 구축함
  - DDG991 세종대왕함
  - DDG992 율곡이이함
  - DDG993 함명 미정(안용복으로 설정)

- 충무공이순신급 구축함
  - DDH975 충무공 이순신함
  - DDH976 문무대왕함
  - DDH977 대조영함
  - DDH978 왕건함
  - DDH979 강감찬함
  - DDH981 최영함

- 광개토대왕급 구축함
  - DDH971 광개토대왕함
  - DDH972 을지문덕함
  - DDH973 양만춘함

- 울산급 호위함

- 포항급 초계함

- 대형수송함 독도함

일본 해상자위대 주력 함정

- 아타고급 이지스 호위함
  - DDG177 아타고
  - DDG178 아시가라

- 공고급 이지스 호위함
  - DDG173 공고
  - DDG174 기리시마
  - DDG175 묘코
  - DDG176 초카이

- 19DD 차기 호위함

- 다카나미급 호위함

- 무라사메급 호위함

- 하쓰유키급 호위함

세종대왕급 이지스 구축함

DDG991 세종대왕함

만재배수량 10000톤
길이 165미터 **폭** 21미터
승조원 300여명

무장 5인치 62구경장 함포
　　　수직발사관 128셀 : SM2 대공유도탄, SM2 탄
　　　도탄요격유도탄, 천룡 순항미사일, 대잠유도탄
　　　해성 대함유도탄 16기
　　　3연장 어뢰발사관 2기
　　　램 대공미사일 발사기
　　　30밀리 골키퍼 1기

DDG991 세종대왕함
DDG992 율곡이이함
DDG993 함명 미정(안용복으로 설정)

충무공이순신급 구축함

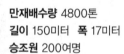

DDH975 충무공 이순신함

DDH976 문무대왕함

만재배수량 4800톤
길이 150미터 **폭** 17미터
승조원 200여명

무장 5인치 62구경장 함포
　　　수직발사관 00셀 : SM2 대공유도탄, 순항미사
　　　일, 대잠유도탄
　　　대함유도탄 발사기
　　　3연장 어뢰발사관 2기
　　　램 대공미사일 발사기
　　　30밀리 골키퍼 1기

DDH975 충무공 이순신함
DDH976 문무대왕함

DDH977 대조영함

DDH977 대조영함
DDH978 왕건함
DDH979 강감찬함
DDH981 최영함

광개토대왕급 구축함

DDH971 광개토대왕함

만재배수량 3800톤
길이 135미터 **폭** 14미터
승조원 200여명

무장 127밀리 54구경장 함포
　　　수직발사관 16셀(시 스패로 대공유도탄)
　　　대함유도탄 발사기
　　　3연장 어뢰발사관 2기
　　　30밀리 골키퍼 2기

DDH972 을지문덕함

DDH971 광개토대왕함
DDH972 을지문덕함
DDH973 양만춘함

울산급 호위함

울산급 호위함

만재배수량 2300톤
길이 102미터 **폭** 11미터
승조원 150여명

무장 76밀리 함포 2문
　　　대함유도탄 발사기
　　　3연장 어뢰발사관 2기
　　　40밀리 기관포 3문 또는 30밀리 기관포 4문

포항급 초계함

포항급 초계함

만재배수량 1200톤
길이 88미터 **폭** 10미터
승조원 90여명

무장 76밀리 함포 1 또는 2문
　　　대함유도탄 발사기
　　　3연장 어뢰발사관 2기
　　　30밀리 기관포 또는 40밀리 기관포

대형수송함 독도함

대형수송함 독도함

만재배수량 18,000톤
길이 199미터 **폭** 31미터
승조원 330여명

무장 램 대공미사일 발사기
　　　30밀리 골키퍼 2기

독도함의 수송능력 병력 700명 외 호버크래프트,
　　　　　　　　　　전차, 수륙양용차, 트럭, 헬기

독도함의 임무_해군 공식 홈페이지 설명 인용
대형수송함 '독도함(LPH)'은 해상기동부대 지휘통
제함, 입체 상륙작전 수행 및 해상 항공작전 지원
을 주 임무로 하며, 국가 대외정책 지원을 위한
PKO, PKF 파병, 재난구호지원, 대테러 작전, 국위
선양 활동 등 다양한 임무를 수행하게 될 것이다.

출처 - 대한민국 해군 홈페이지 http://www.navy.mil.kr

아타고급 이지스 호위함

아타고

기준배수량 7750톤
길이 165미터 **폭** 21미터
정원 300명

무장 5인치 62구경장 함포
　　　수직발사관 96셀：SM2 대공유도탄, 대잠유
　　　도탄)
　　　대함유도탄 발사기
　　　3연장 어뢰발사관 2기
　　　20밀리 벌컨 팰렁스 1B 2기

DDG177 아타고
DDG178 아시가라

공고급 이지스 호위함

DDG174 기리시마

DDG175 묘코

기준배수량 7250톤
길이 161미터 **폭** 21미터
정원 300명

무장 127밀리 54구경장 함포
　　　수직발사관 90셀 : SM2 대공유도탄, SM3
　　　탄도탄요격유도탄, 대잠유도탄
　　　대함유도탄 발사기
　　　3연장 어뢰발사관 2기
　　　20밀리 벌컨 팰렁스 2기

DDG173 공고
DDG174 기리시마
DDG175 묘코
DDG176 초카이

레이더 반사면적 저감형 마스트
대함미사일 발사대
20밀리 벌컨 팰렁스1B
20밀리 벌컨 팰렁스1B
수직발사관
5인치 62구경장 함포
대함미사일 발사대
위상배열레이더
대잠소나

19DD 차기 호위함

19DD 차기 호위함

기준배수량 5000톤
길이 150.5미터 **폭** 17.4미터
정원 200명

무장 5인치 62구경장 함포
　　　수직발사관 32셀 : ESSM 대공유도탄 64기,
　　　대잠유도탄 16기
　　　대함유도탄 발사기
　　　3연장 어뢰발사관 2기
　　　20밀리 벌컨 팰렁스 1B 2기

다카나미급 호위함

다카나미급 호위함

기준배수량 4650톤
길이 151미터 **폭** 17.4미터
정원 175명

무장 127밀리 54구경장 함포
　　　수직발사관 32셀 : ESSM 대공유도탄, 대잠
　　　유도탄
　　　대함유도탄 발사기
　　　3연장 어뢰발사관 2기
　　　20밀리 벌컨 팰렁스 2기

무라사메급 호위함

무라사메급 호위함

기준배수량 4550톤
길이 151미터 **폭** 17.4미터
정원 165명

무장 76밀리 62구경장 함포
　　　수직발사관 : ESSM 대공유도탄, 대잠유도탄
　　　대함유도탄 발사기
　　　3연장 어뢰발사관 2기
　　　20밀리 벌컨 팰렁스 2기

하쓰유키급 호위함

다카나미급 호위함

기준배수량 2950~3050톤
길이 130미터 **폭** 13.6미터
정원 200명

무장 76밀리 62구경장 함포
　　　대함유도탄 발사기
　　　단거리 대공유도탄 발사기
　　　3연장 어뢰발사관 2기
　　　20밀리 벌컨 팰렁스 2기

출처 - 일본 해상자위대 공식홈페이지 http://www.mod.go.jp